2017年パリ・シンポジウム

源氏物語を書きかえる

翻訳・注釈・翻案

寺田澄江
加藤昌嘉
畑中千晶
緑川眞知子　編

青簡舎

Colloque à Paris 2017
Réécrire le Roman du Genji : traduire, cpmmenter, adapter
Sous la direction de Sumie Terada, Masayoshi Katô, Machiko Midorikawa, Chiaki Hatanaka
Editions Seikansha 2018
ISBN978-4-909181-11-4

二〇一七年パリ・シンポジウム開会の辞

イナルコ日本研究センター、「源氏研究」責任者
アンヌ・バヤール＝坂井

イナルコ、その日本研究センターとパリディドロ大学協力のもと、源氏研究グループがこのように源氏物語をテーマに掲げる学術的集まりに皆さんをお迎え出来るのも、私の計算が間違っていなければ既に十四回目となりました。この源氏研究グループはイナルコとパリ第七大学の研究者を中心に既に十五年以上も前から源氏の仏訳を進めているのですが、その仏訳は研究活動の一環であり、もう一方がこのようなシンポジウム、或いはワークショップ、或いは対談といった学術的集まりの形をとっているわけです。源氏物語の様々な側面から、インターディシプリナリーに多くの視点を交錯させながらこの研究は進められており、三年サイクルで一つのテーマが選ばれ、論じられているのですが、一昨年から取り上げられているのは翻訳というテーマ、というよりは問題提起です。一昨年は、ロイヤル・タイラー先生、ジャクリーヌ・ピジョー先生をお招きし、古典文学の翻訳の実践を通して見えてくるものに焦点を合わせ、昨年は現代の読みを通しての文章の現在化、と言いますか、actualisation について考えることが出来れば、という観点から法政大学の加藤昌嘉先生、コレージュ・ド・フランスのJ・N・ロベール先生にお話しいただきました。その延長上に今年のシンポジウムは位置するのですが、翻訳、書き直し、或いはより広く再文章化、といった切り口

から、皆さんのご発表、ご意見をうかがい、源氏物語の再考に貢献出来れば、と考えております。近代、現代の読者はどのように古典を読み得るか、そしてそのような読みはどのような文章制作を促し、またそれは遡ってどのような影響を原文に与えるのか。作品を原文と翻訳、現代語訳などの異なるヴァージョンの総合体と捉えるなら、その訳は必然的に原文の重層化を意味しますが、それはどのように我々の読みに反映されるのでしょうか。今日はこのような問題をも含めて古典文の在り方、機能などをより一層鮮やかに浮きあがらせることができるのでは、と特に期待しております。

我々の源氏研究グループのもともとの成り立ち、ということに言及させていただきますと、日本研究センター内でさまざまな専門を持ち、ディシプリンも研究対象の属する時代も異なる面々が、その多様性を活かすことで研究の活性化に直接つながることになる一つの対象を選び、研究グループを実験的に作ってみる、というような目的を掲げて、このグループは活動を始めました。それはまた源氏物語が一つの対象であってもそれは単一のものではなく、そこから様々な形で文学史、文化史、表象史などへ連鎖反応的に影響を及ぼし、まさに言説、表象集合体の母体として機能している、という認識があったことも意味しています。今回のこのシンポジウムはまさにそのような認識を持って、近現代の現象として源氏物語を捉えた時に、何が見えてくるかといったところが一つの焦点なのではないかと思います。そしてそれは、源氏物語のアプローチが持っている遠心的な面と求心的な面、源氏研究を通して源氏物語の作品性を分析し、その核（それはもちろん重層的なものでありうるのですが）に近づこうとする求心的なアプローチと、源氏物語をハイポテクストと捉えた時に生じる様々な現象を通して源氏を考える、といった遠心的なアプローチの間での緊張関係を探索することにもなるのではないかと思います。

毎年確認させていただいていることですが、現在の研究状況を総合的に考慮する時、この源氏研究の一つの特徴は、時間的制約から解放された研究として進められていることではないかと思われます。短期的な視野に立つ問題提起、現在学術政策がよく問題にする直ちに成果を提示出来る可視性、等に捉えられずに、のんびりと、長いスパンでの源氏に関する言説と知識の蓄積を目指しています。そしてその蓄積の中で、このシンポジウムが大きな貢献を意味することは間違いありません。今回の発表者、ディスカッサントの皆様に心からお礼を申し上げると共に、日本研究センター内でこのプロジェクトを引っ張ってきた寺田澄江名誉教授、そして今回の集まりの準備に大きく貢献したＤ・ストリューヴ、Ｍ・ヴィエイヤール・バロン両先生にも感謝の意を表したいと思います。

また、特にこれまでの活動を継続的にご援助下さった東芝国際交流財団、今回のシンポジウムをご支援下さった国際交流財団、パリ日本文化会館に心から感謝の言葉を捧げます。そして最後になりますが、出版援助下さる日本研究センター（ＣＥＪ）とパリディドロ大学が参加する東アジア文明研究センター（ＣＲＣＡＯ）に感謝致します。

目次

I 翻訳という行為

Ⅱ　距離を可視化する――現代語訳の問題

Ⅲ　注釈としての翻訳

Ⅳ　つくる言葉――翻案の諸相

V　総　括

I

翻訳という行為

テクストと翻訳者 —源氏物語、プルースト、そして平家物語—

ロイヤル・タイラー

翻訳研究、翻訳の授業、そして翻訳理論と、翻訳学は今や花盛りだが、こうした理論的視点は、私には無縁だ。翻訳の難しさ、特に文学翻訳の難しさ、その価値、その歓びと苦労については、私が知る英語世界では語り尽くされている観があるが、大半は欧州言語間の問題を扱っている。しかしそれは、かけ離れた言語の、しかも現代に属さない作品を欧州言語に翻訳することとは違う。ここでは私の経験の中で浮かび上がってきた日本語の古語と英語またはフランス語の違いについて、主に『源氏物語』を中心に、『平家物語』も交えて考えてみたい。

一　遠くの言語と近くの言語 ―『源氏物語』とプルースト

一九八〇年代の終り頃、私はオーヴェルニュ地方の民話集、『民話の宝物』[1]をふんだんに再録した英訳に取り組む機会を得た。日本語の古語とのみ格闘していた私にとってそれは新しい世界の発見だった。自分が生きている世界だという感覚が持てる言葉で書かれたものを翻訳したことがなかったので、突然翼が生えたような気持を味わった。日本語の古語についてはその後かなり力もつけたが、『源氏物語』[2]や『平家物語』[3]を翻訳した後で『ローランの歌』を読んだときなど、ジョゼフ・ベディエの現代語訳を見る必要がほとんどないということに、やはり驚きもし嬉しくも思った。単にフランスで中等教育を受けたおかげで、このような高みに辿り着けたのだ。

私は時々八〇年代の初頭に『平家物語』を読んだときのことを思い出すが、当時私が読書だと思っていたこの経験は、何も私に残してはくれなかった。『源氏物語』については、高名な同僚が語った、卒業後に初めから終りまで読んでみたが何一つわからなかったという言葉が記憶に残っているが、それは『源氏』翻訳に着手する前に、まずテクストを読んでおこうと思って始めた私の読書とあまり変わらなかった。開いているページが全部分かってから次のページに行こうと決めて、半分くらいまで読んだあたりで翻訳に取りかかったのだが、さて始めて見ると、第一ページから自分がほとんど何も分かっていなかったことに気付かされた。

しかし、こうした作品の翻訳は、フランスの小説を英訳するときなどよりもはるかに大きな自由を翻訳家に与えてくれる。日本語の古語と英語の間に横たわる溝はあまりに深く広いので、少しでも趣きのある英訳にしようとすれば、原文を単語レベルで分解し、適切な形に構成し直さなければならないことが多い。

こうしたことを考えていたときに、ペンギンから出たプルーストの新訳、『失われた時を求めて』の最初の二巻についてのアンドレ・アシマンの批評を読んだ。二〇〇五年にニューヨーク・リヴュー・オブ・ブックス（以下、NYRB）に掲載されたものである。[4]若い時にはプレイヤード旧版の第一巻で止まってしまったプルーストを『源氏』の翻訳が終ってから読み直し、今度は最後まで行ったが、批評を読んだのはその頃のことだった。

『源氏』の翻訳者として気になった点は二つあった。一つ目はフランス語のプルーストのテクストと英訳の文との間の対応関係もしくはその欠如という問題が議論されているということだ。[5]こうしたアプローチは、古典であれ現代文学であれ、日本語からの翻訳について見たことはない。プルーストが書いた文の構造を変えないで訳さなければならないとアシマンが強調している点が特に私の注意を引いた。私はそれに反対な訳ではない。『源氏』も長文で有名で、私もできるだけ切らないようにしたが、文構造を忠実に訳そうと思ったことはなかった。第一、それでは読んでわかり楽しめるものにはできない。文法上の大きな問題もあるが、紫式部の文体の魅力は、プルーストの文体ばかりではなく、一般にヨーロッパ言語において評価されるものとは無縁だからだ。この作品の語りは、見事に整えられた庭園を流れる小川のように、高度に文化的で、常に変わらない速度で、洗練された流れを作って行く。英語で同じようなものに出会うのも難しいだろうが、あっても読者を退屈させるだけだろう。

二つ目に注目される点は、相当数の読者がプルーストをある程度はすらすらとフランス語で読み、議論出来るらしいということだった。驚くに当たらないことかもしれないが、私には革命的な発見だった。まず言えることは、NYRB から見ればプルーストは我々の一員と見なせるが、紫式部はそうではないということだ。ペンギン USA の私の翻訳の担当者の話では、私の翻訳について、NYRB はそういう文学には興味がないと、書評を載せるのを拒否したそうだ。それを聞いて自分の翻訳のためというよりは式部とその優れた作品のために残念に思ったが、それはともかくとして、『失われた時』のフランス語テクストを知っていてそれについて意見を持っている読者たちの存在に、私は興味を持ったのである。

アシマンの批評とそれが引き起した論争の中で、特に記憶に残ったのは『花咲く乙女たちのかげに』の冒頭の文章の構造について、またそればかりでなく、その文構造の呼称について論争があったことだ。『源氏』翻訳の批評の中で、原文について、あるいは原文と翻訳の対応関係についてほとんど議論がされたことはないし、論争が起こったという記憶もない。

恐らくその一つの理由は、『源氏』の場合翻訳と原作を明瞭な形で比較するのがはるかに難しいからだろうが、特にまた、一節に限って分析するということではなく、他の小説を読むのと同じ調子で『源氏』の原文を読める人が、少なくとも英語圏では専門家も含めほとんどいないということに起因するのだと思う。翻訳した私にしても、正直に言ってできない。数ページを楽しく目で追うことはできる。しかし、遅かれ早かれ限界に突き当たってしまう。それを考えれば、英語の『源氏』翻訳の批評の中にアシマンと似たものがなかったというのも驚くべきことではないかもしれない。

しかしまず、『源氏』の原文は何を言っているのだろうか。私は様々な理由から『源氏』翻訳を思い立ったが、その一つは私自身が『源氏』のテクストが言っていることを知りたいと思ったからだ。私は探していたものを見出し得ただろうか。そして読者は見出すだろうか。恐らくは大体においてと言えるのではないかと思うし、またそうであってほしい。しかしアシマン流に見れば、批判はあるだろう。

プルーストの古典的翻訳家、スコット・モンクリーフはその自由な訳を厳しく批判された。彼は時々プルーストの一つの形容詞を二つの形容詞でオリジナルに訳すということをしていて、これが重罪の如く扱われたことなどを今思い出すが、『源氏』の翻訳はそれどころではない。アーサー・ウエイリーなどは、現在の優れた日本語教育を受けていたならば、恐らくは『源氏』をロンドン・タイムズを読むような調子で読めるほど才能にあふれた人だったが、その翻訳の美しさばかりではなく、モンクリーフなどは遠く及ばない自由な翻訳で知られた人だ。彼は長い章段のみか、ときには巻全部までも省いてしまい、原作に不十分な部分があると思えば、加筆さえした。またそれが素晴しい筆致だった。間違いもしたが、言われているほどではなく、『源氏』を、少なくとも一から二世代の間英文学の傑作に変身させたのだった。

これ以上何を望めるだろうか。いやむしろ、これ以上何を望む必要があるだろうか。私の望みの一つは、文学性を犠牲にすることなく、作品をよりよく理解し、正しく捉える読書をうながす正確な翻訳だったが、『源氏』についての大学内外の言説空間から離れてしまっているので、私の翻訳がその意味で成功だったかどうかはよくわからない。しかしそもそも、ある翻訳ではなくそれとは別の翻訳を多くの読者に紹介することの意味は何だろうか。英語圏では、入手出来る翻訳なら何でも、例えば中国語でもいいという授業があると聞く。あたかもどの翻訳も等価で、どれも原文と同じであるかのように。そうしたやり方が分からない訳ではなく、学生は喜ぶだろうが、やはり釈然としない。『源氏』は非常に長く、熱心な読者でもテクストの細部を逃してしまうし、やや古いものから現代までに至る既成観念が私たちの視野を覆ってしまいがちだ。しかも『源氏』について話している相手が、作品のどこまで読んだのか、どういう形で読んだのかも分からない。『あさきゆめみし』を『源氏』と混同する人もいれば、『源氏物語千年の恋』といった類いの質の悪い映画を思い浮かべる人すらいる。『失われた時』の方が『源氏』よりも実は長いのだが、英語圏に関する限り、『源氏』の評判は実際に読まれる度合いを上回っているように思われる。英語のマンガ版もまだないようだが。

さてここで、『源氏』の原作から細部が豊かで筋がはっきりした部分を引用するときの問題について考えたい。若い娘だったときに『源氏物語』を全巻もらってどんなにうれしかったかということを十一世紀に『更級日記』の作者が書いている。寝るのも忘れて読みふけっている彼女の姿に私は魅了されたが、彼女がそこに見出したものは何だったのだろうか。彼女とは違い、私の場合はテクストの細部まで理解するための八世紀に亘る研究と評釈の成果（前世紀にこれはまさに源氏産業となった）がある。確かに現代英語の要請に応えるためには、明晰で正確でなければならない。私がそれに大体成功したとしても、このような細部にわたるまでの明晰さが、本当に（実はこの「本当に」という言葉が何を意味するかよくわからないのだが）、初めからテクストにあったのだろうかと問わざるをえない。

私はここで作者の意図とか十一世紀の若い娘が人生の何を知っていたのかといったことを問うているのではない。自分が持つ表現手段を作者がどのように使ったのかということだけを問題にしている。作者の頭の中で、また少なくとも書かれたものとしてどこまでの精度が可能だったのだろうか。少なくとも、研究者たちによれば、式部は自分の言語の可能性を大きく拡大したという。確かに『源氏物語』の優れた巻と『竹取物語』との間には、いや『伊勢物語』との間にすら大きな断絶がある。

『源氏物語』の言語における精度について、奇妙な現象を垣間見たことがあったように思う。翻訳が順調に進んでいる段階で、私はこの作品についての論文を書き始めた。細心の注意を払って書き進め、英語で引用する時には自分の翻訳を書き写せば良いと思っていた。ところが、そうはいかなかった。問題となる原文の部分を調べ直していると、常に別の理解の可能性が見えて来るのだ。美術館の絵のように、思考で枠取りされた部分は、想像もしなかった複雑さをもって立ち現れてくる。それはまるで顕微鏡で見ているようだった。

これをグーグルマップに例えることもできる。ズームすればするほど、地図は細部を見せる。私の場合、新しい細部は私の頭の中にある論点に従って組み上がっているようだった。すると疑いがむっくり起こる。これら細部は全て、幻影ではないのか。この疑いを否定し去る論拠を見出すことは出来なかったが、また一方、それが客観的に、つまりテクストの文字に支えられて存在しているのではないかと問わずにはいられなかった。また、他の人が全く違う目的でこれを引用し、自分の論点に引用が合っていると考えることもありうるのではないかとも。そしてもしかしたら『源氏』を英語で引用する場合、ほとんどの研究者が自分で訳すのはその理由からではないかと。研究者がテクストに言ってほしいこと、というよりも、言っていると信じ込んでいるまさにそのことを、既存のどの翻訳も言っていないからだ。この議論は正確な翻訳というものについて通常考えられていることとは相当にかけ離れている。

二　言葉が喚起するもの　―今川了俊の『道行きぶり』を通して

ここで二つの具体的な例について考えてみたい。一つは『失われた時を求めて』の一節で、もう一つは『源氏』ではない。十四世紀の武士で文人だった今川了俊の紀行文、『道行きぶり』、つまり、訪れた名所について綴った文の中で出会ったものだ。足利幕府の探題に任命され、京都から九州に赴いたときのこの文は、この種の作品によくあるように、和歌が織込まれている。

プルーストの例は、『ゲルマントの方』の冒頭の次の文章で、プルーストの魔術のせいか、十八歳の私の頭の中になぜか住みついてしまったものだ。

Le pépiement matinal des oiseaux semblait insipide à Françoise.

（鳥たちの朝のさえずりがフランソワーズには味気なく思われた）

モンクリーフの英訳は、次のように原文に非常に近い。

The twittering of the birds at daybreak sounded insipid to Françoise.[6]

『道行きぶり』にも夜明の鳥の鳴き声に触れる一節がある。次の短い二つの文である。

曙の空のどかにて、波の音も聞こえぬほどなり。蘆辺の鶴の明けぬと鳴く声のどかなり。[7]

日本古典の視点から見れば、プルーストの文のまさに驚くべき点は、名詞と形容詞の位置の逆転を除けば次のように単語を直対応させて訳せるという点だ。

The morning twittering of the birds seemed insipid to Françoise.

これは、奇跡に近いことではないか。了俊の例は、この奇跡が日本古典の翻訳においてはいかに不可能であるかを示す恰好の例とは言えないまでも、シンプルで分かり易く基本的なことがよく分かる。まず反復の問題だが、日本語では文末に動詞が来て、接続部が文節の末尾に来る。「にて」は「なり」の変形だから、ここでは同じ言葉が文節末と文末、計三か所に置かれている。日本語は反復を気にしないが、英・仏語では単調なものになってしまう。

この二つの文で欧州語にほぼ直訳可能なものとしては、曙の空（le ciel au point du jour または the dawn sky）、波の音（le bruit des vagues または the sound of waves）、蘆辺の鶴（les grues parmi les roseaux または the cranes among the reeds）、聞こえぬ（ne s'entend pas または cannot be heard）があり、動詞句「明けぬ」は「il fera bientôt plein jour」または「it will soon be full day」を示す。「のどかにて／なり」と「鳴く声」はどうだろうか。

日本古典文学には、柔らかな日差しがそそぐ美しい春の日を表す「のどか」という言葉が頻繁に出てくるが、ここでは旧暦の九月、つまり十月の瀬戸内海の岸辺である。こういう空には「serein（スラン）」または「serene」が合うだろうが、鳴く声のどかなりはどうしたらいいだろう。はっきりした鳴き声にせよひそやかな鳴き声にせよ「serein」は使えない。

この「のどか」の繰返しは了俊の文学的に格調の高い文の翻訳の難しさを示す指標とも言えるもので、この文体は語彙の変化域が狭く、一つの言葉がカバーする領域がそれだけ広い。英語では「serene」は、空、平和な風景、落ちついて静かな精神状態や挙動に使うことが出来る。日本語では「のどか」は、おだやかな日差し、宮廷の女房の優雅な振る舞い、包み隠さない、穏やか、感じがよいなどの質的な形容をするが、辞書は人や鳥の声の質までも書くとは限らない。想像の世界で、「のどかな空」と「のどかな鶴の鳴き声」を関係づけることはできるだろうが、二つ目の

「のどか」をどう訳せば良いのか、私には答えが見付からないのである。

また、「鳴く声」だが、まず声は、蝉の声、蛙の声、鳥の声など全ての生命体が発する音声に使えるし、人間の場合は「泣く声」と、表記上は区別されるが、音声的には同じ動詞だと言えるだろう。

ここでプルーストの「ぺピーマン（pépiement）」との違いが問題になる。「鳴く」は、大きい、小さいに関係なく、あらゆる生き物に使う言葉で、「曙の鶴の鳴き声」がどのようなものか、のどかであるかないかなど何も言ってはくれない。これに対して「pépiement」は遥かに喚起力のある言葉なのである。ここでアメリカの詩人、ウイリアム・カルロス・ウイリアムス（William Carlos Williams）の詩の引用をお許し願いたい。冬、雑草の種をついばみながら飛ぶ小鳥の群れを描いて、ウイリアムスは「a shrill piping of plenty」と書く。モンクリーフは、「pépiement」を、それと近い「twittering」と訳している。しかし、日本古典文学は、読者の想像力をこのように支えることはできない。翻訳者には原則的には非常に広い検討可能性の幅があるということだ。仏・英語の場合ではどうだろうか。

私の庭に来る鋭い鳴き声の
ムラサキオーストラリアムシクイ

フランス語では、「pépiement」の他に十近い言葉があり、言うまでもなく、それぞれ意味は違う。例えば「ルクールマン（roucoulement）」は鳩の鳴き声に使われる。[8] 英語では十余りの表現があり、「coo」は鳩、「crow」は雄鶏、「caw」は烏である。[9] これらは皆日本の古典語では、蛙から虫までも含む「鳴く声」になってしまう。

日本語でも鳥の鳴き声を表す言葉として、「囀り」という、フランス語の「ガズイイ（gazouillis）」に音が似た単語がある。英語で翻訳すれば「warble」になろうか。しかし、この単語の意味は思ってもいなかった方向にも広がっていき、「訳の分からぬ言葉」という意味にもなる。現在は見掛けなくなった「birds' sweet jargoning（鳥の甘美な囀り）」

という表現は英語の詩にもあったが、「jargoning」は耳に優しい響きではなく、外国人がしゃべる訳の分からない言葉とか、粗野な田舎なまりを指している。『源氏物語』では、流謫の源氏には全然理解出来ない須磨の漁師たちの言葉が「囀り」と言われていて、『広辞苑』では「やかましいおしゃべり」と説明されている。

『源氏』のような作品の翻訳者が直面する問題の例として、私は鳥の鳴き声を挙げたが、喚起力があってしかも輪郭があいまいな「鳴く声」という表現と同じ性質の言葉は古典語には数多くある。様々な意味を持つ「あはれ」を出すまでもなく、感情表現でもこうした例は多い。

従って翻訳者は、日本語の表現に対応するフランス語または英語の言葉の中から、コンテクストが要請する強度と色合いを伝えるものを選ぶことになる。この状況は、『失われた時』のような作品の翻訳よりもはるかに翻訳者の関与の度合いの高い訳を必要とするように思われる。プルーストを訳してみたことがないので誇張があるかもしれないが、少なくとも作者が意図した個々のニュアンスを捉え、自分の選択をそれに合わせようと努めることが、プルーストの翻訳者には原則的に何よりも重要なことだろう。私にもそれがどんなに難しいかは分かる。例えばラ・ブルイエールは次のように書いている。

> ある考えを表す様々な表現の中で、的確なものはたった一つしかなく、書いたりしゃべったりしているときに、それに出会えるとは限らない。しかし、その言葉は確かにあるので、そうでないものは力が弱く賢者を満足させることはできない。
>
> 長いこと探し続けた果てにやっと見付けた表現が、最も単純で自然な、何も苦労することなく、まず最初に頭に浮かぶはずのものだったという経験を、優れた作者はしばしばするものである。[10]

私はと言えば、『源氏』を翻訳していて不安に満ちた展開部に出てくる「胸ふたがりて」という表現にしばしばつまずいた。漠然と闇に取り巻かれるような気分を感じたが「何も苦労することなくまず最初に頭に浮かぶはずの」訳語は、私の努力にもかかわらず、色も形も現れなかった。私はその都度思いついたものを書いたが、私が賢人であろうとあるまいと満足できるものではなかった。そして『源氏』翻訳を出版した後にひらめいたのである。「胸ふたがりて」は、英語では「His heart sank」、フランス語では「Son cœur se resserra」と言えばいいのだ。幸いなことに、そのときは既に不正確な思いつきの訳は忘れてしまっていた。

先ほど、私が触れた「訳者が関与する訳」というのは「読者が関与する読書」の一つの特殊な場合に過ぎないと思われる。『源氏物語』がいわゆる能動的な読書をうながすということは一般に認められている。『源氏』の権威、玉上琢弥は、この作品はまず、一人で黙読するものとしてではなく、女房が声を出して女主人に読んだものであり、周りには他の女房たちもいて、色々と意見を言い合っていた、つまり音読文学であったという解釈を出した。このような読書は容易に想像出来るものだが、他の研究者たちは、先程述べた『更級日記』の若い娘のような読者をむしろ対象とした書記文学であると主張している。

それはともかくとして、翻訳を始める以前に私自身がこのテクストを読んだ経験は、『源氏』という作品が、テクストばかりでなくテクストが垣間見せる世界についても、全身で関与して行くことを読者にうながす作品であり、こうした関与がなければ物語の意味を理解することはかなりの場合において不可能だということを私に確信させた。作者は、物語の背後にある世界の一般的な特性を良く知っている読者のために書いていて、物語の豊かさは、読者が作品を何度も何度も読み、人物たちの言葉、行為、事件についての新たなディーテイルや新たな関係を発見して行くことをうながしている。つまるところ、物語は、読者、即ち翻訳者に作品を創造するよう誘っているのだ。

したがって、翻訳者はテクストの前で姿を消さなければいけない、透明にならなければいけないという原則は疑わしい。翻訳者が成すべきことは、自分の前にあるページに書かれていることを正確に翻訳することであり、それ以上でも以下でもなく、作者と読者の間のコミュニケーションの道を全く自由にしておくことにある。しかし、私の前にあるページに書かれているものは一体何なのだろう。当然、翻訳者はそれを知っているべき者と見なされるが、『源氏』のような作品の場合、「選択する」ことも翻訳者の務めとなる。これだけはどうしようもない。翻訳者それぞれが人とは違った視点からそれぞれのやり方でこの務めを果たすのである。問題は単に、フランス語や英語のどの言葉が原作の意味やニュアンスに最も良く対応するかということではない。語勢、語調など、その言葉とコンテクストの間の関係を感じ取り、文の構成にまで至らずとも、文の長さや複雑さについて考えなければならない。文を細かく分けてしまうと、読者は気付かないだろうが、連続性や人物達の意図するところが失われてしまうのである。したがって、様々な選択が必要となるが、千年前に使われていた言葉がもたらす難しさのため、当然ことながら込み入った作業になってしまう。

私自身の『源氏』翻訳と言えば、初めは、仲介者としての私の存在を悟られないようにする翻訳を目指した。しかし、時が経つに連れて、自分を消そうとすればするほど、いわば超人格的な「ロイヤル・タイラー」が画面上の翻訳の中に形を取って現れてしまうということに気がついた。結局、他の誰でもなく、私だけが生きた人生の中で蓄積した、言語の、文学の、そして個人的な経験に支えられて私が書いた翻訳なのである。それは避けられないことなのだと気がついた。

これは『源氏物語』を注意深く翻訳する人々全てにあてはまることだろう。翻訳には現代語訳も含まれ、最も知られている人々は、与謝野晶子、谷崎潤一郎、円地文子、瀬戸内寂聴等であろう。読者の中にはこれら翻訳が個性的に過ぎると批判する人々もいる。つまり、翻訳者の存在を感じさせない翻訳こそが紫式部が書いたものに近いと思い込んでいるのだが、物事はそのように運ぶ訳ではない。

三　平家物語における選択

『源氏物語』はここまでにして、最後に『平家物語』についても触れよう。『平家』の文体は『源氏』の文体とは非常に異なるので、これまで『源氏』について述べたことは『平家』の翻訳にはほとんどあてはまらない。この作品の語りが難しくないというのではなく、その在り方が違うのである。翻訳者にとって、またあるいは読者にとってもここで最も難しい問題は、書記言語と口頭言語の違いに起因するものだ。任意の版に目を通していると、『平家』は散文のように見える。そして、これまで常に散文で翻訳されてきた。しかしこの散文は小説の散文ではない。散文の翻訳は印刷されると、少なくとも私にとっては、粗雑で読みづらいものになってしまい、何か味わいを加えたくなる。『平家』は、まず琵琶の伴奏を伴って朗誦され詠われた口頭言語の作品であり、長い間この形で人々にもてはやされていたということは、あっさり忘れられているが、大きな長方形のブロックのテクストなどではなく、琵琶法師の変化に富んで演劇性の高い語りが聴衆を惹きつけたのである。

幸い、各部の謡い方を指示する符号がつけられた江戸の写本（覚一本）がある。基本的には、三つの型があり、一つは「素声《しらごえ》」といい、普通に（と言っても演劇的ではあるが）話すときに近い詠い方である。私はこれを散文で訳した。大ざっぱに言えば、朗誦に近いのが「くどき」である。私はこれを不規則な韻文、長い定型詩句に近い形で訳した。三つ目はもっと複雑で、私の翻訳では「歌」と呼ぶ。約十二のカテゴリーの歌があり、それぞれに名前があるが、書かれたページでは区別がつかなかった。それで私は、全て短くてほぼ規則的な同じスタイルの韻文に翻訳した。これら詩句は日本の七五調とは何の共通性もなく、アメリカの多くの詩人たちに見られる形に一般に近い。

勿論私は、一見して与える印象とは異なり『平家』の大部分は詩であって散文ではないと言うつもりはない。韻文で状況を詳細に語ることはできないので、韻文という選択はあり得ず、詩と散文のコントラストによる効果を狙うことも出来ない。それに『平家』のテクストそのものが、散文でも詩でもないのである。そこで私は勝手に撰ばせてもらうことにした。その結果は、他の翻訳よりも変化に富み、演劇性が強く、読者を惹きつけ、特に、より明瞭なものとなったと思っている。「くどき」と私が「歌」と呼ぶ部分を詩句として翻訳したが、それはやや珍しい翻訳作業だったと言えよう。

以上、日本古典文学の二つの傑作を一つの欧州言語に翻訳する作業について、理論的というよりは実践的な、知的というよりは職人的な考えを述べた。この英訳が期待通りのものになったと思いたいものである。

翻訳　寺田澄江

〔注〕

1　*Le Trésor des contes*, Henri Pourrat éd., 7 vols. Gallimard 1978-1986（アンリ・プラは作家・民話研究家）; *French Folktales*, Pantheon, 1989.

2　*The Tale of Genji*, Viking, 2001.

3　*The Tale of the Heike*, Penguin, 2012.

4　"Proust's Way?", André Aciman, *New York Review of Books*, December 1, 2005.

5　ペンギン版のプルーストの翻訳者は巻によって違う。面白い問題だがここでは立ち入らない。

6 C.K. Scott Moncrieff, tr., *Remembrance of Things Past*, tome 2, Vintage, 1982.

7 今川了俊「道行きぶり」、稲田利徳校注訳（新編日本古典文学全集48『中世日記紀行集』所収、小学館、一九九四）。

8 フランス語で鳥の鳴き声を表す言葉としては *chant, cri, gazouilli, ramage, piaillement, babillage, jacasserie, caquetage, cailletage, roucoulement* などがある。

9 英語では *sing, call, cheap, twitter, chatter, chirp, chitter, warble, squawk, chirrup, coo, crow, caw* などがある。

10 Jean de La Bruyère, *Les caractères, Des ouvrages de l'esprit*, 1839.

どこまで翻訳するか

ジャクリーヌ・ピジョー

一般に言われているように、翻訳は二つの作業からなっている。翻訳すべきテクストを理解すること、そしてそれを別の言語、フランスの翻訳学で言う「到達言語」において新しいテクストに作りかえることである。私は主に、この到達言語において生じる問題について考えたい。

『イタリア紀行』（一五八〇～一五八一）の中で、モンテーニュはローマで学者たちと会食をしたときに話題になった翻訳についてのエピソードに触れている。プルタークの『英雄伝』のアミヨ（Amyot）訳（一五八一年）に批判的な人々に対して、彼は「プルタークが真に意味することを翻訳が表していないとしても、前後の繋がりがよく、真実と思えるものをそれに替えたのだから」と弁護したが、結局、弁護のしすぎだった、後で間違いがあると分かったと述べている。[1]

ここで興味深いのは、文の意味が本当のように思え、全体に整合性があれば、翻訳は良いと判断されるのだと、モンテーニュが読者の期待を定義していることだ。この種の試みは翻訳者を誘惑する。しかしモンテーニュは「忠実」というもう一つの要件も自覚している。

文学作品の翻訳にはもう一つの要件がある。「良い文体」で書くということだ。モンテーニュはこの点でアミヨを褒める。しかしできるだけ日本語の原文の文体に忠実でありつつ、フランス語の規範が要求する「良い文体」で書くということは、時には無謀な賭けのようなものだ。

一　文章の規範――日仏の大きな違い

まず「良い文体」で書くとはどういうことだろうか。これについて思い出される言葉が二つある。一つは『蜻蛉日記』をどんな言葉で訳したのかと私に尋ねた多和田葉子氏の言葉で、この問いはこれから議論することと深く関わっている。もう一つは近現代日本短編小説の共同仏訳集を出したとき[2]に同僚のジャン＝ジャック・チュディンが言った言葉だ。その中のある翻訳について「まるで直接フランス語で書かれたようだね」と言われたと彼に話すと、「それを褒め言葉だと思うのかい」と彼は言った。それには考えさせられた。彼にとって翻訳というのは「フランス化」することではなかった。翻訳としての素顔をむき出しにし、自分を通して原テクストを見せるものが彼にとっての翻訳だった。

原作に忠実であろうとし、「到達言語で直接書かれた」と思わせることを嫌い、「到達言語」に無理をかけ、規格外のフランス語で書くことも確かにできる。小説家のミシェル・ビュトールが、かつてベルナール・フランクの翻訳、特に『今昔物語』の翻訳[3]について、「彼は翻訳家ではなく作家ですね」と私に言ったことがある。確かに、日本語の表現に密着した彼の翻訳は、J・J・チュディンの願いに応える独自な言語になっていて、この忠実さが彼の翻訳の味わいを生み出している。しかし皆がB・フランクではありえず、彼の語調で書くことはできない。真似はできない

か。

のだ。そして、私たちの多くは結局、標準的フランス語の慣行に従うことに甘んじている。

そこで問題となるのは、日本の作品、特に古典文学は、言語構造の違いばかりでなく、規範、つまり文体の理想もフランス語とは違うということである。それではどこまで翻訳するのか、つまりどこまで適応させたらいいのだろうか。

また規範といっても、近代以前の日本には散文の「良い文体」についての自覚的な理論化、定義化の作業はなかった。確かに作者たちは言葉を意識していたし、慣行もあったが、ある程度の自由もあったと思われる。しかし、現在も国民的な傑作とされている作品群が生まれた十七世紀の古典主義のフランスには、「モリエールの言葉」という表現にみられるように、理想の文体の定義があり、推敲された言葉（語源的には鞭打たれた言葉）、美しい言語（beau langage）についての規範があった。この規範を定義することに人々は腐心し、例えば文法学者のヴォージュラは、一六四七年に『フランス語についての見解』[4]を出版し、一六三五年に設立されたアカデミー・フランセーズはその規約に「アカデミーの主要な役割は我々の言語に確固たる規則を与える（…）ための作業にある」と規定する。言葉の私設警察すら存在していた。マレルブ[5]は知人たちの作品の文章の添削すらしていたのである。

どのような規範だったかと言えば、根本的な要件は明晰さだった。ボワロー[6]は『詩法』（一六七四年）の中で、マレルブの文章の「純度の高さ、見事な言い回しを賞玩してほしい、そしてこの明晰さを真似てほしい」と言う。

十七世紀の数少ない傑作の一つに数えられている、女性の手になる『クレーヴの奥方』について、王室の歴史家で、当時人々から尊敬されていた文士、ヴァランクールは、明晰さに欠くと、『『クレーヴの奥方』についての手紙』（一六七八年）の中で批判している。その例を一つ紹介しよう。女主人公の母、ド・シャルトル夫人が、はかりごとや恋愛沙汰が渦巻く宮廷に娘が入ることを危ぶみ、娘を守ろうとする場面である。

母としてではなく友として言うのですと母は前置きし、彼女に（lui）言い寄ってくる者の言葉を全て彼女に（lui）打ち明けてほしいと言った。[7]

誰が読んでも誤解する余地のない、意味明瞭なこの文についてヴァランクールは、「隣り合った二つの代名詞は違う二人の人を指してはならないという一般原則」を持ち出し、文の構成にあいまいさがあると言い立てた。[8] あまりに偏狭な態度だが、この例は、フランスの古典主義時代の言語が、小説というマイナーなジャンルに至るまで、明晰さという名において、どれほど文法による検閲に甘んじなければならなかったかということを語っている。この検閲はフランスの文筆家の念頭を離れなかったに違いない。例えばセヴィニエ侯爵夫人（一六二六〜一六九二）は手紙の中で、しばしばそれに触れている。清少納言や紫式部が「文を推敲」していたであろうことは言うまでもないが、彼女たちは恐らくこうした苦労を知らなかった。

したがって翻訳者の前には、言語の違いばかりでなく文学作品の執筆を司っていた美的基準の違いも立ちはだかるのである。

二　文体規範の違い　――具体例に即して

散文については、フランスには現在に至っても校正者という出版社の検閲官がいるが、私たちも勿論自分を検閲する。私たちは規範の存在を意識せざるをえないのである。例えば、同語反復は糾弾される。国民的嫌悪と言おうか。ロイヤル・タイラーは『道行きぶり』に触れて、一般的に西洋の読者が聞きづらく感じるものだと言っている。ところが、数えたところ『蜻蛉日記』には同語反復が数多くあり、例えば新潮日本古典集成本の七行の間に「思ふ」は六つもある。現代語訳では、こうした場合同じ言葉が維持されていることが多いが、翻訳者は、「ressentir 覚える」「se dire 自分に言う」、「voir 判断する」、「se sentir 感じる」などフランス語の同義語でやり繰りしたり、「es-prit 心」、「humeur 気分」などの名詞を使ったりすることになる。[9]

セヴィニエ侯爵夫人は同語反復を避けなければならないことを意識していた。文学作品ではなく単なる手紙の文でさえ、三行の間に三回同じ言葉、「aimable（愛想のいい）」を書いてから、ユーモアを込めてこう言う。

> まあ「愛想のいい」お出ましだこと。けれど、このいい加減な書き様を直すことが出来ません。もし私の手紙に他にも目を通して下さる方がありましたら、慈悲深く直してくださいますように。[10]

同語反復だけではなく文の構成も含めて考えると、和文、特に女性の和文の場合、自然で無作為に見える書き様が、実は考え抜かれたものなのではないかと思われてくる。近代以前の日本では、明晰さを推奨するフランスの古典主義時代とは違って、曖昧なもの、朧げなものの美しさが意図的に求められていたとは言えないのだろうか。

特に和歌の場合、その修辞は、同音異義に基づく掛詞・縁語などにより、暗黙のうちにくっきりとした物言いを避けている。平安末期には美的概念として幽玄が重んじられ、面影という消え行くようなイメージも賞玩された。一義性や明晰さよりも曖昧さ、響き合いを、そしてある種の意味の震えを好んだのである。例えば十二世紀の歌人、俊恵は俊成のある歌を批判して、言葉を尽くして歌の核心をあからさまに表現しているので、非常に浅くなってしまったと言っている。[11] 翻訳者は従って、語彙の問題も含め、掛詞などの複雑な言葉の綾を、晦渋で訳の分からないものにならないように訳す等の困難にぶつかることになる。

散文の場合も同じ問題を抱えている。『源氏物語』にも『蜻蛉日記』にも長文があるが、長いばかりではなく、時間が延びたり縮んだりする、直接話法の節や和歌の引用が入ってくる、主語がぼやけることもあり、途中で消えてしまったりもする長文である。しかも明晰を標榜する言語に移すことが実にむずかしい、極めて自然な印象を与える文なのである。これが書き流した結果ではないということを再度確認しておきたい。過度に調べ回し、規範で縛り、整え、調律することを、作者たちはきっぱりと拒んでいる。散文についての文体論がなくとも、これが当時の美意識であったのは確かだと思われる。

　紫式部は何度か、装束や舞いなどに触れて、堅苦しく、ぎこちなく、硬直した美しさというものを否定しているが、例えば、「紅葉賀」巻の舞いの場面で、源氏と共に舞う頭中将は「花のかたはらの深山木なり」と語られる。[12] タイラー訳は「平凡な山の木」(a common mountain tree next to a blossoming cherry)[13] と対比を強調し、桜に喩えられる源氏の美しさを浮き出させているが、桜には威圧的な立派さはなく、枝も対称的に伸びてはいないし、花の霞むような雰囲気は皆に親しまれている。この場面の語り手によれば舞いを見る人々はまさにこうした美しさを好んだのであった。『蜻蛉日記』でも、作者は夫兼家のしどけない優雅さを讃えている。

　起き出でて、なよよかなる直衣《なほし》、しをれよいほどなる掻練《かいねり》の袿一襲《うちきひとかさね》垂れながら、帯ゆるるかにて、歩み出づるに[14]

拡張解釈かもしれないが、散文においてもまた、無造作に見える優雅さ、気取りのなさを受け入れた、というよりは求めたように思われる。定規で引いたように硬直したものに感じられた漢文とは一線を画するためだったかもしれない。和歌の美学のある部分が漢詩とは一線を画そうとする意志を示しているとすれば、物語散文の美学も、その一部は漢文の原則に追随しまいとする欲求に根ざしているとは言えないだろうか。女性の作者たちが漢文の知識を持っていたことは清少納言、道綱母、紫式部の日記を読めば明らかだ。当時の日本で広く読まれていたのは、例えば、仙界と好色とを素材とした『遊仙窟』(八世紀)で、この作品はしばしば引用されている。ところがこの小説は「気取った対句仕立ての文」なのである。[15]

いずれにせよ平安時代の女性の作品は「国風」を標榜する人々から、そのモデルと見なされてきた。たとえば本居宣長は『玉の小櫛』の中で、二つの文体を対比して、言葉少なく短い文で書かれている『伊勢物語』を良しとし、言葉多く詳しく文の長い『源氏物語』を劣ったものと見なすのは間違いで、それは「唐文《もろこしぶみ》」を規則（定め）とする態度であり、両者は文の書き方が違うのだと言っている。[16] これよりずっと早く、鴨長明も『無名抄』の中で、漢文に多用される対句の乱用は仮名文を損なうと戒めている。[17]

それでは宣長流に言えば、「唐文」的文体の伝統を重んじるとも言えるフランス文化に属している翻訳者はどうしたらよいのだろうか。「良い文体」の、読み易いテクストにしようと努めれば、凝縮するか、ウエーリーの訳にしばしば見られるように書き直すか、あちこちで調整や手直しをするか、さもなければ、「忠実」たらんとしてもB・フランクの言葉の魔術は不可能なので、いい加減で、ぎこちなく、凡庸この上ないものに映る文を書くことに甘んじるしかなく、フランスの読者をうんざりさせてしまうかもしれないのである。

結局翻訳者はある美的基準に従っている翻訳すべき日本語のテクストと、少なくともプルースト以前は、そして校正者を考慮すれば相変わらず別の美的基準に従っているフランス語という言語にそれを移したいという願望との板挟みになる。

そこで、どこまで翻訳すべきかということが問われるのである。

三　翻訳の現場で

最後にテクストを料理する翻訳の現場に入って、二、三問題を取り上げたい。しかしまずレシピはないということをお断りしたい。

ここでは『蜻蛉日記』の序について考えてみよう。この文には主語があいまいだという問題がある。原文と拙訳は以下の通り。

かくありし時過ぎて、世の中にいとものはかなく、とにもかくにもつかで、世に経《ふ》る人ありけり。かたちとても人にも似ず、心魂《こころだましひ》もあるにもあらで、かうものの要にもあらであるも、ことわりと思ひつつ、ただ臥し起き明かし暮らすままに、世の中におほかる古物語の端などを見れば、世におほかるそらごとだにあり。人にもあらぬ身の上まで書き日記して、めづらしきさまにもありなむ。天下《てんげ》の人の、品高きやと、問はむためしにもせよかし、とおぼゆるも、過ぎにし年月ごろのことも、おぼつかなかりければ、さてもありぬべきことなむおほかりける。

Il était une fois une personne — les jours qu'elle avait ainsi vécus s'étant enfuis — dont la condition en ce monde était fragile, incertaine. Avec un visage qui n'égalait point celui du commun des femmes, dépourvue d'esprit, c'était raison qu'elle menât une vie inutile, se disait-elle, et elle laissait simplement passer les jours, matin après matin, soir après soir ; à jeter les yeux sur les romans anciens qui pullulent de par le monde, il n'en manque pas qui regorgent de sornettes : à plus forte raison, aller faire d'une vie insignifiante le sujet de mémoires paraître bien étrange. Mais j'ai pensé que mon ouvrage pourrait proposer un exemple à ceux qui s'interrogent sur la vie des personnes de la plus haute condition. Au demeurant, comme ce qui touche aux mois, aux années passées, s'est brouillé, il est nombre de choses qui devront rester comme cela.

テクストは「世に経《ふ》る人ありけり」という、男か女かも分からない三人称の文で始まる。そしてこの「人」という三人称の主語が、たった一度出てくるだけなのである。しかし、これは自伝作品で、語り手が自分自身について述べていることは明らかな文だ。この部分をサイデンスティッカーは「There was one who ... scarcely knowing where she was」と訳している。塚越敏によるドイツ語への翻訳では「eine Frau」と初めから女性である。フランス語の「personne」は男にも女にも使えるので便利だが、この言葉が女性名詞だから自動的に「elle」で受けているので、ここでは単に「その人」という意味に当り、女と明示している訳ではない。

原文に目を転ずると、「私」とは書かれていないが、数行後に作者は疑問の余地なく直接的に自分のことを語っている。しかし移行は明示されず、代名詞不在の部分が続いている。この空白部分が最初に提示された主語をぼかし、知らず知らずのうちに「人 personne」から暗黙の「私 je」へと、主語を変えていくのである。

この序をさらに詳しく見ると、視点の絶え間ない移動が観察される。まず「人あり」と外部の視点からの提示があり、いきなり「思ひつつ」という言葉に行き着く。その主語は明示されない。仏訳では三人称で訳したが（se disait-elle）、視点は登場人物・語り手の思いに移っている。つまり内側から語られ、それによって「主体」になるのである。

次の文節末尾の「見れば」の主語、古物語を読むのは冒頭に提示された「人」だが、それは全ての読者でもあり、まず当然のことながら、自分の作品を紹介する作者でもある。ここでは仏訳に「à jeter」と、不定詞を使い、「je」を明示することを避けた。冒頭の「personne 人」と、仏訳では序で唯一「je（私）」が現れる文の間に空白を置くためである。この後に「mon ouvrage 私の作品」と訳してしまったことが悔やまれる。「cet ouvrage この作品」とすべきだった。

この序は全体として、フランスの思考形態及び文の要件に対応していない。それを見るために、スタール・ドローネー夫人の『回想録』[18]と比べてみよう。彼女は名の知れた作家ではないが、当時の知識人で、『蜻蛉日記』の作者同様、個性が強く何よりも自由を愛していると公言した人であった。様々な書物を読み、詩や劇を書くこともできた。その文筆能力は知られていて、非常に鋭い観察力とユーモアのセンスがあった。ラ・ブルイエール[19]に匹敵するというのは辛口の文芸批評家サント・ブーヴ[20]の評価である。『蜻蛉日記』の作者と同様、最上層の貴族社会で生きていたが、その中での彼女の地位は低かった。『回想録』の序を紹介しよう。

> 私の人生が人の注意を惹くものであると考えることは、私はできないのだけれども、あえて私がこれを書くことにするのは、私には興味深かった過去の記憶を私が楽しんでみたいからにすぎない。私に起こったことは、つまらない羊飼いの少女として育てられた主人公が実は高貴な姫君だったというような物語で読むこととは丁度反対である。私は私の子供時代に良い家柄のお嬢様として扱われたけれども、その後、私は何者でもなく、この世の中には私が持ちうるものは何一つないということを私は思い知った。[21]

この序が『蜻蛉日記』と共通しているのは、面白おかしい作り物語の否定、頼りない身の上という自己意識、そして自伝文学のトポスの一つである謙遜である。『蜻蛉日記』の作者とは違って、『回想録』の方は人に読んでもらえるようなものではないと言っているが、本気に取る人はいまい。

違いはと言えば、『回想録』の方は一際目を引く「je 私」で始まり、十一もある一人称と一人称所有格の反復で文が展開されるということである。すべては全く明瞭で、和訳する翻訳者がうらやましくなるほどである。スタール夫人は、各動詞が主語を持たなければならないというフランス語の要件を単に守っているだけではなく、明晰に表現するという文化的要件にも応えている。つまり古典文学の規範を熟知しているのである。

一方『蜻蛉日記』には人を指す言葉に問題がある。引用部分では、「人」は四回出て来るが、内実は様々である。作品全体としてもその数は非常に多く、凡そ五百にも及んでいて、『源氏物語』に比べれば登場人物が少ない分問題は少ないが、誰を指すか明瞭でないこともある。全般的に言えば、誰について語っているかを作者は曖昧にしか表さないのである。敬語の有無が助けになるとは言え、同じ人物に対する敬語の扱いも一様ではなく、問題は残る。

しかし、この曖昧な「人」の使用は、映画の画面や写真同様ぼかしの効果を持つため、特定の人物、まずは語り手を前面に押し出す効果がある。しばしば「人々／私」という対比を作るからである。五百もの人の群れの中心に道綱母の姿がくっきりと現れ、その周りで人々の営みがあるという構図である。この作者に特徴的な書き方は、「私」とその重要性にのみ集中し、「私」以外の人々は無差別な群れとして扱われているということである。自覚的であったかどうかは分からないが、主人公・語り手の姿が、その結果際立ってくっきりと浮かび上がってくる。

フランス語においてどうすれば明晰に書けるのだろうか。結局、問題はここに戻ってくる。しかし、さらに問いたいのは次のことである。これをフランス語で明晰に書かなければならないのだろうか。どこまで「翻訳」すべきなのだろうか。換言すれば、明瞭に書くことを作者が明らかに求めていない、曖昧という詩法を紡いでいるテクストを、読者に対してどこまで明瞭なものにするべきなのだろうか。

翻訳　寺田澄江

〔注〕

1 *Voyage en Italie*, Classique Garnier, 1955, p. 115-116.

2 Groupe Kirin, *Nouvelles japonaises*, 3 vols. Picquier, 1986-1991.

3 Frank, Bernard, *Histoires qui sont maintenant du passé*, Gallimard/Unesco, 1968.

4 Vaugelas (1595-1650), *Remarques sur la langue française*.

5 Malherbe (1555-1628). 華やかなバロックから端正な古典主義への移行を代表する詩人と言われている。

6 Boileau (1636-1711), *Art poétique*. ボワローは詩人で、当時の著名な文芸批評家。アカデミー・フランセーズの会員でもあった。

7 Madame de Lafayette, *La Princesse de Clèves*, in *Romanciers du XVIIe siècle*, La Bibliothèque de Pléiade, Gallimard, 1958, p. 1118.

8 Valincour (1653-1730), *Lettre sur le sujet de la Princesse de Clèves*.

9 原文と翻訳の対応部分は以下の通り。

さればよとぞまた思ふに、はしたなきここちすれば、思ひ嘆かるること、さらにいふかぎりなし。山ならましかば、かく胸塞《ふた》がる目を見ましやと、うべもなく思ふ。ありとある人も、あやしくあさましと思ひ騒ぎあへり。ことしも三夜ばかりに来ずなりぬるやうにぞ見えたる。いかばかりのことにてとだに聞かばやすかるべしと思ひ乱るるほどに、客人《まらうど》ぞものしたる。ここちのむつかしきにと思へど、とかくもの言ひなどするにぞ、少し紛れたる（新潮古典集成、一九八二年、一六九頁、［天禄二年七月］）。

C'est bien cela ! me dis-je une fois de plus. Mon humiliation est telle que la douleur que je ressens ne se saurait peindre. Si j'étais demeurée sur la montagne, m'exposerais-je à étouffer ainsi ? me dis-je, voyant mes craintes confirmées. Toutes celles qui m'entourent sont en émoi, se sentant décontenancées, outrées ; on croirait vraiment que c'est un marié qui a cessé de venir après la troisième nuit ! Si j'apprenais seulement quelle affaire d'importance l'a retenu, je goûterais quelque apaisement : la confusion règne dans mon esprit quand arrive une visite. En dépit de mon humeur sombre, causer de ceci et de cela me distrait quelque peu (*Mémoires d'une Ephémère*, trad. Jacqueline Pigeot, Collège de France, 2006, p. 125).

10 Madame de Sévigné, Lettre du 20 juin 1678 à Bussy-Rabutin, La Bibliothi èque de Pléiade, t. 2, Gallimard, 1960, p. 402.

11 いみじういひもて行きて、歌の詮とすべきふしをさはといひ現したれば、むげにこと浅く成りぬる（鴨長明、『無名抄』、俊成自賛歌事、岩波日本古典文学大系、『歌論集　能楽論集』、一九七九年［一九六一］、七三頁）。

12 岩波日本古典文学大系、一、一九九一年（一九五八）、二七一頁。

13 Tyler, Royall, *The Tale of Genji*, t. 1, Viking, 2001, p. 135.

14 前掲書（注九）、原文は八七頁、仏訳は p. 137-138。

15 Lévy, André, *Dictionnaire de Littérature chinoise*, coll. Quadrige, PUF, 1994, p. 43.

16 ある人のとひけるは、伊勢物語は、たゞ一言二言に、心をこめて、すべて詞すくなく、みじかく書とれるは、まことにすぐれたる文といふべきを、此物語は、かれにくらぶれば、こよなく言おほく長くて、あまりくはしきかたに過たるにはあらずや、此のことわりいかにといふに、こたへけらく、まづもろこし人の、文のさまを論ずるやう、大かたことずくなに、みじかく書とれるを、よしとするは、まことにさることにて、こゝの文は同じことにて、いせ物語は、まことにことずくなに、めでたきこと、こと物語にまされり、然るに此物語の、詞長くくはしきは、いせ物がたりにはおとれるにこそと思ふは、其文のよきあしきをば、たづねずして、たゞ言の長きとみじかきとをもて、おとりまさりをさだめむとするは、かのもろこしぶみのさだめに、なづめるもの也、（…）かの伊勢物語などとは、もとより書きざまのおもむきの、ことなるものにして（…）（『源氏物語玉の小櫛』、『本居宣長全集』、第四巻、筑摩書房、一九六九年、二三四頁）。

17 又、詞の飾りを求めて対を好み書くべからず。僅《わずか》に寄り来る所ばかりを書くなり。対をしげく書きつれば真名に［似］て仮名の本意にはあらず（前掲書［注十二］、仮名序事、九三頁。［似］は底本になく対校本により補入）。

18 Madame de Staal-Delaunay (1684-1750), *Mémoires*（初版は一七五五年。編者注、以下でアクセス可能、https://gallica.bnf.fr/ark:/12148/bpt6k6228011h).

19 ラ・ブルイエール (Jean de La Bruyère 1645–1696) は文学性の高い散文の創始者の一人と言われる。*Les Caractères ou les Mœurs de ce siècle*（一六八八年初版）が非常に有名である。

20 Sainte-Beuve (1804–1869).

21 原文は以下の通り。

Je ne me flatte pas que les événements de ma vie méritent jamais l'attention de personne ; et si je me donne la peine de les écrire, ce n'est que pour m'amuser par le souvenir des choses qui m'ont intéressée. Il m'est arrivé tout le contraire de ce qu'on voit dans les romans, où l'héroïne, élevée comme une simple bergère, se trouve une illustre princesse. J'ai été traitée dans mon enfance en personne de distinction : et par la suite je découvris que je n'étais rien, et que rien dans le monde ne m'appartenait (Albin Michel, 1925, p. 7).

ロシアにおける平安文学の翻訳と受容 ―文学翻訳と政治―

アレクサンドル・メシェリヤコフ

平安文学のロシアでの受容について考えることは、必然的にロシアについても語ることになる。ロシアにおける日本文学の受容には文化的要素だけではなく政治的・社会的要素も強く影響している。ここではその歴史的コンテクストにも重点を置いて考えたい。

一九一七年の革命以前のロシアでは日本文学の翻訳・紹介はごくわずかで、主に和歌と俳句のヨーロッパ言語からの重訳だった。散文の翻訳、それも古典文学の翻訳となると、全く存在しなかったに等しい。日本文化への関心が高まったのは、いわゆる「ジャポニズム」の影響で、まず表象芸術の分野から始まった。しかし日露戦争以後、日本の文化や文学についての理解を深めるべきだという認識が高まり、留学生が日本に送られた。大半は文献学関係で、その中にはエリセーエフ、ネフスキー、コンラドなどがいて、芭蕉を卒業論文のテーマとしたエリセーエフは東京帝国大学を卒業した初めてのロシア人となった。革命以前にはまだ若かった彼等は、その後すぐれた功績を残すことになる。

二十世紀から二十一世紀にかけての日本の古典文学の翻訳と受容の歴史は、非常におおまかに、戦前、戦後（九〇年代初頭、つまりソ連崩壊まで)、そしてソ連崩壊後という三つの段階に分かれる。その数は時代によって全く異なり、翻訳のほとんどがソ連崩壊後の時期に出ている。しかしそれは、日本文学の影響がソ連崩壊後に最も大きかったということではない。

一　戦前の状況

革命は第一次世界大戦による混沌を深める一方、社会・文化・文学の各方面で多くの希望や社会・文化・文学の計画を生みだした。文学の分野で特筆すべきなのはゴーリキーが一九一九年に設立した出版社「世界文学」で、世界の名作(古典・現代・西洋・東洋)を紹介しようという政治的というよりは啓蒙的な試みだった。趣意書は「初めて東洋と西洋の名作を合せて紹介し、ロシア人読者にそれを世界文学として刻みつけることを目指している」と述べる。世界文学をその多様性において紹介しようという試みだったが、エリセーエフは、当時の計画には『万葉集』、『古今集』、『新古今集』、『源氏物語』、『平家物語』、西鶴、近松、「その他」があったと回想している。しかし、これらは出版されずに終った。

エリセーエフは、ロシア人やヨーロッパ人はそもそもアジア、特に日本の文学をほとんど知らないと述べている。欧州では日本の美術についての本が数多く出ているし、主要な都市の美術館でも多くの作品が収集されているから、文学についての知識のなさはカバーできると思うかもしれないが、極東の美学の基礎も知らず、芸術家の世界観の根本をなす精神の文化を知らずして、その芸術を理解することなどできるのだろうかと問い、「「世界文学」出版による日本文学の翻訳が、これまでの質の悪い抄訳や翻案の類が与えた日本文学についての歪んだイメージを壊してくれることを期待する」と述べている。

日本文学シリーズの計画の主旨を説明する中で彼は共産主義的な表現を避け、次のように書く。「豊かで様式的にも素晴らしい日本文学との出会いは、優しい手つきでヴェールの端を持ち上げ、その後ろにいる他者の心、その美しさを人間の精神の異なる投影として見せてくれ、我々が極東をよりよく理解するための助けとなり、それによって我々の心の多面性を深めてくれるだろう」と。このように日本文学を日本人の心の投影として、そこに欧州が学ぶべきものがあると見ていたわけだが、当時の人種差別的な、そして政治的に歪んだ時代にこのようなアプローチをするのは、並大抵のことではなかった。

「世界文学」出版の計画は実に壮大なものだった。計画を予定していた本の総数はなんと四千冊。しかし出版社は結局一九二四年までしか存在せず、一二〇冊の本を出版しただけだったが、当時の困難な状況を考えれば、これは決して少ない数ではない。とりわけ喜ばしいのは、一九二一年にコンラドによって『伊勢物語』の翻訳が、世界で初めて刊行されたことだった。これは二七の西欧作家の翻訳に次ぐ、「世界文学」出版の最初で最後の日本文学シリーズの作品となった。また一九二一年には、学術ガゼットにコンラド訳の『方丈記』の翻訳が出た（英・仏訳の『方丈記』は既にあった）。彼は学術的な訳を対訳で出したいと考えたが、「活字も、活字を拾える植字工もなく、それ以外の必要なものはもっと」なかったため、翻訳は「簡略版」で出版された。この後ロシアでは、優れた専門家が少なからずいたにもかかわらず、日本の古典文学の完訳が出版されない期間が長く続く。出版社は完全に国の統制下におかれ、国の関心はほかの問題や他の本に集中していたためだった。

『伊勢物語』の序文で、「文学が真に『古典』と呼べるものになった最高の到達点、文学の黄金時代である平安時代」に属する作品として、『伊勢物語』が、『古今集』『源氏物語』と並んで、日本の国民文学と呼べる三大作品のひとつだから、この作品を選んだと彼は述べている。

ロシアの日本研究者は中国の伝統が日本に及ぼした影響を認めつつも、同時に日本文学の独自性をも主張した。エリセーエフも、注意深い読者であれば「日本的な基盤や国民的な心の芽」を見出すことができるだろうと書き、コンラドも同意見であった。

極東の古典文学の初期の翻訳においては、別のアプローチ、別の現実に適した言語の創造が模索された。日本文学の場合はコンラドの『伊勢物語』の翻訳がその例だが、この言語は当時のロシア語のスタンダードとはかなり異なるものだった。コンラドは意識的に行ったことだと述べている。

この翻訳の基本となる原則は非常に少なく単純なもので、原典のイメージやそのイメージの一貫性に、また作品の持つ感情に忠実であることだ。そして、日本語のテクストにあると理解した独特な感情の輪郭を表すために、意識的に正しいロシア語のフレーズを犠牲にした。

この一節は、平安時代の人々の文学における感情表現の特異性が、ロシア語のスタンダードな表現では表せないということを認めたものだが、極東研究における新しい言語の構築は、革命の時代の影響下において、この世界には変えてはいけないものや最初から決められたものなどないのだという思想状況が生んだ現象であった。ソヴィエト政権の行った最初の改革の一つが、正字法の改革だった。「はじめに言葉があった。言葉は神と共にあった。言葉は神であった」という、福音書の神聖なものと言語的なものを同一視する言説に抗して、ルネッサンス以降の人間の神格化のプロセスは、神の領域、すなわち不可侵の領域を狭め、神からその役割を次々に奪っていったが、ましてソヴィエト時代においては、無神論は国家のイデオロギーの中核だった。その極端な表れが「ザーウミ（理解可能なものを超える）」言語の主張で、自然言語の規範も否定された。当時のロシアの詩や散文は言語の実験や新しさで溢れているが、

「古いもの」を否定するという革命思想は、全身全霊を込めて新しい言語の模索に向かい、極東研究者による作品言語も、こうした状況の中で試みられた。しかし彼らがその言語に反映させようとしたのは、新しい現実や「未曽有の」時代ではなく、「別の」文化における「別の」現実だった。

では、彼らにとって他者としての日本文学とは、どのようなものだったのだろうか。コンラドは『伊勢物語』の序文で、社会的背景（教育、身分、財産の格差や、中国文化の多大な影響）を説明した後、貴族の生活や文学における繊細な美意識、感情・感覚の豊かさなどに触れ、それが彼らの生活様式の所産であると述べている。彼は、『伊勢物語』を断片の集成ではなく、「音楽の曲のように、一貫したテーマに沿って、それを複雑に多様に構成したものである。根幹をなすテーマは愛であり、愛の尽きることなき多面性である」と述べ、「歌物語」という通常の用語ではなく「抒情的語り物」という表現を使っている。また彼は平安時代の女性の高い地位についても言及しているが、女性の地位は男女平等を標榜した当時のソ連のイデオロギーにとっても重要なものだった。一九二〇年代前半のソ連では、結婚や家族は「偏見」だと見なされていたので、平安貴族の「自由な愛」や性生活の自由は革命後の時代の空気に対応していた。

一九二七年に、コンラド他の編で、八〇〇部という少部数の『日本文学、その作品例と概要』が出た。主に抜粋からなる『古事記』、『古今集』、『伊勢物語』、『大和物語』、『源氏物語』、『方丈記』、『平家物語』、謡曲、芭蕉の句、読本などの翻訳を収めたこの選集は、平安文学の印象を一新するものではなかった。平安貴族生活の快楽主義的側面は中立的に扱われていたが、その言語化された表現はコンラドを大いに喜ばせた。「この文学には深い内容も洞察もなく、深淵な哲学もない。せいぜい世界や人生の深い部分に軽く触れている程度だが、その代わりに、真に洗練された趣味の良さや、美意識や、繊細な感受性や、優雅さがある。これは芸術的言語の最高の到達点であり、様式美の輝きであり、言語芸術の頂点である。言い換えるなら、人間の生活と環境に対する「美的志向」の最も完成された解釈であり、すばらしい言語芸術である」と、彼は語っている。ここで様式美が賛美されているのは決して偶然ではなく、おそらくコンラドが当時影響力のあったフォルマリズム（オポヤーズ）の運動に魅せられていたからだとも思われる。

ソヴィエト政権は民族の平等、ヨーロッパ中心主義の否定といった方針を打ち出し、革命による「アジアの目覚め」を期待し、それに伴って、アジアの文学の紹介に努めようという動きも強まっていた。現代日本文学については、一九二〇年代から三〇年代にかけて、芥川龍之介、谷崎潤一郎、夏目漱石、菊池寛、有島武郎、島崎藤村、小林多喜二、宮本百合子、徳永直、藤森成吉、林房雄といった作家の作品が翻訳されている。

一九三〇年代後半になると、古典文学にとっては最も苦難の時代が訪れる。階級闘争的な視点から、古典文学は「大衆」を抑圧する道具であると見なされたためだ。それでも、一九三五年には『東』という選集が出版され、主に抜粋からなる中国や日本の古典文学の翻訳、日本文学では、祝詞、『竹取物語』、『土佐日記』、『源氏物語』、『枕草子』、和歌、謡曲、『奥の細道』、軍記、西鶴、近路行者（都賀庭鐘）、アイヌ民話が収められた。

日本文学の特異性に重点を置いていたコンラドは、この一九三五年の選集の序文においては論調を変え、世界的なコンテクストの中で日本文学を見直すという新たな見解を示した。全ての国に適用できる社会経済形態を提唱するマルクス主義においては、全ての社会はある一定の段階を通っていく「運命」にあると考えられ、単一の公式は文化や文学にも適用されると提唱された。例えばコンラドは「封建主義時代における文学」について語っているが、これは、文学的な要素ではなく歴史的な要素が根本にあるという見方だ。そして各時代に固有のジャンルを挙げ、そこにはどの国にもある程度共通する特徴が見出せるとする。軍記に関して彼は次のように書く。

日本にも非常に封建主義的かつ英雄的な叙事詩があるのに、世界の文学研究者も西洋の読者もその存在を知らないがゆえに、『平家物語』や『太平記』そして『義経記』といった作品が『ローランの歌』、『我がシッドの歌』『イーゴリ軍記物語』といった封建時代の文学の名作と同等の地位を与えられていないという現象が起きている。一方、極東の文学が到達できないダンテに代表されるような地平も存在しているが、極東には『源氏物語』等のすぐれたリアリズムの小説があり、西欧にはない「随筆」というジャンルもあると述べ、封建時代の文学のなかで言語表現において極東は西欧を抜いているとも指摘している。以前は快楽主義と感性の豊かさ、愛と性生活への拝跪を語っていたコンラドは、『源氏物語』の「桐壺」によせた短い序文の中で、平安文学に対する評価を大きく変えて、主にフロベールを思わせるそのリアリスティックな描写を評価している。こうしたアプローチの変化は、ソ連の歴史の変化に伴うもので、革命直後の言語実験や大胆な精神にとってかわって、硬い定式が用いられるようになった時代を反映している。文学においては、基本的に「リアリズム」（ソ連の作品については「社会主義リアリズム」）が評価されるようになったので、コンラドも可能な限りそれに合わせ、日本の古典文学をこの定式に「追い込む」試みをしたのである。このような状況下では、作品の構成や形式についての分析は意味を失っていた。

公式のイデオロギーに合う世界文学史の単一図式を作りつつも、研究者たちは日本文学の人間的な側面を強調した。コルパクチは『徒然草』を例に次のように書いている。

『徒然草』の最大の魅力は、その形式的な美ではなく、その響きであり、十世紀を経てなお、時代も場所も異なる人々の声が聞こえてくるところにある。

ここで注目したいのは、このように人間を中心に置く視点は、当時の公式見解とは異質だったということだ。歴史的文化的発展が世界的に同一であると主張するソ連的共産主義においては、人間そのものよりも階級闘争と「大衆」が重視されるので、このようなアプローチとは根本的に相容れないものだったからだ。選集『東』に対して、強い批判の書評が書かれ、祝詞が「抑圧と搾取の手段」として非難されたのもこうした背景からだった。

一九三五年の選集出版の後、日本の古典文学の新しい翻訳が出るにはずいぶん長い時間を要した。戦争は平和な文学研究とは折り合いが悪く、多くの日本研究者は「日本のスパイ」として逮捕されてしまう。選集『東』で活躍した翻訳者について言うならば、ネフスキーは処刑され、コンラドも、コルパクチも、グルスキナも収容所に入れられてしまった。

二　戦後

日本の古典文学の新たな翻訳が出たのは、戦後のスターリンの死後、一九五三年以降だった。この時を期に、イデオロギー的な拘束はゆるやかに弱まりはじめたが、直接的な批判や改革としてではなく、文化の各方面で支配的イデオロギーとは直接関係のないものが許容されていくという形をとった。

日本の古典文学の復権は詩歌の分野から始まり、最初の大きな選集は『日本の詩歌』というごく中立的な題名で一九五四年に出版された。部数は三万五千部で、すぐに三つの書評が賞賛し、一年後には増版された。古代と中世の詩歌に重点をおいたグルスキナやマルコワの訳で出版されたこの選集の序文で、コンラドは貴族の詩歌は民衆の詩歌の発展形であると述べている。

民衆の創作は文学的詩歌の原点であり、それは歴史的な意味合いだけではなく、後者が詩歌の分野として独自の道を歩み始めてからも、民衆詩のなかで編み出された様々な形象や方法を取り入れ続けていたということだ。

コンラドの主張は真実を捻じ曲げてはいないが、日本の詩歌の「民衆性」を強く主張することは、当時の公式の文芸批評においては「民衆的」であれば非常に肯定的に評価され、民衆は支配的搾取階級と対立するものとされていた状況に対応していた。

彼は、憶良など詩人の幾人かが貧困の問題をも扱っていたと指摘した上で、貴族階級の和歌の主な題材について次のように述べる。

しかしながら、この詩人たちはなによりもまず愛を賛美していた。平安時代の貴族階級の詩歌の大半は恋愛抒情詩である。一見、愛について何も語っていないように見え、自然を賛美しただけに思えるような詩でさえも、愛について語っている。自然を賛美した詩は数多くあり、日本の詩歌の初期の段階においてはそういった詩を一つの大きな文学潮流として捉えることも可能だが、そこにはやはり愛の音が響いていて、それが自然を描くという形をとっているのだ。

戦後のソ連文学は社会的な枷のない愛を題材として取り戻したが、それは「階級的アプローチ」から脱却し、文学を人間に近づけることを意味した。私が強く確信しているのは、ソ連のイデオロギーの解体は、文学や芸術に愛という題材を認めた一九五〇年代に始まったということだ。矛盾して見えるかもしれないが、日本の古典文学はここで非常に重要な役割を果たした。日本古典文学の翻訳は一九五六年のスターリン批判後にロシア語で書かれた多くの「非政治的な」作品よりも以前に出版されたのである。

俳句も含め、日本の古典文学は、ソ連の知識人に非常に愛好されるものになったが、このプロセスに大きく貢献したのは、素晴らしい翻訳家のヴェーラ・マルコワだった。彼女は「狭い日本文学研究界」から日本文学を救い出したとも言われている。しかし日本古典文学の成功は、原作が優れていたことと、ソ連政権下では自作の詩を出版できなかったものの優れた詩人であった優秀な翻訳者がいたということだけでは説明できない。

どのような詩の翻訳であっても、原典を大きく構成し直すことが必要となるということは、今更言うまでもないが、日本の詩歌からの翻訳の場合、他の言語からの翻訳に比べてそれがはなはだしかった。日本の詩歌は、長いテクストを読みなれた読者にはあまりに短く感じられ、多くの翻訳者たちは容赦なく、原典にない言葉や感情を盛り込んだ。しかしそれは問題にはされなかった。なぜなら、日本の詩歌の本来の意味を理解しようなどという目的で読まれたのではなかったからだ。

ではロシア風に翻案された日本の詩歌に、読者はどのような魅力を感じたのだろうか。言い換えるなら、ロシア文学では得られないどのような要求を、日本の詩歌は満たしていたのだろうか。

読者は、当時のソヴィエトの詩に欠如していた叙情詩を求めた。二十世紀ロシアの優れた詩人たちの作品は、あるいは禁止され、あるいはごくわずかしか出版されず、一般の読者には知られていなかった。仮借ないイデオロギー的支配の中で公式に認められていた詩は、叙事的なテーマ（革命や戦争）、政治、社会、「市民性」を扱った作品ばかりだった。「闘争」のメタファーこそが、この文学の原動力となっていて、自然さえも寄り添い調和を願うものではなく、支配と闘争のメタファーとして捉えられていた。

ソ連の公式言語では「非政治性」というのは非難されるべきものだったが、多くの読者はまさにこの「非政治性」を求めていた。日本の古典文学の翻訳は、イデオロギー的な重さのない、純粋な抒情詩として受容された。読者が思い描いた日本の詩人たちはひたすら自然と愛を詠い、その心は党も階級闘争もない心地良い小さな世界に収まるものだった。純粋な抒情詩は純粋な現実逃避となり、別の価値観の世界への逃避となった。日本の古典文学は現代の言葉で翻訳され、その古さは失われたが、これは新たなロシア語の創成などではなく、伝統的なロシアの古典文学・言語への回帰であったものの、翻訳によって古代性が失われ現代の詩となったのである。

一九五〇年代末から六〇年代初頭になると、ソ連体制とイデオロギーの浸蝕が目立つようになり、文学においても個人主義が集団主義よりも重視される傾向となった。それは、当時のソヴィエト文学からも翻訳出版された作品からも分かる。ここで日本文学は特別な位置を占めている。ソヴィエト政権は日本の伝統文化に、アメリカ的な「精神性のない」消費文化とは異なる文化を見ようとし、読者は理想的な「国内亡命」の地を見出したのだった。

古典文学の翻訳は、ソヴィエト的な世界観を受け入れない人文系の知識人の中でたいへん尊重された。多くの才能ある作家や詩人が「机の中に」書く、つまり作品を書いても出版するあてがない状態だったので、アンナ・アフマートワ、ニコライ・ザボロツキー、アルセーニイ・タルコフスキーらは文学作品の翻訳で生計を立てていた。このためソヴィエトの詩の翻訳家たちの仕事はたいへん素晴らしいものだった。タルコフスキーによれば、「権力が詩人たちの口を塞いだおかげで、我々が誇りとする超一流の翻訳者を得ることができた」のである。

文学作品の翻訳は「清廉潔白な」仕事と見なされた。翻訳においては嘘をつかないでいられたからだ。この現実逃避的な傾向は、多くの翻訳者が現代文学ではなく資本主義も社会主義も知らなかった時代の文学を訳そうとすることでいっそう強まった。日本を含めた世界の「古典文学」という言葉は特に魅力的な香りを放ち、節度のある反体制的な立ち位置に合致した。古典文学の研究者は、穢れた世界を厭う修道僧を思わせた。無論権力側は日本の古典文学がソヴィエトにとって異質なものであると認識し、その出版には制限をかけていた。このため一九五七年に完成していた『万葉集』の翻訳が出版されたのは一九七一年だった。

日本の古典文学の復権は詩歌から始まり、次は散文の番だった。先陣を切ったのは一九六二年の『竹取物語』と『落窪物語』で、翻訳者はこれを「おとぎ話」としている。一九七〇年には『徒然草』が、一九七五年には『枕草子』が出版された。一九七九年には、読者にとって入手の困難だった『伊勢物語』と『方丈記』が再版され、一九八二年には『大和物語』の翻訳が出ている。これら作品は、全てたいへん広く読まれた。特に『徒然草』と『大和物語』は、非常に学術的な翻訳で、文献学的な注釈も多くつけられていたが、非常に多くの読者を獲得した。

日本の古典文学の散文の言語は独特で、読者の興味は尽きることがなく、平安文学のパロディーさえも生まれたほどだった。のちに有名な作家になるタチヤーナ・トルスタヤも『伊勢物語』と『大和物語』を読んで、優れたパロディーを書いている。パロディーの対象となるのはよく知られた作品だけだということを確認しておこう。

読者の期待に応え、翻訳家たちは日本の古典文学の繊細な心理を特に強調した。現代ロシア語に翻訳されるので、日本の読者が古典を読むときのような苦労はなかった。日本の貴族の生活や彼らの小世界は人間的な尺度でできており、その心の動きは、叙事的、英雄的なテーマが支配し、普通の人間の運命が見えにくくなっていたソヴィエト文学に疲れた読者の心に軽やかに入り込み、読者はそれに共鳴したのだ。過剰なヒロイズムと男らしさを教え込まれて育ったソ連人は平安の女流文学に自然に身を任せたのである。これは『平家物語』のリヴォワによるすばらしい翻訳（一九八二年）などがあったにもかかわらず、日本文学におけるヒロイックな作品が比較的冷めた反応で受け入れられたことからみてもわかる。

公式のイデオロギーはユートピア的な理念を奨励したので、理想的なソヴィエトの人間は「遠視眼的」で、そのまなざしは「明るい未来」を見つめるものだったが、現実の人々はもっと「近視眼的」で「目と鼻の先」にあるものを見つめられるような眼鏡を求めていた。日本文学はそういう眼鏡だったのである。日本の散文の柔軟な構造は彼等には珍しく、魅力的で、ソヴィエト的な過度に幾何学的で攻撃的な世界観を壊し、別の可能性を示すものとして捉えられた。異国の地名や植物や物に彩られた作品舞台は物語の魅力を増し、日本文学を知り、「もののあわれ」や「わび」「さび」といった言葉を口にすることは、知識人の条件とみなされた。ここで強調しておきたいのは、日本文学は義務教育のプログラムには含まれていなかった、つまり日本文学の普及を国は奨励していたわけではないということだ。日本文学は、公式的なものから距離を置こうとするソヴィエトの知識人のアイデンティティに応えるものだったということだろう。

ソヴィエト後期には、平安文学、さらには日本自体が避難所の役割を果たした。この時期は日本文学全体の人気が最も高かった時代で、社会的関心よりも存在論的な価値観が強く打ち出されている、夏目漱石、川端康成、安部公房、谷崎潤一郎ほか、日本でも名の知られた繊細な現代作家の作品が訳された。ソヴィエトの読者にとって日本文学は、古典も現代文学も同じ価値のあるものとして受け入れられたのだった。平安文学や現代文学は単にその芸術的な満足のためだけではなく、社会性からの逸脱という目的を果たすものになった。一九七九年の『伊勢物語』の再版に際して、二一年の初版の序文から、「平安文学を特徴づける階級的要素があまりに直接的に紹介され、文学の影響という問題が十分に弁証法的に扱われていない」部分が削除されたのもうなずける。こうして再版は社会背景をほぼ排除し、知識人読者には最も興味のある美的要素を前面に押し出したものとなった。

一九七九年の版から中国文化の日本に及ぼした影響についての分析が姿を消したことも注目される。これは当時の中ソ関係の悪化で一部説明がつくが、同時に当時のソ連人が日本を完全に独自の文化現象と捉えたがっていたことにもよる。日本文化における中国的な要素は背後に追いやられ、奈良時代の漢文による名作の翻訳がほとんど存在しなかったこともあって、平安文学は大陸からも、それ以前の文学伝統からも隔絶されたものと思われた。平安文学の専門家は、平安文学を日本人の芸術的天才の頂点であると常に主張していたので、読者はそれを文字通り信じ、翻訳は非常に多くの数で出回った。『伊勢物語』は一九二一年の版で五一五〇部、一九七九年の再版では一〇万部だった。

さてこの学会のテーマに沿って、『源氏物語』の受容についても少し述べておこう。『源氏物語』はソヴィエト時代にすでに翻訳されていたが、世に出たのは新たなロシアになってからの一九九一年から一九九二年のことだった。この優れた翻訳は、あらゆる点で後期ソヴィエトの認識に立つものである。翻訳者にとって『源氏物語』は、日本文学であると同時に世界文学の最高峰だった。平安時代は、「日本文化の最盛期であり、後世の人々もこの時代に魅了されている。それ以前の時代は平安時代が咲き誇るための準備であり、平安時代はのちの時代までずっと偉大なる輝きを放ち続けている」と、語られる。この評価の妥当性はさておき、ここでは、おそらくは無意識的に、マルクス主義的な進歩の理論が否定され、「黄金時代」は過去に属すると主張されている。極東の伝統文化を重んじる人間は皆賛同するような主張だが、ここにはソヴィエトの文化的な紋切り型の重圧から逃れた後期ソヴィエトの知識人の、「本物」が現れた過去の時代への憧れがある。

『源氏物語』は知識人層に読まれ、深い感銘を与えたが、やはり時期が遅すぎた。自由化、グラスノスチ、そして検閲の廃止が行われた一九八〇年代末から一九九〇年代初頭にかけて、ものすごい量のロシア文学や世界の文学が読者に押し寄せ、『源氏物語』はその波に呑まれてしまった。これ以降、平安文学も含め日本文学は、以前のように数十万部といった部数を出すことはできなくなる。

三　ソ連崩壊以降

社会学的な観点からみて重要なのは、まずソ連崩壊後の文学に検閲がなくなったことで、どんなロシア文学も世界文学も手にすることができるようになった。しかし同時に、「平均的」読者の質が著しく低下し、一般の関心がいわゆる「here and now」に向かってしまったということだ。つまりロシアは西欧がずっと前から陥っていた状況に陥ったのだが、消費社会への参入は、日本文学についても具体的な数字となって現れた。日本文学の読者は急激に減少し、平安文学は知識人や日本文学の愛好者だけのものになった。しかしこの状況は日本古典文学ばかりでなく、古典文学あるいは「真面目な」文学一般にみられた。ソヴィエト政権下では古典の受容がいわば凍結状態で、古典は高く評価されていた。ソヴィエトの崩壊によって状況は大きく変化し、『徒然草』の学術的な翻訳があれほど広い読者層を獲得したのに、「広く」一般読者に向けたはずの新しい翻訳（二〇〇九年）は、あまり多くの人には読まれなかった。これは、以前の概念でいうような「知識人」がもはや存在しなくなったということだ。

しかし同時に、ソ連崩壊後には平安文学の翻訳がかなり出ている。現代の訳者たちは、解説の中で一般的な問題を検討するというよりは、より厳密にテクスト分析を行い、漢文で書かれた作品も含めた日本文学の全体像を浮かび上がらせようとしている。祝詞と宣命（一九九一年）、『古事記』（一九九三～一九九四年）、『日本霊異記』（一九九五年）、『日本書紀』（一九九七年）、空海の『三教指帰』（二〇〇〇年）、『古語拾遺』（二〇〇二年）、『新撰姓氏録』（二〇〇二年、抜粋）、『藤氏家伝』（二〇〇六年）、『続日本紀』（二〇〇六～二〇一六年、一～七巻）が翻訳され、『懐風藻』の訳もまもなく出版される。これによって平安文学は日本文学の発展の一段階として捉えられ、極めて独特で重要な段階であると同時に、大雑把に「日本文学の最盛期」と言い切ってしまうことはできなくなっている。

さて、ここ数年で少なからぬ数の日本古典文学が翻訳されてきたが、その部数は著しく減少した。現代のロシアには日本の「ファン」もかなりいるが、彼らにとっての「日本的なもの」は、文学以外の要素が多い（料理、武道、生け花、盆栽、漫画、アニメなど）。ロシアの日本研究を代表する立場として私が危惧しているのは、近年の平安文学の翻訳は基本的に、長年日本研究を専門としてきた、古い世代の翻訳者、定年退職者や定年間近の研究者によって行われていることだ。しかしこれは現在のロシアの学問と文化がおかれた悲惨な状況として、他の分野にも共通していること

表　ロシア語に訳された平安文学の代表的な作品リスト

題名、訳者	出版年、部数
方丈記　(N.I. コンラド)	1921 (部数不明)
伊勢物語 (N.I. コンラド)	1921 (5150)
日本文学、その様式と概要 (『古事記』(抜粋)、『古今集』(抜粋)、『大和物語』(抜粋)、『源氏物語』(抜粋)、『方丈記』、『平家物語』(抜粋) ほか)	1927 (800)
『東』第一集、中国と日本の文学 (祝詞 (抜粋)、『竹取物語』、『土佐日記』、『源氏物語』(抜粋)、『新古今集』(抜粋)『百人一首』ほか)	1935 (5300)
竹取物語、落窪物語 (V.N. マルコワ)	1962 (50,000), 再版多数
徒然草 (V.N. ゴレグリャド)	1970 (15,000), 再版多数
枕草子 (V.N. マルコワ)	1975 (100,000), 再版多数
西行『山家心中集』(抜粋) (T.L. ソコロワ=デリューシナ)	1979 (25,000)
大和物語 (L. M. エルマコワ)	1982 (20,000)
土佐日記 (V. N. ゴレグリャド)	1983 (5000)
百人一首 (V. S. サノヴィチ)	1990 (7000)
源氏物語 (T.L. ソコロワ=デリューシナ)	1991-1993 (25,000)
蜻蛉日記 (B.N. ゴレグリャド)	1994 (20,000)
古今集 (A.A. ドーリン)	1995 (5,000), 再版二回
紫式部日記 (A.N. メシェリャコフ)	1996 (3000), 再版二回
歌合 (I.A. ボロニナ)	1998 (3000)
更級日記 (I.B. メリニコワ)	1999 (3000)
大鏡 (E.M. チヤコノワ)	2000 (部数不明)
新撰和歌集 (I.A. ボロニナ)	2001 (3000)
とりかへばや物語 (M.V. トロプィギナ)	2003 (10,000)
和泉式部日記 (T.L. ソコロワ=デリューシナ)	2004 (10,000)
宇津保物語 (B.I. シサウリ)	2004 (1500)
古今集 (I. A. ボロニナによる新訳)	2005 (500)
狭衣物語、篁物語 (V.I. シサウリ)	2007 (1000)
無名草子 (Iu. E. グボズヂコワ)	2007 (300)
徒然草 (A.N. メシェリャコフによる新訳)	2009 (1000)
浜松中納言物語、松浦宮物語 (V.I. シサウリ)	2010 (1000)
西行『山家心中集、西行物語』(T.L. ソコロワ=デリューシナ)	2016 (2000)

ではある。

最後に、私の平安文学に関する個人的な見解をひとこと述べておきたい。私は、平安京の人々が話していた言葉が好きだ。理由はそれが平和な言語で、攻撃的な表現に向かず、なによりも愛を表現するのに適しているからだ。悲しげなことも多いが、そこには現在私たちが話している言語に蔓延しているような憎しみは存在しないのだ。

翻訳　奈倉有里

フランス翻訳事情 ―日本古典文学の百五十年―

エマニュエル・ロズラン

日本古典文学のフランスにおける翻訳は十九世紀後半を出発点とする日仏の全般的関係、フランスにおける日本学の状況と深く関わっている。日仏修好通商条約の締結五年後の一八六三年に、イナルコの前身東洋語専門学校で日本語の授業が開始され、七〇年代初頭から和歌を中心とする翻訳がわずかに始まった。ボードレールが『悪の華』を捧げたテオフィル・ゴーチエの娘、ジュディット・ゴーチエが、パリのサロンで知り合った西園寺公望の助けを得て実現した、美しい挿絵入りの和歌翻訳集『トンボのうた』（一八八四）も出版されたが、十九世紀末のフランスにおける日本文学に対する認識はまだわずかで、英語またはドイツ語からの重訳によって、当時としては古典作品とは言えない柳亭種彦や為永春水の小説、あるいは有名な『忠臣蔵』が、フランス式の『Tchou chin goura』という表記で紹介されたに過ぎなかった。

その後の二〇世紀初頭から現在までの期間は、①初期、②戦争による長期の空白期間、③戦後の緩慢な出発、④「シフェール時代」、⑤そして現在までと、それぞれ二〇～三〇年の五期に分かれる。

一　最初の達成（一九〇二〜一九三六）

二〇世紀に入ると状況は大きく変わった。著名なアストンの『日本文学史』の仏語訳出版（一九〇二）により、日本文学の全体像が初めてフランスにも紹介され、分野毎の研究も始まった。その筆頭は俳句であった。英国の日本学者、バジル・チェンバレンの論文についての一九〇三年の書評の中で、俳句が初めてフランスに正しく紹介され、最初の俳句の翻訳も行われ、俳句流行の第一期が始まった。フランスではクニ・マツオと呼ばれていた松尾邦之助がスタイニルベル・オーベルランと共同で、二冊の重要な翻訳、『其角の俳諧』（一九二七）と『芭蕉とその弟子たちの俳諧』（一九三六）を出版し、この翻訳は後にロラン・バルトに大きな影響与えた。『表徴の帝国』（一九七〇）に引用されている俳句はこの翻訳である。

和歌についての関心も相変わらずで、やはり学問的興味と社交的関心との間を揺れ動いていた。ポール・ヴァレリーの序で一九二四年に出版された、ラ・ジャポネーズと呼ばれたキク・ヤマタの和歌の選集『日本の唇に』、また特に象徴派の詩人でもあったジョルジュ・ボノー撰の「ヨシノ」（一九三三〜一九三五）の二冊を挙げることができるが、特にボノーの翻訳は優れたいた。『古今集』の仮名序が引用されるときは、今でも『ヨシノ』第三巻所収の彼の仏訳が使われている。しかしボノーは日本の大学での在職期間が長く、主に日本で出版したため、残念なことに影響力は低かった。

一九二八年は、第三の主要分野、平安朝の散文にとっては特別な年だった。キク・ヤマタ訳の『源氏物語』と、クニ・マツオ、S・オーベルラン共訳のフランス初の『枕草子』が出版されたのである。後者は戦後もストック社から再版されている。

これらに加えて特筆すべきなのは先ず、一九〇九年から始まったノエル・ペリの能に関する出版で、ガストン・ルノンドーに引き継がれ、一九三二年までに十四番が翻訳された。もう一つはミシェル・ルボンによる『日本文学アンソロジー　その起源から二十世紀まで』の出版だった。ペリから厳しい批判を受けた本だったが、長い間日本の古典文学を知るための重要な書であり続け、ポール・クローデルやマルグリット・ユルスナール等の作家に影響を与えた。この期の翻訳者たちに共通しているのは、神父、技師、外交官、軍人等、仕事がら渡日した人々が翻訳の中心となっていたことであろう。

二　戦争による長期の空白期間（一九三七～一九五一）

二十世紀に入ってから数十年間の翻訳界はこのように非常に目覚ましかったが、戦争のために中断されてしまい、誠に残念だった。日本学の実質的な基礎を築くことになるシャルル・アグノエルはヴィシー政権の反ユダヤ法により一九四一年に教職から追放され、その後この措置の適用外となったものの官憲の目から逃れねばならず、一九五〇年に、二人の優れた弟子、ルネ・シフェール、ベルナール・フランクと共に活動を再開するのを待たねばならなかった。

ほぼ十五年の間、かくして日本文学の仏語訳の出版は皆無に等しいような状態にあった。厳しい状況下にあるフランスで、翻訳に携われる者がごく少数いたとしても、それどころではないという状態であったし、出版社にしてもこうした分野の翻訳に乗り出す余裕はなかった。しかしこの長い空白期間が、それなりに決定的な役割を果たしたのも事実である。二〇世紀初頭から途絶えることなく続いていた日本への関心は、十九世紀の絵画分野における「ジャポニズム」に支えられたものであった。他の分野にも広がりつつあったこの動きの消滅は、ある意味で負の遺産であることは確かだ。戦前に翻訳された数多くのテクストは再版されず、忘れられてしまったのである。しかしこの断絶による空白が一九五〇年代から始まった日本の新たな「発見」という動きを生み出す余地を与えたというのも事実である。この新しい動きは、美術や文学よりも「宗教的」と云わないまでも「精神的」な側面が中心となっていた。戦事下において、ジャン・エルベールが中心となって鈴木大拙の『禅についての随想 *Essais sur le Bouddhisme zen*』三巻の英語版（*Essays on zen buddhism*）からの翻訳を準備していたのである。一九四〇年から出版が始まったこの仏訳をジョルジュ・バタイユは一九四四年に読んでいる。禅にとどまらず、フランスにおける日本古典文学の受容は、少なくとも八〇年代までは、日本の精神性というフィルターを通したものとなった。

三　戦後の緩慢な再出発（一九五二〜一九七一）

日仏関係に影響を及ぼした第二次大戦の余波は長く、パリの日本大使館が業務を再開したのは一九五三年であった。一九五一年にアグノエルは、キク・ヤマタの翻訳とは極めて対照的な、驚くに価する「訓詁学的な」『源氏物語』桐壺巻の翻訳を出版した。この年御茶の水の日仏会館再開のために渡日したシフェールは民俗学研究を目指していたが、日本で能と出逢い、世阿弥の能楽論の翻訳『能楽秘伝集』を一九六〇年に出版した。ジャン・ルイ・バロー等は、これに大きな影響を受けている。

溝口健二の『雨月物語』の国際的成功に恐らくは刺激され、シフェールは上田秋成の『雨月物語』を一九五六年に出版した。また、ビートジェネレーションの作家ケルアックやビートニックたちの「禅」バージョンを通じて戦後欧州で人気を取り戻した俳句についてより正確な理解を与えるため、俳句に取り組んだ。その最初の翻訳が一九六八年の『奥の細道』だった。これとは趣きが違うが、ラフカディオ・ハーンが好きだったベルナール・フランクは、非常に優れた『今昔物語』の抄訳を出版している。

また忘れてはならないのは、戦前と同様に、神父、外交官、軍人等による優れた翻訳が実現されたことだろう。彼等により『方丈記』、『好色五人女』、『徒然草』、『伊勢物語』等が出版された。これら五〇〜七〇年代初頭までの翻訳は質が高いものが多かったが、あまり数は多くはなく、例えば六二年から六七年にかけては翻訳はまったく出版されなかった。それとは対照的に、川端がノーベル賞を受けた六八年には翻訳の出版が多かった。

しかし六〇年代初頭からフランスの日本学の状況を大きく変えることになる底流が流れ始めていた。それは学生数の大幅でコンスタントな増大で、これにより研究者数も増加し、日本学の構成もより充実したものとなった。

四　「シフェール時代」（一九七六〜一九九六）

一九七九年に初めて、「フランスにおける日本学の現在」というテーマのシンポジウムが開催され、ジャクリーヌ・ピジョーはこの場で一見厳しすぎるような次の総括を行った。

> 相対的に長い歴史を持つにもかかわらず、文学研究においては期待される成果はまだ生まれていない。（…）何もしていない訳ではないが、翻訳、特に注釈付き翻訳の数は比較的少ない。フランスはこの分野では英語圏、ドイツ語圏に劣っている。

単なる数量的な評価を越えて、この分析は、日中戦争が始まった一九三七年からサンフランシスコ条約の締結による日仏間の戦争状態終結の前年にあたる五〇年までの長い空白期間と、翻訳が間歇的にしか出版されなかった五〇〜七〇年代初頭期を経てフランスの翻訳状況が、輝かしい未来を期待させた二十世紀初頭からは遥かに遠い地点にあったことを正確に語っている。しかしこの厳しい評価が下されたときに、ルネ・シフェールの一つの決断によって事態は変わり始めていた。彼は「日本文学の主要作品」と自ら名付ける文学作品の翻訳に活動の大半を費やすことに決め、七一年にイナルコの出版局として発足したPOFから古典翻訳の出版を七六年に開始し、出版社も彼の経営となった。

シフェールだけが翻訳家だったわけではないが、七〇年代半ばから九〇年代半ばの彼の仕事は、その範囲、翻訳の質、組織立った取り組みという点からフランス語による日本古典文学翻訳の状況を大きく変えた。彼の仕事の全貌をここで語るのは不可能なので要点だけを述べよう。初期からの能楽研究の帰着としての大部二冊の『中世の演劇　能と狂言』（一九七九年）、『平家物語』（一九七六年）、他の戦記物、『宇治拾遺物語』などの説話や『大和物語』等の歌物語、『土佐日記』、『更級日記』等の平安日記文学、そして特に一九七七年には『源氏物語』の第一部を発表し、一九八八年には完訳を出版した。

これと並行して彼は芭蕉と俳諧に関する仕事を続け、一九七六年には芭蕉の紀行文集を、次いで、注付きの七部集翻訳や芭蕉の俳論集の翻訳を一九八六年から九四年にかけて出版した。八〇年代には、梅棹忠夫を通じて日本経済に果たした大阪の役割の重要性を知ったシフェールは、芭蕉の他にも元禄文学を代表する西鶴（一九八五年より町人物に重点を置いた出版）と近松（一九九一年に世話物の出版）に精力的に取り組んだ。

彼の晩年の仕事は『万葉集』の翻訳で、注付きの翻訳が一九九三年から始まり、病に倒れすべての注をつけることは出来なかったが、全巻を翻訳した。

シフェールばかりでなく、七〇年代の終り頃からは歌舞伎台本『十六夜清心』、平賀源内の滑稽本『風流志道軒伝』

など、江戸時代の作品の翻訳が始まっていたが、これに着手した二人の優れた研究者は早世してしまった。九〇年代の初頭からは別の分野の翻訳も始まるが、特筆すべきなのはフランシーヌ・エライユが『御堂関白記』を始めとする歴史書の翻訳を開始したことであろう。『新猿楽記』（二〇一四年）に至るまでの一連の労作は研究者にとって非常に貴重である。

筆者は退職したシフェールの古典文学入門の授業を一九九三年にイナルコで引き継いだが、学生たちにフランス語訳文献を与えたとき、それらの多くが、当時の新しい翻訳だったという自覚はなかった。今になって、十五〜二十年の間に状況がどれだけ変わったかということに気付かされる。

五　現在の傾向

現在がいつ始まり、その特質は何なのか、この問いに答えるのは難しい。しかし、一九九六年にはベルナール・フランク、二〇〇三年にはジャン＝ジャック・オリガス、二〇〇四年には藤森文吉とシフェールの死、そして六〇年代以降の日本学を支えていた重要な研究者たちの退職が相次ぎ、一つの時代が終ったことを感じさせた。大学もこの時期に大きく変わり（日本の大学法人化に相当するボローニアプロセスの開始は一九九八年であった）、世界の中の日本の状況も大きく変わり、一九九五年の神戸大震災、サリンガス事件はフランスにも大きな衝撃を与えた。

その後二〇年間のフランス語での日本古典文学の翻訳について何が言えるだろうか。九〇年代初頭に関心が多様化したことは先に述べたが、九六年にはこの傾向が更に拡大した。ユーカラ、狂歌、鶴屋南北の『四谷怪談』の翻訳等があるが、この傾向は『とりかえばや』や山東京伝の黄表紙、『江戸生艶気蒲焼』等のルネ・ガルドによる翻訳に最も生き生きと示されている。

前期を引き継ぐものとしては、テーマ別の『今昔物語集』、ダニエル・ストリューヴやジェラール・シアリ（ミエコ・シアリ共訳）による西鶴の翻訳が挙げられる。J・ピジョーの『蜻蛉日記』の翻訳に示されるように平安文学に対する関心は相変わらず強いが、彼女は鴨長明の『発心集』等、鎌倉、中世の作品の翻訳も手がけている。また、『無名抄』等、彼女を中心に古典グループの共同翻訳が二〇〇〇年初頭から行われている。また、まだおずおずといった感じだが、漢文学に対する関心がはっきりと表れて来た。この傾向に共鳴するかのような、基盤的テクストに対する情熱で知られるジャン＝ノエル・ロベールのコレージュ・ド・フランス教授への就任もあった（二〇一二）。『源氏物語』への関心もこの時期を特徴づけている。エステル・レジェリ＝ボエール監修の、源氏絵をふんだんに入れた『源氏物語』の出版（二〇〇七）の後、二〇〇四年に発足したパリ源氏グループの新訳、「桐壺」が出版され（二〇〇八）、現在「夕顔」の翻訳が行われている。

和歌に関する関心は相変わらずで、ジャン＝ノエル・ロベールによる慈円の『法華経百首』、ミシェル・ヴィエイヤール＝バロンによる『金玉集』等の翻訳がある。俳句についても同様で、ジャン・ショレーの一茶についての優れた業績、ブリジット・アリユーの『おらが春』、そして二〇一五年には一茶の反骨性も取り上げられた。最近出版された翻訳数は多いとは言えないが、このように質の高さと多様性は維持されている。

六　これからの翻訳

こうして過去を見渡すと、決して一様ではない歴史だった。確かに多くの日本古典文学の仏語訳が手に入るようになったのは喜ばしいことだが、一五〇年を通じてこの努力が全体的な調和を保ちつつ進行したわけではなく、また協力しつつより組織的に行われたわけでもない。

前途には大きな仕事がまだ残っている。最も急を要すると思われるのは、日本文化の一つの柱である重要な和歌集、『古今集』、『新古今集』の翻訳、また『今昔物語』の全訳であろう。小説では馬琴、詩歌では蕪村など江戸文学は紹介されていない分野がまだ多くある。歌舞伎も人形浄瑠璃の時代物も同じような状況である。連歌や漢文学分野の翻訳努力も必要である。

また受容の広がりのためには翻訳が不可欠なのは確かだが、必ずしも受容をうながすわけではない。しかし、ここに挙げた一握りの翻訳はかなりの人々に読まれているし、フフンス語圏の作家、アーティストたちに取り入れられているのである。

しなければならないことは極めて多く、学問性、教育的配慮も重要なのは事実だが、同時に出版面についても批判的に捉え返さなければならない。古典文学作品をどのように出版し、普及させ、その価値を高めればよいか、私たちは十分自覚的に問い返すことをして来なかったのではないか、またそのための建設的なヴィジョンが共有されていないのではないかと思われるのである。

付記

全貌を尽くすにはほど遠いが、以下各期の翻訳を翻訳者別にアルファベット順に挙げる。翻訳が複数の期間に亘る場合は中心的な活動期に纏める。再版については初版が戦前の場合、出版社に変更のある場合のみ明記する。出版地は紙幅の関係で省略する。

【揺籃期】

de Rosny, Léon (1937-1914；イナルコの前身東洋語専門学校 [École spéciale des langues orientales] 日本語の初代教授 [1868]), *Anthologie japonaise, poésies anciennes et modernes des insulaires du Japon* 日本文学のアンソロジー　日本列島古今の詩歌，1871 (http://gallica.bnf.fr/ark:/12148/bpt 6 k10545349/f373.image).

Gautier, Judith (1845-1917), *Poèmes de la libellule* 蜻蛉のうた，1885 (http://gallica.bnf.fr/ark:/12148/bpt 6 k1054652k/f36.image；ENSBA, 2015).

【第一期（一九〇二～三六）】

Bonneau, George, (1897-1972), *Yoshino* ヨシノ，4 vols, 1. *Introduction à l'idéographie japonaise. La Forêt des symboles* 日本の表意文字表現序説；2. *L'expression poétique dans le folklore japonais. Tradition orale et formes libres : La chanson du Kyûshû* 民話・民謡の詩的表現；3. *Le Monument poétique de Heian : le Kokinshû. Chefs-d'œuvre* 平安詩歌の金字塔—古今集；4. *Le Haiku - Lyrisme du temps présent* 俳句—今という時の叙情，Librairie Orientaliste Paul Geuthner, 1934.

Couchoud, Paul-Louis (1879-1959), « Les épigrammes lyriques du Japon 日本の叙情的エピグラム », *Les Lettres*, 1906 (Table ronde, 2003).

Maître, Claude-Eugène (1879-1959), « Basil Hall Chamberlain. — Bashô and the Japanese poetical Epigram Trans. As. Soc. of Japan, 1902, t. XXX, part. 2, pp. 241-362. », *Bulletin de l'École française d'Extrême-Orient*, t. 3, 1903, p. 723-729 (http://gallica.bnf.fr/ark:/12148/bpt6k933789/f745.item).

Matsuo, Kuni 松尾邦之助 (1899-1975), Steinilber-Oberlin, Emile (1878 ?- ?) 共訳，*Les haïkaïs de Kikakou* 其角の俳諧，*Bulletin de l'Ecole française d'Extrême-Orient*, t. 27, 1927, p. 399-401（http://www.persee.fr/doc/befeo_0336-1519_1927_num_27_1_4397)；*Les haïkaïs de Bashô et de ses disciples* 芭蕉とその弟子たちの俳諧，Institut international de coopération intellectuelle, 1936；*Les Notes de l'oreiller* 枕草子，Stock, 1928 (1990).

Péri, Noël (1865-1922), *Cinq nô : drames lyriques japonais* 能五番—日本の叙情劇，Bossard, 1921.

Revon, Michel (1867–1947), *Anthologie de la littérature japonaise des origines au XXe siècle* 日本文学アンソロジー—その起源から二十世紀まで, Librairie Delagrave, 1910 (Vertiges Publications, 1986).

Yamata, Kikou 山田菊 (1897–1975), *Sur des lèvres japonaises* 日本の唇に（撰歌集）, Le Divan, 1924 ; *Le Roman de Genji* 源氏物語（葵巻まで）, Plon, 1928.

【第三期（一九五二〜七一）】

Bonmarchand, Georges (1884–1967), *Vie d'une amie de la volupté* 好色一代女（ドイツの雑誌, 1933 ; Gallimard, 1975）; *Cinq amoureuses* 好色五人女, Gallimard, 1959.

Grosbois, Charles, Yoshida Tomiko 共訳 (1893–1972), *Les Heures oisives* 徒然草, Gallimard, 1968.

Haguenauer, Charles (1896–1976), *Le Genji monogatari : introduction et traduction du Livre I* 源氏物語—解説と巻一の翻訳, PUF, 1959.

Renondeau, Gaston (1879–1967), *Contes d'Ise* 伊勢物語, Gallimard, 1969 ; *Anthologie de la poésie japonaise classique* 日本古典詩歌アンソロジー, Gallimard, 1971.

Sauveur Candau, Antoine (1897–1955), *Les Notes de ma cabane* 方丈記, Institut franco-japonais (Tokyo), 1957 (Gallimard/Unesco, 1968 ; réédition Bruit du temps, 2010).

【第四期（一九七六〜九六）】

Bouvier, Nicolas (1929–1998), *Le chemin étroit vers les Contrées du Nord* 奥の細道, Héros-limite, 1976.

de Ceccatty, René, Nakamura Ryôji 中村亮二共訳, *Mille ans de littérature japonaise* 千年の日本文学, Edition de la Différence, 1982 (P. Picqier, 1998).

Faure, Pierre (1934–1977), *Izayoi et Seishin* 十六夜清心（河竹黙阿弥）, L'Asiathèque, 1977.

Frank, Bernard (1927–1996), *Histoires qui sont maintenant du passé* 今昔物語抄訳, Gallimard, 1968 ; *Un malheur absolu* 成尋阿闍梨母集, Gallimard, 2003.

Godel, Armen, Kanô Kôichi 狩野晃一共訳, *La lande des mortifications* 苦行の荒野（未訳の謡曲二十五番）, Gallimard, 1994.

Maes, Hubert (1938-1977), *Histoire galante de Shidôken* 風流志道軒伝（平賀源内の滑稽本）, l'Asiathèque, 1979.

Rotermund, Harmut O., *Collection de pierre et de sable* 沙石集の抄訳 , Gallimard, 1979.

Sieffert, René (1923-2004), *Man.yô-shû*, 5 vols, POF, 1997-2004 ; *Journal de Tosa* 土佐日記 , POF, 1993 ; *Journal* 紫式部日記 , POF, 2000 (Verdier, 2014) ; *Journal et poèmes* 和泉式部日記・私家集抄訳 , POF, 1989 ; *Journal de Sarashina* 更級日記 , POF, 1985 (Verdier, 2017) ; *Le Conte du coupeur de bambous* 竹取物語 , *Bulletin de la Maison franco-japonaise*, nouvelle série, tome II, 1952 (POF, 1992) ; *Contes de Yamato* 大和物語 , POF, 1979 ; *Le Dit du Genji* 源氏物語 , 2 vols, POF, 上巻のみ 1977, 完訳 1988 (Verdier, 2011), *Le Dit de Hôgen, Le Dit de Heiji* 保元物語 平治物語 , POF, 1976 (Verdier, 2007) ; *Le Dit des Heike* 平家物語 , POF, 1976 (Verdier 2012) ; *Contes d'Uji* 宇治拾遺物語 , POF, 1986 ; *La Tradition secrète du nô* 能秘伝集 , Gallimard, 1960 ; *Le Théâtre du moyen-âge : nô et kyôgen* 中世の演劇—能と狂言 , POF, 1979（１部1960）; *La Sente étroite au bout du monde* 奥の細道 , POF, 1976 ; *Journaux de voyage* 芭蕉紀行文集 , POF, 1976 (Verdier, 2016) ; *Sept livres de l'école de Bashô* 芭蕉七部集 , 1986-1994 (Friches 曠野 , Verdier, 2006) ; *Le Haikai selon Bashô,* 芭蕉俳論集 , POF, 1990 ; *Contes des provinces, Vingt parangons d'impiété filiale de notre pays* 西鶴諸国はなし・本朝二十不孝 , POF, 1985 ; *Histoires de marchands* 日本永代蔵と世間胸算用 , POF, 1990 ; *Contes de la lune vague après la pluie* 雨月物語 , Gallimard, 1956 (Le Livre de Poche, 1970 ; Gallimard, 1979) ; *Tragédies bourgeoises* 町人の悲劇（近松世話物）, 4 vols, 1991-1992 ; Wasserman, Michel 共訳 , *Mythe des quarante-sept rônin* 忠臣蔵脚本集 , POF, 1981.

【第五期（現在まで）】

Allioux, Brigitte, *Ora ga haru : Mon année de printemps,* おらが春 , C. Defaut, 2006.

Bayard-Sakai, Anne, *Rakugo*, P. Picquier, 1998.

Campignon, Jean-Armand, *A pied sur le Tôkaidô* 東海道中膝栗毛 , P. Picquier, 1998.

Chipot, Dominique, Kemmoku Makoto 見眼誠共訳 , *L'intégrale des haïkus de Bashô* 芭蕉全句 , Table Ronde, 2012.

Cholley, Jean, *Haïku érotiques* 艶笑川柳集 , P. Picquier, 1996 ; *En village de miséreux : choix de poèmes* 貧乏村で（一茶）, Gallimard, 1996 ; Du *devoir des guerriers* 西鶴の武家義理物語 , Gallimard, 1996.

Colas, Alain-Louis, *Poèmes du zen des cinq montagnes* 五山詩, Maisonneuve et Larose, 1995 ; *La Rosée d'un lotus* はちすの露（良寛・貞信尼歌集）, Gallimard, 2002.

Garde, Renée, *Songe d'une nuit de printemps : poèmes d'amour des dames de Heian* 平安朝の女の恋歌, P. Picquier, 1998 ; *Si on les échangeait. Le Genji travesti* とりかえばや, Les Belles Lettres, 2009 ; *Fricassée de galantin à la mode d'Edo* 江戸生艶気蒲焼（山東京伝の黄表紙）, Les Belles Lettres, 2014.

Groupe Genji à Paris, « Le clos du Pauwlonia 桐壺 », *Cipango, Autour du Genji Monogatari*, Numéro hors série, 2008.

Groupe Koten, *Notes sans titres* 無名抄, Le Bruit du temps, 2010.

Hérail, Francine, *Notes journalières* de *Fujiwara no Michinaga, ministre à la cour de Hei.an (995-1018)* 御堂関白記, 3 vols., Drotz, 1987-91 ; *Gouverneurs de province et guerriers dans les histoires qui sont maintenant du passé* 今昔物語受領・武士譚抄訳, Collège de France, 2004 ; *Notes sur de nouveaux divertissements comiques* 新猿楽記, Les Belles lettres, 2014.

Lavigne-Kurihara, Dominique, *Histoires fantastiques du temps jadis* 今昔物語怪異譚抄訳, P. Picquier, 2015.

Leggeri-Bauer, Estelle（図像監修）, *Le Dit du Genji illustré par la peinture traditionnelle japonaise du XIIe au XVIIe siècle* 源氏物語（挿絵入り）, Diane de Selliers, 2007.

Parvulesco, Marguerite-Marie *Ecriture, lecture et poésie: lettrés japonais du 17e au 19e siècle* 江戸の学者と漢詩, POF, 1991.

Pigeot, Jacqueline, *Mémoires d'une éphémère* 蜻蛉日記, Collège de France, 2006 ; *Récits de l'éveil du cœur* 発心集, Le Bruit du temps, 2014 ; *Voyage dans les provinces de l'Est* 東関紀行, Le Promeneur, 1999 ; Kosugi Keiko 小杉恵子 共訳, *Voyages en d'autres mondes : Récits japonais du XVIe siècle* 異界への旅—十六世紀日本の物語, P. Picquier, 1993.

Robert, Jean-Noël, *La Centurie du Lotus : Poèmes de Jien (1155-1225) sur le* Sûtra du Lotus 慈円の法華経百首, Collège de France, 2008.

Seegan Mabesoone 青眼マブソン, *Journal des derniers jours de mon père* 父の終焉記（一茶）, Pippa, 2014 ; *Haïkus satiriques* 反骨の俳人一茶, Pippa, 2015.

Siary, Gérard, Siary Mieko 共訳, *Le Grand miroir de l'amour mâle* 男色大鑑, 2 vols, P. Picquier, 2000 ; *L'homme qui ne vécut que pour aimer* 好色一代男, P. Picquier, 2001.
Sigée Jeanne, *Spectres de Yotsuya* 四谷怪談, Maisonneuve et Larose, 1996.
Struve, Daniel, *Arashi, vie et mort d'un acteur* 嵐は無常物語, P. Picquier, 1999 ; *La lune de ce monde flottant* 西鶴置土産, P. Picquier, 2005.
Tsushima Yûko 津島佑子 (1947-2016) 監修, イナルコの学生たち訳, *Tombent, tombent les gouttes d'argent — chants du peuple aïnou* 銀の滴が散る、散る　アイヌの民の歌, Gallimard, 1996.
Vieillard-Baron, Michel, *Recueil des joyaux d'or* 金玉集, Les Belles Lettres, 2015.

翻訳　寺田澄江

チェコの翻訳伝統と『源氏物語』の翻訳

カレル・フィアラ

一　チェコにおける翻訳の役割

チェコはヨーロッパの中央部に位置し、古くから幾度となく近隣大国に占領されたり、支配されたりした歴史を持つ小国である。一九一八年の独立国家チェコスロヴァキア建国の基本理念は次のようなものであった。

国家の意義は国土の大きさや武力にあるのではない。それは文化の力にあり、その文化がもたらす人類への貢献にこそある（初代大統領T・G・マサリック）。

チェコ語は西スラヴ語派に属し、話し言葉として九世紀以前より現チェコ国家の領土（ボヘミアやモラヴィア）で使用されたと考えられる。[1] 九世紀になると、公用の文章語として、当時のチェコ語に類似した古教会スラヴ語が作られた。聖書、聖典などのキリスト教関係の資料は古教会スラヴ語に翻訳され、この言語固有のグラゴル文字で表記された。

十世紀から十一世紀にわたって、キリスト教会は徐々に西のローマ・カトリックと東の正教会に分裂し、チェコの地はローマ・カトリック教会の影響下に置かれた。公文書は主にラテン語を使用し、チェコ語を使う際にも、ラテン語の文字をそのまま宛てるようになった。また聖書は、ラテン語訳が一般に用いられた。十二世紀になると、ローマ・カトリックの教団によるラテン語聖書のチェコ語訳が始まった。この数世紀後に成立した『オロモウツ聖書』や『ドレスデン聖書』は、この十二世紀以来の翻訳文を基にしているとみられる。十四世紀、ボヘミア王国（当時のチェコ国家）の王であり、神聖ローマ帝国の皇帝となったカレル四世は、プラハにカレル大学を創設した。十五世紀、この大学の学長であった神学者ヤン・フスは、チェコ語表記法を整理して本を著し、また公開講座を開いて、聖書の内容を民衆に分かりやすく説教した。この表記法は現在のチェコ語でも使用されている。彼はまた、チェコ語で書かれた新しい聖書の必要性を訴え、カトリック教会の改革を強く求めた。一四一五年、彼は教会の公会議で異端者と見なされ、火刑に処された。この後、教会の在り方を巡ってフス派とカトリック派の間に激しい抗争が勃発した。いわゆる「フス派戦争」である。長い戦いの後、一四三六年、フス派とカトリック派は合意に至り、チェコの地だけに限って、信仰の選択や説教の自由が認められた。これはヨーロッパで初めての信仰の自由化であった。

十六世紀になると、新しく形成されたプロテスタントの「ボヘミア同胞会」は聖書の優れたチェコ語全訳、いわゆる『クラリツェ聖書』を出版した。この聖書は様々な形で広く普及した。一方、カトリック派は、天正遣欧使節の『日本列島報告』のチェコ語訳をいち早く刊行した。[2] このようにして、チェコの地では一般民衆は直接聖書を読めるようになり、海外の情報にも接触できるようになった。

しかし十七世紀に入り、オーストリア皇帝の庇護のもと力を増したカトリック派は一方的に信仰の自由についての合意を破棄したので、プロテスタント派は蜂起した。三十年戦争の始まりである。その結果、ボヘミア王国は独立を失い、カトリックへの改宗を拒否したプロテスタント貴族や知識人は国外へ追放され、チェコ語とチェコ文化は異端視されるようになった。当時大きな影響力をもったイエズス会も、フスの教えやプロテスタント信仰の影響を恐れ、プロテスタント版聖書のチェコ語訳を弾圧する動きが十八世紀末まで続いた。一方、カトリック版の聖書はこの時代から十七世紀末までチェコ語に翻訳されることはなかった。このことは、日本で活躍し、聖書を日本語に訳したイエズス会の宣教師の活動とは対照的な対応であった。

十八世紀末、オーストリア帝国では農奴解放令や宗教寛容令など、近代化に伴う様々な政治改革が進んだ。このような思潮の中、チェコ語・チェコ民族文化の再生運動が起こった。十九世紀中期になると、オーストリア帝国の経済の中心地チェコ地方（ボヘミア州とモラヴィア州）では、チェコ語が文章語として社会的、文化的に定着した。宗教文学にとどまらず、文学作品の出版や翻訳が自由になり、ミルトン、ゲーテ、シラー、シェークスピア等のヨーロッパ文学の傑作が次々と翻訳されたのである。アメリカ先住民の叙事詩の翻訳にも関心が向けられた。

チェコの人々は、翻訳本を通じて異文化に触れ、新しい知見に接することにより、自国文化再生力を獲得していった。外国文学の翻訳は自国文化の再生の原動力となったのである。二十世紀になると、チェコの文化再生運動は、当時弱体化していた国外の言語文化、特にアイルランド語文化やヘブライ語文化の復活運動の刺激となり、大きな影響を与えた。

一九一八年のチェコスロヴァキアの独立もこの運動の成果と言える。しかし一九三九年にはナチス・ドイツが、また一九六八年には旧ソ連を中心とするワルシャワ条約五か国軍がチェコスロヴァキア領に侵入し、政治・文化の自由は再び蹂躙された。

ドイツ占領下時代にはロシア語などからの翻訳が制限された。また、社会主義体制下、特に一九六八年のソ連などの軍事侵入以降、検閲は徐々に厳しくなり、共産主義政策のためにならない文学の翻訳が制限された。私が学んだ日本学の研究室でも授業が制約を受けた。私たち学生は恩師宅に集まり、古典和歌の研究・翻訳を進めた。このような不自由な状況は一九八九年の冷戦の終結まで続いた。そして一九九三年、チェコスロヴァキアは平和裏にチェコ共和国とスロヴァキア共和国に分離した。

チェコ語の歴史は千年を超えているが、その多くは苦難の道のりであった。チェコ語・チェコ文化の再生のために非常に重要な役割を果したのはまぎれもなく外国文学の翻訳であり、異文化との接触であった。

二 『源氏物語』冒頭文の翻訳について

紫式部は、女性は男性に劣る作品しか作れないという先入観に挑戦したかったように思われる。それほど『源氏物語』の構造は複雑なのである。人物を明示するアイデンティティ表現を曖昧にすることは王朝時代の散文作品を特徴づける書き方であったが、[3]『源氏物語』の場合、特に語りの冒頭では人物の指示を明らかにせず、より正確な表現を「先送りする」語り方が選ばれた。これを示すためには、センテンスを中心とした分析だけではなく、センテンスの連鎖からなるテクストの分析も必要である。

プラハ言語学派では、一九六〇年代から言語の階層構造を次の三つの分析単位に分けて捉えている。①センテンスの構文構造、②発話の情報構造、③文連鎖からなるテクストの構造である。[4]

このテクスト理論のポイントは、同じテクストの内容を様々なやり方でより小さな単位に分解することを可能とした点である。テクストの内容は長いセンテンスによっても、また複数のより単純なセンテンスの連鎖によっても語りなおすことができる。例を挙げると、「昨日は天気がよかったので、散歩に行った。」という内容をこのように一つのセンテンスで表すことも、また、短いセンテンスに分解して、「昨日は天気がよかった。」「それで、散歩に行った。」などのように、複数のセンテンスに分けて表現することもできる。テクストのレヴェルでは、どちらも同じテクストの異なるヴァリアントである。いかなるテクストも、より単純なセンテンス（以下「最短文」と呼ぶ）の連鎖に一意的に置き換えることができる。[5]

筆者は、日本の古典の中でテクストの分析に特に適しているのは『平家物語』だと考えている。『平家物語』には数十種類の異本があるので、筆者は、「最短文」の連鎖を手掛かりに『平家物語』の生成プロセスと、このプロセスにおける枝別れを部分的に復元し、異本の成立順の解明を試みた。[6]

『源氏物語』の場合、異本は数が少なく、ヴァリアントの対比研究は容易ではないが、具体的な文章部分や、その翻訳のヴァージョンの対比は可能である。

ここで『源氏物語』冒頭文（小学館新編日本古典文学全集、『源氏物語』、一九九四年、一七頁）の「最短文分析」を試みたい。この冒頭文を「最短文」の連鎖として再構成した場合、現代語訳では以下となる。

文一　いづれの御時にか、女御、更衣あまたさぶらひたまひける中に、いとやむごとなき際にはあらぬが、すぐれて時めきたまふありけり。

1 （昔のことか最近のことか、その時の帝は）どの御世（の帝）であったのであろうか。[7]

2 （その御代の）帝に女御、更衣が大勢お仕えしておられた。

3 （帝の女御、更衣の）中に、（ある）女性がいた。

4 （その女性は、）最高の身分とはいえない方であった。

5 （その女性は、）（帝の）格別の御寵愛をお受けになった。

最短文1はこのテクストの内容からいって積極的な叙述内容をもたず、たとえば、背景となる時間設定あるいはモダリティの表現に過ぎないので、物語の前景の文としては独立させるのにふさわしくない。一方、その他の最短文2〜5は物語前景の内容として、独立させることが可能である。

文二
1　はじめより我はと思ひあがりたまへる御方々、めざましきものにおとしめそねみたまふ。
2　宮仕えのはじめから、「我こそは」とうぬぼれる（女御達の）御方々がおられた。
（その御方々は、）（桐壺更衣を）目に余るものとして嫉み、蔑んでおられた。

文三
1　同じほど、それより下臈の更衣たちはましてやすからず。
同じ身分、あるいは身分がそれよりなお低い身分の更衣達が、女御の方々にもまして、気持ちがおさまらない。

古代日本語の文法に「準体法」がある。これは、名詞を伴わずに、連体形のみで名詞相当句を作る技法である。石垣謙二[8]によれば、準体句の種類としては「コトのタイプ」と、「ヒト・物のタイプ」が存在する。現代日本語では名詞の省略は「の」、「もの」、「こと」等の準体詞で補うことが一般であるが、古典では不要であった。例えば『伊勢物語』四五段の次の例は準体句を含む。

人のむすめのかしづく、いかでこの男に物いはむと思けり（ある人の娘であり、その人から大事にされる子［＝その娘］が、なんとかしてこの男に愛を訴えようと思っていた）。

ここで「むすめ」という語が準体句の前に出ているため、「かしづく」の後で繰り返す必要はなく、省筆することができる。

平安時代の和文ではこの準体法は、ある表現をある位置で省略し、他の位置で表面化させて語るのに用いられたと考えることができる。『源氏物語』の場合、冒頭文に含まれる二つの準体句（「いとやむごとなき際にはあらぬが」と「すぐれて時めきたまふ」）において桐壺更衣を指示する名詞句が省略されたことによって、この名詞句の出現あるいはその内容を明らかにする詳述が「先送り」されたとみる。上記の二つの準体句は並立しているが、その順序は倒置しにくい。そのため、両句の接続関係を通常の並立ではなく、「継起的並立」とみる。[9]

冒頭文の事例以外でも、『源氏物語』では準体句で省筆される人物を明示するアイデンティティ表現はセンテンスの枠内では明示されず、テクストで「先送りされる」ことが多い。この点は『源氏物語』の特徴の一つである。この現象を表現の「先送り技法」と名付けたい。

三　『源氏物語』冒頭文の西洋語翻訳例の対比

以下で、Wはウエイリー、Sはサイデンスティッカー、Tはタイラー、Fはフィアラの訳を示す。[10]

ウエイリー訳について

【I】【Ia】At the Court of an Emperor (he lived it matters not when) there was among the many gentlewomen of the Wardrobe and Chamber one, who though she was not of very high rank was favoured far beyond all the rest; 【Ib】so that the great ladies of the Palace, each of whom had secretly hoped that she herself would be chosen, looked with scorn and hatred upon the upstart who had dispelled their dreams. 【II】Still less were her former companions, the minor ladies of the Wardrobe, content to see her raised so far above them.

The Tale of Genji. Vol. I, C. E. Tuttle, Tokyo, First Tuttle ed., 1970, Fifth Printing, 1974, p. 7.

Wは、訳文の中のセンテンスの切れ目を、原文のセンテンスの切れ目ではなく、テクストの区切れに置いているが、テクストの意味的なクライマクスであるW【Ib】をセミコロンで続けることによって【Ia】との対比を強め【Ib】を際立たせた。また、冒頭文に現れる二つの準体句の違いは原文では敬語によって表されているが、これを英訳で表現するためには工夫が必要であった。そこで、Wはこの違いを接続詞 though で置き換えた（意味は「最高の身分ではなくても、他のだれよりも寵愛された」となる）。これによってWは桐壺更衣と女御たちの対立（W【Ia】、【Ib】で示される）をさらに明確化した。

物語の裏にはさらに、桐壺更衣と弘徽殿女御との対立がある。原文では、この重要な対立は光源氏の誕生前後に至ってはじめて明示される。W訳は原文の文法的構成をそのまま反映してはいないが、原文の準体句「いとやむごとなき際にはあらぬが」と「すぐれて時めきたまふ」の中で省略されて「先送り」された情報は、原文と同じ位置で示される。

W訳では女御達は桐壺更衣を「the upstart who had dispelled their dreams 自分の夢を潰してしまった成り上がりもの」と見なしている。

W【Ia】は冒頭文の準体句を不定詞 one を用いて訳すが、この語 one によって指示される人物の身分が更衣にすぎなかったことは、Wの読者も her former companions（桐壺更衣の従来の同僚たち）が minor Ladies of the Wardrobe（衣服や着替え担当の下位の女の方々＝「更衣たち」）であったことから確認できる。これは「先送り」技法へのWの対応であり、テクストの構成法からみて理解できる。

同僚から嫉妬され、軽蔑されることが重荷となり、更衣は深く傷ついている。Wはこの文を原文と同じく独立させた。ただ、Wは her former companions という語句によって「以前同じ地位にあった同僚たち」のみを取り上げ、より下位の更衣達には触れない。これはおそらく、Wが原文の語句「同じほど」（同じ地位）を副詞句「同じく」と誤解したためであろう。

サイデンスティッカー訳について

【I】In a certain reign there was a lady not of the first rank whom the emperor loved more than any of the others.【II】【IIa】The grand ladies with high ambitions thought her as presumptuous upstart,【IIb】and lesser ladies were still more resentful.

The Tale of Genji, Vol. I, A. A. Knopf, N. York, 1976, p. 3.

S訳にはアメリカの戦後文学の特徴がみられ、原文の構文構造を単純化する傾向にある。例えば、「いづれの御時にか」を単に「ある御代に」と訳している。センテンスの区切りについては、Sは原文に忠実な位置でテクストを区切っている。また、Wがセミコロンを挿入した位置では、Sは原文通りにセンテンスを切っている。しかし、女御、更衣についての言及を文一から外し、この女性たちについて記述された文二・文三を一つのセンテンスS【II】にまとめた。文二・文三の切れ目の位置に、Sは（…; and…）を挿入している。さらに、SとWはそれぞれ自分なりに更衣をある女性達と組みあわせて語ったことによって、センテンス数が減り、訳文も分かりやすくなった。WとSの文の切り方は異なるが、どちらかの方針が間違っているとはいえない。しかし私見では、弘徽殿との対立という物語の重要なテーマを既に予告しているという点で、Wの選択は優れているように思われる。

二つの準体句については、Sが不定詞（one）ではなく、一般名詞（lady）を使ったので、長い修飾がより自然になった。これでSは継起の表現を避けて接続詞を使わず、長い修飾成分を作ることによって二つの準体句を一つの名詞句の中で結合した（a lady not of the first rank whom the emperor loved more than any other 最高位ではない地位の［女性の方であり］、天皇が他のどの方よりも御寵愛なさった方）。

タイラー訳について

【I】In a certain reign (whose can it have been ?), someone of no very great rank, among all his Majesty's Consorts and Intimates, enjoyed exceptional favour. 【II】【IIa】Those others who had always assumed that pride of place was properly theirs despised her as a dreadful woman, 【IIb】while the lesser Intimates were unhappier still.

The Tale of Genji, Vol. I, Viking, N. York, 2006, p. 3.

Tの『源氏物語』全巻の訳はさらに新しく、他の訳でみられない案が提起される。例を引けば、【I】*In a certain reign* はSの【I】*In a certain reign* と類似するが、（*whose can it have been ?*）はWの（*he lived it matters not when*）と同じく括弧に囲まれて、同格として後置され、疑問文あるいは間接疑問文のように解釈されている。つまり、Tは二つの選択肢を同時に利用し、組み合わせ、両者にない心内疑問文のニュアンスも付加している。

またTは、「女御更衣あまたさぶらひたまひける中に」をWと同じく忠実に訳した(among all his Majesty's Consorts and Intimates)。Tの新訳は Consorts, Intimates（君主の配偶者と側婦達）である。

Tの【IIa】(Those others…その他の女性達のうち、自分こそと思っておられたものが）は、原文の文二（初めより…）やSのセンテンス【IIa】（The grand ladies…女御達、高位の女の方たち）と対応するが、「初めより…」はより丁寧に訳出された（had always assumed the pride of place was properly theirs 元から、選ばれている光栄は自分にこそ相応しいと確信していた)。「めざましきものに嫉みたまふ」は直接的に訳される(despised her as a dreadful woman 彼女をひどい女とみて軽蔑した)。また、Tの【IIb】(…while the lesser Intimates were unhappier still…下位の側婦達[「更衣」の訳である]が、これよりもなお激怒していた)は原文の文三(同じほど…)、Wの【II】(Still less content…桐壺更衣の従来の同僚たちは、なおお気持ちが収まらない)及びSの【IIb】(and lesser ladies…下位のお仕えの女の人達はこれよりもなお憤慨していた)と対応する。

Tは「いとやむごとなき際にはあらぬが」をsomeone of no very great rank(ある女性で、身分があまり高くないもの)と訳した。不定詞someoneは、人物を指しながら、ある情報を意識的に韜晦する特徴があると言われている。Tはこれで準体句の曖昧さを表したと思われる。

チェコ語の拙訳について[11]

【I】*Za panování jistého císaře – kdo ví, který to byl,* – sloužila mezi četnými damami a komornými u jeho dvora jedna, která svou hodností nijak nevynikala, přesto se však nadmíru těšila přízni Jeho Veličenstva. ある帝の御代に、—そのときの帝はどなたであったか—、その朝廷で大勢仕えておられた女御・更衣の中に一人が、その身分は特に優れていたとは言えないが(あるいは「のに」)、際立って帝のご寵愛を被っておられた。【II】Dámám vyšší hodnosti, jež si osobovaly právo na výlučné místo v císařově srdci, byla trnem v oku. 自分こそは天皇の御心に格別の位置を占めるのに相応しいものであると思い、己惚れていた高位の女御たちにとっては、彼女(桐壺更衣)は目にあまるもの(目の中の棘)であった。【III】Žárlily na ni a svou povýšenost dávaly okázale najevo. その女御様たちはあからさまに(okázale najevo)彼女(桐壺更衣)を嫉み、蔑んでいたのだ。【IV】Podobně byly jejím úspěchem poníženy i ženy, jež byly stejného postavení jako ona, nebo nižšího. また、同じ地位あるいは彼女より低い地位の女性達は、彼女が選ばれたことをみて、気持ちはなおおさまらなかった。*Příběh prince Gendžiho* 1, Paseka, Praha, 2002, p. 45.

F訳では、テクストの内容をセンテンスに分けた時に、基本的に原文に従ったが、例外的にF【Ⅲ】をF【Ⅱ】から独立させた。このことは、主観的な感情と具体的な行動を分けて記述するチェコ語の伝統的な作文法に従い、女御たちの心情と、女御たちが他人に向けた表現・行動を区別したためである。

また、修飾関係と並立関係のバランスを考慮し、接続詞（přesto však にもかかわらず、にもかかわらずやはり）や、文章語の関係代名詞（jež）を用いた。また、区切り符号に関しては、現代チェコ語ではセミコロンを避ける傾向にあるため、使用していない。

準体句の訳し方について

西洋言語への翻訳では、原文の冒頭文の構造をそのまま使うことができないので、翻訳者によって様々な工夫がなされている。

1　接続表現を用いて、西洋言語の典型的なセンテンスとして訳す（W、Fの例）。
2　表現形式の継起性を無視できるような状況では、複数の準体句を一つの名詞句にまとめて訳す（Sの例）。
3　不定詞選択の工夫（ここでは someone の選択）によって、原文の曖昧さ（「先送り」による）を表す（Tの例）。

四　終わりに

『源氏物語』の冒頭文の文章には複数の特徴がみられる。センテンス・レヴェルでは修飾関係は豊かであるが、並立関係の表示は西洋言語より少ない。テクスト・レヴェルでは、この文に含まれる準体句の使用によって、人物のアイデンティティを示す名詞句は省筆される、あるいはテクスト・レヴェルにおいて「先送り」される。『源氏物語』には、並立関係を豊かに示すセンテンスもみられるが、[12]これらのセンテンスは語りの冒頭には置かれていない。

本論では、センテンスのレヴェルとテクストのレヴェルを両方とも分析の対象としたことによって、従来の分析法で見えなかった訳の違いを明らかにし、テクスト言語学の方法が翻訳の対比や評価の手掛かりとして役立つことを示した。

〔注〕

1　フィアラ、K.「『古事記』と『コスマス年代記』」(Mitani, K. ed., *Between "National" and "Regional"*：大阪大学文学研究科国際ワークショップ報告書、二〇一二、二九頁～三九頁）で考察した。

2　Fiala, K., "First Contacts of Czechs and Slovaks with Japanese Culture", *Japan Review* No. 3, Nichibunken, 1992, pp. 45-71.

3　そのため、筆者はこの時代の和文による散文文学を「アイデンティティ探求文学」と呼んでみたことがある。この人物指示の韜晦については、フィアラ、K.、「日記と日記文学」（倉本一宏編『日記・古記録の世界』思文閣出版、二〇一五、七七〜八四頁）で論じた。

4　このアプローチはDaneš, F. "A Three-level Approach to Syntax" (*Travaux linguistiques de Prague* 1, Academia Prague, 1964, pp. 25-240) で初めて紹介された。

5　このアプローチについては主に次の論文で発表した。Fiala, K. "Linear Aspects of Discourse" In J. S. Petöfi et al., *Micro- and Macro- connexity of Texts*, Buske, Hamburg, 1984, pp. 193-219; フィアラ、K.、『日本語の情報構造と統語構造』ひつじ書房、二〇〇〇、Fiala, K. "Origin of the Kakari Musubi Phenomenon", *Acta Univ. Carolinae Pragensis*, *Philologica I, Orientalia XIV*, (ed. Z. Švarcová, C. Poulton), Charles Univ. Praha 2005, pp. 137-150; フィアラ、K.、「文の本質について―文の統語構造・文モダリティ・発話行為―」（松沢和弘編『文献学と解釈学の間』名古屋大学大学院大学研究科、二〇一一、一一七〜一二七頁）。

6　フィアラ、K.、『言語学からみた平家物語巻一の成立』（日文研フォーラム、一九九一）。

7　前置挿入疑問文については、近藤要司「中古語「ニヤアラム」の淵源」及び、高山善行「ケム型疑問文の特質」（青木博史編『日本語文法史研究三』ひつじ書房、二〇一六）参照。

8　石垣謙二『助詞の歴史的研究』（岩波書店、一九五五）参照。その後の展開については国立国語研究所hp参照。また、高山善行『ガイドブック日本語文法史』（ひつじ書房、二〇一〇、一〇七頁、一一七頁）も参照されたい。

9　渡辺実『国語構文論』（塙書房、一九七一、二四八〜二五二頁）、同『国語表現論』（塙書房、二〇一二、一九三〜一九四頁）。

10　西洋では出版社が改行についてかなりの決定権をもっていることがあるので、改行を対比しないことにした。

11　「『源氏物語』のチェコ語訳について」（京都大学大学院・文学研究科編『世界の中の「源氏物語」』臨川書店、二〇一〇、七七〜九八頁）。

12　これらの例については、山口尭二『日本語接続法史論』（和泉書院、一九九六）の第十章が詳しい（特に文例六、七参照）。

日本古典文学作品の主なチェコ語訳

古代・中古

万葉の歌より（K. Florenz 独訳から E. z Lešehradu がチェコ語重訳、A. Dvořák 作曲1908）／水面に歌を書く—万葉歌・古今歌の選集（V. Hilská、B. Mathesius 共訳1943、1955、1970、2012等）／土佐日記より（V. Hrdličková 訳1949-50）／竹取物語（Z. Marečková 訳1958）／枕草子（M. Novák 訳1984）／霞に包まれて—和泉式部日記（Z. Švarcová 訳2002）／四季の和歌—紫式部作より（Z. Švarcová, Z. Gerych 共訳2004）／古事記—日本神話（スロヴァキア語訳から V. Krupa 重訳2007）／美しき吉野に雨が降る—和歌選集（英訳から Z. Gerych 重訳2007）／万葉集（A. V. Líman 訳全四巻2001-2008）／源氏物語（K. Fiala 訳全四巻2002-2008）／古代和歌選集（J. Jiša 訳2008）／秋津島の歌謡（A. V. Líman 選歌・訳2010）／わが恋は言葉の衣に包まれる（小町和歌、選歌 Z. Švarcová, Z. Gerych 共訳2011）／古事記—古代日本の歴史書（K. Fiala 訳・全注釈2012、2014、2018予定）／悲しみの色合い—古代和歌百首（Z. Švarcová、Z. Gerych 共訳2013）

中世

天正遣欧使節の日本列島報告（ラテン語訳から P. Aujezdský が重訳、イエズス会1590以前／方丈記（K. J. Hora 訳1905前後、P. Geisler 新訳1984）／綾鼓（V. Hilská、B. Mathesius 共訳1945-46、V. Hilská 著書で1953等）／隅田川（M. Novák 訳1975／船弁慶（M. Novák 訳1975、1997）、二人袴（M. Novák 訳1975、1997）／忠度（M. Novák 訳1975、1997）／景清（M. Novák 訳1975、1997）／徒然草（P. Geisler 訳1984）／平家物語（K. Fiala 訳1993）／有明の月—昔の日本の恋の歌（新古今和歌集より選集）（Z. Švarcová 編、K. Fiala、P. Geisler、H. Honcoopová、L. Lucká、Z. Švarcová、M. Vačkář 共訳1994）／百人一首（H. Honcoopová 訳 1997）／卒塔婆小町（Z. Švarcová 訳2006）／通小町（Z. Švarcová 訳2006）／関寺小町（Z. Švarcová 訳2007）／鸚鵡小町（Z. Švarcová 訳2011）／草子洗小町（Z. Švarcová 訳2012）／言の葉、法の花—慈円著の法華経関連の詩歌集（V. Linhartová 訳2012）／山家集及び百首（西行、V. Linhartová 訳2013）／思い出は雲に似て（正徹作品選集

Z. Švarcová、Z. Gerych 共訳2015）／風姿花伝、花鏡（D. Vostrá 編、P. Holý、T. Klíma、J. Ryndová、D. Vostrá 共訳2016）

江戸

権八小紫（K. Florenz 独訳から J. Zeyer が重訳1903）／天野川（俳句選集 A. Breska 訳1937）／川柳（V. Winkelhöferová 訳1958）／奥の細道（M. Novák 訳1959、A. V. Líman 新訳2000）／暦、月と花（M. Novák、J. Vladislav 共訳1962、1996）／好色一代女・好色五人女（M. Novák 訳1967）／夏の華扇―凡兆、芭蕉、去来（M. Novák 訳1970）／雨月物語（L. Boháčková 訳1971）／二三匹の蠅と私、小さな俳句選集（芭蕉・小林一茶・蕪村・山頭火、A. V. Líman 訳1996）／心中天網島（M. Novák 訳1997）／東海道中膝栗毛より（A. Kraemerová 訳1997）／四谷怪談（P. Holý 訳1997）／連句より（A. Kraemerová 訳1999）／おらが春（Z. Švarcová 訳2004）／「神の人」小林一茶と一茶句集（A. V. Líman 訳2006）／花いっぱいの寺―俳句選集（A. V. Líman 選歌・訳2011）／忠臣蔵（J. Ryndová 訳2014）

『源氏物語』の物語言説における文について

ダニエル・ストリューヴ

一 物語言説と読書

『更級日記』には有名な部分がある。それまでは『源氏物語』のわずか一部を手にすることしかできなかった作者が、五十余の貴重な巻々をもらい天にも昇る歓びを味わったときのことを語る部分である。

源氏の五十余巻《まき》、櫃《ひつ》にいりながら、在中将、とほぎみ、せり河、しらら、あさうづなどいふ物語ども、ふくろとり入れて、得てかへる心地のうれしさぞいみじきや。はしるはしるわづかに見つつ、心も得ず心もとなく思ふ源氏を、一の巻よりして、人もまじらず、几帳のうちにうち臥して引き出でつつ見る心地、妃の位も何にかはせむ。昼は日ぐらし、夜は目のさめたるかぎり、灯を近くともして、これを見るよりほかのことなければ、おのづからなどは、そらにおぼえ浮かぶを、いみじきことに思ふに、夢にいと清げなる僧の、黄なる地の袈裟着たるが来て、「法華経五の巻をとく習へ」といふと見れど、人にも語らず、習はむとも思ひかけず。物語のことをのみ心にしめて、われはこのごろわろきぞかし、さかりにならば、かたちもかぎりなくよく、髪もいみじく長くなりなむ。

光の源氏の夕顔、宇治の大将の浮舟の女君のやうにこそあらめと思ひける心、まづいとはかなくあさまし。
（新編日本古典文学全集26、小学館、一九九四、二九七〜二九八頁）

妃のように幸せな作者は、一人になって読みふける。「読む」、あるいは当時の言葉によれば「見る」のだが、主に漢文に使われる「読む」ではなく、一般に仮名文の読書に使われていたのは、実際はこの動詞だった。しかし、どのような読む行為なのだろうか。彼女は順に一冊ずつ読んで行き、最後には一部は暗記してしまう。したがって、連続した読書行為ではあるが、後ろに戻って読んだりもする繰返しの行為だろう。恐らくは黙読だけではなく、はっきりと声に出し、あるいはつぶやいたものでもあっただろう。物語の内容に引込まれ、そこに自分の未来を投影し、また暗記する程テクストに心酔もしたのである。つまり、現代の読書によくあるように、文字通り眼で追っていき、早い速度で沈黙のうちに行い、意味を読み取り次第、テクストそのものは忘れていく読書ではなかった。

この一節が暗示する本質的にオーラルな、むしろヴォーカルのと言うべきかもしれない平安時代の読書形態は、その文体、文（センテンス）の構成と繋がり方、言説のリズムに関わること全てに、最大の注意を払わなければならないと私たちに語っている。この観点から『源氏物語』の文体の一側面、つまり文について考えてみたい。この物語のテクストはどのように分節されているのか、これら文、つまり文法上・言説上の単位がどのように作られているのか。仏訳に際して原文に引かれた境界に従って、この分節を守り、日本語の一文をフランス語の一文に対応させなければならないのか。シンタックス上の語順が非常に違う二つの言語の間で完璧に等価な関係がありうるものなのか。言説の最小単位の「文」に焦点を合わせると、このような問いが次々に浮かんでくる。

そもそも文という概念、「文」というタームそのものは比較的最近のものである。フランスでは文法・文体上の中心的概念となった現在の意味での用法が現れたのは、十八世紀に出版文化が発達して長編小説が盛んになってからであった。[1]つまりその時代に、「言い回し」とか「文節」とかを意味していた「フラーズ Phrase」というギリシャ語系の言葉が、終止符で限定される言説の単位を意味することになったのである。十八世紀のフランスと十一世紀の日本では状況は違うし、フランス文学と日本文学という文化も言語も非常に異なったものを比較することが可能かどうかさえ疑問だが、散文の語りと長い物語・小説の発達に関わる何か共通のものがあると言えないだろうか。わずかでもその問題について考えることは翻訳者にとって欠かせない手続きであると言えよう。

すらすらと読んで行くことなどできないこの作品の書き方に、現代の『源氏物語』読者も翻訳者も常に直面させられ、翻訳者は違う言語に移しかえることの難しさを思い知らされる。ルネ・シフェールの仏語訳を分析した中山眞彦はこの問題について考え、その難しさが、言語構造の違いに基づく平安の物語と欧州の古典作品の違いに由来すると強調している。[2]文法上の人称概念がなく間接話法などもない日本語は、登場人物たちの内話（心の中の声）をより直接的に表現し、日本の「物語」の語り手は、読者と登場人物の間に介在するのではない透明な存在となることができると彼は述べる。そして日本の物語が構成要素としてのエピソード相互を単一の時空軸に基づいて統括的に提示するのではなく、同一平面上に並べるのだと主張するが、それは行き過ぎであろう。彼の言によれば、常に「今ここ」の連続・増殖であり、それぞれの場の発話者としての「私」に繋げられている「今、ここ、私」の世界である。この解体された物語世界、ないしは西欧的な語りの原則とは違う原則で構築された物語世界という見方は、中断なく続いて行くという和文のイメージに呼応するものだろう。現在出版されている活字版に付けられているテクストを分節する句読点は、この物語言説が持つ生き生きとした自然な流れを分断することにより変質し、方向付けてしまう、人工的で歴史的にも新しい付加物だということになる。

この大きな問題に直接は入れないので、その予備段階としての考察を翻訳者の視点から検討したい。

二　『源氏物語』の文についての西田隆政の論

「平安和文における文の終止」[3]で展開する西田隆政の論はそれとは違う。現代の読者のために原文を読みやすくすることが役割の句読点は、切れ目を作るのではなく、既にあるものを強調するに過ぎないと彼は言う。そして、言説は拘束構文と連接構文と名付ける二つの構文に分類されると述べ、前者が緊密な内部構造を作るのに対し、後者は緩やかな構造であると説明する。つまり、後者の構文が存在するのは確かだが、それしかないという訳ではないという。西田は文末を調べ、時にはあいまいなものがあることも認めている。特に終止形と連用形とが同じ「あり」のようなラ変動詞がその例だが、その場合も具体的に調べていくと、二つの文の間に時間や空間の違いがあるなど、コンテクストにより終止であることが明らかになる場合が殆どだと述べる。また 特定の助詞が終止形を特定する係り結びなど、その他の文の終止様態についても調べていて、係り結びの場合、係助詞を受けた連体形が文を終止するのか、さらに続くと考えるべきなのかという問題も、コンテクストによって解決されることが多いと結論する。そして、係り結び（ここでは「ぞ」…「ける」）により文末に区切りが多く入っている「須磨」の一節を挙げている。

このむすめすぐれたる容貌《かたち》ならねど、なつかしうあてはかに、心ばせあるさまなど[ぞ]、げにやむごとなき人に劣るまじかり[ける]。身のありさまを、口惜しきものに思ひ知りて、高き人は我を何の数にも思さじ、ほどにつけたる世をばさらに見じ、命長くて、思ふ人々におくれなば、尼にもなりなむ、海の底にも入りなむなど[ぞ]思ひ[ける]。父君、ところせく思ひかしづきて、年《とし》に二たび住吉に詣でさせ[けり]。神の御しるしを[ぞ]、人知れず頼み思ひ[ける]。

（同21、須磨、一九九五、二一一～二一二頁）

しかし、この直後により緩やかな連接の文が続く。それを西田の分析に基づいて調べてみよう。

須磨には、年かへりて日長くつれづれなるに、植ゑし若木の桜ほのかに咲きそめて、空のけしきうららかなるに、よろづのこと思し出でられて、うち泣きたまふをり多かり。二月二十日あまり、去にし年、京を別れし時、心苦しかりし人々の御ありさまなどいと恋しく、南殿の桜は盛りになりぬらん、一年《ひととせ》の花の宴に、院の御気色《けしき》、内裏《うち》の上のいときよらになまめいて、わが作れる句を誦《ず》じたまひしも、思ひ出できこえたまふ。（同、二一二頁）

この部分は三つの単位に区切られているようだが、最初の区切りをつくる多かりはあいまいで、終止形とも切れ目はないとも取れる。次の単位は冒頭で直ちに時間を明示し、この文に固有の時間を与えるが、この時間は、第一の文にあるより大きな時間（年の初め）に包括される。この第二の単位は現在の仮定「らむ」の終止形で終るが、截然とした区切りにはならない挟み込みの句で、次の単位との関係が曖昧である。第三の部分もまた時間表現「一年」で始まるが、主人公が思いを馳せるのは同じ場所、しかも同じ季節で、さらに同じ季節に関係する儀式が語られていて、共通部分が多いため連続性が強い。ここを渋谷栄一の電子テキスト[4]は句点で切っているが、引用した小学館新編全集本などは読点に止めている。後者のほうが文法的には妥当だが、前者は都の思い出が須磨の景色に替わることを描く段階的な文章の構造を浮き彫りにしているというプラスがある。いずれにしても、この例は終止形がコンテクストによって、連接する場合も切り離す場合もあるということを示している。この三つのユニットの文法上のつなぎ方がゆるやかなのは事実だが（西田の言う連接構文）、全体としてしっかりと組み上げられ、整合性のある、境界がくっきりしたまとまりを構成している。この整合性は、場所（須磨と都）と時間（今と先年）の往還、そしてその全体を包む巡り来る季節という、複数のレベルで支えられている。「須磨の春の様子が語られている途中から、光源氏の述懐となる」と西田が分析したように、須磨の状況は主人公光源氏の意識を通して語られているのである。この間の事情をシフェールの翻訳で見てみると、彼は第一セグメントの最後に単純過去を使い第二セグメントとの間を切っているが、第二、第三セグメントの間には、セミコロンを入れて切れ目をぼかし、また第一セグメントの中の「日長くつれづれなる」という文節に付けられた助詞「に」や「いと恋しく」という連用形にもセミコロンを入れて対応している。シフェールの訳はこの部分を特徴づける緩やかな連続性（連接構文）の効果を出そうとし、それをさらに強めているということができる。

A Suma cependant, la nouvelle année venue, le Prince se morfondait au long des jours ; le jeune cerisier qu'il avait planté commençait à fleurir timidement, et le ciel lumineux éveillait en lui mille souvenirs qui, plus d'une fois, **firent** couler ses larmes. Passé le vingt de la deuxième lune, à l'heure où l'an dernier il avait quitté la Ville, il ressentit plus cruellement encore l'absence de celles dont il s'était éloigné à grand-peine ; les cerisiers du Pavillon du Sud devaient être dans toute leur splendeur ; il revoyait l'image de l'Empereur retiré, lors du banquet, et la noble prestance de l'Empereur actuel quand il avait déclamé les poèmes que lui-même avait composé.

(*Le Dit du Genji*, René Sieffert trad. POF, 1988, t. 1, p. 274-275)

このわずかな分析からも『源氏物語』の作者が駆使する文体がいかに豊かかということが分かる。同じことを清水好子は『物語の文体』[5]の最後で言っている。「何からどの順序に書くか、いかなる言葉を選ぶか、源氏物語ほどそれを考えているものはないし、言葉によって累々と築かれた世界の強固さは他に比べるものがない」と。清水は『源氏物語』になって初めて、日本の散文において真の意味で文体ということを語れるようになったと考えている。この文体の豊かさが感じられる翻訳でなければならない。

三　清水好子の『物語の文体』

日本散文における文体の創造が『源氏物語』の作者に帰すると述べているこの論文は、この物語のエクリチュールの分析のためのいくつかの貴重なヒントを与えてくれる。散文における心情表現の成立に果たした『伊勢物語』の重要性を強調し、この散文の語りが客観的な現実を描写することに拘泥せず、和歌で表現された情念に収斂すると述べ、次いで『蜻蛉日記』においては助詞の多用を通じて長文化が実現され、「心情の内部について言わんとする」散文が生まれ始めていると考えている。そして、この動きを引き取り「心の襞《ひだ》を一枚一枚めくるように丹念に述べることは源氏物語が大成したところである」と述べる。清水は日本の散文における『源氏物語』の位置づけを厳密に行うにとどまらず、その特質の解明に努めるが、文体の質を一言で表す言葉は「凝集」であると考え、ここに中国文学の影響を見ている。式部という作者は独自の文体を創造し、日本語の話し言葉を、その凝集度と表現力の強さによって漢文に比べうる書き言葉に変え、話し言葉に特徴的な連用接続ではなく連体修飾を好み、話し言葉にもそれ以前の散文にも見出せない長い連体修飾を持つ、その凝縮度において漢文を思わせる新しいタイプの文を作り上げた。この文体は、清水によれば「文末を非常に強く明らかに響かすことができる」という、文末を閉じることへの配慮に特徴付けられたものであった。ここで、先に見た西田と清水の見解が重なり、『源氏物語』の言説構成の単位である文（センテンス）に対する強い意識が浮きぼりになり、式部の物語言説が、深く考え抜かれ構築されたものであることが分かる。清水が述べる凝集と文末の閉表現への関心は、西田の拘束構文と重なり、源氏の文体研究の良い出発点となろう。

また漢文に加えて、式部は和歌の影響を強く受けた。和歌の詩学も凝集を原則とし、組み込み型の単一文も多い。

「桐壺」巻で、帝の使いとして訪れた靫負の命婦が亡き更衣の母に向って詠む歌がその例である。

鈴虫の声のかぎりを尽くしても長き夜あかずふる涙かな

（同20、桐壺、一九九四、三二頁）

この和歌は非常に長い連体修飾節から成っていて、名詞句「涙かな」が句を閉じる。そして裏で働いている縁語と掛詞の駆使により、その密度は一層高まっている。同じ「涙」（larmes）で終わるシフェールの訳文は名詞節ではなく動詞節で歌を閉じ、膠着語に特有の連体修飾を真似ようとはしない。

Dussé-je à l'instar
du grillon-grelot user
de toute ma voix
longue nuit ne suffirait
à tarir ce flot de larmes

（*Le Dit du Genji*, René Sieffert trad., POF, 1988, t. 1, p.10）

四　『源氏物語』の長文

長文が『源氏物語』を特徴付け、それが『蜻蛉日記』に見られる女流自伝作品の書き方を踏襲しているとしても、『源氏物語』の文は一様ではない。長さも様々であるし、短い文もある。簡単に調べただけでも巻によって長さが違う（表参照）。この作業には渋谷栄一の校訂本を底本とするヴァージニア大学の電子テキストを使い、各巻の文字数を句点数で割った数字を出してみた。十分満足出来る方法とは言えないまでも大凡のことは分かる。倍までの巾があり、「早蕨」の文は平均八〇字であるのに対して「空蝉」は四〇字、全巻平均は五〇字である。その他の長文の巻は、登場人物の心内語が多い巻、つまり、先に引用した「心の襞《ひだ》を一枚一枚めくるように丹念に述べ」、複雑な人間関係を描く巻である。例えば姉の死後、宇治を発って匂邸に赴く中君と薫とのほのかな感情の行き来が語られる「早蕨」巻がその例である。次は、冒頭の長文、仲良く暮らしていた姉、大君の死後の中君の心境を語る部分である。

行きかふ時々に従ひ、花鳥《はなとり》の色をも音をも、同じ心に起き臥し見つつ、はかなきことをも本末《もとすゑ》をとりて言ひかはし、心細き世のうさもつらさもうち語らひあはせきこえしにこそ、慰む方もありしか、をかしきこと、あはれなるふしをも、聞き知る人もなきままに、よろづかきくらし、心一つをくだきて、宮のおはしまさずなりにし悲しさよりも、ややうちまさりて恋しくわびしきに、いかにせむと、明け暮るるも知らずまどはれたまへど、世にとまるべきほどは、限りあるわざなりければ、死なれぬもあさまし。（同24、早蕨《さわらび》、一九九七、三四五頁）

原文の連用形及びそれに類するものを傍線で、その他の接続機能を持つもの（特に格助詞「に」、接続助詞「ど」、「ば」、連体形名詞化主語に付けられた「も」）に二重傍線をつけてみると、様々なシンタックスの組み立てによって文の構成要素が様々に繋がれている様がはっきりと見える。グレーで示した係り結びの部分は、全体のほぼ中程に置かれ、文の前半と後半を結ぶ役割を果たしていて、現在と過去、大君の生前と死後のコントラストを浮かび上がらせている。四角で囲んだのはこの文の中心的な用言句で、最初の二つは、いずれも理由を表す助詞「に」でくくられた句に導入され、対の関係をつくっている。失われた過去に対する哀惜が現在の絶望感を深めているという中君の心情についての長い描写部分は、登場人物の心的情況を最も直接的に表現する短い句「死なれぬもあさまし」（「あさまし」は物語以外では通常話者の感情表出に使われる言葉）で終り、これが文を締めくくっている。複層のレベルからなる複雑な構成を特徴とする文なのである。

この文のシフェール訳は成功だと言ってよい。文を構成する要素をすべて訳出し、文を二つに切っているが、「今は maintenant」を使って対比を強調し、「あさまし」に含まれる暴力性を、「elle s'en voulait（自らを責めていた）」と、若干違うが、同じように強い効果を持つ表現で訳している。そして全体のまとまりを保つために何度かセミコロンを使い、切れ目と休止部を置きつつも連続性を保っている。しかし仏語テクストでは、この方法は繋ぎ方がよりゆるくなり、論理的な関係を一部消してしまったり、切れ目をずらすこともあるので、全体の組み立てが不透明になるという危険も孕んでいる。しかし、他のやり様があるのだろうか。

Dans la suite des saisons elles [Ôigimi et Naka no kimi] avaient jour et nuit, d'un même cœur, admiré les oiseaux et des fleurs les couleurs et les chants, et même sur les thèmes les plus futiles, elles s'étaient partagé les deux versets de chaque poème ; et elles avaient trouvé une consolation à leur détresse et à la cruauté de ce monde incertain à s'en entretenir entre elles. **Maintenant** qu'elle n'avait plus personne pour prêter une oreille attentive à ses joies et à ses peines, elle était seule à se débattre dans les ténèbres de son cœur, et plus encore que l'affliction que lui avait causé la disparition de son père, l'accablaient les regrets et la tristesse que lui inspirait son malheur présent ; dans son désarroi, elle ne savait que faire et ne distinguait plus le jour de la nuit, mais puisque le temps que l'homme doit passer sur cette terre est borné, elle s'en voulait de n'être pas morte.

（*Ibid.*, t. 2, p. 421）

「桐壺」巻の翻訳の説明の中で、シャルル・アグノエルは、巻中の長文の一つの翻訳の仕方を説明して、次の様に述べている。

また私はこの長文を訳す際に、相対的に独立した短文に分けて、フランス風の服を着せるという安易な方法を取りたくなかった。

（*Le Genji monogatari, Introduction et traduction du livre I*, PUF, p. 72, Paris, 1959）[6]

こうした極端な態度に対して、ルネ・シフェールは妥協的方法を取っているが、それが唯一可能な方法かもしれない。一つのまとまりを構成する単位のレベルで対応を図るが、細部にわたってまで対応させようとはしないという方針である。

中君の心情は次の巻「宿木」でも同様な表現を通して再び取り上げられる。例えば中君の心を描写する次の同様に長い文章である。彼女は匂宮に慰めを見出したが、移り気で浮気なその態度に不安を感じている。そして薫は相変わらず彼女の将来を気遣い、執拗に逢いに来るという状況である。

幼きほどより、心細くあはれなる身どもにて、世の中を思ひとどめたるさまにもおはせざりし人一《ひと》ところを頼みきこえさせて、さる山里に年経しかど、いつとなくつれづれにすごくありながら、いとかく心にしみて世をうきものとも思はざりしに、うちつづきあさましき御事どもを思ひしほどは、世にまたとまりて片時経べくもおぼえず、恋しく悲しきことのたぐひあらじと思ひしを、命長くて今までもながらふれば、人の思ひたりしほどよりは、人にもなるやうなるありさまを、長かるべきこととは思はねど、見るかぎりは憎げなき御心ばへもてなしなるに、やうやう思ふこと薄らぎてありつるを、このふしの身のうさ、はた、言はん方なく、限りとおぼゆるわざなりけり。
(宿木、同、四〇三頁)

この文は三つの時を対比的に表す緻密な構成になっている。大君の死後に生きた過去の不幸な時（思ひしに）、匂宮の傍らで暮らす最近の幸福な時（ありつる）、匂の不実を前にした現在の嘆きの時（おぼゆるわざなり）の三つの時である。はじめの二つの時はかなり似通った構成で、助詞「ど」、「に」、「を」が担う句の連鎖からなっており、不幸な昔
7 の過去の時、次いで幸福な最近の過去の時と、パラレルに描かれている。こうした整った構成はフランス語の翻訳ではより事柄の語り的展開になってしまい、失われていると言わざるをえない。ここではしかし、中君は自己の来し方

を纏め直している訳ではない。それとは全く逆に、「来し方行く先、皆かき乱り心細くいみじきが、わが心ながら思ひやる方なく、心憂くもあるかな（…）夜更くるままによろづ思ひ乱れたまふ」とあるように、まだ記憶に新しい服喪と恋の嘆きとが混じり合い、苦しみを鋭くし、彼女を惑乱に追い込むのである。

最後に、もっと短い文を取り上げることにするが、心内語というよりは、二人の人物の交渉に触れるものである。上記引用場面の少し後、匂宮がよそに泊まり、帰って来て中君のもとに戻る場面である。

寝くたれの御容貌《かたち》いとめでたく見どころありて、入りたまへるに‖、臥したるもうたてあれば‖、すこし起き上がりておはするに‖、うち赤みたまへる顔のにほひなど、今朝しも常よりことにをかしげさまさりて見えたまふに‖、あいなく涙ぐまれて|、しばしうちまもりきこえたまふを‖、恥づかしく思して|うつぶしたまへる、髪のかかり髪《かむ》ざしなど、なほいとありがたげなり。

（宿木、同、四〇七）

視点は主に、直前の引用において心中が語られた中君を見る匂に据えられ、「に」で構成される句の連続によって匂が見出す情景、彼の反応が描かれ、「を」によって、視点の転換が導入され、中君の意識が語られる（「恥づかしく思して」）。そして、修飾節を介して、主たる視点に戻る。ここで見て来た部分は全て、「髪のかかり、髪ざし」の修飾節となり、「なほいと」という表現によって強調される髪という要素に匂の視線が集中するという展開になっている。かっちりとした文体が一つの纏まった場面を構成し、人物たちの複雑な心的状態や相互作用（いわゆる心の襞）を、それによって総合的に描きえたのである。この文は、清水好子が指摘する連体修飾の用法と凝集効果の好例だと思われる。恐らく仏訳がとりわけ難しい文章構成であろう。二人の人物の共在という場面を「に」、「に」、「に」、「を」を配置して描き出す日本語の文構成に対して、仏語訳の文[8]は、「というのは car」、「したがって si bien que」、「しかし cependant que」という論理的展開に使われる接続詞の援用で訳しているため、日本語の文構成を不完全にしか伝えていない。

五　結論

『源氏物語』における長文をいくつか分析したが、それにより、読者が、したがって言うまでもなく翻訳者が直面するこのテクストの難しさの一端を示すものとなった。また、それはルネ・シフェールの翻訳の見事さを改めて確認する結果ともなった。清水好子がまさしく指摘したように、文（センテンス）は『源氏物語』の文体の要である。原作のかすかな動きも見逃さない忠実な翻訳の理想というものを体現しているシャルル・アグノエルの「桐壺」巻翻訳の試みが、理解不能な翻訳になってしまったとしても、翻訳者は文に対する注目を怠ってはならないだろう。「フランス風の服を着せる」のは翻訳の必然ではあるが、この作品のエクリチュールの本質に迫るのは、さほどたやすいことではないようである。

翻訳　寺田澄江

〔注〕

1　Jean-Pierre SEGUIN, « Eléments pour une stylistique de la phrase dans la langue littéraire du 18e siècle », *L'Information grammaticale*, n°82, Juin 1999.

2　『物語構造論『源氏物語』とそのフランス語訳について』（岩波書店、一九九五年、一～五四頁）。

3　『甲南女子大学研究紀要　文学・文化編』（三九巻、一―七、二〇〇三年三月）所収。

4 http://jti.lib.virginia.edu/japanese/genji/index.html

5 『清水好子論文集』第１巻（武蔵野書院、二〇一四年）所収。

6 アグノエルの「桐壺」翻訳については以下を参照。寺田澄江、「源氏物語の和文　シャルル・アグノエルの眼を通して―（『アナホリッシュ国文学』第４号、『源氏物語　絵と文』、二〇一三年）。

7 Depuis sa plus tendre enfance, elle avait mené avec sa sœur une vie étriquée et sans joie et, sous la seule protection d'un père qui semblait totalement détaché des choses de ce monde, elle avait passé de longues années en ce désolé séjour de montagne ; si toutefois ses jours s'écoulaient dans un morne ennui, elle n'avait jamais ressenti par elle-même cette souffrance qui pénètre le cœur, lorsque, coup sur coup, le malheur l'avait frappée dans les êtres qui lui étaient chers, elle avait cru qu'elle n'y survivrait un seul instant, que sa détresse et son affliction étaient sans précédent, et pourtant sa vie s'était prolongée jusqu'à ce jour, si bien que, contrairement à l'attente générale, elle vivait désormais comme tout le monde ; et si elle n'avait jamais pensé que cela pût durer bien longtemps, tant du moins qu'elle voyait le Prince, celui-ci lui témoignait des attentions qui n'étaient pas du tout déplaisantes, au point que ses appréhensions peu à peu s'étaient dissipées, jusqu'à ce jour où un nouveau coup du sort lui faisait penser que, cette fois, c'en était fait. » (*Ibid.*, t. 2, p. 448-449)

8 Lorsqu'il entra chez elle, charmant avec son air encore enchifrené par le sommeil, il la trouva levée pour un instant, **car** elle eût trouvé inconvenant de le recevoir couché, et l'éclat de son visage qui avait rougi lui parut ce matin plus plaisant que jamais, **si bien que** les larmes lui en montèrent aux yeux et qu'il resta un moment à la regarder, **cependant que**, confuse, elle baissait la tête, ce qui mettait en valeur la retombée des cheveux et leur implantation. (*Ibid.*, t. 2, p. 450)

『源氏物語』各巻の 文の長さの平均値

		字数	句読点	文の平均字数
1	桐壺	11681	209	55,9
2	帚木	22111	441	50,1
3	空蝉	5215	128	40,7
4	夕顔	22838	457	50,0
5	若紫	22915	497	46,1
6	末摘花	15148	318	47,6
7	紅葉の雅	13579	248	54,8
8	花の宴	4917	109	45,1
9	葵	22454	382	58,8
10	榊	23713	422	56,2
11	花散る里	1800	31	58,1
12	須磨	20028	378	53,0
13	明石	18777	342	54,9
14	澪標	15512	305	50,9
15	蓬生	10942	184	59,5
16	関屋	2169	40	54,2
17	絵合	8710	151	57,7
18	松風	9770	174	56,1
19	薄雲	14696	250	58,8
20	朝顔	9761	164	59,5
21	少女	24085	444	54,2
22	玉鬘	19475	424	45,9
23	初音	6688	138	48,5
24	胡蝶	9678	174	55,6
25	蛍	9084	179	50,7
26	常夏	10525	232	45,4
27	篝火	1573	32	49,2
28	野分	8514	181	47,0
29	御幸	13092	233	56,2
30	藤袴	6824	117	58,3
31	槙柱	18037	319	56,5
32	梅枝	8712	171	50,9
33	藤裏葉	10871	224	48,5
34	若菜上	50519	870	58,1
35	若菜下	49914	843	59,2
36	柏木	19595	326	60,1
37	横笛	9049	157	57,6
38	鈴虫	6819	104	65,6
39	夕霧	34658	676	51,3
40	御法	9114	114	79,9
41	幻	10215	141	72,4
42	匂宮	6820	90	75,8
43	紅梅	6247	110	56,8
44	竹川	19942	374	53,3
45	橋姫	18311	283	64,7
46	椎元	18134	297	61,1
47	総角	43629	703	62,1
48	早蕨	8799	106	83,0
49	宿木	45983	739	62,2
50	東屋	31749	599	53,0
51	浮舟	34676	756	45,9
52	蜻蛉	28095	520	54,0
53	手習	33110	659	50,2
54	夢の浮橋	8359	137	61,0
		917631	16702	54,9

50字以下　75字以上

『源氏物語』の韓国語訳と日本古典文学の再誕生

李 美淑

はじめに

『源氏物語』「関屋」巻には「帚木」巻と「空蝉」巻に登場した空蝉の後日譚が次のように語り出される。

①伊予介といひしは、故院崩れさせたまひてまたの年、常陸になりて下りしかば、かの帚木もいざなはれにけり。須磨の御旅居もはるかに聞きて、人知れず思ひやりきこえぬにしもあらざりしかど、伝へきこゆべきよすがだになく、筑波嶺の山を吹き越す風も浮きたる心地して、いささかの伝へだになくて年月重なりにけり。限れることもなかりし御旅居なれど、京に帰り住みたまひて、またの年の秋ぞ常陸は上りける。（「関屋」・二・三五九頁）[1]

空蝉と光源氏の一二年ぶりの再会の巻であるだけに「関屋」巻の導入部は主にその間の事情が語られている。そのため、この段落を韓国語に翻訳・注解しようとするとき、いくつか考慮すべきことがある。「伊予介、故院、帚木、常陸」といった呼称や呼称的な表現として登場する人物の紹介やそれぞれの呼称をどのように表記すべきかの問題、「常陸、須磨、筑波嶺の山、京」といった地名の表記や説明、そして「筑波嶺の山を吹き越す風」という引歌の紹介

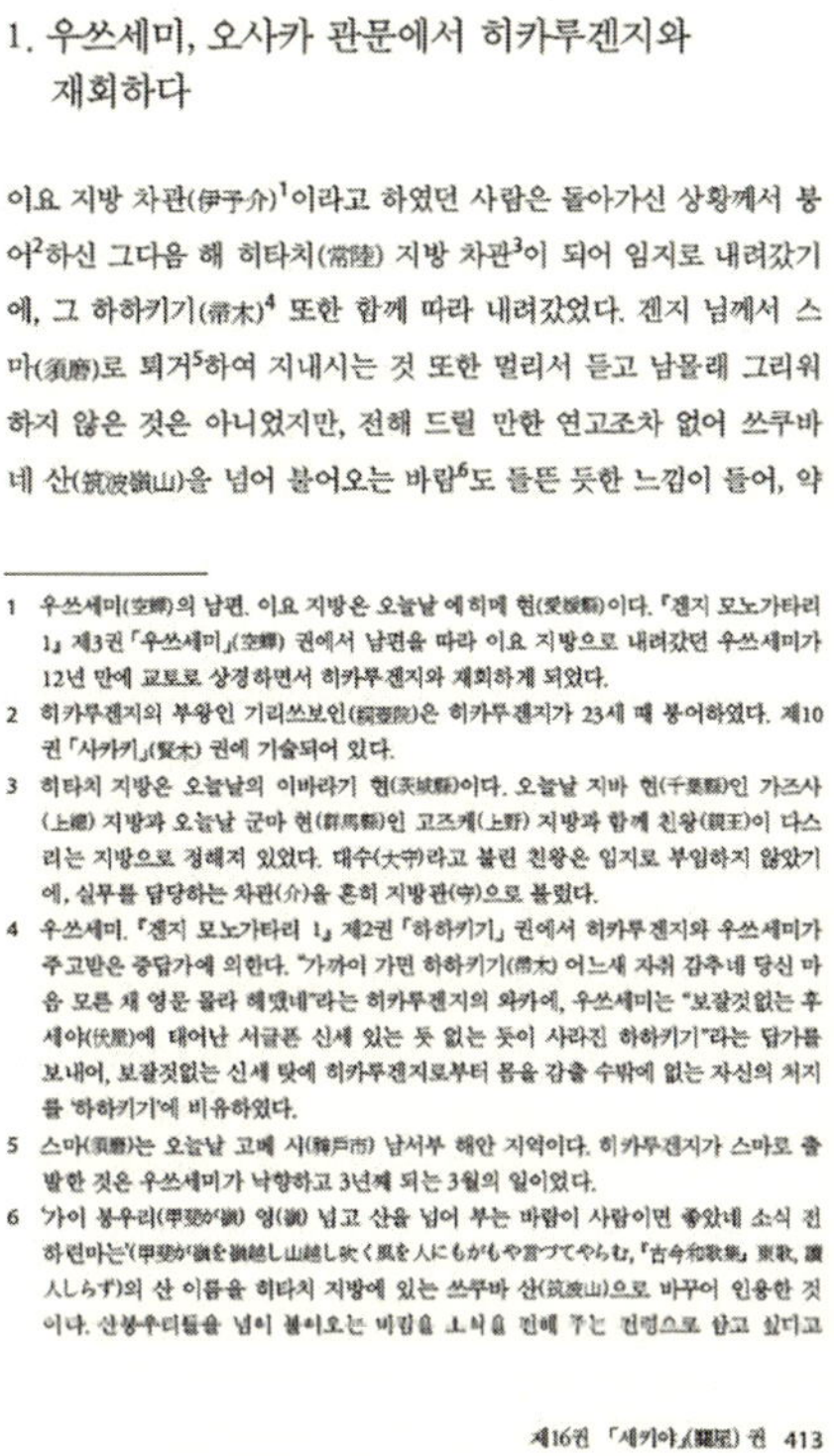

1. 우쓰세미, 오사카 관문에서 히카루겐지와 재회하다

이요 지방 차관(伊予介)[1]이라고 하였던 사람은 돌아가신 상황께서 붕어[2]하신 그다음 해 히타치(常陸) 지방 차관[3]이 되어 임지로 내려갔기에, 그 하하키기(帚木)[4] 또한 함께 따라 내려갔었다. 겐지 님께서 스마(須磨)로 퇴거[5]하여 지내시는 것 또한 멀리서 듣고 남몰래 그리워하지 않은 것은 아니었지만, 전해 드릴 만한 연고조차 없어 쓰쿠바네 산(筑波嶺山)을 넘어 불어오는 바람[6]도 들뜬 듯한 느낌이 들어, 약

1 우쓰세미(空蟬)의 남편. 이요 지방은 오늘날 에히메 현(愛媛縣)이다. 『겐지 모노가타리 1』 제3권 「우쓰세미」(空蟬) 권에서 남편을 따라 이요 지방으로 내려갔던 우쓰세미가 12년 만에 교토로 상경하면서 히카루겐지와 재회하게 되었다.

2 히카루겐지의 부왕인 기리쓰보인(桐壺院)은 히카루겐지가 23세 때 붕어하였다. 제10권 「사카키」(賢木) 권에 기술되어 있다.

3 히타치 지방은 오늘날의 이바라기 현(茨城縣)이다. 오늘날 지바 현(千葉縣)인 가즈사(上總) 지방과 오늘날 군마 현(群馬縣)인 고즈케(上野) 지방과 함께 친왕(親王)이 다스리는 지방으로 정해져 있었다. 대수(大守)라고 불린 친왕은 임지로 부임하지 않았기에, 실무를 담당하는 차관(介)을 흔히 지방관(守)으로 불렀다.

4 우쓰세미. 『겐지 모노가타리 1』 제2권 「하하키기」 권에서 히카루겐지와 우쓰세미가 주고받은 증답가에 의한다. "가까이 가면 하하키기(帚木) 어느새 자취 감추네 당신 마음 모른 채 영문 몰라 헤맸네"라는 히카루겐지의 와카에, 우쓰세미는 "보잘것없는 후세야(伏屋)에 태어난 서글픈 신세 있는 듯 없는 듯이 사라진 하하키기"라는 답가를 보내어, 보잘것없는 신세 탓에 히카루겐지로부터 몸을 감출 수밖에 없는 자신의 처지를 '하하키기'에 비유하였다.

5 스마(須磨)는 오늘날 고베 시(神戸市) 남서부 해안 지역이다. 히카루겐지가 스마로 출발한 것은 우쓰세미가 낙향하고 3년째 되는 3월의 일이었다.

6 '가이 봉우리(甲斐が嶺) 영(嶺) 넘고 산을 넘어 부는 바람이 사람이면 좋았네 소식 전하련마는'(甲斐が嶺を嶺越し山越し吹く風を人にもがもや言づてやらむ, 『古今和歌集』 東歌, 讀人しらず)의 산 이름을 히타치 지방에 있는 쓰쿠바 산(筑波山)으로 바꾸어 인용한 것이다. 산봉우리들을 넘어 불어오는 바람을 소식을 전해 주는 전령으로 삼고 싶다고

제16권 「세키야」(關屋) 권 413

「関屋」巻　本文①引用

제16권

「세키야」(關屋) 권

히카루겐지 29세 가을

상봉한다는 오사카 관문(逢坂の關) 어떤 관문이기에
깊은 한탄과 같은 나무숲 헤쳐 가나

逢坂の關やいかなる關なれば
繁きなげきの中をわくらん

「関屋」巻　扉

などがそれである。その他２回の「またの年」という表現から読み取られる過ぎ去った時間の流れ、伊予介から常陸介になった空蝉の夫の官職の変化や光源氏の身の上の変化から読み取られる時間の蓄積、その時間の流れと共に変わってきた二人の関係性の変化やそれぞれ置かれた状況の変化などが読者に理解されるように解説もまた必要になる。

　このように日本の古典文学が現代の韓国の読者に理解されるためには本文だけの逐語訳だけでは十分ではなく、翻訳にあたって訳注者による補注や解説、そして訳し方の工夫が要求されるということになる。なお、翻訳者がテキストの原文を韓国語に訳すとき、そこにはその作品に対する翻訳者の読みやジャンル意識に支えられた表現や文体へのこだわりが複合的に関わってくる。これらのことによって、翻訳されたテキストは翻訳者というフィルターを通して翻訳対象のテキストとは異なる、新しい書物として再誕生されることになる。

本稿では『源氏物語』の韓国語訳を対象に、日本の古典文学が翻訳という過程を経て同じ東アジア漢字文化圏でありながらも韓国という異文化圏の書物としてどのように再誕生されるのかについて考えたいと思う。異なる言語によって書かれたテキスト間の等価探しとも規定できる翻訳という行為にあたって、その等価探しは言語間の一対一の置換に止まることはできず文化のレベルまで及ぶものであろう。特に主語・述語、表現などが省略されることが多く、時代性に基づいた社会制度・政治・文化の諸要素が作品世界に底流している古典文学の翻訳は本文だけの逐語訳では十分であるとは考えられない。古典文学の翻訳とは本文の翻訳だけでは成り立たず、注や解説、付録などをも合せてはじめて一つの作品世界を成す書物であると思われる。

以下、実際『源氏物語』の韓国語訳にあたって直面した問題について「関屋」巻を中心に考察し、翻訳者というフィルターを通して生まれた日本文学の再誕生、書物としての日本古典文学の新たな形作りについて考えてみる。

一　『源氏物語』の韓国語訳の現在

韓国において『源氏物語』の翻訳史は四〇年前から始まる。初の韓国語訳は一九七三年翻訳家の柳呈（ユ・ジョン）氏によって乙酉文化社から出版された『ゲンジ　イヤギ』（全二冊、以下、柳訳）であり、一九九九年心理学者の田溶新（チョン・ヨンシン）氏による二番目の韓国語訳が『ゲンジ　イヤギ』（全三冊、以下、田訳）という同じ書名でナナン出版から刊行された。〈イヤギ〉とは「話、語り」という意味[2]である。二〇〇七年一月には瀬戸内寂聴の現代語訳を訳した翻訳家の金蘭珠（キム・ナンジュ）氏の『ゲンジ　イヤギ』（全一〇冊）がハンギル社から刊行された。この三番目の韓国語訳は現在韓国において一番多く読まれているテキストである。二〇一四年一〇月三〇日には韓国において四番目の『源氏物語』韓国語訳の第一巻（全六冊の予定）である『ゲンジ　モノガタリ1』がソウル大学校出版文化院から李美淑訳注で刊行された。李美淑訳注『源氏物語』の韓国語訳は、韓国初の『源氏物語』の研究者による全巻の翻訳・注解の試みということになる。[3] その後、二〇一五年八月には『源氏物語』の研究者である朴光華（パク・グァンファ）氏による五番目の『源氏物語』の韓国語訳である『ゲンジモノガタリ（桐壺巻）』が図書出版香紙から刊行されている。今のところ、「桐壺」巻以外に『ゲンジモノガタリ（夕顔巻）』（二〇一六年七月）も刊行されている。この訳注には韓国語訳と共に日本語原文も配置されており、目次や付録の論文なども日本語そのままであり、日本語の韓国語への表記は外来語表記法に寄らず翻訳文の中に漢字もそのまま用いられる例も多く、韓国語訳の一般的な編集方針とは多少異なる。

柳訳と田訳という二種の『源氏物語』の韓国語訳については既に金鍾徳（キム・ジョンドク）氏の論をはじめとするいくつかの論考があるが、[4] そのほとんどにおいてテキストとは離れた誤訳及び注解の不徹底さが指摘されている。

上・下二冊（上巻「桐壺」巻〜「藤裏葉」巻、下巻「若菜上」巻〜「夢浮橋」巻）構成の柳訳は二〇一四年まで絶版となっていたが、二〇一五年一月版元を異にし東西文化社から再び刊行された。初版の柳訳には上巻の冒頭に「解題」といい、『源氏物語』の文学的な意義や作品の構成（三部構成説）・主題、作者など作品に関する全般的な解説がなされており、下巻の末尾に年譜が付いている。その「解題」によれば、柳訳は日本古典文学大系（岩波書店）の『源氏物語』を底本とし与謝野晶子氏らの現代語訳を参考にしたとするが、大系の本文よりは現代語訳に基づいたという指摘が多い。

柳訳は訳者自身も「解題」において述べている通り、固有名詞や和歌の翻訳に苦心したように見受けられる。巻名においで理由は定かではないが、「桐壺・帚木・空蝉・葵・須磨・明石・玉鬘・浮舟」の八つの巻名は日本語の発音通りに表記したのに対し、他のは「真木柱」巻が〈ノソンナムキドン〉となっているように韓国語の意味に訳し表記している。人名の表記においても光源氏や空蝉などは〈(ヒカル)ゲンジ〉、〈ウツセミ〉のように日本語の発音通りに表記したのに対し、夕顔と玉鬘などは〈バッコッ〉、〈オクドングル〉という韓国語の意味に訳し表記しており、統一性に欠けている。和歌の翻訳においては韓国独特の韻文形式である四三文字の時調（シゾ）の音数律に倣っており、和歌の音数律のままではないものの作品内における和歌の機能及び位置を理解した上での訳であると思われる。5

ナナン出版から全三冊（第一巻「桐壺」～「朝顔」巻、第二巻「少女」～「幻」巻、第三巻「匂宮」～「夢浮橋」巻）構成で刊行された田訳は、その翻訳上の問題がより多く指摘されている。田訳には詳しい作品解説は付いておらず、ただ第一巻の冒頭の〈訳者序文〉に、作者や作品の成立や流布、研究などについて簡略に記述されている。その序文によれば、底本は小学館日本古典文学全集（全六巻）であるとし、その現代語訳を先ず翻訳し、訳しがたいところは原文を参考にしたとする。巻毎に全集と同じく光源氏の年齢やその巻の梗概が紹介されている。

ところで、田訳が原文ではなく現代語訳を優先し訳したということは、和歌の翻訳において大きな問題点を露呈している。音数律などは全く無視され、その意味だけが詳しく散文体で記されているため、作品における和歌の機能や韻文としての形式は韓国の読者に伝わっていないのである。和歌の翻訳が山括弧で区別されてはいるものの、場合によっては和歌が会話文や心中思惟のように受け取られるおそれもある。他に、田訳は固有名詞の表記や敬語の翻訳などにおいても曖昧なところが多い。巻名は「須磨（スマ）・明石（ミョンソク）・少女（ソニョ）・匂宮（ネグン）・紅梅（ホンメ）」のように、漢字の韓国語の発音で表記した五つの巻以外は全て韓国語の意味を生かし訳している。例えば、桐壺は〈オドンエバン〉（桐の部屋）、空蝉は〈メミホムル〉（蝉の殻）のようになっている。しかし、人名と官職名においては〈（ヒカル）ゲンジ〉と表記された光源氏以外は、鬚黒大将は〈スフクデザン〉、玉鬘は〈オクマン〉、内大臣は〈ネデシン〉のように全て漢字の韓国語の発音に表記しているため、巻名と人名が同じである場合でも異なる表記になっているのである。例えば「真木柱」巻の場合、巻名は〈ノソンギドン〉（檜の柱）となっているのに対し、人名は〈ジンモクジュ〉という漢字の韓国語の発音になっているのである。敬語もまた正確に翻訳されておらず、誤訳も相当目に付く。

が、全体的にいろいろな問題点を持つとはいえ、これら一種の韓国語訳はこれまで長い間韓国の読者に『源氏物語』を紹介してきたという点においてはその意義を認めるべきであろう。

二　『ゲンジ　モノガタリ』の翻訳のあり方―李美淑訳注『源氏物語』の韓国語訳

李美淑訳注『ゲンジ　モノガタリ』（以下、李訳）はソウル大学校人文学研究院ＨＫ文明研究事業団が発行する「文明テキスト」[6]叢書に収められている。全六冊のうち、現在二冊（第一巻は二〇一四年一〇月、第二巻は二〇一七年二月）が刊行された。その翻訳・注解は、次のような方針のもとで行われた。

第一に、李訳は、阿部秋生・秋山虔・今井源衛・鈴木日出男校注・訳『源氏物語①～⑥』（新編日本古典文学全集20～25、小学館、一九九四～一九九九年）を底本にしたものである。ただ、注や解説は諸注釈書をも参考にした。底本と同じく全六冊で完訳する予定であり、『ゲンジ　モノガタリ1』は「桐壺」巻から「花宴」巻まで、『ゲンジ　モノガタリ2』は「葵」巻から「朝顔」巻までを対象にした。

第二に、表記の問題であるが、李訳において書名及び巻名などの固有名詞の表記は日本語の発音通り表記することを原則とし、韓国国立国語院が定めた外来語表記法に従った。外来語表記法においては日本語の長音は表記しない。語頭のK・Tの発音も表記せず、代わりにG・Dに表記する。例えば「蜻蛉」は〈カゲロウ〉ではなく、〈ガゲロ〉になる。なお、韓国語は分ち書きを厳守する。よって、テキストの書名も『ゲンジ　モノガタリ』というふうにした。これまで「物語」は韓国において〈イヤギ〉として多く訳されてきたが、李訳では「物語」を日本特有の文学様式と見なし、書名は日本語の発音通り〈ゲンジ　モノガタリ〉をそのまま用いた。巻名は、例えば「桐壺」巻の場合、〈ギリツボ」グォン〉というふうに表記した。

人名と地名、呼称、敬語、時制、指示詞なども日本古典文学特有のものと判断し、できる限り原文を生かすことを原則とした。人名や地名などの固有名詞の表記は日本語の発音通り表記することを原則とし外来語表記法を遵守し、初めて出るときだけ漢字を併記した。ただ、制度や役所名、官職名、宮中の殿舎名、漢籍名、雅楽名などは韓国式の漢字音通り表記した。官職名と殿舎名が人名に用いられる場合も韓国式の漢字音通り表記した（例えば、中将は〈ジュンジャン〉、弘徽殿女御は〈ホンフィジョン　ヨオ〉のように表記した）。書名の場合、漢籍は韓国式の漢字音通り表記したが、日本のものは無理に統一しなかった。例えば、「日記」は韓国でも〈イルギ〉という韓国式の漢字音読みで広く用いられるため、『蜻蛉日記』は〈ガゲロ　イルギ〉にした。

第三に、構成を見れば『ゲンジ　モノガタリ1』の場合、大きく「解題」、「本文」、「付録」の三つに分けることができる。

「解題」は「女性のために女性が書いた女性の世界を描いた物語」という題で女性文学としての『源氏物語』の性格を強調する一方、①昔物語から『源氏物語』へ、②サロン文化の結晶体『源氏物語』、③作者紫式部、④成立時期

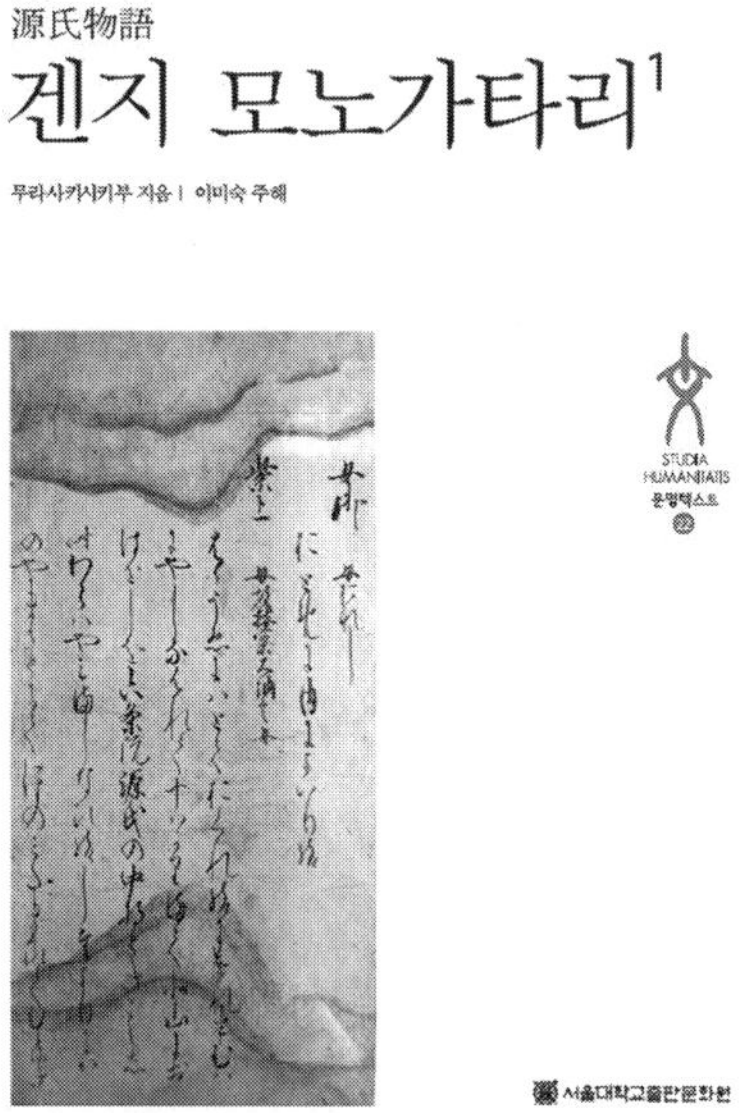

『ゲンジ　モノガタリ１』 表紙

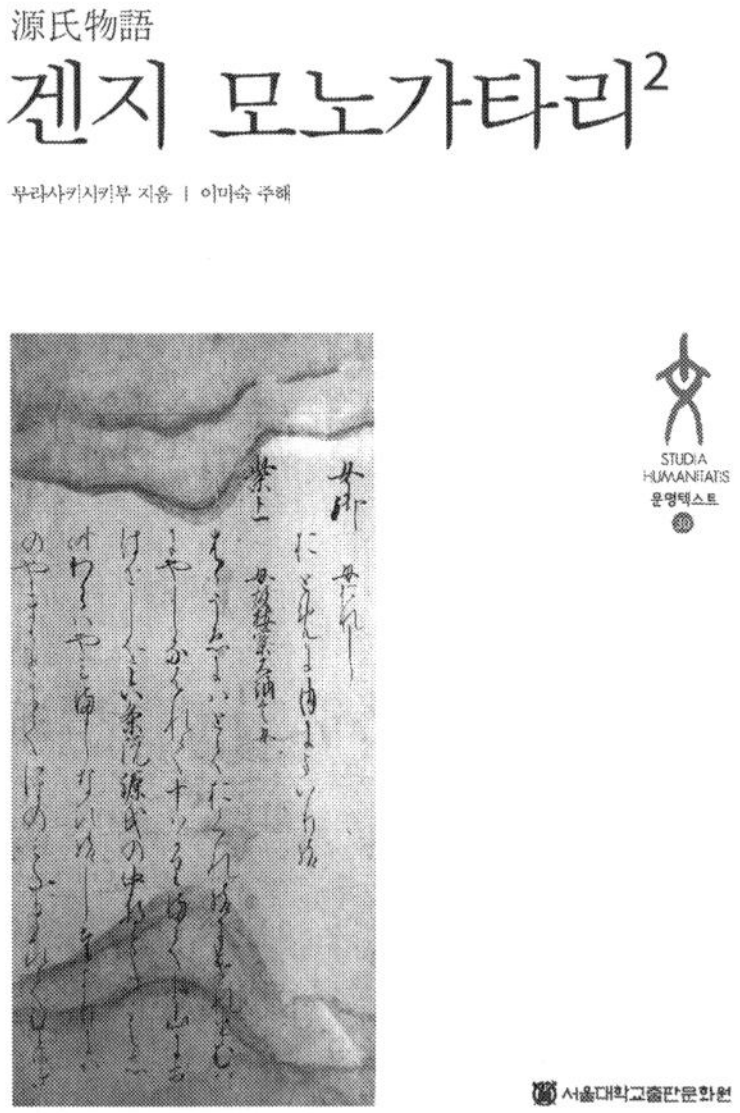

『ゲンジ　モノガタリ２』 表紙

と構成、そして主題と女物語、⑤『源氏物語』の形成と東アジアの文化交流、⑥本文、⑦注釈・研究史、⑧後代に及ぼした影響及び受容史、⑨『源氏物語』の韓国語訳・注解とその意義といった九つの項目に分けて詳しく解説した。

「本文」は翻訳と脚注、巻毎の解説から成っている。翻訳は底本に倣って巻毎に段落を分けて翻訳し、段落毎に番号とタイトルをつけた。タイトルは底本を参照し訳注者がつけた。注は脚注の形にしており、用語の解説、前後文脈の説明、引用の典拠などの他に文明のテキストとして平安時代の日本文化を理解するための社会制度及び生活文化と関わる事項をも記述した。それぞれの巻の末尾における解説では巻名の由来と作品全体におけるその巻の位置と意義、そして訳注者の『源氏物語』の読みに基づき巻の内容などを分析した。脚注と巻の解説は底本の新全集のみならず、玉上琢彌氏の角川書店の評釈、岩波書店の大系・新大系、新潮社の集成、至文堂の『源氏物語の鑑賞と基礎知識』などをも検討し補足しており、訳注者の本文解釈及び作品の読み―訳注者の著書である『源氏物語研究―女物語の方法と主題』（新典社、二〇〇九年四月）における作品解釈をはじめとし、これまでの論考における『源氏物語』の理解が下敷きになっている—も反映した。

「付録」は冊毎の年譜、主な登場人物の紹介、人物関係図、参考文献、索引により構成されている。他に、「本文」に入る前に『ゲンジ　モノガタリ1』においては「関係資料」という欄を設け、カラー印刷で『源氏物語』関係の写本、注釈書、源氏絵、断簡などの写真を載せた。これらの資料と表紙に用いられた鎌倉時代の『源氏物語』古系図の断簡は、東北大学名誉教授の仁平道明先生御所蔵のものである。なお、『ゲンジ　モノガタリ2』は『ゲンジ　モノガタリ1』の構成のうち「解題」と「関係資料」を除き、同じ構成になっている。

第四に、翻訳の原則について紹介すれば、本文の翻訳は原則的に底本の原文に即した。ただ、可読性を高めるために主語と述語、その他の表現を補ったり文を細分したり語順を変えたりしたところがある。光源氏が主語の文の場合主語が省略されていることが多いが、本書では〈ゲンジ　ニム〉（源氏の君）という主語を補った。光源氏の官職名を用いた呼称はそのまま主語として生かした。

三　『源氏物語』と『ゲンジ　モノガタリ』の間 —再誕生される『源氏物語』

李訳『ゲンジ　モノガタリ2』の「関屋」巻は、大きく「巻の扉、本文と脚注、巻の解説」といった三つに分けることができる。巻の扉には、巻名とその巻における光源氏の年齢、そしてその巻を代表すると思われる和歌一首を選び、原文と一緒に載せた。表紙や巻の扉は紫色になっているが、『源氏物語』正篇を貫通する「紫のゆゑ」に因んだものである。

（二）明示されない主語などの補足

『源氏物語』正篇は光源氏の一代記の形をとっているため、光源氏の官職が変わったり強調する必要があるとき、相手になる人物との対比が必要なときなどは例外であるが、光源氏を主体として語られる場合主語が省略される場合がほとんどである。述語に用いられた敬語から主語を特定することもできるが、現代の韓国の読者にとって主語なしの文は可読性に乏しい。

引用①の末尾とそれに続く次の箇所を見てみよう。

②限れることもなかりし御旅居なれど、京に帰り住みたまひて、またの年の秋ぞ常陸は上りける。関入る日しも、この殿、石山に御願はたしに詣でたまひけり。（「関屋」・二・三五九頁）

この引用の翻訳において注意すべきは、一つの文に二つの主語が混ざっているということである。「限れることもなかりし御旅居なれど、京に帰り住みたまひて、またの年の秋ぞ常陸は上りける」という文において「京に帰り住みたまひて」の主体は光源氏、「上りける」の主体は常陸介である。また、「関入る日しも、この殿、石山に御願はたしに詣でたまひけり」において「関入る」の主体は常陸介の一行、「詣でたまひけり」の主体は光源氏である。両文共に「常陸」と「この殿」という一方の主語は明記されているが、それに対応する側の主語は省略されている。このような場合、李訳においては〈ゲンジ　ニム〉（源氏の君）という主語を補った。

「関屋」巻において光源氏が主体の文において〈ゲンジ　ニム〉という主語を補足した箇所は9例あるが、次の二つの用例を見よう。

③須磨の御旅居もはるかに聞きて、（「関屋」・二・三五九頁）

⇓〔**源氏の君が**〕須磨に退去して暮していらっしゃることも遠くから聞いて、

④佐召し寄せて御消息あり。

（『ゲンジ　モノガタリ2』・四一三頁）

⇓〔**源氏の君が**〕衛門佐を呼び寄せて空蝉に送る書札をお渡しになる。

（「関屋」・二・三六二頁）7

李訳において引用③と④の翻訳の際、「源氏の君」という主語の補充だけではなく、引用③の「須磨の御旅居」という名詞句は「須磨に退去して暮していらっしゃること」、引用④の「御消息あり」という表現は「空蝉に送る書札をお渡しになる」というふうに説明を加えて訳した。なお、「ゲンジ　ニム」につく「は・が」という助詞は韓国語では「ケソヌン・ケソ」という尊敬を表す助詞に訳した。「ケソ」という尊敬を表す助詞は、李訳においては作品に底流する身分意識を浮き彫りにするために原則的に天皇家の血を引く人々にだけつけた。

（『ゲンジ　モノガタリ2』・四一七頁）

(二) 文の分割

ところで、李訳において可読性を高めるために考慮したのは長文の分割である。「関屋」巻における次の引用は一つの例である。

⑤紀伊守といひしも、今は河内守にぞなりにける、その弟の右近将監解けて御供に下りしをぞ、とりわきてなし出でたまひければ、それにぞ誰も思ひ知りて、などてすこしも世に従ふ心をつかひけんなど思ひ出でける。

（「関屋」・二・三六一～三六二頁）

⇓紀伊守といった人も今は河内守になった。その人の弟で右近将監から解任された人が源氏の君の随行員として退去したが、〔源氏の君が〕とりわけ引き立てて面倒をみてくださった。で、そのことから誰でも明らかに知るようになってどうして少しでも世間の人情に従おうとしたのだろうとなどと往時のことを思い出した。

（『ゲンジ　モノガタリ2』・四一六〜四一七頁）

引用⑤において分割は2回行われているが、長文の分割は定まった原則があるわけではなく、韓国語としての可読性が基準になるので訳注者の主観的な言語感覚によるしかない。

次に、和歌に続く文のことであるが、引用⑥のように句点で文が終わるのではなく読点で次の和歌に続く文の場合、和歌直前の文を分割し表現を補って訳することを原則とした。

⑥今はましていと恥づかしう、よろづのことうひうひしき心地すれど、めづらしきにやえ忍ばれざりけむ、

「逢坂の関やいかなる関なれば繁きなげきの中をわくらむ

夢のやうになむ」と聞こえたり。

（「関屋」・二・三六三頁）

⇓〔空蝉は〕今となっては一層実に恥ずかしくいろいろな面において気恥ずかしい気がするものの、久しぶりの連絡を受けて堪えることができなかっただろうかこのように申した。

（空蝉）

〝逢うという逢坂の関いかなる関ゆえに

深い嘆きのような木々を掻き分けていくのかな

夢のようなので……〟

（『ゲンジ　モノガタリ2』・四一八頁）

(三) 和歌の翻訳

これまでの『源氏物語』の韓国語訳において和歌を「5・7・5・7・7」の音数律に合せて訳したものはなかったが、李訳では和歌本来の音数律を生かすために厳しくハングル文字の31字を守り、「5・7・5」の上の句と

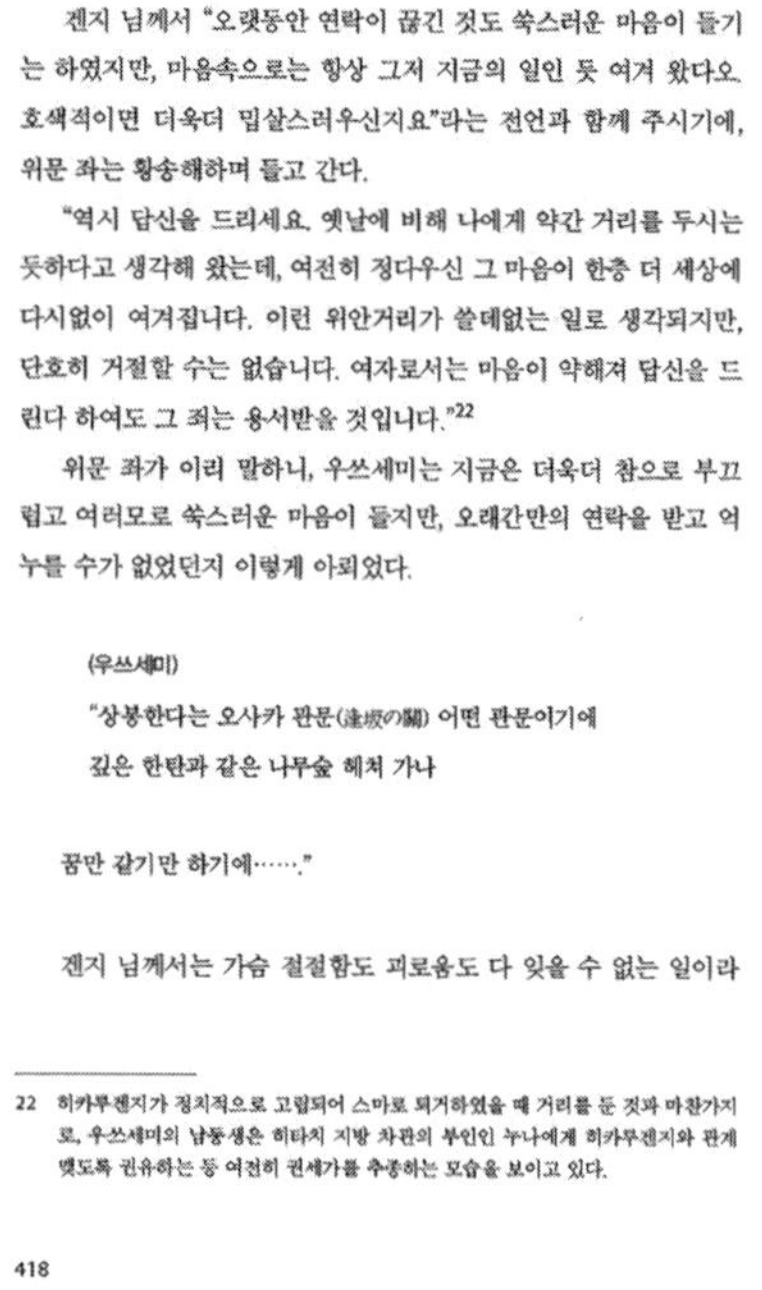
겐지 님께서 "오랫동안 연락이 끊긴 것도 쑥스러운 마음이 들기는 하였지만, 마음속으로는 항상 그저 지금의 일인 듯 여겨 왔다오. 호색적이면 더욱더 밉살스러우신지요"라는 전언과 함께 주시기에, 위문 좌는 황송해하며 들고 간다.

"역시 답신을 드리세요. 옛날에 비해 나에게 약간 거리를 두시는 듯하다고 생각해 왔는데, 여전히 정다우신 그 마음이 한층 더 세상에 다시없이 여겨집니다. 이런 위안거리가 쓸데없는 일로 생각되지만, 단호히 거절할 수는 없습니다. 여자로서는 마음이 약해져 답신을 드린다 하여도 그 죄는 용서받을 것입니다."[22]

위문 좌가 이리 말하니, 우쓰세미는 지금은 더욱더 참으로 부끄럽고 여러모로 쑥스러운 마음이 들지만, 오래간만의 연락을 받고 억누를 수가 없었던지 이렇게 아뢰었다.

(우쓰세미)

"상봉한다는 오사카 관문(逢坂の関) 어떤 관문이기에

깊은 한탄과 같은 나무숲 헤쳐 가나

꿈만 같기만 하기에……."

겐지 님께서는 가슴 절절함도 괴로움도 다 잊을 수 없는 일이라

22 히카루겐지가 정치적으로 고립되어 스마로 퇴거하였을 때 거리를 둔 것과 마찬가지로, 우쓰세미의 남동생은 히타치 지방 차관의 부인인 누나에게 히카루겐지와 관계 맺도록 권유하는 등 여전히 권세가를 추종하는 모습을 보이고 있다.

418

「関屋」巻　本文⑥引用

「7・7」の下の句の2行に配列し、和歌の体裁を読者に認識させようとした。ただ、和歌には同音異義性を生かした掛詞や縁語などが多く取り入れられているため、ハングルの31字をもって完璧に訳すことはできない。そのため、和歌の翻訳はその本意を示すことを第一にし、読者に解ってほしい縁語や掛詞、本歌などは脚注において補った。「関屋」巻には3首の和歌があるが、次の歌を見よう。

⑦わくらばに行きあふみちを頼みしもなほかひなしやしほならぬ海

（「関屋」・二・三六二頁）

⇒우연찮게도 / 가다 만난 오미 길 / 믿음 갔건만

역시 소용없었네 / 소금기 없는 바다

（『ゲンジ　モノガタリ2』・四一七頁）

［はからずも行き逢わせた近江路頼もしく思ったけれど

やはり甲斐のないことであったね塩気のない海］

引用⑦の和歌には「逢ふ道／近江路」「甲斐／貝」といった掛詞が用いられているが、翻訳の中にその意味合いを十分取り入れることはできず、次のように脚注において補足した。

「소금기 없는 바다〔塩気のない海〕」とは琵琶湖を指しており、淡水湖なので「貝がない」（かひなし）とした。「조개〔貝〕」を意味する「かい」（貝）は「소용・보람〔効・甲斐〕」を意味する「かい」（甲斐）と同音異義語で

ある。なお、「오미 길（近江路）」（あふみち）は「만나는 길（逢う道）」（逢ふ道）と同音異義語として用いられた。（『ゲンジ　モノガタリ2』・四一七頁、注20）

（四）翻訳者の作品理解と翻訳

李訳の韓国語訳には所々訳注者の作品に対する読みが反映されており、「巻の解説」が代表的な例である。例えば、空蝉物語の前半部と十余年の時間差のある後半部である「関屋」巻は心細い中流階層の「女の物語」を代表する空蝉物語の後日譚が語られている巻である。空蝉物語とは、父親という後見をなくし伊予介という老受領の後妻として身が定まった「中の品」の「思ひあがる」女君として設定されている空蝉が、自分の身分とはかけ離れている「上の品」の光源氏に逢って改めて自分の「身のほど」を認識し、この世における女の生き難さを痛感する物語であると思われる。空蝉が光源氏に出逢ったとき、彼女の「身のほど」認識の根底には、「品定まりぬる身」への悔恨と共に「ありしながらの身」への郷愁が強く存在していた。物語の前半においては拒み続けた光源氏であったが、物語の後半においては光源氏という後見なしに生きていくことのできなくなった空蝉の末路は、後見のない女性の生き難さを浮き彫りにしていよう。「関屋」巻の解説は「「関屋」巻をはじめとするいくつかの巻に語られている空蝉物語は、後見のない中流階層女性の物寂しい生をもっとも典型的に形象化しており、これと共に自分と一度でも縁を結んだ女性を見捨てない光源氏の「変わらない心」（心長し）を浮き彫りにすることによって光源氏の理想性をも構築していると言えよう」（『ゲンジ　モノガタリ2』・四二二頁）と結ばれている。

次に、訳注者の読みは具体的な形容詞の翻訳にも表れている。「関屋」巻に出る表現ではないが、「うとまし」という表現に注目してみよう。

『源氏物語2』において「うとまし」は一三例用いられている。六条御息所が生霊であるという自分の噂に対しての形容（「葵」・二・三七頁）〔꺼림칙하다・忌まわしい〕、六条御息所の生霊に遭った後の光源氏の気持ち（「葵」・二・四〇頁）〔역겹다・気疎い〕、衣に染み込んだ芥子の香から自分が生霊であることを知った後の六条御息所の自己嫌悪の気持ち（「葵」・二・四二頁）〔꺼림칙하다・忌まわしい〕、光源氏が無理に自分の寝室に入ってきた後、人笑へにならないために出家を決心するときの藤壺中宮の世に対する認識（「賢木」・二・一一四頁）〔뜨악하다・気乗りせず忌まわしい〕、依然として自分への執着から離れない光源氏の行動に対する藤壺中宮の心境（「賢木」・二・一二二頁）〔역겹다・気疎い〕、雷によって焼かれた寝殿に対する光源氏の気持ち（「明石」・二・二二七頁）〔기분 나쁘다・気持ち悪い〕、明石の姫君の乳母になる宣旨の娘の屋敷の木立を見た後の光源氏の気持ち（「澪標」・二・二八八頁）〔섬뜩하다・ぞっとする〕、光源氏から明石の君と姫君のことを聞かされた場面における紫の上の形容（「澪標」・二・二九一頁）〔싫다・嫌だ〕、遊女に対する光源氏の気持ち（「澪標」・二・三〇八頁）〔역겹다・気疎い〕、荒れ果てた末摘花の屋敷の木立の描写（「蓬生」・二・三二七頁）〔섬뜩하다・ぞっとする〕、言い寄る光源氏への斎宮女御の気持ち（「薄雲」・二・四六三頁）〔역겹다・気疎い〕、朝顔の姫君に執心する光源氏を見る紫の上の心境（「朝顔」・二・四七九頁）〔역겹다・気疎い〕、自分に言い寄る源典侍に対する光源氏の心境（「朝顔」・二・四八四頁）〔역겹다・気疎い〕の一三箇所の場面がそれである。このような「うとまし」という表現を韓国語に訳すとき、完全に同じニュアンスではないものの「気疎い六例、忌まわしい二例、気乗りせず忌まわしい一例、ぞっとする二例、気持ち悪い一例、嫌だ一例」に対応するいくつかのバリエーションの表現をもって訳すことができる。これらの韓国語の形容詞は主体の感情や状況の程度において差があるので、訳注者の読みによって文脈に相応しい表現を選ぶことになる。『源氏物語』を女性文学として読んでいることもあり、李訳においては女性登場人物の心境に寄り添う翻訳になっているとも思われる。

光源氏に対する藤壺中宮、斎宮女御、紫の上といった三人の女たちの心中を語る場面に用いられている次の「うとまし」の用例は、「気疎い」に近い〔역겹다（ヨッギョッダ）〕という韓国語の形容詞に訳したものである。

⑧人々見たてまつるに、御顔の色もうつろひて、なほかかる心の絶えたまはぬこそ、いと疎ましけれ、

（「賢木」・二・一二二頁）

⑨うちしめりたる御匂ひのとまりたるさへ、疎ましく思さる。

（「薄雲」・二・四六三頁）

⑩げに人の言はむなしかるまじきなめり、気色をだにかすめたまへかし、とうとましくのみ思ひきこえたまふ。

（「朝顔」・二・四七九頁）

これらの用例以外にも「気疎い」に近い韓国語の形容詞〔역겹다（ヨッギョッダ）〕で翻訳された「うとまし」の用例は、六条御息所の生霊に遭った後の光源氏の気持ち（「葵」・二・四〇頁）、遊女に対する光源氏の気持ち（「澪標」・二・三〇八頁）、自分に言い寄る源典侍に対する光源氏の心境（「朝顔」・二・四八四頁）においても用いられている。光源氏の行動に対する三人の女性の心境は、生霊の存在や老女の言い寄りに対する光源氏の嫌悪に等しい心境と同じものとして読み手には認識されるわけである。

このように原文の一つの表現はいくつかの韓国語の表現に訳されるわけであるが、形容詞一つの表現であってもどのような程度の韓国語の形容詞に訳すかによって読者に伝わってくるものは異なり、韓国の読者は訳注者の読みに沿って作品を読むしかない。このようなことの蓄積によって作品全体の読みは構築されていき、『源氏物語』の韓国語訳は新しい書物として再誕生されると思われる。

おわりに

以上で、『源氏物語』の韓国語訳の現況や実際に翻訳作業を行う中で直面したいくつかのことについて考えてみた。翻訳というものは、形容詞一つの訳によっても起点言語と目標言語の間に微妙なニュアンスの差が生じて読者の作品の理解にもまた微妙に影響を与える。その仲介者として訳注者は存在するわけで、その点において訳注者の作品の読みは意味を持つ。また、作品のジャンルに相応しい文体、想定した読者層に合った表現の選択や注解内容の取捨選択も必要になる。李美淑訳注『ゲンジ　モノガタリ』は平安時代物語の雰囲気を醸し出すためにできる限り純粋な韓国語を多く用いるようにした。大学生以上の読者、日本文学や女性文学に関心のある読者層を想定し、ストーリーだけを把握したい読者であれば本文だけを、作品の読みや日本文化などに関心のある読者であれば脚注や解説をも合わせて読むことを考えて作業を行ったものである。起点言語の日本語の古文から目標言語の現代韓国語への一対一の置換は不可能に近いため、『源氏物語』の韓国語訳は自ずと再誕生された書物として考えるべきであろう。現在の韓国の読者の目線で読み直される点においても『源氏物語』の韓国語訳は原文から離れ、独り立ちしているとも言えよう。

〔注〕

1　『源氏物語』原文の引用は、阿部秋生他校注・訳『源氏物語②』（新編日本古典文学全集21、小学館、一九九五年一月）による。括弧の中に巻名、巻数、頁数を記した。

2　韓国において〈イヤギ〉とは「コンジパッジ　イヤギ」のように昔話（イェンナルイヤギ）をいう時、「〜イヤギ」の形として多く用いられている。それに対し、朝鮮時代の古典小説の題名は『洪吉童伝』『沈清伝』『春香伝』のように主人公の名前に「伝」がつくのが普通である。

3　抄訳ではあるが、韓国の代表的な『源氏物語』研究者である金鍾徳教授（韓国外国語大学校）によって、『ゲンジ　イヤギ』（ジマンジ、二〇〇八年二月）一冊が刊行されている。

4　金鍾徳「韓国における源氏物語研究」（『近代の享受と海外との交流』、源氏物語講座九、勉誠社、一九九二年一月）、金順姫「韓国における『源氏物語』の研究」（『国文学解釈と鑑賞』一九九四年三月号、至文堂）、日向一雅「朝鮮語訳『源氏物語』について」（『源氏物語の準拠と話型』、至文堂、一九九九年三月）、金鍾徳「韓国における近年の源氏物語研究」（『国文学解釈と鑑賞』二〇〇〇年一二月号、至文堂）、李美淑「『源氏物語』の外国語訳—「真木柱」巻を中心に—」（仁平道明編集、『源氏物語の鑑賞と基礎知識 - №37　真木柱』、至文堂、二〇〇四年一一月）、李美淑「『源氏物語』韓国語訳と李美淑注解『ゲンジ　モノガタリ1』」（伊藤鉄也編、『海外平安文学研究ジャーナル』第2号、人間文化研究機構国文学研究資料館、二〇一五年三月）など。

5　二〇一五年再び東西文化社から刊行された柳訳は初版と同じく二冊構成である。第一・二冊の巻頭には巻毎の源氏絵が載せられており、第二冊の巻末に「時空を超越した永遠な女と男の物語」という題の解説や簡単な紫式部の年表が付録として収められている。注はほとんどなく専ら本文の可読性に力を入れており、初版にはあったはずの底本に関する情報はない。

6　HKとは、Humanities Korea の略字で、「HK（人文韓国）事業」とは人文学振興のために二〇〇七年一一月から韓国研究財団が支援するプロジェクトのことである。

7　紫式部著・李美淑注解『ゲンジ　モノガタリ2』（文明テキスト30、ソウル大学校出版文化院、二〇一七年二月）により、翻訳された韓国語を再び日本語に直訳した。括弧の中に頁数を記した。

古典日本文学の翻訳における単語選択や文章の区切り

マイケル・ワトソン

一　はじめに

翻訳における文章の構造とその区切り方という問題は優れて言語学的な考察領域であろうが、文学研究者としては少し角度を変えて、文章の前段階、単語選択の問題から、このことについて考えはじめてみたい。というのも、翻訳者の単語選択そのものが、文章の長さにも影響を与えると思われるからである。少し粗雑な物言いであるが、日本語において大和言葉は長く、漢語は短いという傾向があるのと似たように、英語においてラテン語由来の単語は長く、アングロサクソン系の単語は短いという一般的な傾向がある。以下本稿では、まず日本古典文学作品の英語訳における単語の選択、語句の選択、そして翻訳の文章へと用例を順を追って見ていき、最終的に文章の区切り方という問題に触れ、そこから見えてくる事柄を指摘してみたい。

二　英訳における単語選択の例

以下は比較的漢語表現が多い『平家物語』巻五「福原院宣」からの引用である。

> 然れば且は神道の冥助を任せ、且は勅宣の旨趣をまもって、はやく平氏の一類を誅して、朝家の怨敵をしりぞけよ。（一―三九三）[1]

> Therefore, I **command** that you make **haste** to **chastise** the house of Taira and **eliminate** the **enemies** of the **court, placing** your **reliance** on **divine aid** and following the **instructions** of this **imperial edict**.[2]

英訳文太字の単語に注目するとわかるように、マッカラ訳において漢文調の単語の訳には、ほぼすべて所謂ノルマン・フレンチ（ノルマン征服以後イギリスに入った単語）が使用されている。タイラー訳平家物語でもdecree（命令）／chastise（非難する）／disperse（消散させる）などのノルマン・フレンチが使われている。[3]『平家物語』よりはずっと少ないが、『源氏物語』にも漢文調の言葉が出てくる。会話での漢語として有名な、「少女」の巻における考試参列の学者らが使う言葉の次の部分である。

> 『おほし**垣下《かいもと》あるじ**、はなはだ**非常**にはべりたうぶ。かくばかりのしるしとあるなにがしを知らずしてや朝廷《おほやけ》には仕うまつりたうぶ。はなはだをこなり』など言ふに、人々みなほころびて笑ひぬれば、また、『鳴り高し。鳴りやまむ。はなはだ**非常**なり。座を退きて立ちたうびなん』（三―二十四～二十五）。[4]

最後の「非常」という漢語が含まれた部分を、ウェイリーは大意訳にしているが、優越感に満ちた学者の話し方をきちんと伝えている。[5] サイデンスティッカーは、improprieties（不適当）とロマンス語系単語を使う。細部を見る紙幅の余裕はないが、文章構造全体も大時代的である。[6] タイラー訳は、disgraceful（恥ずべき）と、ロマンス語系単語を使う。[7] ちなみにイタリア語訳では、文章構造が古風なイタリア語を匂わせ、かつ馬鹿丁寧な表現になっている。[8] ワッシュバーン訳では、「をこ」「なりたかし」にはそれぞれ preposterous、rambunctious と長い単語を使う。[9] 以上、どの外国語訳も学者の優越感に満ちた、そしてだからこそ少し滑稽で古めかしい話し方を上手く伝えている。

三　語句の英訳―欽定聖書の語句

末松謙澄英訳には、欽定聖書の語句がそのまま使われている場合がある。

Now the funeral took place. The **weeping and wailing** mother, who might have longed to mingle in the same flames, entered a carriage, accompanied by female mourners.[10]

限りあれば、例の作法にをさめたてまつるを、母北の方、同じ煙にのぼりなむと泣きこがれたまひて、御送りの女房の車に慕ひ乗りたまひて…　（一―二十四）

「泣きこがれたまひて」を末松は weeping and wailing と訳している。Ｗの音が重なる頭韻を踏んだエレミア書に出てくる死の悲しみを描く語句で、欽定聖書に何度も出てくる表現である。[11] また頭韻とは少し違うが、末松は形容詞を二つ重ねるのが好きだったようである。次は、桐壺の更衣の有名な歌「限りとて別るる道の悲しきにいかまほしきは命なりけり」（一―二十三）の末松訳である。末松の当該和歌英訳は秀逸さからはほど遠いが、太字部分は十九世紀のキリスト教の書物に出てくる決まり文句が使われ、その点英語としてスムーズに読める。

Since my departure for this dark journey, / Makes you so **sad and lonely**,

Fain would I stay though **weak and weary**, / And live for your sake only ![12]

付け加えておくと、単語の選び方は欽定聖書の十七世紀初期のものというよりは、当然ではあるが、十九世紀ビクトリア朝の英語である。

四　英訳における文の接続と区切り方

末松訳を続けて見るが、源氏物語冒頭文「いずれの御時にか、女御、更衣あまたさぶらひたまひける中に、いとやむごとなき際にはあらぬが、すぐれて時めきたまふありけり」（一―十七）を末松は、

In the reign of a certain Emperor, whose name is unknown to us, there was, among the Niogo and Kôyi of the Imperial Court, one who, **though** she was not of high birth, enjoyed the full tide of Royal favor

と訳している[13]。太字にしたが、傍線部「あらぬが」をthough（けれども）と訳している。誤訳なのだが、これがおそらくウェイリーにも受け継がれ、ドイツ語訳にも引き継がれていく。教科書的で文法的に正しい訳にこだわったマッカラ訳は、ここで文章を区切って別な文章にしている[14]。逆接翻訳の間違いを避けて、同格の文章を並べたわけである。

次にこの「桐壺」巻冒頭部分における文章の区切り方を見てみるが、末松訳が意外に面白い。以下末松が文章を区切っているごとに分けてみた。紙幅の都合上、原文英訳共に、それぞれの文章の最後の部分だけ引用してある[15]。英訳最後の括弧内はワード数である。

1　enjoyed the full tide of Royal favor. (40 words)

…すぐれて時めきたまふありけり

2　her equals and inferiors were more indignant still. (32)

…それより下臈の更衣たちは、ましてやすからず

3　and to retire to the residence of her mother. (51)

…もの心細げに里がちなるを

4　the want of any patron of influence. (75)

…はかばかしき後見しなければ…心細げなり

5　a warning to after-generations. (35)

…世のためしにもなりぬべき御もてなしなり

6　the example of Yô-ki-hi. (45)

…楊貴妃の例も引き出でつべくなりゆくに（一―十七〜十八）

周知のとおり桐壺更衣についての宮廷女房の反応と更衣その人とさらに更衣の両親についての文章を英訳している部分である。つまり、原文の順序は、数字だけで示すと、1，2，3，5，6，**4**となり、太字部分4が最後に来ている。末松は文章の順序を入れかえている。おそらく、三番目に「里がち」と出てくるところから、桐壺の両親の話を持ってきた方が論理的に繋がると判断したのであろうか。

以下桐壺の巻冒頭文（「いずれの」から「かたじけなき御心ばへのたぐひなきを頼みにてまじらひたまふ」まで）それぞれの英訳が何センテンスぐらいの文章にしているのか一覧表にしてみた。表には末松訳からワッシュバーン訳、他ドイツ語訳、フランス語訳、ロシア語訳、イタリア語訳を加えてある。

表「桐壺」冒頭文外国語訳のセンテンス分割

ST＝センテンス、WD＝ワード、SC＝セミコロン、D＝ダッシュ

	段落	ST	WD	SC	D
末松 Suematsu	4	6	275		
Waley	2	10	364	2	
Seidensticker	3	14	242		
McCullough	3	11	269		3
Tyler	3	6	246	3	
Washburn	3	15	374		
Benl（独語）	1	10	295		2
Sieffert（仏語）	3	5	358	4	
Sokokova-Delusina（露語）	5	11	275		
Orsi（伊語）	1	7	319	1	

段落は1から5までと様々で、センテンスも同様である。ただしワッシュバーン訳は追加している文章が多いので、例外として考えるべきであろう。段落数がばらつくのは、翻訳者が違えば文の区切り方も相違するので、当たり前かもしれない。翻訳者は、文章の論理的な繋がりを重視するのか、読者にとって明解な文章となることを考えるのかなど、区切り方においては様々な理由が想像される。

五　コロンとセミコロンやその他の記号

タイラー訳で英語母語者として一番に気がつく事は、コロン、セミコロンの使い方の巧さである。長文が特徴のひとつである源氏物語の文体を訳すためには、これらの記号が重要な鍵となると思われる。タイラー氏が、ヴァージニア・ウルフの文章は長い文章だけれど、一点の曇りもなく crystal clear、明解でロジカルだと仰っていたことがあるのを憶えている。ウルフの文章もコロン、セミコロンが多い。先の表からも明らかだが、タイラー訳では冒頭文に二箇所のセミコロン、シフェール訳では四箇所、イタリア語訳のオルシ訳も、長い文章が多いが、セミコロンが一箇所使われている。オルシ訳の場合、長い文章が可能な他の理由としては、英語の ing に相当するラテン語構造も考えられる。

これ以上細かくは見ていかないが、源氏物語冒頭文のウェイリー訳は、「いずれの御時にか」の「いずれの」に相当する部分を括弧に入れて、[…] (he lived it matters not when) […] としている。[16] またこのウェイリーが括弧に入れた文を、フランス語にした山田菊は、[…] —peu import le temps—[…] のように、ダッシュを用いて訳している。[17]

見てきたように、段落の区切り方、様々なダッシュやコロン、セミコロンという記号の使い方をみると、翻訳文における文の区切り方という問題は、更に多くの検証の可能性があるだろうが、個人的には、翻訳における文章の区切り方に対して客観的な基準を追求していくということは難しいのではないかと考えている。ただし、英語母語者としては、コロンやセミコロン、或いは、括弧やダッシュという見過ごしがちな記号には、翻訳において驚くほどの可能性が秘められていると思われるのである。

〔注〕

1 平家物語の引用は日本古典文学全集に拠る。括弧内に章段番号とページ数を記した。

2 Helen Craig McCullough, trans., *The Tale of the Heike* (Stanford CA: Stanford UP, 1988), p. 184.

3 Royall Tyler, trans., *The Tale of the Heike* (New York: Viking, 2012), p. 382.

4 源氏物語の引用は『新編日本古典文学全集』による。括弧内に巻番号とページ数を入れた。以下同。

5 "On this occasion also the presence of so large and profane an audience sorely tried the nerves of the academic authorities, and it was to the accompaniment of **constant appeals for silence and good manners** that Yugiri read his portion." Arthur Waley, trans., *The Tale of Genji* (Rutland VT and Tokyo: Tuttle, 1970), vol. 1, p. 405.

6 E. G. Seidensticker, trans., *The Tale of Genji* (Rutland VT and Tokyo: Tuttle, 1978), p. 363.

7 Royall Tyler, trans., *The Tale of Genji* (New York: Viking, 2001), p. 382.

8 "Le Vostre Signorie qui presenti ignorano le buone maniere. Prestano servizio presso Sua Maestà senza neppure riconoscere l'esistenza dei luminari della cultura. È un'**inaudita follia.** [...]- Quanto schiamazzo. Siete pregati di far silenzio. È una mancanza di buone maniere. Vogliate accomodarvi fuori." Maria Teresa Orsi, trans., *La Storia di Genji* (Torino: Enaudi, 2012), p. 399. 特に漢語表現ではないが、「をこ」のイタリア語訳は inaudita follia（太字）とある。これは十八世紀劇作家 Carlo Gozzi の作品などに出てくる、「(前代未聞の愚行、愚かな振る舞い)」という意味の大げさな表現。

9 Dennis Washburn, trans., *The Tale of Genji* (New York: Norton, 2016), p. 428.

10 Suematsu Kenchō, trans., *The Tale of Genji* (Rutland VT and Tokyo: Tuttle, 1974), p. 22.

11 欽定訳聖書（一六一一年）の例、Jeremiah 9:10 "For the mountains will I take up **a weeping and wailing**, and for the habitations of the wilderness a lamentation"（エレミヤ書9章、「山のために**泣き叫び**、野の牧場のために悲しめ」口語訳旧

約聖書一九五五年版)。

12 Suematsu, p. 22. 英訳引用二行目の最初に、Fain とある。これはビクトリア朝に流行った中世の英語を、わざわざ使う方法。Walter Scott や Tennison などが良く使った。

13 Suematsu, p. 19. 引用最後の **enjoyed the full tide of Royal favor** は、十九世紀の伝記や歴史に出てくる決まり文句である。

14 Helen Craig McCullough, *Genji & Heike* (Stanford: Stanford University Press, 1994).

15 Suematsu, pp. 19-20.

16 Waley, p. 17,

17 Yamata Kikou, trans., *Le Roman de Genji* (Paris: Plon, 1928), p. 1.

Ⅱ

距離を可視化する——現代語訳の問題

江戸及び明治初期の訳者たちにおける翻訳概念

―その翻訳用語についての考察―

レベッカ・クレメンツ

本稿では江戸時代と明治初期における『源氏物語』のいわゆる「俗語訳」研究に資する方法を提供し、その是非を検討したい。現在の翻訳研究（Translation Studies）においては、従来のヨーロッパ中心主義を批判する立場から、西洋における翻訳史の範疇にはない翻訳文化もより積極的に研究すべきだという意見が出ており、さらに過去の翻訳者の言葉を聞くべきだという声が挙げられてきた。[1]

こうした問題意識に立ち、江戸時代と明治初期における『源氏物語』の俗語訳者の「翻訳意識」を探るために、本稿においては、俗語訳作者自らが「訳」という概念を念頭に置いて使用した比喩表現や用語などについての考察を試みる。[2] まず、なぜこれら前近代の俗語訳者の用語について検討すべきなのかという前提を確認し、次いで一七世紀後半から明治初期にかけての「俗語訳」に対する態度の変化を辿っていきたい。

一　なぜ前近代の訳者の用語についての検討が必要か

翻訳研究における「超ヨーロッパ派」の代表者の一人、マリア・ティモシュコは、英語のTranslationという言葉、及び他のヨーロッパ言語に存在するいくつかの類似する用語が西洋の宗教史における習慣と概念に由来していると概観し、その上で翻訳研究のヨーロッパ中心主義について次のように述べる。

西洋における翻訳思想の限界は明らかだろう。その説の大半は、たとえば聖書や文学の古典など、いわゆる聖典（カノン）の翻訳を中心にして形成された。さらにまた、西洋の翻訳理論は書いた言葉に集中することによってゆがめられてきた。これにより発生する問題の中では特に、聖遺物をある所から別の場所へ変更なく移動することを翻訳と関係付ける用語が重要な位置を占めている。「translation」という言葉はその問題を代表するのである。（括弧内クレメンツ）[3]

「翻訳 translation」という語のそもそもの意味は、聖人の骨をある聖遺物容器から他の聖遺物容器へ移動するということである。その意味を核として、更にヨーロッパにおける翻訳史上、聖書の翻訳が中心的な存在であり続けたことによって、「翻訳」という作業の理論や概念の特徴が育まれてきたとティモシュコは論じる。

いうまでもなく、前近代日本の翻訳史においては聖書翻訳が占めた役割は皆無に近いといってよいであろう。しかし、ヨーロッパ文化圏を外れる翻訳文化を検討しようとするなら、例えば、『源氏物語』そのものの翻訳史においてさえ、驚くほど豊富な資料がある。特に近世の俗語訳に対して使われてきた用語についてみても、考察する意義が十分に認められると思われるのである。

二　江戸時代・明治初期における古典の俗語訳（抄訳を含む）

翻訳（又はTranslation）という言葉の意味の範疇は非常に広く、それについては数多くの指摘がある。[4] 現代的な範疇で今の日本語における「翻訳」という概念をとりあげるなら、もちろん現代語訳や現在の外国語訳の「翻訳」とは必ずしも一致するわけでないが、重なる部分が多いところもある江戸時代と明治初期のいわゆる「俗語訳」がいくつか存在している。例えば、『伊勢物語』の俗語訳『伊勢物語ひら言葉』（一六四八年跋）を糸口として、次第に『源氏物語』や『古今和歌集』が俗語化されていった。[5]『源氏物語』の俗語訳は表①に示す通りである。[6]

これらの俗語源氏はそれまでは見られなかった厳密な方法をもって『源氏物語』のあらすじを平安時代の日本語から江戸時代・明治時代の日本語へと移している。源氏梗概書の『おさな源氏』などもこれらの「俗語訳」と類似しているが、その省略的な方法や方法を説明する表現には、俗語源氏と若干の違いが見出される。これについては別稿においてすでに扱ったことがあるので一覧表では取り上げていない。[7] なお、表①の作品中の『紫文蜑の囀』と『源氏遠鏡』が「訳」という言葉を利用していることから、現代の翻訳・あるいは現代語訳という概念との関連性が指摘できるかもしれないと思われる。

表① 江戸時代・明治初期における『源氏物語』の俗語訳（抄訳を含む）

題名	訳者	内容	写本	版本
風流源氏物語	宍戸光風	桐壺巻～箒木巻（雨夜の品定めまで）（六冊）		一七〇三
若草源氏物語	奥村政信	箒木巻（雨夜の品定め以降）～夕顔巻（六冊）		一七〇七
雛鶴源氏物語	奥村政信	若紫巻～末摘花巻（六冊）		一七〇八
紅白源氏物語	奥村政信	紅葉賀巻～花宴巻（六冊）		一七〇九
俗解源氏物語	奥村政信	桐壺巻～箒木巻（雨夜の品定めまで）（六冊）		一七一〇
紫文蜑の囀	多賀半七	写本：桐壺巻～宿木巻（七十二冊） 版本：桐壺巻～空蝉巻（五冊）	成立年不明	一七二三
湖月抄諺解	不明	桐壺巻～夢浮橋巻（四十四冊）	一八一一～一八一二?	
源氏遠鏡	栗田直政	若紫巻（二冊）		一八四〇
源氏物語賤の苧環	桑原如則	桐壺巻～夢浮橋巻（四十冊）	一八四八	
源氏鄙詞	臼杵梅彦	桐壺巻（一冊）	一八五一	
似而非源氏	下野遠光	桐壺巻～箒木巻（一冊）		一八九二

三　移す・写す・映すとしての俗語訳

次に、表①にあげた作品において俗語訳の作業過程を説明する用語として極めて重要な特徴を示すと考えられる言葉の一つである「うつす」について考えたい。

江戸時代・明治初期におけるオランダ語という外国語からの翻訳とは異なって、平安時代の和文から江戸の俗語に訳すことを「うつす」という語で認識している訳者が比較的多い。おそらくここには遊び心があり、「移動する」・「模写する」・「映像を生み出す」など、同音異義語としての「うつす」の異なるいくつかの意味を同時にイメージさせ交響させるためでもあった。

たとえば、一七〇三年に出版された『風流源氏物語』の作者都の錦（宍戸光風、一六七五年〜？）は自序において、『源氏物語』の「蓬生」からの場面をほのめかし、主人公である「光」君の名を暗示しつつ、自分の作品を、大空の光をバケツの水に投影してみようとする絶望的な試みに譬えている。

摩訶虚《をゝそら》の光《ひかり》を盥《たらひ》の水《みづ》に移《うつす》に等《ひとしく》、兎毛《うのけ》の先《さき》で石山《いしやま》を動《うごかさ》んとはあゝ慮外千万《りよぐわいせんばん》（『風流源氏物語』巻一）

待ち受けたまふ袂《たもと》のせばきに、大空《おほ》の星《ほし》の光《ひかり》をたらい《（ひ）》の水に映したる心ちして過《す》ぐし給《（たまひ）》しほどに（新日本古典文学大系、『源氏物語』二巻、一三二頁）

移動するという意味を持つ漢字の「移」を使うことによって、訳の作業を物を移動することに譬えているわけである。後でこの比喩やイメージを更に深く検討するが、先ずは「うつす」という語を使っていることに注目しておきたい。

続いて、一七〇七年に出版された『若草源氏物語』の作者、梅翁（奥村政信、一六八六年～一七三四年）は「書き写す」という意味、あるいは「模写する」という意味を持つ「写」という漢字を選択している。

［風流源氏物語は］源氏物語《げんじものがたり》を、当世《いまのよ》の俗語《ぞくご》に写《うつ》して桐壺《きりつぼ》はゝ木ゞの二《ふた》まきをかけり。（『若草源氏物語』序）

表②から明らかなように、そのほかの訳者は、漢字を使わずに「うつす」のいくつかの意味を含意させて利用している。

表②「うつす」を使用する俗語訳『源氏物語』

作品	**「うつす」を使用する表現**
風流源氏物語	摩訶《を、》虚《そら》の光《ひかり》を盥《たらひ》の水《みづ》に移《うつす》に等《ひとしく》《自序》 筆をかみやわらげて、当世の枕詞に**うつす**《巻四目録》
若草源氏物語	今の世の俗語に**写して**《若草源氏物語自序》 今の世の…言葉に**写して**《序》 いまの世のはやりことばに**うつし**《自序》
雛鶴源氏物語	俗語に**移せる**《序》 当風の葉流（はやり）詞に**写し**、やはらげて《序》
紅白源氏物語	**移**（**うつる**）《序》
源氏遠鏡	**うつし**見る遠鏡《端書》 くまなく**うつる**鏡《端書》
源氏鄙詞	大むねを今ノ世のさとびことばに**うつして**《序》

雅語から俗語へという、いわば同言語内の訳をいうには、「うつす」という言葉はほぼ専門用語的に使われているといってもよいのではないか。ただ、あらためて注目してみたいのは、「うつす」という言葉、または「うつす」というイメージを生かしていた作品は、（現代の「翻訳」に近いといえる）「俗語訳」だけではなかったということである。たとえば、室町初期の成立とみられている梗概書『源氏小鑑』の「鑑」はもちろん東アジアにおいて長い歴史を持つ概念であるが、また一方イメージとして「うつす」という語の「映像を生み出す」とか「投影する」という意味とも響きあうところがある。十九世紀のいわゆる翻案作品『偽紫田舎源氏』第四冊の序文には、「彼物語《かのものがたり》を大綱《おおづな》となし今《いま》様《よう》の絵ぞうしにうつさば」とある。

「うつす」という言葉を用いる『風流源氏物語』を本稿では現代の翻訳に近い作品として取り上げてきた。しかし内容的には、原文に忠実な訳文の部分もあるのだが、実は作者の想像力を生かした新しい「翻案的」な部分も見られるのである。つまり、「うつす」いう用語の意味の範囲は「訳」という作業より広く、現代語でいう「俗語訳」も「翻案物」も、さらには「梗概書」もその意味の範疇に含まれていたと考えていいのではないだろうか。「うつす」という言葉やイメージは、過去において『源氏物語』と向き合っていた人々にとって重要な言葉であったのは確かであり、更に深い考察の価値があると思われる。

四　俗語訳意識 ―誇りと不安―

以上、過去の訳者たちの用語を検証することによって現代の翻訳概念と当時の概念である「うつす」との比較をしてみたが、次に過去の訳者たちの用語やイメージを調べ、それを通じて『源氏物語』の俗語訳意識というものを辿ってみたい。

先に引いた『風流源氏物語』の文章「摩訶虚《を、そら》の光《ひかり》を盥《たらひ》の水《みづ》に移《うつす》に等《ひとしく》」はまず、原文と訳文とを比較しながら、原文をもっとも重要な、そして大きな存在として据えている。「蓬生」の場面では「大空の星の光をたらいの水に映したる心ち」とは、光源氏を待つ困窮状態にある末摘花の気持ちを表現しており、源氏のさほどでもない援助をすばらしく感じていることの喩である。[8] また、このパターンでは、立派な光源氏の君と貧しい生活に陥った末摘花との対照と同じように、原文に対して『風流源氏物語』の役割は小さくて、いわば平凡なバケツのようだという意味付けである。盥の平凡さには、原文の雅に対する訳文の俗的なイメージが託されている。このような言い回しは、当時の序文における慣習化した謙遜表現にすぎないとも言えようが、詳しくみると実は都の錦は自分の作品にもっと自信があるとほのめかしてもいることが分かる。

都の錦《にしき》は女三の宮に愛《かはひ》がられし猫《ねこ》の生れ変《かはり》と笑《わらひ》ながら鼠《ねづみ》の鬚《ひげ》をそへぬ。

（『風流源氏物語』巻四）

『源氏物語』の中から選び出した女三の宮の猫のエピソードを比喩的に使うこの言葉は、自己の『風流源氏物語』を女三宮の猫に譬えているのである。一見したところでは、ここに謙遜のイメージがあるように見える。女三宮その人を手に入れることのできないかわりに、柏木は彼女の代用としての猫を手に入れる。そしてその行為でしかなぐさめを得られないわけである。このパターンによれば、読者は柏木の立場にあり、原文で『源氏物語』を読むことができないので、代わりに『風流源氏物語』を読まざるを得ないというわけである。原文が重要な存在で、訳文は小さな代用にしか過ぎないのだが、この都の錦の比喩においては、実は俗語訳の製作というのは、ある意味で原文に対しては罪深い存在ともなり得るわけである。『風流源氏物語』以前、『源氏物語』の俗語訳としては梗概書しかなく、『源氏物語』は身分の高い人、あるいは雅語が分かる学者・教養人以外の人は手に入れることができなかった。『風流源氏物語』のおかげで、柏木と同じように、読者は自分より身分の高いもの（自分にとって崇高なもの）、本当は手に入れてはいけないものの代わりに、女三の宮の猫のようにこっそりと手に入れた代用品を自分のものにすることができる。都の錦の作品において、学識の誇示が特徴の一つであることはよく知られており、教養不足の読者のために書かれていることもそのセールスポイントであった。[9] いかにも都の錦らしいことに、『風流源氏物語』序文は、使用する比喩の見方によっては謙虚な態度を取っている反面、階級を覆すほど大胆なことをも暗示しているというわけである。

『風流源氏物語』の次に出版された俗語源氏の『若草源氏物語』にも代用品的な比喩概念が見受けられる。次がその序文からの引用である。

根《ね》に通《かよ》ひける野辺《のべ》の若草《わかくさ》といふ心《こゝろ》にや。尤《もつとも》翫《もてあそぶ》べきものなり。
（『若草源氏物語』巻一）

指摘するまでもなく「若紫」からの歌が引かれている。光源氏が若紫を発見したあとの歌である。

手に摘みていつしかも見む紫の根に通ひける野辺の若草
（新日本古典文学大系『源氏物語』）

当該歌を引用することによって、『若草源氏物語』の「若草」は「若紫」の当該場面を思い浮かばせ、俗語訳そのものを若紫にたとえているのである。「紫の根に通ひける」とあるのも、もちろん、原文の作者の紫式部「に通う」という意味をもほのめかしていよう。藤壺を恋しく思っている光源氏にとって若紫は最初はその叔母である藤壺の代用であった。ただ、時間がたつにつれて、紫の上は光源氏の生涯において重要な人物となる。同じように、私の俗語訳は、読者にとって憧れの『源氏物語』の代用だが、結局は、代用を超える存在となるであろうという奥村正信の自信も含意されているのである。マイケル・エメリック氏の研究において、『源氏物語』が時代につれて他のもので取って代えられるという過程が検証されているが、当該俗語訳者の言葉はまさに、その意識を体現しているといってよいかもしれない。[10]

五　学者の俗語訳意識の転機　―本居宣長の『古今集遠鏡』―

一八世紀半ばまでの俗語源氏は商業的な出版業界のために作られたといえる。そして一七二三年に『紫文蜑の囀』が出版された。絵入り版本として出たわけだが、文章そのものが原文にかなり忠実であることと、「何々より」「何々まで」という形で対応する原文が各部に明示されていることから、『源氏物語』の原文を勉強したい人のために作られたものであると類推できる。[11]『風流源氏物語』と『若草源氏物語』の訳者とは違って、学者であった多賀半七は雅やかな『源氏物語』を俗語へと引きなおすことに対して次のような不安を示した。

ことゞゝ俗語をひろひあつめ、その文つゞきも卑賤なるを詮に用ひ、且題号をも、紫文あまのさへづりと名つけたり。（『紫文蜑の囀』「趣向」）

明石巻に都から遠く離れ追放された光源氏が地元民の言葉を「あやしきあまどもなどのさへづり」として聞く有名な場面があり、多賀半七は雅語の『源氏物語』を俗語へ訳すことを、卑しい地へと謫居の身となった貴族、光源氏のこの経験に基づいて譬えて書名としている。実は半七のような学者の古典俗語訳に対する態度は本居宣長の『古今集遠鏡』（一七九七年）まで続いた。

しかし、宣長によると原文に近づいて理解するには俗語訳が注釈書より有効であり、俗語訳は遠鏡（望遠鏡）のように明確で、遥か昔のことが見えてくるというのである。

雲のゐるとほきこずゑもとほかゞみうつせばこゝにみねのもみぢ葉

（『古今集遠鏡』一七九三年成立・一七九七年版）

望遠鏡は一六一三年に初めて日本へ輸入されたそうであるが、一八世紀になって段々と浸透し、一九世紀までに日本でも作られるようになった[12]。宣長の考えでは、学者にとっての俗語訳も、実学者にとっての望遠鏡も江戸時代の新しいテクノロジーであったのである。こうして、宣長の後に日本の古典を訳した学者からは、俗語訳に対する不安というものは薄れていった[13]。

例えば鈴木朖の弟子、栗田直政は、一八四〇年に若紫巻の俗語訳について、宣長のイメージを借りて語っている。

あかりたる世のみやひ言を今の世のさとひ言もちてさとすは遥けきあたりを目のまへにうつし見る遠鏡といふものにかよひて

（『源氏遠鏡』一八四〇年写の序文）

この序文によると、日本語の文法を研究した鈴木朖は『紫文蜑の囀』に刺激され、「空蝉」の巻までで終わっていた『紫文蜑の囀』の版本の続きとして『源氏物語』の俗語訳を実現したかったようだが、忙しさのために弟子の栗田直政にその仕事を任せた。題名の『遠鏡』からも理解できるように、「序文」によると、鈴木朖は俗語訳の方が注釈より原文が分かるという宣長の説にも影響されているわけである。

六　明治初期の訳『似而非源氏』と現代の「翻訳」意識

最後に近代における源氏俗語訳者の「翻訳意識」の変化に触れたい。明治期に入ってから最初に出版された『源氏物語』の俗語訳は一八九二年の『似而非源氏』であり、この作品における翻訳意識はそれ以前の作品とは若干異なっている。当該俗語訳は（国）学者の下野遠光による訳で、宣長等と同じように、俗語に対する不安を持ち合わせていない。しかし、今度は「翻訳」あるいは「訳」というプロセス自体に関する不満が表れてくるのである。

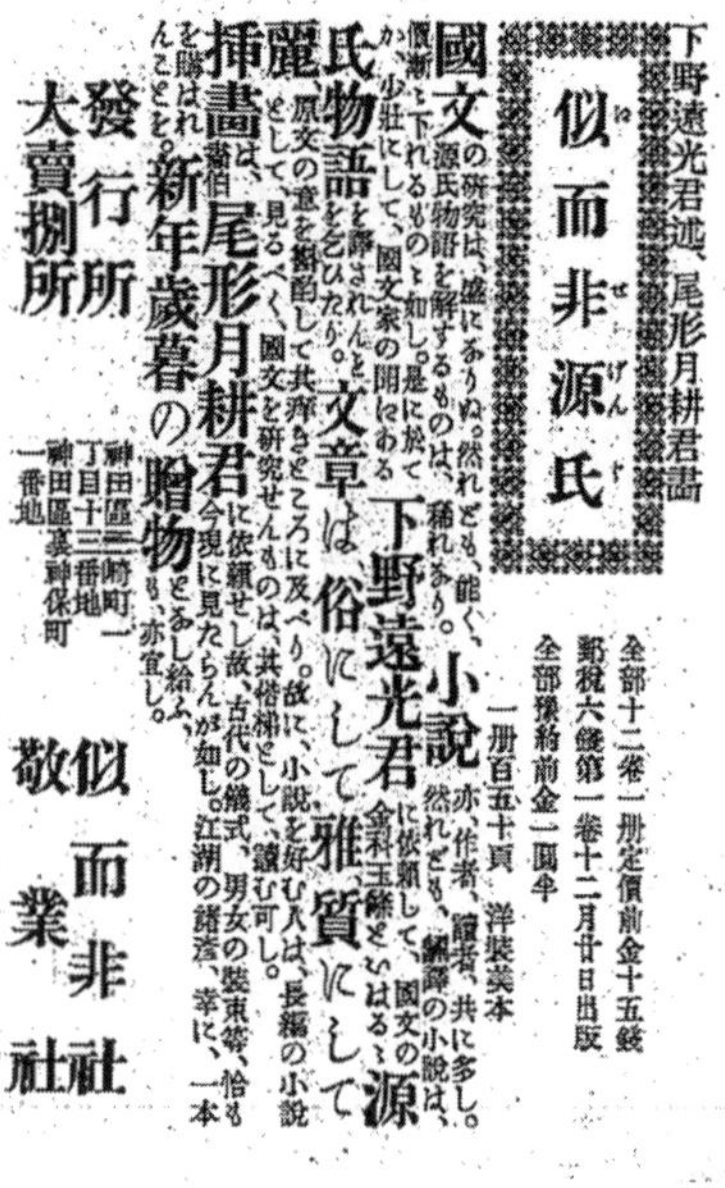

図① 明治25年版『似而非源氏』
敬業社、国会図書館所蔵

此物語、何故似而非源氏といふ乎。紫式部の源氏物語を俗語したるものなれど、文法の稍乱雑なるは、一の似而非なり。男女位階などの原文の如くならざるは、二の似而非なり。行文の間、処々取捨したるは、三の似而非なり。原文は兎角筆鋒をみたれど、これは読者の一読了解し易からんことを望み、去りて、余韻の浅きに傾きたるは、四の似而非なり。引歌故事を明らさまに書きたるは五の似而非なり。

（『似而非源氏』自序）

当該俗語訳者は、俗語の雅語に対する平凡さや卑俗さを問題にしているわけではない。原文は優れているが、訳は「似非（えせ）」であると書いている。分かりやすくするために、原文の文法が乱されていることや、原文にある貴族の位階をなくしていることなどを気にかけており、原文をそのままうつしていない（或るいはうつせない）ことを嘆いている。この事実は、一九世紀末当時、日本古典文学としてカノン化されつつある『源氏物語』に、聖典的翻訳概念が初めて採用されたもの、あるいはそれに近い概念があらわれていることを示すものと言ってよいかと思われる。図①は『似而非源氏』に載せられているその宣伝文で、『源氏物語』を国文学として位置づけ、『似而非源氏』の翻訳者、下野遠光は国文家であると説明している。このような現象が俗語訳源氏に関する用語と訳者の態度を変化させていると言えよう。

また、当該宣伝文では『源氏物語』の俗語訳に対して「翻訳」という言葉が初めて使われているが、これは画期的なことである。実は日本の前近代において、訳という作業を「翻訳」と呼んだ訳者は意外に少なかった[14]。この間の事情は、「翻訳」という漢語名詞がもともと英語の「translation」と同じように聖なるテクストと関係しており、仏教経典の訳に関して作られた言葉が起点であったということに由来している。漢代に『四十二章経』の訳に際して、「訳」という字の前に「翻」が初めて付けられたのだが、十世紀の『宋高僧傳』では、「翻訳」ということばは次のように説明されている。

翻也者如翻錦綺背面倶花。但其花有左右不同耳。（大正新脩大正藏經 Vol. 50, No. 2061）

つまり、「翻」と言う字が付けられた「訳」は錦と同じように、翻すと裏と表が同じようなパターンとなり、訳文は原文と対等な立場に立ち、原文を正確に反映しているという意味である。平安時代の宮廷仮名文学がカノン化された明治時代において「翻訳」という言葉が『源氏物語』の訳に用いられるようになった。言うまでもなく、明治時代というのは翻訳を含む西洋の文学と文化に深く関わるようになった時代でもあった。その更なる検証の詳細は別稿に譲らねばならないが、おそらくこれらの現象には関係があるに違いないと想像される。

七　むすび

訳者自身の「訳」という作業をイメージして用いられた用語や比喩などを考察することによって、『源氏物語』の俗語訳における訳に対する態度や意識などをかいつまんでピックアップし、その変化や成り行きを辿る方法を提示してみた。一八世紀はじめごろの商業的な出版業界における原典の代用品的存在としての意識から、一八世紀半ばごろの学者による憂えの時代を経て、本居宣長の『古今集遠鏡』の影響もあって、訳者が自信を獲得していく過程が確認されたと思う。そして、明治時代に入ってからは、「国文学」が普及していく中で、新しい翻訳意識が生まれた。見てきたように過去の訳者の「声」を聞くことで俗語訳に対する意識の変化が少しずつ炙りだされてくるのではないかと思われるのである。

〔注〕

1　Tymoczko, Maria. *Enlarging Translation, Empowering Translators*. St. Jerome: Manchester, 2007. Hermans, Theo, ed. *Translating Others*. Routledge: London, 2006. 柳父章「初めにことばがあった」（『國文學　解釈と教材の研究』第五三巻七号、二〇〇八年、六頁～一一頁）。

2　Clements, Rebekah. "Cross-dressing as Lady Murasaki – Concepts of Vernacular Translation in Early Modern Japan" *Testo a Fronte*, 51, 2014, pp.29–51を参照。

3　Tymoczko, Maria. "Reconceptualizing Translation Theory: Integrating Non-Western Thought about Translation", in Theo Hermans, ed. *Translating Others*, p.14.

4　Steiner, George. *After Babel: Aspects of Language and Translation*. London: Oxford University Press, 1975.

5　Clements, Rebekah. *A Cultural History of Translation in Early Modern Japan*. Cambridge: Cambridge University Press, 2015, pp.47–93.

6　藤田徳太郎『源氏物語研究書目要覧』（東京　六文館、一九三二年）。拙論「もう一つの注釈書？—江戸時代における『源氏物語』の初期俗語訳の意義—」、陣野英則・緑川真知子編『平安文学の古注釈と受容』第三集（東京　武蔵野書院、二〇一一年)、三九頁～五五頁。

7 Clements, Rebekah. “Rewriting Murasaki: Vernacular Translation and the Reception of *Genji Monogatari* during the Tokugawa Period” *Monumenta Nipponica*, 68 (1), 2013, pp. 1-36.

8 盥の水に星かげを移すことは七夕祭の行事の一つでもあった（日本古典文学全集、『源氏物語』第三巻、三一六頁を参照）。

9 都の錦の学識誇示については、長谷川 強『浮世草子の研究　八文字屋本を中心とする』（東京　桜楓社、一九六九年）、一一八頁～一三六頁と、神谷勝広「都の錦の学識と手法」（『近世文芸』第五五号、一九九二年、九頁～一八頁）がある。

10 Emmerich. Michael. *The Tale of Genji: Translation, Canonization, and World Literature*, New York: Columbia University Press, 2013.

11 注七拙論に同じ。Clements, Rebekah. “Rewriting Murasaki: Vernacular Translation and the Reception of *Genji Monogatari* during the Tokugawa Period”.

12 三上義夫『日本測量術史之研究』（東京　恒星社厚生閣、一九四七年）。Nakayama, Shigeru. *A History of Japanese Astronomy: Chinese Background and Western Impact*. Cambridge, MA: Harvard University Press, 1969.

13 Clements, Rebekah. “Cross-dressing as Lady Murasaki”.

14 Clements, Rebekah. “In search of translation: why was ‘*hon'yaku*’ not the term of choice in premodern Japan?” in Rundle, James, ed. *The Routledge Companion to Translation History*, London: Routledge, 2019 (forthcoming).

江戸の「二次創作」
―都の錦『風流源氏物語』を読み直す―

畑中 千晶

一 「現代語訳」にしては自由すぎる創作態度

都の錦（浮世草子作者、延宝三年（一六七五）生、没年は享保年間か）による『風流源氏物語』（大本六巻六冊、元禄一六年正月）は、俗解源氏、あるいは、俗語訳源氏の一つとされる。本シンポジウムでは現代語訳の先蹤という位置付けである。確かに、江戸期の日本語に置き換えられたという意味で、現代語訳の一種と見なすことはできるだろう。だが、ひとたび現代語訳という枠組みで本作品を読み進めようとすると、違和感が生じてくることはどうしても避けられない。その違和感の主たる原因は、「訳文」として読むにはあまりにも大きく原典から乖離している叙述の見られるところに求めることができるだろう。

最もわかりやすい例は、長恨歌への言及部分である。原典の「楊貴妃の例も引き出づべくなりゆくに」に関して、読者の便宜のため多少は詳しく長恨歌を紹介するにしても、必要最小限の分量に留め、速やかにストーリーに戻るというのが、読者の期待に応える執筆態度であろう。ところが都の錦は、長恨歌のことを語るシーンに至るや、待ってましたとばかり滔々とその故事を語り続け、なんと巻をまたいでもまだ書き継いでいく。もはや読者は完全に置き去りである。いつ話が『源氏』に戻るのか、もしかしてこの話は楊貴妃を語るためのものであったのかと読者が不安を覚え始める頃、おもむろに『源氏』のストーリーに戻っていく。「現代語訳」と見なすには、あまりにも自由気ままで、読者の期待を度外視した振る舞いである。

この逸脱は、どうやら当初の編集計画をも狂わせるものであったようだ。『風流源氏物語』は全六巻で構成されており、平均的な浮世草子の体裁である。そして巻一の前に自序が付されている点も一般的な形態と言える。ところが、巻四にも自序が付されているのである（署名で別人を装ってはいるものの、文章の内容から見て自序であろう）。これは、巻一から巻三を桐壺巻に、巻四から巻六を帚木巻に当てて、それぞれが独立して読まれることにも対応できるようにとの編集方針であったことを思わせる。だが、実際はどのように仕上がったか。桐壺巻は予定していた巻三には収まり切らず、結局、巻四冒頭の三分の一を占めるに至ったのである。巻四は「箒木」と命名されつつも、しばらくは桐壺巻を語り続けていくという、いささか不体裁なものに仕上がっている。

これはおそらく、長恨歌への熱の入れようから脱線が長引き、当初予定していた丁数のなかに内容が収まらなくなったことを意味しているのではないだろうか。見方を変えれば、都の錦にとっては、長恨歌の内容を語ることが、全体の編集方針さえも歪ませるほどに重要であったということを意味している。『源氏』という枠組みが用意されることで、初めて長恨歌について語る必然性も生じてくる。その上で、自身が語りたいと思うことを（それが自己顕示欲を満足させるためのペダンティシズムであったとしても）思う存分に語ったのではないかと推測される。[1]

二　作り手の「欲望」「願望」に忠実な「二次創作」的作品

こうした創作姿勢は、パロディ作品というよりむしろ現代の「二次創作」を思わせるものではないだろうか。パロディと呼べるほどに自覚的な価値の転倒、あるいは、政治性・風刺性といった攻撃性は乏しく、あくまでも自らの好きな、あるいは得意とする世界に心ゆくまでひたっていたいという、作り手の「欲望」「願望」に極めて忠実な創作であるという点で、優れて「二次創作」的なのである。とは言うものの「『風流源氏物語』は都の錦の〈萌え〉が詰まった「二次創作」である」と言い切ってしまうには、なお検討が必要であろう。

そこで次に、都の錦自身による「二次創作」論とでも呼ぶべき議論を参照してみたい。これは『元禄太平記』の一節である。[2] 西鶴の文章を流用していることへの批判が、すでに当人の耳にも届いていたようで、作中で読者への反論を試みている。すなわち、「西鶴が詞《ことば》をとり」と、読者の皆さんがそしっておられるのは「あやまり」だとして、根拠を示しつつ論破を試みていくのである。中国の例を並べたのち、「伊勢物語の詞《ことば》をかり」て帚木巻を著した例や、『源氏』『枕草子』の「おもかげをうつし」て『徒然草』を作った例があることなどを挙げ、「古《ふるき》を以《もつ》て新《あたら》しきとするは、皆名人《みなめいじん》の所為《しよゐ》ぞかし」と述べる。要するに、下敷きとなる文章を作り替えて新しいものとすることこそ、名人の技なのだとの開き直りである。この一節で唯一実例として引用されているのが、二首の和歌である。業平の「起きもせず寝もせで夜を明かしては春のものとてながめ暮らしつ」（古今・恋歌三・六一六）と、藤原伊尹の「夜は覚め昼はながめに暮らされて春はこのめぞいとなかりける」（一条摂政御集・一三二）を、「春は」を「春の」と取り違えたまま引用する。[3] この本歌取りの事例は、「古歌と新歌が相互に作用しあって美の世界がおのずと広がり出す、濃密な気分を伴った詩的空間」[4]からは遠く、本歌の詞を圧縮して用いるなど、あくまでも詞そのものに密着した素朴な詠みぶりである。都の錦はこの例を示したのち「古人《こじん》の心をとり詞《ことば》をうつす」と結論づける。だが、定家は「ことばはふるきをしたひ、心はあたらしきを求め」と述べていたのではなかったか（『近代秀歌』）。都の錦の場合、「心」も「詞」も、というのであるから、「あたらしき」を希求する方向性はかなり希薄と言わねばならず、「古人の心」を尊重することにもっぱら重きをおいていたと見なすことができる。レベッカ・クレメンツ氏によると、都の錦には原作への尊敬の念があるという。[5] まさに慧眼である。「古人の心をとり詞をうつす」と言って憚らない都の錦は、下敷きを有する二次的な存在であることをいとわない。むしろ下敷きに安心して身を委ね、自身の個性を最大限発揮できる部分に、書き手としてのエネルギーを傾注しているのである。やはり、パロディというより「二次創作」的である。

三　『源氏』を「性的に読み替え」る

もう一つ、現代の「二次創作」に通底する要素がある。それは、都の錦が『源氏』を「性的に読み替え」て表現している点である。[6] 元服を控えた源氏の麗しさを形容する場面に、それが端的に表れている。[7]

玉の膚《はだへ》のつやつやと蘭蕙《らんけい》の気香《いきかうば》しく蓮《はちす》の眸《まなじり》あざやかに。丹菓《たんくわ》の唇《くちびる》いつくしく。歯《は》は水精《すいしやう》のごとくにて周《しう》のみかどの腰《こし》を抜《ぬい》たる慈童《じとう》がむかしも物かはに。生た如来と名をつけしもろこしの薛調《せつてう》。宋の希逸《きいつ》が若衆自慢《じまん》も此者にはおよばしと。秋の月を塗砥《ぬりと》にかけみがき入れたるかほつき。ひかりかゝれるわらは髪。柳の糸の娜《たをやか》に紅《くれなひ》のはかまふみしたき。樞《かいどり》姿《すがた》のしほらしく。女かとみれば若衆なり平の初冠《うゐかうぶり》をおもひ合され。

少々解釈を加えてみる。「玉の膚」はきめ細かくつやのある若い肌、「蘭蕙」は良い香りの草で「蘭蕙の気」とはフラボノイドを感ずる爽やかな息、「蓮の眸あざやかに。丹菓の唇いつくしく」は『往生要集』の「青蓮之眼、丹果之脣」に典型的に見られる、仏の容貌の描写で、転じて美人（男女問わず）の描写の常套句である。『元禄太平記』でも都の錦は「丹花の口」との形容を用いている。[8]「歯は水精のごとく」の「水精」は「水晶」、透明感のある美しい歯である。「周のみかどの腰を抜たる茲童」とは、周第五代の穆《ぼく》王に仕え、菊の露を飲んで不老長寿となったという慈童を指す。決して老いることのない仙童の瑞々しささえも物の数ではないと断言することで、源氏のつややかな美を強調する。「生た如来と名をつけしもろこしの薛調」とは、美男子で生菩薩と称された薛調（八三〇～八七二）を指す（『中国学芸大事典』）。「宋の希逸」については、同じ字《あざな》を持つ人物が複数いるものの、ここでは宋の段少連を指すものと解しておく。[9]「性通敏」（ものごとをよく心得ている）、「其の才将師に堪ふ」（その才能は大将の任に当たることができる）と評された人物である（『大漢和辞典』）。源氏の外見上の美に、理知的な内面の美を添えた形となる。

このように過剰なまでの美辞麗句を連ねて描き挙げた源氏の美とは、つまるところ、男色《なんしょく》の対象として男たちの視線にさらされる、元服前の若衆の美なのである。「女かとみれば若衆なり」とあるように、女性に見紛うような、匂い立つばかりの美少年である。これは、近世期の性風俗のなかで、源氏を「性的に読み替え」たということではないだろうか。

四　「風流」の意味

従来、この作品の「風流」に関しては、『源氏』の当世化・卑俗化の意と理解され、桐壺更衣を売れっ子の名妓に見立てるというような、女色《じょしょく》の趣向ばかりが着目されてきた。だが、都の錦は女色だけでなく男色も合わせて描き込んでいたのである。「色道ふたつに寝ても覚めても」と『好色一代男』にあったように、当時の価値観からすれば、色道は女色だけで成り立つのではなく、男色も視野に収めてこそ、より完全なものとなる。『風流源氏物語』の題名は、『源氏物語』の「風流」版とも読むことができる一方で、「風流」な（＝つまり、華奢で美的感性の凝縮した）「源氏」の「物語」とも読めるわけである。[10]最重要人物の元服シーンで美若衆を造型したということは、そうした読み方を促すものと言って良いだろう。

ちなみに、女色の描写においては、かつて野口武彦をうんざりさせたごとく、露骨に下卑た表現に及んでいる都の錦であるが、[11]男色の描写においては、美的要素が強調され、極めて観念的かつ学術的である。元来、男色物には中国故事への言及が多く、漢語表現を多く含むという特徴が見られるが（漢語・漢文に男の世界を感じ取るという感性の表れ）、都の錦の場合、さらにもう一段深く漢籍の知識を盛り込もうとした節がうかがわれる。西鶴への対抗意識は、こうしたところにもにじみ出ているのであろう。

図１　伊予介の登場に驚き、身を隠す源氏。大阪府立中之島図書館蔵本、巻六、一六丁表面（国文学研究資料館マイクロフィルム）

ただ、女色に向けて読者の期待を高めつつも、空蝉との逢瀬が極めて不首尾に終わる形で本作を終えているのはどうしたことであろうか。原典通り空蝉のもとにたどり着いた源氏だが、そこへ唐突に伊予介が立ち現れ、冷や汗をかきつつ几帳の陰へと隠れることになる滑稽シーンに、読者は愕然としたことだろう（図１参照）。しかも伊予介は源氏を露わに見定めつつも、「恋しりにて情深」い人物として源氏を見逃すのである。その後も源氏は虚しく空蝉を口説き続け、ついに契ることもないまま「寶《たから》の山に入ながらてもちぶさたに立帰」る。[12] 都の錦は、読者の怨嗟の声を想像だにしなかったのだろうか。あるいは、読者の期待をいたずらに高めておきながら、あえてその期待を裏切ってみせることで、読者に痛烈な一撃を与え、溜飲を下げていたというべきであろうか。ともあれ、読者の「欲望」よりも、書き手自身の「欲望」に忠実であった本作に、続編が生まれることはなかったのである。

五　現代の文化状況のなかで

巻末で予告されていた続編が出なかったことは、商業的に見れば、失敗であろう。だが、都の錦という、極めて強い個性を持った（そして本作刊行後に投獄・脱獄・再投獄・大赦という数奇な運命をたどることになる）作者が、作り手の「欲望」に忠実な「二次創作」的な作品を世に残していることは、もっと着目されても良いのではないだろうか。「二次創作」的であることが、必ずしもネガティブな評価の対象になるとは限らない。作品を「二次的」に生み出していくことに対して肯定的であった都の錦の個性は、作り手の偏愛こそ共感を呼ぶような、あるいは誰しもが容易に読み手から作り手に変貌するような、柔軟性に富む現代の文化状況においてこそ、再評価の機会にも恵まれ得るのではと考える。

〔注〕

1　篠原進（一九七四）は「読者を「楽しませ（娯楽性）」、「知識欲に応じ（啓蒙・教訓性）」ひいては、自分のペダンチックな欲望をも満足させるといった三位一体のトロイカ的試行は失敗に終った」と論じている（「「やつし」攷　―都の錦の蹉跌―」『緑岡詞林』第1号、三四頁）。都の錦の「欲望」に着目した先駆的な論考である。

2　中嶋隆校訂『都の錦集』叢書江戸文庫6、一九八九年、国書刊行会、九九～一〇〇頁。

3　伊尹の歌は空蝉巻の引歌であることから、都の錦はおそらく源氏注釈の過程でこの歌に出会ったものであろう。歌意は「夜は目が覚め、昼も長雨に降りこめられてぼんやりと外を眺め暮していて、春は木の芽がせわしないのと同様に、この目も休まることがない」と解釈しておく。なお、詞書によれば、如月のころに「いかにぞ」と問うたのに対して女が返したものという。

4　錦仁「本歌取」『古典文学のレトリック事典』、一九九三年、學燈社、一四二頁。

5　野口武彦が『風流源氏物語』を「パロディ」と呼ぶことにクレメンツ氏は異を唱える。「他人の文章の特徴を真似し、その作品をからかうことによって滑稽さを増すという意味を持つ「パロディ」は厳密に言えば『風流源氏物語』に当てはめられないように思われる（中略）『源氏』に関する知識を誇る都の錦には原作に対する尊敬の念が垣間見える」（「もう一つの「注釈書」―江戸時代における『源氏物語』の初期俗語訳の意義―」『平安文学の古注釈と受容』第三集、二〇一一年、武蔵野書院、四一～四二頁）。

6　「二次創作」については、東浩紀氏が次のように定義している。「二次創作とは、原作のマンガ、アニメ、ゲームをおもに性的に読み替えて制作され、売買される同人誌や同人ゲーム、同人フィギュアなどの総称である」（『動物化するポストモダン』講談社現代新書、二〇〇一年、四十頁、傍点引用者）。

7　引用は、大阪府立中之島図書館本（甲和二三四）、日本古典籍総合目録データベースより。

8　ただし、ここでは、地獄の鬼が惚れた〝絶世の鬼女〟のシュールな美を形容しているので、「丹花の口」は「わき耳まできれ」ている。

9　「希逸」という字《あざな》を持つ人物として他にも南朝宋の謝荘がいる。ただ、本文の流れが古い時代から新しい時代へと列挙しているように読めること、また、単に「宋」とあることから、謝荘ではなく段少連が該当すると考える。

10　周知のごとく「風流」の語は極めて多義的である。例えば、『風流源氏物語』の書名に影響を及ぼした西沢一風『風流御前義経記』の「風流」も重層的とされる（井上和人「『風流御前義経記』の「風流」―その出自―」『京都語文』第一三号、二〇〇六年）。また、中世の芸能「風流」が異様華麗な装束を伴うことから、これを「一種の仮装行列」と呼んだ篠原（一九七四）は、そこに「やつし」や「もじり」と同種の構造を読み取ったうえで、「やつし」とは「享受者の心の底を流れる「変身願望」」をくすぐるものとする（二七〜二八頁、前掲）。「女かとみれば若衆なり」と評された源氏の華奢な美もまた、人の心を浮き立たせるものとしての「風流」である。

11　「うき身は何とならざかや、此手を握りそろそろと、大事の所をなで尽し」などについて、野口武彦は次のように述べている。「「ならざかや、このて」のギャグ。奈良坂には子の手柏が多生するという。古典文学でよく用いられる縁語である。都の錦は、この語句を思いきって卑猥に使っている。桐壺帝と更衣の愛の語らいの場面は、一転してポルノグラフィック・シーンになる」（「古典文学の通俗化　―都の錦『風流源氏物語』をめぐって」『『源氏物語』を江戸から読む』、一九九五年、講談社学術文庫、二一七頁）。

12　伊予介が立ち去った後、源氏は性懲りもなく「又かの床にしのび入」っているので、源氏と空蝉が一夜を共にしたと読むことも不可能ではない。だが、いずれにせよ、伊予介に見顕された時点ですでに源氏の不首尾は極まっている。伊予介には粋人の、源氏には執着の深い無粋な男の役回りが与えられているのである。

与謝野晶子が書きかえた『新訳源氏物語』

―その出現普及と和歌翻訳をめぐって―

神野藤　昭夫

一　なぜ『新訳源氏物語』か

与謝野晶子（一八七八～一九四二）の『全訳源氏物語』として知られ、今も版を重ねて読まれつづけているのは、晶子がその晩年に渾身の力を傾けて訳出した、『新新訳源氏物語』（全六巻　一九三八～三九）である。『新新訳』と銘打って出版されたのは、これに先立って『新訳』が存在したからである。そして、二十世紀初頭期に出現したこの『新訳源氏物語』こそが、人びとの心を鷲掴みにし、『源氏物語』読者層をいっきょに拡大したのである。日本近代における『源氏物語』の普及にはたした『新訳源氏物語』の役割は巨大である。それは大衆化だけの問題ではない。在野の『源氏物語』熱が、やがては学問研究の下支えにもなってゆくのである。

ここに『新訳源氏物語』をとりあげる大きな意味がある。

その圧倒的な流布がどのようなものであったか。その個性と魅力は、どのようなところにあったか、それを『新訳』の和歌に焦点をあて、浮上させてみたい。本稿の目標はここにある。

二　『新訳源氏物語』の出現、普及とその意義

『新訳源氏物語』の「圧倒的な流布」なるものの実態を知るには、その刊行情報を収集調査し、その軌跡を明らかにする地味な作業が欠かせない。その精細で信頼のおける先行研究に、田村早智の「与謝野晶子訳『源氏物語』書誌（稿）」（『鶴見大学紀要（人文・社会・自然科学）三二、平成七年（一九九五））がある。

私もまた、この田村の書誌稿を水先案内人として、読者の前に次々と姿を変えて出現した『新訳』の一冊一冊を手にとり眺めることによって、その流布、普及がどのようなものであったかを実感として知るようになった。そのひとつひとつを手許において見るたびに、大局からは小さいが、私には大きな発見や新鮮な確認の喜びがあって、自分なりに紹介の記事を書いてきたが、そのたびに情報の追加や訂正を余儀なくされて、この種の仕事の網羅、正確を期すことの難しさを痛感して来た。[1]

ここでも、その作業を繰り返し示したいが、その仔細にわたることは、煩瑣でもあるから、大きく通覧して，晶子の『新訳』がいかに出現流布したかを、追体験してみよう。

『新訳源氏物語』は、金尾文淵堂という本屋から、明治四十五年（一九一二）二月から大正二年（一九一三）十一月にかけて刊行された全三巻四冊（上巻・中巻・下巻の一・下巻の二）からなる、晶子三十四歳から三十五歳にかけての訳業である。当時の新聞、雑誌に掲載された上巻の宣伝文には、「鳥子紙絵巻物風極彩色金文字入ギルト附頬美本」とあり、新進の洋画家だった「中澤（弘光）画伯」の描いた木版画が一枚一枚刷られ「極彩色画廿一葉挿入」とある

図1　与謝野晶子『新訳源氏物語』

中澤弘光装幀版と奥村土牛装幀版。伝統とモダンとの出会いによる、ヴィジュアルな工芸的作品として登場した金尾文淵堂の三巻四冊と、後に縮刷版を豪華本に仕立て直した二冊本の『新訳源氏物語』。

菊判の豪華本「正価三円」（奥付に定価の明記はない。下巻末尾には各冊特価二円五十銭）であって、この本じたいが伝統とモダンとの出会いによる、ビジュアルな工芸的「作品」として出現した、ということができる。

最初の『新訳』菊判全三巻四冊が完結した翌大正三年（一九一四）十二月に、三六変型判すなわち新書判に近い大きさの挿絵ぬきの四冊本が普及版として刊行される。各冊一円。奥付には「縮刷発行」とあるが、正確には、最初の上・中巻にあたる部分では、本文の一部が手直しされており、じつはたんなる縮刷ではない。推敲版として評価したいところだが、手直しの結果、かえって文脈のおかしくなっているところもあり、本文の評価には、なお慎重な調査検討が必要である。

なお、この普及版には、函の意匠を異にする版が、大正十一年（一九二二）七月に出ている。

この出版元である金尾種次郎という人は、採算を度外視した凝った美本の数々を世に送り出した個性的な出版人であった（石塚純一『金尾文淵堂をめぐる人びと』新宿書房　二〇〇五）が、資金繰りに苦しくなって、大正の末年、この『新訳』の豪華本の方の版権を大鐙閣に売り渡すことになる。

しかし、金尾は「縮刷発行」とした普及版の方の版権は手放さず、四冊本を上下二冊の合冊本（上巻　大正十五年（一九二六）四月　下巻　昭和二年（一九二七）三月）にあらため、奥村土牛の装幀、梶田半古の色彩挿画を入れた美本に刷新させて売り出した。各冊三円八十銭。

一方、大鐙閣は、版権を得た三巻四冊本を、菊判天金の上下二冊の豪華本に仕立て直して売りに出すが、木版の挿絵は、白黒印刷にとどまる。大正十五年（一九二六）二月のことである。この版は、その後、函も本の体裁意匠も同じものが、昭和四年（一九二九）三月には、河野成光館を販売所として再版が出ている。定価各冊四円二十銭。

そしてこの版権は、次に新興社に売り渡される。新興社は、昭和七年（一九二七）一月八日に、これまでのゆった

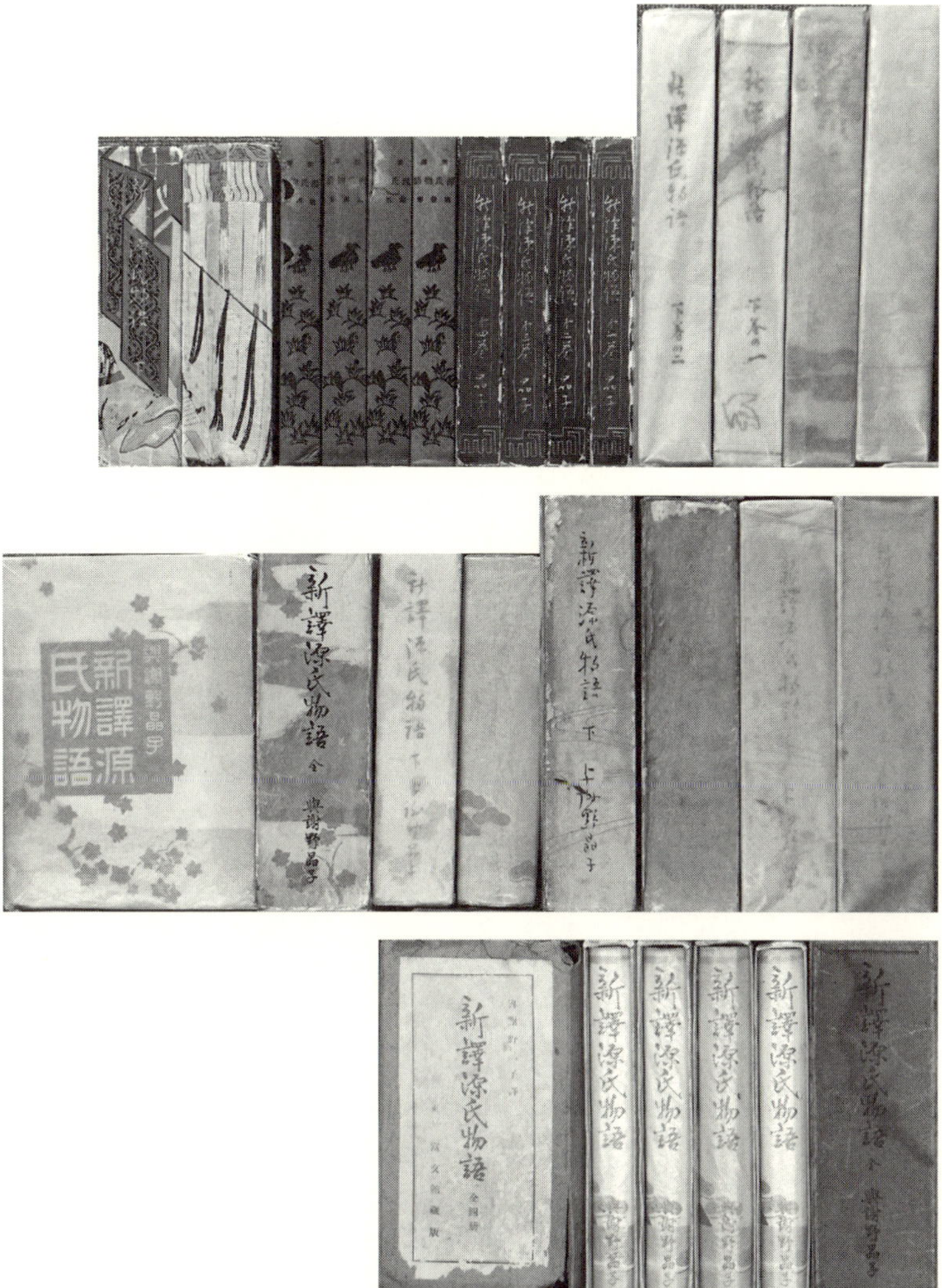

図2　『新訳源氏物語』諸版（戦前版）

こんなにもあった戦前の『新訳源氏物語』。晶子の『新訳』がいかに『源氏物語』普及に大きな役を果たしたかをうかがわせる。

り組まれた菊判の余白を裁ち切って四六判に改め、函も本の表紙の意匠も一新した上下二冊本にして出す。定価は各冊二円五十銭となった。この版の存在は、田村の書誌にも掲載のないもので、近時、この下巻だけを入手することで、知ることになったものである。天金で、函、表紙ともにしゃれた意匠で、内表紙には御所車の意匠が描かれている。

田村によれば、新興社は、昭和七年七月八日に、全一冊本を刊行したらしい。未見であるが、従来、これが最初の新興社版とみられていた。翌昭和八年八月八日発行（版数明記なし）の一冊本の版では、定価四円五十銭（特価三円六十銭）になっている。天金、函、表紙とも、前年の二冊本の意匠を利用継承しており、田村稿に掲載された昭和七年版の書影と同一の体裁と思われる。さらに昭和九年五月八日発行のものも版数の明記がないが、奥付以外は前年のものに同じで、じつは重版とみられる。

この一冊本は、昭和十一年十二月五日の新興社発行ながら、「十二月一日譲受印刷」とあって、販売所が春洋社となって、焦茶一色の表紙、天黒の造本、架蔵本には、同じ版ながら、函を異にするものが二種があって、一種には「春洋社蔵版」とある。定価も二円八十銭まで下がり、印刷状態も悪くなって、無惨というに近い姿を晒すにいたっている。

ところが、その一年前昭和十年九月に、発行は新興社だが、販売所を異にし函に「富文館蔵版」と銘打った全四巻四冊本が出ている。函の意匠は異なるが、本じたいは昭和七年の上下二冊本、昭和八年の一冊本の体裁をそのまま生かしたもので、各冊一円七十銭。

一冊本が春洋社から、四冊本が富文館から同時に並行して売られていたことになる。ところが、奥付で確認すると、春洋社も富文館も、じつは同じ住所である。本の体裁、冊数によって、販売所名を変えて売り捌きの工夫をしていたことになる。

これらがいつまで売られていたかは、判然としないが、私のもつ「富文館蔵版」二組のうちの一組は、第一・二巻が昭和十三年〈一九三八〉一月（四版）であり、第三・四巻が昭和十四年〈一九三九〉五月（七版）である。『新新訳源氏物語』六巻（金尾文淵堂）は、昭和十三年十月から昭和十四年九月にかけての刊行であるから、『新新訳』が出てなお命脈を保ち、増刷されていたことになる。

このように『新訳源氏物語』の刊行の軌跡をたどってみると、『新訳』が長きにわたって売れ、日本近代における『源氏物語』の広汎な読者層を開拓し、魅了し、いかに大いなる普及の役割を果たしたか、そのことが判然とわかって来よう。[2]

晶子のこの『新訳』のなし遂げた成功の基盤があってこそ、その後の谷崎潤一郎を初めとする、大手出版社と作家たちとの連繋による『源氏物語』翻訳が出現し、次々と商業的な成功を収め、さらに、本だけにはとどまらないさまざまな分野をこえた爆発的な『源氏物語』熱を生み出して、今日にいたるということができることになる。

『新訳源氏物語』の出現は、日本の『源氏物語』翻訳史における画期的な事件であった、と言うことができる。

三　縮訳だった『新訳源氏物語』

では、読む者の心を鷲掴みにした『新訳源氏物語』とは、どのような翻訳で、どのような特色をもっていたか。

今、『源氏物語大成』の本文を、原文の文字量とみて、『新訳』の文字量と『新新訳』の文字量とを百分比にして比較すると、『新訳』は、原文の七七・七％、これに対して全訳である『新新訳』は、一四七・三％になる。つまり『新訳』は、完訳ではなく、縮訳であることがわかる。

なぜ、縮訳として登場したか。その現実的な理由は、二つ考えられる。

ひとつは、晶子は『新訳』に先立って、関東大震災で焼失した『源氏物語』全編にわたる逐次的講義である、今は幻となった「源氏物語講義」を書き始めていたこと。[3]

もうひとつは、金尾種次郎の企画じたいもまた当初から全訳を意図したものではなかったことである。それは、金尾が、文芸評論家で翻訳家でもある内田魯庵に勧められ、「最初は菊判千頁位の予算でか〻つて頂くことにした」という（金尾種次郎「晶子夫人と源氏物語」『読書と文献』二巻八号　昭和十七年（一九四二）八月）。

魯庵自身、当時、金尾文淵堂から、『イカモノ』と「二人畫工」という本を出版しており、『イカモノ』は、モーパッサンの小説の焼き直しで、翻訳とも翻案ともつかないいかがわしいものという意味でこういう書名にしたという。ちなみにモーパッサンの短編「首飾り」が魯庵の小説「指環」となって現れるわけであろう。『二人畫工』はポーランドの作家シェンキヴィチの英訳本からの翻訳である。さらに唐突を承知で、黒岩涙香の『噫無情』（ビクトル・ユーゴーの『レ・ミゼラブル』）や『巌窟王』（アレクサンドル・デュマの『モンテ・クリスト伯』）のようなものにまで視界を拡大してみれば、ここには、明治期の海外文学がどういうふうに「翻訳」されて人気を博し普及したか、という、日本近代と「翻訳」にかかわる問題が広がっていることになる。

とすれば、このような背景と「千頁ぐらい」との限定から、最初から原文に忠実な畏まった全訳などではなく、今に通ずる翻訳小説、魅力的な読み物として「訳して貰ったらどうだ」というつもりで魯庵は言い、金尾もそのつもりで依頼し、晶子もまたそういう性格のものであることを最初から承知したうえで、『新訳』にとりくんだと見てよい。

その結果、晶子じしんが、最初の金尾文淵堂版の「下巻の二」のみにみえるあとがき「新訳源氏物語の後に」で、「必ずしも原著者の表現法を襲はず、必ずしも逐語訳の法に由らず、原著の精神を我物として訳者の自由訳を敢てした」著作として出現することになったと見られよう。

四　梗概書と和歌――「関屋」巻を例として

では、その自由訳なるものの実態、個性とはどんなものか。

今、それを掴むために、「関屋」巻を手がかりに、『源氏物語』の代表的な「梗概書」を参照してみることで、『新訳』の特色にアプローチを試みよう。

いったい『源氏物語』は、ながらく和歌教養の書として読まれてきたという伝統がある。藤原俊成（一一一四～一二〇四）が『六百番歌合』の判詞で、「源氏見ざる歌詠みは遺恨の事也」と言ったことはよく知られるところである。さらに和歌から生まれてきた連歌の文芸としての確立に大きな役割をはたした二条良基（一三二〇～八八）は、『九州問答』のなかで、「源氏寄合は第一の事也」（伊地知鐵男編『連歌論集』上　岩波文庫　一九五三）と述べているのであった。

そうしたところから、『源氏物語』のあらすじとそれに関わる和歌教養を学び、それを和歌、連歌さらには俳諧などの実作にも生かしてゆく、そういう書として「梗概書」なるものが生れ育って来る。その梗概書の代表的な事例をとりあげて、その特色についてかいま見てみよう。

『源氏大鏡』は、その成立が室町初期にまで遡るとみられる梗概書であるが、内容のあらましを『源氏物語』に実際に出てくる文章を「めづらしきぬい物、くゝりぞめの旅姿ども、せき山よりさとくづれ出たるは」と引用アレンジして、歌がどういうところで出てくるか、臨場感を醸すように語る（『源氏大鏡』古典文庫　一九八九）。『源氏大鏡』は

『源氏』の歌をすべて掲出するところに大きな特色がある。

では、『源氏小鏡』ではどうか。今、架蔵の『源氏小鏡』慶安四年（一六五一）版をみると、ここでは、ダイジェストに続けて、「これをとりあはせて、「石山」「せきやま」などに付べし」と出てくる。これは、連歌で前句に「石山」とか「せきやま」とあれば、「せきや。し水。ゆきあふみち。しほならぬうみ。せきとめがたきなみだ」などの語を付合《つけあい》として用いてよいということであって、『源氏小鏡』がどういう実用性を意図して作られ、読まれたかがはっきりわかるところである。和歌数は精選されており、岩坪健『『源氏小鏡』諸本集成』（和泉書院　二〇〇五）を一覧するだけでも『源氏小鏡』の歴史じたいが、『源氏』の多様な受容のありかたを示していることがわかる。

江戸時代に入って、『源氏物語』のストーリーをもう少し広い読者層を意識して、絵入でわかりやすく梗概を語る代表的な例として野々口立圃の『十帖源氏』（「玉鬘」巻の歌一首を欠く）、さらに、『源氏物語』の梗概書の中でも、白眉とされている北村湖春の『源氏物語忍草』（歌数は精選されている）。さらに、明治に入って、増田于信の『新編紫史一名通俗源氏物語』（明治三十七年（一九〇四）版）などと比較するならば、これらの本に出てくる歌は、当たり前のことながら、『源氏物語』中の歌そのものである。

日本の現今の現代語翻訳にいたるまで、歌は歌として、注や訳を付することはあっても、原文であげるのが大原則になっていると言ってよい。「書きなおす」という観点から考えてみるとふしぎでもあるが、和歌は『源氏』の命であり、聖域としてこれを侵してはならない、和歌理解のために本文の翻訳があるのだという暗黙の考えが、呪縛のように生き続けて来たことになるであろう。

五　『新訳源氏物語』における和歌による翻訳を考える

ところで、『源氏物語』「関屋」巻にみえる三首の和歌は、『新訳』では、どうか。

行くと来とせきとめがたき涙をや絶えぬ清水と人は見るらむ（『源氏』関屋）

右は最初の空蝉の歌であるが、これは

涙流れてやみがたし
清水の如くやみがたし
君と行きあふ関山の
かばかり思ふ心だに
知り給はじと思ふにも。

と、五行の詩形式に改作されている。

次の源氏と空蝉の歌

わくらばに行きあふみちをたのみしもなほかひなしやしほならぬ海（『源氏』関屋）

あふさかの関やいかなる関なれば繁きなげきの中をわくらん（『源氏』関屋）

は、源氏の手紙と空蝉の返信のかたちに訳されており、原文の和歌はみえない。

古代の和歌はコミュニケーションに大きな役割があるわけであるから、こんなふうに手紙にしたり、空蝉の独詠歌を心の発信として詩形式で表現したりしているのは、巧みで新鮮な工夫であるし、そもそも原文の源氏と空蝉との贈答歌も、もとのまま据え置くのでは、前後の文章となじんで、すぐわかる歌ではない。このへんの和歌翻訳の問題は、海外における和歌をいかに翻訳するか、という問題と共通する点があることになる。

ところが、「関屋」巻では、その例が出て来ないが、『新訳』では、『源氏物語』の和歌翻訳の工夫のひとつとして、歌を歌で詠みかえている事例が多数あって、一大特色をなしている。

その実態は、どのようなものか。『新訳源氏物語』には、『源氏物語』に出てくる歌七九五首と対応する歌が一三七首ある。ところが、そのうち『源氏物語』の歌とは違う、つまり晶子が詠みかえを試みている歌が九〇首にも及んでいるのである。逆に、『源氏物語』の歌と同じであると判断できる歌は、四七首ということになる。

では、それらは、具体的にはどんな様相を示しているか。ここでは、その詠みかえのレベルに注目しながら、段階を追って、『新訳』の翻訳された和歌について見てみよう。

まず、どこがちがうのかと思うほどの、助詞一字の差異に過ぎない事例がある。しかし、晶子の見た可能性のあるテキストや『源氏物語大成』の本文の校異をも見比べて、晶子の独自本文であると判断できるものである。

もの思ふと過ぐる月日も知らぬ間に年もわが世もけふや尽きぬる（『源氏』幻）

物思ふと過ぐる月日は知らぬ間に年もわが世も今日や尽きぬる（『新訳』下巻の一）

これは、「幻」巻、源氏が登場する最後の場面で出てくる歌。なぜ「過ぐる月日も」であるかは、はっきりしている。これは藤原敦忠の歌「もの思ふと過ぐる月日も知らぬ間に今年は今日にはてぬとかきく」（『後撰集』冬）の上句をそっくりそのまま利用したものだからである。これに対して、晶子は「もの思ふと過ぐる月日は」とする。自分の訳出した本文の文脈には「は」の方が自然でふさわしいと判断したわけである。

秋の夜のつきげの駒よわが恋ふる雲ゐをかけれ時のまも見ん（『源氏』明石）

秋の夜のつきげの駒よわが思ふ雲ゐにかけれ時のまも見ん

（『新訳』上巻）

右の源氏の歌の例も晶子は「雲ゐに」すなわち「大空に向かって駆けてゆけ」と理解したことになる。ほかの事例もまた微妙なちがいではあるが、いずれも晶子の理解と息づかいの感じられる、意識的改変とみられる。

次に、一句もしくは二句程度改めただけとみえる事例がある。たとえば『新訳』では、明石から大井の山荘に上京した明石の君は「直ぐにも逢へることと思つた恋人がかうなのであるから女は却つて物思ひが加はつた様な形で、なつかしい古郷《こきやう》をばかり思つて居た。源氏の君のかたみの琴を奥の座敷に入つて弾いたりなどして居た。」と語られ、その琴の音を聞いた母の尼君が

かなしくも一人帰れる山里に聞きしに似たる松の風吹く

（『新訳』上巻）

と詠んだ、と語られる。原文は

身をかへてひとりかへれる山里に聞きしににたる松風ぞふく

（『源氏』松風）

である。「身をかへては」すなわち出家して尼姿となって帰って来た明石の尼君じしんの運命をつぶやくように詠んで、さらに次に明石の君の歌が導かれてくるのだが、『新訳』では明石の君の歌を省略し、尼君の歌を「かなしくも」と詠みかえて、尼君の気持ちを強く押し出すのではなく、琴の音を聞いての悲しみを、明石の君の気持ちに寄り添うような歌としてなだからに簡略化しているといえる。なだらかには、原文の「松風ぞふく」という係り結びによる表現を「松の風吹く」と言いかえているところにも感じられよう。

絶えはてぬ清水になどかなき人のおもかげをだにとどめざりけん

（『源氏』東屋）

なほ絶えぬ清水になどかなき人の面影をだにとどめざりけむ

（『新訳』下巻の二）

右の例は、宇治を訪れた薫が「昔から流れの絶えることのないこの清水に、どうして「なき人、すなわち八の宮や

大君を面影だけでも映しおいてくれなかったのか」と独り嘆く歌。読者は「絶えはてぬ」と歌いだされると「絶えはててしまった」と「ぬ」を完了のように誤解する可能性がある。それを「なほ絶えぬ」つまり「昔に変わらず今もなお絶えないで」の意味に添削してわかりやすくしている。原文のおもむきを損なわずに、今の私たちにもわかりやすい表現に直している。そういう例が多々あるわけである。

次には、前の例に比べて、詠みかえ度が進んだ表現の事例がある。それでも、原歌と並べてみると、対応する歌であることが推測できるレベルである。

亡き人を恋ふる袂のひまなきに荒れたる軒のしづくさへ添ふ　（『源氏』蓬生）

亡き人を思へる涙荒れはてし軒端のしづく蓬生の露　（『新訳『上巻）

『新訳』では、「この日末摘花の君は昼寝の夢に父の宮を見て、覚めてから何と云ふことなしに心が興奮して庭に近い座敷の雨漏りのした後《あと》の畳みを拭かせて、其処へ出て「亡き人を思へる涙荒れはてし軒端のしづく蓬生の露」こんな歌を思つて泣いて居たのであつた」とある。今、ここに『源氏物語』の前者の歌をそのままに置くのでは表現がやや硬いであろう。そこで、もとの歌の上句を「亡き人を思へる涙荒れはてし」と詠みかえて、「荒れはてし」を媒介に下句の「軒端のしづく」「蓬生の露」と並列させ語調をよくして、新鮮な印象を与えている。

かざしをる花のたよりに山がつの垣根を過ぎぬ春のたび人　（『源氏』椎本）

かずかずの山の花折るかへり路にわが里過ぐる春の旅人　（『新訳』下巻の一）

もう一例。匂宮が中の君に歌を贈ってくる。それに対して、「姫様《ひいさん》は小姫様《こひいさん》に返事を書かせた」とあって、大君は中の君に返事を書かせたわけである。その原歌「かざしをる」の歌は、このままでもわかる佳歌だが、晶子は自分の訳文の文脈によりふさわしく「かずかずの山の花折るかへり路にわが里過ぐる春の旅人」と、詠みかえていることになる。近代的でロマネスクな詩情を湛えた歌になっていよう。

さらに次のレベルになると、『新訳』の歌を一読しただけでは、もとの『源氏物語』歌がわかりにくい、いわば詠みかえ度の高い事例がある。

ここでは、「須磨」巻に出て来る源氏と朧月夜との贈答の場合についてみよう。

『新訳』の源氏は、

君を見て掟にふるる日も知らず死なんとばかり恋ひにけるかな
（『新訳』上巻）

つまり、今、こうして須磨の地に流謫の身であることを「掟にふるる日」であるという。それに対して、朧月夜は

死ぬと云ふとがにはわれの当たるべし恋しき人をまたも見ぬまに
（『新訳』上巻）

すなわち「死というとがにあたるのは私の方でしょう。恋しいあなたに再びお逢いできないうちに」と答える。きわめて直截的で情熱的な贈答になっている。しかも「掟にふるる」とか「死ぬと云ふとが」とか、二人の恋の禁忌性が直接的に浮上する表現を用いることによって、その恋が須磨流謫の原因であることもはっきり示唆されていることになる。

いったい、『新訳』の「須磨」巻の冒頭をみると、「源氏の君はもう二位の上達部でもなければ、右大将でもない。陛下の寵姫を偸み奉つたと云ふ罪名にこの官爵は削られたのであつた。」と語り始められている。「須磨」巻の冒頭部分を「陛下の寵姫を偸み奉つたと云ふ罪名に」とここまで直截的にふみこんで表現することについては、議論のあるところだろう。しかし、晶子のこういう物語理解の延長の上で、源氏と朧月夜との贈答を詠みかえている、ということになる。

では、『源氏』の原歌は、どうであったか。源氏の歌は

逢ふ瀬なきなみだの川に沈みしや流るるみをのはじめなりけむ
（『源氏』須磨）

であり、朧月夜の歌はこうであった。

涙川うかぶみなわも消えぬべし流れてのちの瀬をもまたずて
（『源氏』須磨）

右の源氏の歌について、室町時代の注釈書（『細流抄』）は、「無実なる事のやうによみ給用意あさからざる也」と言う。「逢ふ瀬なきなみだの川」は「逢う時とてなかった悲しみのために流れる涙」と、この歌が人の目にふれても、あたかも実事がなかったかのように詠んでいる、その曖昧な表現にとどめている詠みぶりこそが用意周到、肝心なところなのだと評しているわけである。源氏のあからさまにしない配慮を、晶子は暴露して、源氏の禁忌の情熱を明るみに出してみせてしまった、ということになる。

晶子は、『新訳』では、既にみたように「原著の精神を我物として訳者の自由訳を敢てした」ということであって、そういう方針のもとに、大胆でクリエイティブな歌を詠んで物語の輪郭線をあざやかに描いてみせたことになる。そのことによって、朦朧としてつつましやかな物語を鮮明化して、読者の前に提示したことになる。

最後に、このような検討をした目で、逆に『新訳源氏物語』歌と『源氏物語』の歌とが一致している事例をあらためて眺めてみよう。とすると、これはたんに『源氏物語』の歌をそのまま残した事例というものではない。

たとえば、「夕顔」巻巻末は、このように終っている。

伊予介は若い妻を伴れていよいよ十月一日に任国へ下つた。

過ぎにしも今日別るるもふたみちに行く方知らぬ秋の暮かな

かう独言を云ふのは源氏の君であつた。この人の十六の歳の恋はかう云ふものであつた。

「過ぎにしも」は、『源氏』の歌そのものであるもあるわけだが、晶子の文脈にまことにふさわしい歌として出て来ている。こうした事例を、眺め渡してみると、いずれも歌意のよくわかる歌である。いわば、晶子の翻訳という作業の結果、変更を加えないという翻訳歌として、『新訳』（＝原文）の歌があると見るべきなのでないか。晶子の『新訳』の文脈になだらかに、溶け込むようにしてある歌群。おのずから、詠みかえるべき難解さを含まない、すなわち文脈にふさわしい歌として並んでいると評することできよう。

『新訳源氏物語』中の、『源氏物語』と対応する歌一三七首は、『源氏物語』の歌と同じ歌まで含め、すべて『新訳源氏物語』の歌として「翻訳」されてあるのだとみることができるのではないだろうか。

与謝野晶子の『新訳源氏物語』は、このような個性と魅力とをもって、『源氏物語』を書きかえたのである。

〔注〕

1　『新訳源氏物語』にふれた拙稿に「始発期の近代国文学と与謝野晶子の『源氏物語』訳業」（「中古文学」九二号　平成二十五年十一月）、「与謝野晶子『新訳源氏物語』の成立事情と本文の性格」（『国語と国文学』九一巻四号　平成二十六年四月）、「晶子・源氏・パリ」（『国文学研究』一八二集　平成二十九年六月）などがあり、それぞれ重複するところを含むが、書誌情報など、そのつど更新していることを付記する。

2　現在『新訳源氏物語』は、『与謝野晶子の新訳源氏物語』（角川書店　二〇〇一）、『鉄幹晶子全集』七・八（勉誠出版　二〇〇二）、『与謝野晶子の源氏物語』（角川ソフィア文庫　全三冊　二〇〇八）でみることができる。

3　注1掲出の拙稿「始発期の近代国文学と与謝野晶子の『源氏物語』訳業」などを参照されたい。

ジェンダーと翻訳 ―与謝野晶子の場合―

ゲイ・ローリー

二十一世紀に入ってから『源氏物語』受容史研究、特に近世・近代における『源氏物語』のそれが飛躍的な進歩を見せている。近世・幕末・明治初期の『源氏物語』現代語訳について、レベッカ・クレメンツ氏がいくつもの論文や著書、またシンポジウムにおける発表で詳細に研究されている。[1] マイケル・エメリック氏も十九世紀の柳亭種彦著・歌川国貞画『偐紫田舎源氏』から二十世紀の正宗白鳥の『源氏物語』に関するエッセイに至るまで研究され、[2] 緑川真知子氏の『「源氏物語」英訳についての研究』といった労作などもある。[3]

与謝野晶子の『源氏物語』の訳業について、神野藤昭夫氏は二〇〇一年から発表されてきた一連の論文でいろいろな視点の考察を展開されている。[4] 例えば、晶子は実際にどの『源氏物語』のテキストを読んだのか、晶子が取り組んでいた現代語訳の出版事情はどれほど複雑だったのか、など、以前拙著では英語で雑駁にしか論じられていなかった[5]ことが氏の研究により明らかになった。

与謝野晶子は長年にわたり、戦前の日本文学史上の大きな存在として認められてきた。特に『みだれ髪』を詠んだ「情熱の女流歌人」や「山の動く日きたる」などの詩を『青鞜』に寄稿した「新しい女」として有名である。しかし、晶子が成した古典文学、特に『源氏物語』の現代語訳の業績を論ずることなくして、晶子の全体像はつかめないであろう。現代語訳を作ることによって、晶子は『源氏物語』を近代小説として事実上書き換えたと言えよう。躊躇なく敬語を削除し和語を漢語に置き換え、三島由紀夫の評価を借りれば、

とてもハイカラでね、女の人で、明治のブルー・ストッキングですからね。漢語をとても自由に駆使して、その漢語を使うことになにも抵抗がない。（中略）与謝野訳のある意味の明治ハイカラ的要素で、とてもすぐれていますね。じつに入りやすく、のみならず、漢語からくるエレガンスがあるので……。なにもわれわれが考えるエレガンスは、日本語ばかり、和語ばかりと限らないから、こういう妙なエレガンスがあって、とてもハイカラな感じがする。[6]

という訳業をなしとげたわけである。また、最初の現代語訳である『新訳源氏物語』（全四巻、一九一二～一九一三刊行）において、神野藤氏が証明されるように、晶子は「和歌で和歌の翻訳」をした。[7] これは実に新鮮で、画期的であった。晶子の現代語訳が、『源氏物語』に親しみやすい古典としての地位を与え、それが現在に引き継がれている、とも言えよう。

翻訳家の晶子をジェンダーの観点から注目するのもおもしろい。というのは、おおまかな言い方にはなるが、近代化が進むなかで、いわば「近代知識」は男性が獲得するもの、または支配するものであって、その代わりに「伝統を守る」のはもっぱら女性の役割になってしまいがちであった。これは日本だけではなく、近代化の過程を歩むどこの国でも見られる現象であると以前から言われている。[8]

晶子が生まれ育った家は、まさにその典型的な例である。晶子の兄、鳳《ほう》秀太郎（一八七二～一九三二）は東京帝国大学で電気工学を学び、工学博士号を授与され、やがて東京帝国大学工学部教授になった。妹の晶子は女学校まで学ば

せてもらったが、補習科卒業後、堺の老舗である家業を手伝いながら和歌（短歌）を詠み始めた。恋人与謝野鉄幹（寛）と駆け落ちし『みだれ髪』を発表したことは有名だが、その後短歌を詠み、短歌を教え、そして『源氏物語』など日本の古典文学の数々を現代語訳した。

クレメンツ氏が示されたように、近世・幕末・明治初期、つまり晶子が登場するまで、『源氏物語』の現代語訳を手掛けたのはすべて男性であった。晶子は『源氏物語』を現代日本語に書き換えようと思った、また書き換えることができた理由が様々あるに違いない。そうした理由の一つとして、彼女が女性であったという事実が挙げられよう。つまり、『源氏物語』は近代的知識に対して非近代的な日本の伝統文芸・古典文学として捉えられるようになった段階で、近代化の過程において伝統を守るという役割を背負わされている女性の領域に同時に入ったわけである。そのために女性である晶子が翻訳を手掛けることもできたのではないか、ということである。

ちなみに英国においても似たような現象が見られる。イサベル・ハースト氏が論じるように、

> 十九世紀女性作家にとって、古典文学を幅広い読者層に提供することは【訳者注、自らギリシア語やラテン語で詩を書く】より魅力的であった。[9] 前近代の時代にも手本となる女性がいた。[10] なぜなら、翻訳は二次的な作業とみられたので、女性にも許された数少ない文化活動の一つであったからである。古代のテキスト、あるいは神学作品（これもよくラテン語で書かれている）を翻訳することは女性に出版の機会を与え、【自分の名において】思想内容を主張することなく、それについて執筆する場を与えたのである。[11]

数年前に、コロンビア大学の鈴木登美氏に「晶子の『源氏物語』に関する訳業、もう少しジェンダーについて考えてもいいのでは?」と提案いただいたことがある。氏の意図は必ずしも私に明確ではないのだが、言うまでもなく建設的な指摘である。今回のコラムでは近代化の過程における翻訳とジェンダーの関係について触れる程度にとどまっ

てしまったが、今後の研究を大いに期待したいと思う。

〔注〕

1　以下のレベッカ・クレメンツ氏の論文、著書を参照。
Rebekah Clements「Rewriting Murasaki: Vernacular Translation and the Reception of *Genji Monogatari* during the Tokugawa Period」『*Monumenta Nipponica*』六八巻一号（二〇一三年）一〜三六頁。同「Cross-Dressing as Lady Murasaki: Concepts of Vernacular Translation in Early Modern Japan」『*Testo a Fronte*』五一号（二〇一四年）二九〜五一頁。同『*A Cultural History of Translation in Early Modern Japan*』（Cambridge: Cambridge University Press, 二〇一五年）。

2　Michael Emmerich『*The Tale of Genji: Translation, Canonization, and World Literature*』（New York: Columbia University Press, 二〇一三年）を参照。

3　Machiko Midorikawa「Coming to Terms with the Alien: Translations of *Genji Monogatari*」『*Monumenta Nipponica*』五八巻二号（二〇〇三年）一九三〜二二二頁。緑川真知子『『源氏物語』英訳についての研究』（武蔵野書院、二〇一〇年）を参照。

4　以下の神野藤昭夫氏の論文を参照。神野藤昭夫「解説―『新訳源氏物語』と幻の『源氏物語講義』」『与謝野晶子の新訳源氏物語―薫・浮舟編』（角川書店、二〇〇一年）所収、五〇〇〜五四一頁。同「与謝野晶子の読んだ『源氏物語』」永井和子編『源氏物語へ源氏物語から』（笠間書院、二〇〇七年）所収、二六九〜三〇二頁。同「与謝野晶子の朗読した『源氏物語』のテキストはなにか―『新新訳源氏物語』の周辺」―『平安朝文学研究』復刊第十六号（二〇〇八・三）三九〜四一頁。同「与謝野晶子の『新新訳源氏物語』の執筆・成立の経緯」河添房江編『源氏物語の現代語訳と翻訳』（講座源氏物語研究　第十二巻）（おうふう、二〇〇八年）所収、一六五〜一九九頁。

5　G. G. Rowley『*Yosano Akiko and The Tale of Genji*』（Ann Arbor: Center for Japanese Studies, University of Michigan,

二〇〇〇年）。

6 三島由紀夫、瀬戸内晴美、竹西寛子「座談会『源氏物語』と現代」（一九六五年七月）。『批評集成源氏物語』（ゆまに書房、一九九九年）所収、三巻一七七頁。

7 本書の神野藤昭夫「与謝野晶子が書きかえた『新訳源氏物語』―その出現普及と和歌翻訳をめぐって―」を参照。一九一八・一〇～一九三九・九年の間に刊行された『新新訳源氏物語』（全六巻）では、晶子は『源氏物語』の本文歌七九五首を訳さなかった。

8 近代化の過程で女性が「repositories of the past」（過去の宝庫）や「repositories of tradition」（伝統の宝庫）になってしまいがちという見解は元々人類学者のハンナ・パパネックによる。Hanna Papanek「Development Planning for Women」『*Signs: Journal of Women in Culture and Society*』三巻一号（一九七七年）一四～二一頁。日本の近代化についても、女性が「過去・伝統の宝庫」になったと論じることは一九八〇年代から一般的で、例えば、Sharon Sievers『*Flowers in Salt: The Beginnings of Feminist Consciousness in Modern Japan*』（Stanford: Stanford University Press, 一九八三年）一五頁、Rebecca L. Copeland『*Lost Leaves: Women Writers of Meiji Japan*』（Honolulu: University of Hawai'i Press, 二〇〇〇年）一九頁、三五頁、そしてRebecca L. CopelandとMelek Ortabasi編、『*The Modern Murasaki: Writing by Women of Meiji Japan*』（New York: Columbia University Press, 二〇〇六年）六頁、二一～二三頁をそれぞれ参照。Sanjay Sethの論文「Nationalism, Modernity, and the 'Woman Question' in India and China」『*Journal of Asian Studies*』七二巻三号（二〇一三）二七三～二九七頁は主にインドと中国を扱うが、日本の状況に関しても示唆に富んで注目に値する。

9 ここで「古典文学」は古代ギリシア・ローマの古典籍を意味する。

10 その「手本となる女性」については、Mirella Agorni『*Translating Italy for the Eighteenth Century: British Women, Translation, and Travel Writing, 1739-1797*』（二〇〇二年初版、London: Routledge, 二〇一四年再版）第二章「Female Translators in the Eighteenth Century」を参照。

11 Isobel Hurst『*Victorian Women Writers and the Classics: The Feminine of Homer*』（Oxford: Oxford University Press, 二〇〇六年）五六頁。

「とぞ」—源氏物語の外延—

寺田　澄江

「帚木」巻は次のように終る。

「よし、あこだに、な捨てそ」とのたまひて、御かたはらに臥せたまへり。若くなつかしき御ありさまを、うれしくめでたしと思ひたれば、つれなき人よりは、なかなかあはれにおぼさるとぞ。

（新潮日本古典集成、一、四一頁）

パリ源氏グループの作業の過程で、巻を閉じるこの「とぞ」の翻訳が議論になった。語句そのものの訳の問題ではなく、その使い方の問題であった。この「とぞ」があまりにも唐突で、そもそもなぜここにあるのか釈然としないということである。これはまた、フランス語に訳すという異言語化の過程で本質的な文学の問題があらわになった局面でもあった。ヴァルター・ベンヤミンは「翻訳者の使命」という論文の中で、翻訳を要求する作品があると言っている。外国語訳・現代語訳の数の多さから言って、『源氏物語』はそれを実際に証明している作品だが、この作品が翻訳を要求する一つの理由は、文学としてのフィクションの成立過程、その言語の創造の現場に私たちを立合わせるということがあるからだと思われる。書写に書写を重ねたこの作品の、そもそもの原文に私たちが向い合っているのではないことは言うまでもないが、書写を重ねることを促した作品としての強靭さが露呈するときがあり、巻末のこの「とぞ」は、その一つの例だと思われるのである。

原文の問題

この問題を手元にある現代語訳を手がかりに調べてみた。言うまでもなく、皆「とぞ」をきちんと訳している。

とか（新潮、岩波新大系［文庫版共］、今泉、瀬戸内、中井［京ことば］）
そうな（谷崎［三訳共］）
とやら（丸谷［光る源氏の物語］）
とのこと（玉上）
ということである（山岸、小学館新旧）
ということです（中野）

しかし例外もあった。島津久基、与謝野晶子、円地文子、林望の訳である。そもそも「とぞ」訳出の有無の問題は一筋縄にはいかない。というのは、一九三四年に複製が出版された尾州家河内本[1]には「とぞ」はなく、「あはれによそへ思さる」で終っているのである。島津訳が選択の結果であることは、「河内本の現在止の方が次の冒頭「寝られ給はぬ云々」に接続するのに相応してはいる。併《しか》し青表紙の物語式も一寸面白くて捨て難い」と簡潔に説明されている（講話、一五六頁）。氏の訳は以下の通り。

源「ああ、よしよし、おまえだけは、俺を見捨てないでくれよな」
と、引寄せて、傍《そば》にお寝《やす》ませになった。まだ御年若で、兄さんと呼び掛けたいやうな優しいお姿を、ご立派だなあと、嬉しさうにしてゐるのを、無情《つれな》い姉の方よりは、いっそこの子がいとしいと、思はれてくるのであった。
(対訳源氏物語講話、2、名著刊行会、一九八三年、一四五頁［初刊一九三六］)

他の三氏が「とぞ」を訳出しなかったのは、それでは選択の結果なのだろうか、それとも、単に河内本を原文とした結果なのだろうか。後者であるとは考えにくいが、確認のため「桐壺」、「帚木」二巻について、仏訳にした場合にも明らかに違いが出てくる部分に関する三氏の訳の扱いを調べてみた(例えば「桐壺」の更衣の死後、弘徽殿が清涼殿に「久しく」参上しなかった［青表紙本］、「気分を害して」参上しなかった［河内本］)。十ヶ所ある中でこれら訳が全て河内本と対応しているのは「帚木」の二か所、明らかに青表紙の本文に問題がある部分で、なめらかな現代文を書く過程で、結果的に河内本と同じものになってしまったということに過ぎないように見える。[2] 唯一河内本と同一の本文に依拠したことがはっきりしているのは、晶子訳の一か所で、雨夜の品定めで語られる木枯らしの女に通ってくる男の和歌の上句の部分。青表紙本では「琴の音も月もえならぬ宿ながら」だが、河内本では男が女に差出す菊が「月」の代わりに使われていて、晶子訳だけが「菊」を上句に詠み込んだ歌としているのである(全訳、五八頁)。[3] しかし、その他の部分については青表紙本と一致し、三氏共に青表紙本を底本として作業したことが窺え、「とぞ」の訳がないのは、単に河内本に従ったためとは考えにくい。

翻訳の言語と原文の言語

以上の前提に立って三氏の訳を見ると、「とぞ」を訳していないというのは正確ではなく、いずれも「とぞ」による伝聞性を感じていているが、それをある視線が捉えたものという形での間接性の構築に移し変えている。晶子訳の場合は小君に向けられた源氏の視線、あるいは話者と源氏とを重ね合わせた視点に転移している(うれしいらしいので)。林望訳も同様である(紙幅の関係で引用は省略する)。円地訳の場合は「ご様子であった」と、話者の源氏に対する視点に転換している。その意味で、河内本を選んだ島津訳の態度とは違う。

・「じゃあもういい。おまえだけでも私を愛してくれ」

と言って、源氏は小君をそばに寝させた。若い美しい源氏の君の横に寝ていることが子供心に非常にうれしいらしいので、この少年のほうが無情な恋人よりもかわいいと源氏は思った。

(晶子、『全訳源氏物語』新装版、角川文庫、一、二〇一一年(初版二〇〇八)七三〜七四頁[初刊一九五四])

・「よしよし、それでは、せめてお前だけでも捨てないでくれよ」

とおっしゃって、お側にお寝かしになった。お若く、皆、人の懐《なつ》くやさしい御様子を小君はほんとうに嬉しく、お立派だと子供心にお慕い申しているので、あの情のこわい女よりはかえってこの子のほうが可愛いと君もお思いになる御様子である。

(円地、『源氏物語』、新潮文庫、一、二〇〇八年、一二八頁[初刊一九七二])

いずれも誤訳と言うことはできるが、なぜこのように訳したかということの方が重要に思える。『源氏』には「とぞ」形式で閉じる巻が多いが、とぞ形式は、実際に起こったこと、絵空事ではないことを語るという建前の説話言説の常套的結句である。『今昔』の「となん語り伝えたるとや」などは、語りの引用符を重ねる表現を通じて、幾重にも重なる言葉、すなわち語り手の背後にある伝承の広がりを呼び起こしている。「夕顔」の巻までの巻末表現を見て行くと、「桐壺」、「帚木」は伝承型、「空蝉」は和歌、「夕顔」は草子地と、歌物語をも含めた説話の言説装置が援用されている。そして「帚木」の巻末の「とぞ」は、この巻冒頭の、語り継ぐ女房たちに回帰し、フィクションを支える擬制の語りとしての外延を構築している。

さらに視野を広げて、フィクションの言語としての散文の成長過程の中に『源氏物語』を位置づけると、「とぞ」

はフィクションに言説的根拠を与える有効な方法として機能していたことがわかる。『日本紀』のような歴史書に拮抗しうるフィクションの世界を生み出そうとする意図が初めからあったとは必ずしも言えないだろうが、この作品がそうした散文の世界を切り拓いて行ったのは事実である。

現代語訳は、自分自身が生きている言葉で過去の言葉に支えられた世界と対峙して行く作業である。円地文子や与謝野晶子の時代には現実にまがうフィクションの世界は確立していた。ことさらおとぎ話と区別することも歴史書と区別することも最早必要ではない者たちにとっては、「とぞ」の必然性は感じられず、原文が本質的に孕む意図を掴みかねた結果としての「誤訳」であったと思われる。しかし誤訳と言って済ませることができる問題なのだろか。「とか」と付け足せば済むものを、書きかえているのである。つまり、言葉の置き換えで済ますのではなく、この言葉がここにおかれていることの必然性を問い返し――半ば無意識にでもあれ――、その結果理解出来ないことは書けない、大げさに響くかもしれないが、ただの置き換えで済ませたのでは自分の言葉に責任が持てないということだったのではないだろうか。

それでは自分に理解できないことを歪めたり切り捨てたりしていいのかと言えば、そうではないだろう。しかし、単に言葉を置き換えているに過ぎないとしか思えない訳を見るとき、たとえそれが現象的には「正確な」ものであっても、こうした訳と、遠い平安の過去と現在という二つの言語情況の差異につまずいて意図をゆがめた円地・晶子訳と、どちらが、自らの言語を背負いつつ原文と向き合っているのか、どちらが二つの言葉の折り合いに心を砕いているのかと問わざるを得ない。そしてまた、このような問いを抱かせる、時代を超えて人々を惹きつけてきた『源氏物語』という作品は、訳者の時代の言語に対する訳者自身の責任を問い続ける言語空間であるように思える。

〔注〕

1　以下本論の河内本は尾州家河内本を、青表紙本は新潮集成本を指す。

2　内一か所は『絵入り源氏』（国文研電子版）、『湖月抄』（昭和二年発行の増注版）、『首書源氏物語』（国文研電子版）共に河内本と同一（尼になり損ねた女の夫婦関係についての左の馬頭の意見の部分）、もう一か所は『湖月抄』と河内本とが同一（源氏が空蝉と一夜を過ごした翌朝の、庭から聞えてくる声についての部分）。その他は『湖月抄』も『絵入り源氏』も全か所青表紙本と同一、『首書源氏』も一か所に小異があるのみ。

3　『湖月抄』には、定家本は「菊」であったという『河海抄』を引いた傍注があり、『首書』も「菊」を異本と傍記する。晶子が親しんだ本だろうと神野藤昭夫氏が推定される『絵入源氏』の小本（「与謝野晶子の読んだ『源氏物語』」、『源氏物語から』、笠間書院、二〇〇七年）には、国文研版にはない同様の異本表記がある（氏の架蔵本）。さらに興味深いのは、大正から昭和にかけて出版された『源氏物語』では「菊」が主体で、ある時期から「月」に戻って行くという事実である。晶子の現代語訳における「菊」は、この大きな流れを反映するものであったように思われる。この部分の調べには神野藤氏から多くのご教示・資料のご提供を受けた。厚く感謝したい。

翻訳研究にとって『源氏物語』とはなにか

マイケル・エメリック

一　翻訳概念を書き換える ―脱西洋中心主義に向けて

もう十年も前のことである。『源氏物語』成立の千年紀を記念するため、二〇〇八年十一月一日を中心に多種多様な事業が京都をはじめ、日本各地、世界中の都市で開催されるなか、源氏物語千年紀委員会の企画による大がかりな国際シンポジウムが京都の金剛能楽堂で催された。二日間にわたって続いた興味深い研究集会が終わり、最後の討論に入った時、参加者の一人が発表者全員に、このような質問を投げかけた。「何世紀にもわたり、ある国、地域などの文化に『源氏物語』ほど多大な影響を与えた作品は西洋にはあるのでしょうか」と。

奇妙な質問というよりも、困った質問である。「西洋にあるか」という問題設定のどこかで「きっとないのだろう」という答えを質問者はすでに期待している。『源氏物語』は日本文学、日本文化、日本という国民国家そのものの特有さを体現している唯一無二の作品だからこそ、ずっと受け継がれてきたはずだ。その意識が質問の前提にあるのが明らかだった。あるいは、別の見方をすれば、日本という国民国家が内包する個性や感性、それが『源氏物語』という文学作品の長い受容史に現れている、という意識が伝わってきた、といってもよい。そこで私も含め、周りに座っていた研究者からは、どうお答えすべきか分からず、少し戸惑っているような空気があった。

しばしの沈黙の後、研究者の一人が確か「まあ、聖書でしょうか」と、少し苦し紛れではあったが、その場をやりすごすためにお答えくださったように記憶している。本人も本気で『源氏物語』と『聖書』をそのように比較できるとは考えていなかったと思うのだが、とにかくその場はそれで収まった。しかし、それから十年間も経った今、あのやりとりは印象に残っている。どうも私には、このやりとりが、異なる文化・言語・社会に属するふたつの作品や事象を比較することの困難さをとてもよく現していると思われてならない。ふたつの物事を比較するためには、当然それらは同質でなければならないわけだが、まったく同質であれば比較は成り立たない。そして同質であることと同質でないこととの間の境界線をどこに引くべきか、つまりある概念のリミットをどこに設定すべきかということは、なかなか厄介な問題である。それは、どうやっても恣意的な側面があるからだ。概念というものは、常にそれを定義する人間や人間たちが、彼らの言及することのできる前例をもとに、多くの場合には無意識にそれを基盤とし、線引きや限定を行う。しかし、一旦ひとつの概念が共通認識としてできあがると、それはさも自然で自明であるかのような思考の枠組みとして流通する。同質のものと同質でないものとの間に線引きを行ったのは他ならぬこの自分（あるいは、ある文化空間に属する自分たち、もしくは自分たちの先駆者）であるのに、そのことは葬られ、ある限られた思想的、文化的バックグラウンドを反映したにすぎない概念のなかに、あらゆる言語文化圏の事象を押し込めることになってしまうのである。

本論では「翻訳研究にとって『源氏物語』とは何か」というテーマを考えるのだが、ここでは「翻訳研究」のなかの「翻訳」という概念に焦点に絞って話を進めたい。周知のように翻訳研究という分野は一九六〇年代から少しずつ形成されはじめ、一九七二年になってようやくJames S. Holmesの“The Name and Nature of Translation Studies”によってひとつのフィールドとして名称を与えられた。それ以来、研究分野として目覚ましい発展を遂げてきたのだが、その研究対象としてもっとも特権化されてきたのは、やはり西洋における訳文・訳書だといわざるをえない。言い換えれば、翻訳研究の根幹をなす、非常にベーシックなキー・コンセプトとしての「翻訳」という概念は、主に西洋の訳文・訳書を巡る言説によって最初から定義され、輪郭を与えられてきたわけである。もちろん、それでもいいという見方はある。翻訳という概念に対してはある程度の共通認識ができあがっているので、そこから様々な文化的・言語的・社会的なコンテクストのなかの「翻訳」を研究していけばいいのではないか、という考えだが、しかし、そうすると、きわめて奇妙な、へたをすると文化帝国主義のような事態が生じてしまう。翻訳研究が分野として成立して以来、研究が特に盛んに行われ、影響力をもってきたのは、おそらく英語圏とフランス語圏といって差し支えないだろうと思うが、わかりやすいように少し極端に言えば、フランス語圏と英語圏の研究者が作り上げてきた共通理解こそ、世界中の研究者が言葉として使っている「翻訳」という概念を定義づけているわけなのである。それは、例えば日本語で「翻訳研究」という言葉を用いたとしても、結果的にはTranslation Studiesもしくはtraductologieの和訳である面が大きい。例えば、日本語の場合でも、「翻訳《translation》研究」とでも形容したらよいだろうか。翻訳研究という分野がグローバルになればなるほど、この奇妙な、ある特定の言語圏、文化圏をベースに据えた思考的覇権という事態がますます普通に浸透してゆくことになる。

　西洋で「翻訳」として定義されてきたものだけを翻訳研究、あるいはtranslation studies、あるいはtraductologieの研究領域として限るのは、私見では先ほども言ったように文化帝国主義的な感があるし、なにより可能性を狭めるようでもったいないと思う。もちろん、このように感じているのは私だけではない。翻訳研究をその従来の西洋中心主義から逸脱させようとする先駆的な本として、例えば Marilyn Gaddis Rose の *Beyond the Western Tradition*、Theo Hermans の *Translating Others*、そして Maria Tymoczko の *Enlarging Translation, Empowering Translations* などが挙げられる。アジアの様々な翻訳文化、翻訳の用例などを取り上げ、分析した本として、Eva Hung and Judy Wakabayashi の *Asian Translaiton Traditions*、Ronit Ricci and Jan van der Putten の *Translation in Asia: Theories, Practices, Histories*、Martha P. Y. Cheung の *An Anthology of Chinese Discourse on Translation*, vol. 1, *From Earliest Times to the Buddhist Project*、そして Leo Tak-hung Chan の *Twentieth-Century Chinese Translation Theory: Modes, Issues, and Debates* がある。しかし、これだけあっても「翻訳」という概念の歴史的形成に根づく限定的定義はそう簡単には崩れない。

『源氏物語』は、西洋中心に造成されてきた「翻訳」という概念のリミット、どこまでが「翻訳」に入ってどこまでがそうでないかといった、同質なものとそうでないものとのあいだの境界線を一旦消して、引きなおしたりするための、格好の材料になるはずだと私は思っている。何世紀にもわたり、日本だけではなく世界中で、いろいろな言語で、様々な形で翻訳されてきた『源氏物語』は、非常にユニークなケース・スタディーだからである。現時点で、西洋圏以外で書かれていながら、一般的に世界文学として認められている古典文学の作品はほとんど存在しない。また世界を見わたしても、『源氏物語』のように女性の作者が一千年も前に書きあげた長編物語で、学者によって詳細な注釈がなされ、一般の読者のために現代語にまで頻繁に翻訳されてきた作品というのは、片手で数えられる程度しか、むしろ一本の指で十分という程度にしか存在していないのではないだろうか。世界中のどこをみてもたぶん類例をみない、そのような特別な存在である『源氏物語』を翻訳研究の立場から検証すれば、そこには当然、特別な事情、日本研究を超えた翻訳研究という分野にとっても非常に新鮮でユニークな現象を発見することができるはずだと思う。

翻訳という観点から検証されるべき『源氏物語』テクストがあまりにも多様であるからこそ、翻訳研究の今後の発展、もう少し具体的にいえば、これまで西洋文学中心主義の傾向が強かった翻訳研究というフィールドを、より開かれたものに改変していくことができるのではないか、と考えている。『源氏物語』の受容史と向き合うことによって、ヨーロッパ言語圏の事情を中心に据え、定義されてきた翻訳研究における「翻訳」という概念自体を、日本語の事例を検証し、それを理論化することで、より複雑で柔軟なものに書き換えていきたいと考えている。

二　源氏物語活釈　─重層するテクスト

既存の「翻訳」概念を逸脱するひとつの例として、日本語の古典作品の受容に欠かせない現代語訳、そのなかでもそうとう特殊だと思われる小林栄子（一八七一～一九五二）の『源氏物語活釈』を繙いてみよう。これは非常に特殊な例なので現代語訳と形容することにも勇気がいる作品である。大正一三年（一九二四年）に大同館書店から出版されたこの書物は、小林氏の『近松世話浄瑠璃集成』『近松時代浄瑠璃集成』『芭蕉名句評釈』『奥の細道評釈』『伊勢物語活釈』、そしてもう少し後になって世に出た『源氏・伊勢物語新研究』と同様、古典文学に対して非常に風変わりで面白い立ち位置をとっている。『源氏物語活釈』がいかに変わった本かは、その題名からも少し見当がつくかもしれない。そもそも「活釈」という言葉は『日本国語大辞典』など辞書類には掲載されていないので、小林氏自らの造語だと思われる。「活釈」とは具体的にはどういう意味なのか、『源氏物語活釈』に先立って発表された『近松世話浄瑠璃集成』の例言には例えばこのような説明がある。「本書は全く之を読み物として世に伝へんことを旨として編成したり。（中略）されば読み易く解し易からんことを主とし、仮名多き原本を改めて成るべく多く漢字を充当し、また故事出典等をも調べて、それぞれに適当する文字を充つるに注意したり。尚又かなづかひの如きも、必ずしも原本に従はず、一般の用例に依る事としたり。」この説明において、「活釈」というものを小林氏は、意識的に「現代語訳」の一種として、もしくは「現代語訳」とつなげて考えているわけではないが、元来かなり読みにくいはずの文章を「世に伝へん」ために「仮名多き原本」を「成るべく多く漢字を充当」することで文章を「改める」ということは、現代語訳、ひいては広義の「翻訳」という概念の範疇に入る行為だと捉えることができると考える。

実際、「世に伝へん」の「世」にはもちろん時間的なニュアンスも含まれるので当代の世への伝承というふうに解釈することもできるし、仮名遣いに関しても「原本に従はず、一般の用例」を踏まえているということは、即ち近松の文章の現代化、当代化が想定されていると言えるのではないか。また、『源氏物語活釈』の「はしがき」に注目すると、「活釈」という造語と「現代語訳」とのつながりが一層はっきりする。小林氏によると、『源氏物語活釈』を手がける十数年前「その頃人の咄に源氏物語のどの巻でも講義の出来る先生は名古屋に一人あるばかりとの事、それほどの書をたやすく分かるやうに世に紹介したいものと思い立った」ものの、家事で忙しくなってしまったために四、五年は取りかかれなかったと書いている。ようやく暇ができ、「桐壺一巻を講義体にして見ましたが、興味がすつかり削がれますので、次には現代語に直して是は蛍までしました。しかしやはり優婉極まりない文章の妙味は抜けて筋ばかりのものとなりますので是にも慊《あきた》らず心ならずも捨て置く中、大同館から近松の校訂を頼まれ、微妙の文章を少しでも多く読者に紹介したさに講義の代わりに漢字をあてあてしましたので、源氏をもその様式でする事としました。」ここでまず注目すべきなのは小林氏が当初『源氏物語』の、通常の意味での現代語訳を考えていたということである。多くの現代読者にはそのままでは伝わりにくい『源氏物語』を「たやすく分かるやうに世に紹介したい」、つまり現代人の日本語の感覚ですらすら読めるテクストに書き換えたい、それが小林氏の当初の狙いだった。しかし、従来の意味での現代語訳では原文の妙味が抜け落ち「筋ばかりのもの」になってしまうため、原文の残像を留めておくために積極的加工を行うことになる。すでにこれまで試みられてきた「活釈」（活きた解釈とでもするべきか）という独自の新様式に『源氏物語』も直してみることにした、ということである。「活釈」とは、通常の意味での現代語訳とは確かに違うが、現代語訳に通じるところも含まれる方法論だと言えるかと思う。

小林氏が『源氏物語活釈』で『源氏物語』のテクストをどのように書き換えたのか、その新様式が具体的にどのようなものなのかを「桐壺」の冒頭で見てみよう。以下、国会図書館の印鑑のため少し見えにくいので、最初の数行を紹介する。

何《いづ》れの御時《おんとき》にか、女御更衣《にょうごかうい》数多《あまた》侍《さぶら》ひ給《たま》ひける中《なか》に、甚貴《いとやんごとな》き位《きは》にはあらぬが、勝《すぐ》れて得寵給《ときめきたま》ふありけり。初《はじめ》より我《われ》はと傲《おもひあが》り給《たま》へる御方々《おんかたがた》、驚異《めざまし》き者《もの》に貶《おとし》め猜《そね》み給《たま》ふ。同《おな》じ位《ほど》、其《それ》より下臈《げらふ》の更衣達《かういたち》は、況《まし》て安《やす》からず。朝夕《あさゆふ》の宮仕《みやづかへ》に就《つけ》ても、人《ひと》の心《こころ》を動《うご》かし、恨《うらみ》を負《お》ふ積《つもり》にやありけむ、甚病弱《いとあつし》く成行《なりゆ》き、物心細氣《ものこころぼそげ》に里勝《さとがち》なるを、愈飽《いよいよあか》ず可憐《あはれ》なる者《もの》に思《おもほ》して、人《ひと》の誹《そしり》をも得憚《えはばか》らせ給《たま》はず、世《よ》の例《ためし》にも成《なり》ぬべき御寵遇《おんもてなし》なり。

耳を通じた音としての受容では、これは『源氏物語』の原文そのものである。「人の心を動かし」という箇所は戦後の多くのテクストでは「人の心をのみ動かし」と若干違うが、これは底本に用いられたと思われる『湖月抄』がそうなっているからであり、小林氏が書き換えたわけではない。大変興味深いのは耳で聞くかぎり『源氏物語活釈』は原文を忠実に模写しているのだが、字面を追う目には、全く違うテクストが飛び込んでくる、ということだ。ご覧の通り、テクストは漢字だらけで、原文そのままの読みの多くは漢字に振られたルビとしてしか示されていない。一行目の「甚貴《いとやんごとな》き位《きは》にはあらぬが」はルビがなければ「はなはだとおときくらいにはあらぬが」と読んでしまうかもしれないし、「勝《すぐ》れて得寵給《ときめきたま》ふありけり」は私なら、送り仮名もないので、ルビなしではどう読んだら良いか戸惑うところだ。「驚異《めざまし》き」とか、「病弱《あつし》く」とか、「御寵遇《おんもてなし》」なども同様である。しかし、いうまでもなくこのようなルビの振り方は当時としては珍しいものではなく、むしろ明治、大正の文章の特徴のひとつだと言って良いかと思う。

ところで、さきほどこの『源氏物語活釈』は通常の意味での現代語訳ではないと言った。音読すれば原文が音として残されているので、これは現代語訳でも訳でもないという可能性を内包したテクストでありながら、同時に、一種の「対訳」、あるいは「対訳」の延長線上に位置するような機能も備えている。しかし、異なる言語で書かれたふたつのテクストを並置させる通常の対訳とは違い、『源氏物語活釈』が非常に興味深いのは、原文と訳文との境界がきわめて曖昧であるということ、つまり翻訳として原文と訳文の区分のない、未分化の形態である、という点だと思われる。古語の原文はすべてルビで表記されているわけではなく、本文もまたルビなしでは読めない箇所が多々あるので、本文とルビとがお互いに補完し合いながら、耳と目によって原文と訳文を読書行為のなかで同時形成させるテクストになっている。

源氏物語活釈

小林栄子

桐壺

何れの御時にか、女御更衣數多侍ひ給ひける中に、甚貴き位にはあらぬが、勝れて得寵給ふありけり。初より我はと傲り給へる御方々、驚異き者に疑め嫉み給ふ。同じ位、其より下﨟の更衣達は、況て安からず。朝夕の宮仕に就ても、人の心を動かし、怨を負ふ所にやありけむ、甚病弱く成行き、物心細げに里勝なるを、愈々飽ず可憐なる者に思して、人の誹をも得憚らせ給はず、世の例にも成ぬべき御寵遇なり。上達部殿上人なども、不興く眼を側めつゝ、甚眩き人の御寵なり。唐土にも斯る事の起因にこそ世も亂れ惡かりけれと、漸う天下にも無興う、人の持煩種になりて、楊貴妃の例も引出でつべう成行くに、

桐壺

図１　『源氏物語活釈』前編
国立国会図書館デジタルコレクション

拙論の冒頭で「特別な存在である『源氏物語』を翻訳研究の立場から検証すれば、そこには当然、特別な事情、日本研究を超えた翻訳研究という分野にとっても非常に新鮮でユニークな現象を発見することができるはずだ」と述べた。小林栄子が手がけた一連の「活釈」は、「活釈」という造語をもって表現する必要があったことからも推察されるように、独自の方法で『源氏物語』をある意味で当代化している。目と耳とで享受するテクストが違う、現代語の範疇に入る語彙と原典の文章を、音と視覚情報として同時にプロセスする。この原文と訳文の重なるテクストとは、世界中のそれぞれの言語、またその言語に根づいた「翻訳」に含まれてきた作品のなかでは、少なくとも現時点では、やや特殊な形態、もしくは様式と言えるだろうと私には思われる。ヨーロッパ中心主義の脱却を試み、ヨーロッパ中心主義のなかに生まれ、育ってきた翻訳研究の範疇に含まれない事象を検証することで、既存の翻訳概念をより広く、柔軟なものにしてゆく。このような非常に面白い、個性的な事例から、「翻訳」という概念自体と改めて向き合い、その定義を再解釈することは今後の翻訳研究にとって非常に面白い挑戦だと思われる。

三　翻訳行為としての翻刻

さらに、近代に入ってから日本国内で出版されたもうひとつの『源氏物語』の「翻訳」、現代語訳とも違う、日本の書物の形態から翻訳を考えたいと思う。つまり、書誌学、本の歴史やメディア研究といった分野を翻訳研究に導入することで（私はこれを bibliogrpahic translation と形容してきた）、「翻訳」の概念を広げ、翻訳研究をさらに可能性のあるものにしたいという考えである。具体的には大阪の出版社、積善館が一八九一年に出版した猪熊夏樹編『訂正増註源氏物語湖月抄』を取り上げたい。小林栄子の『源氏物語活釈』とはまただいぶ違う例だが、一般に「翻訳」という

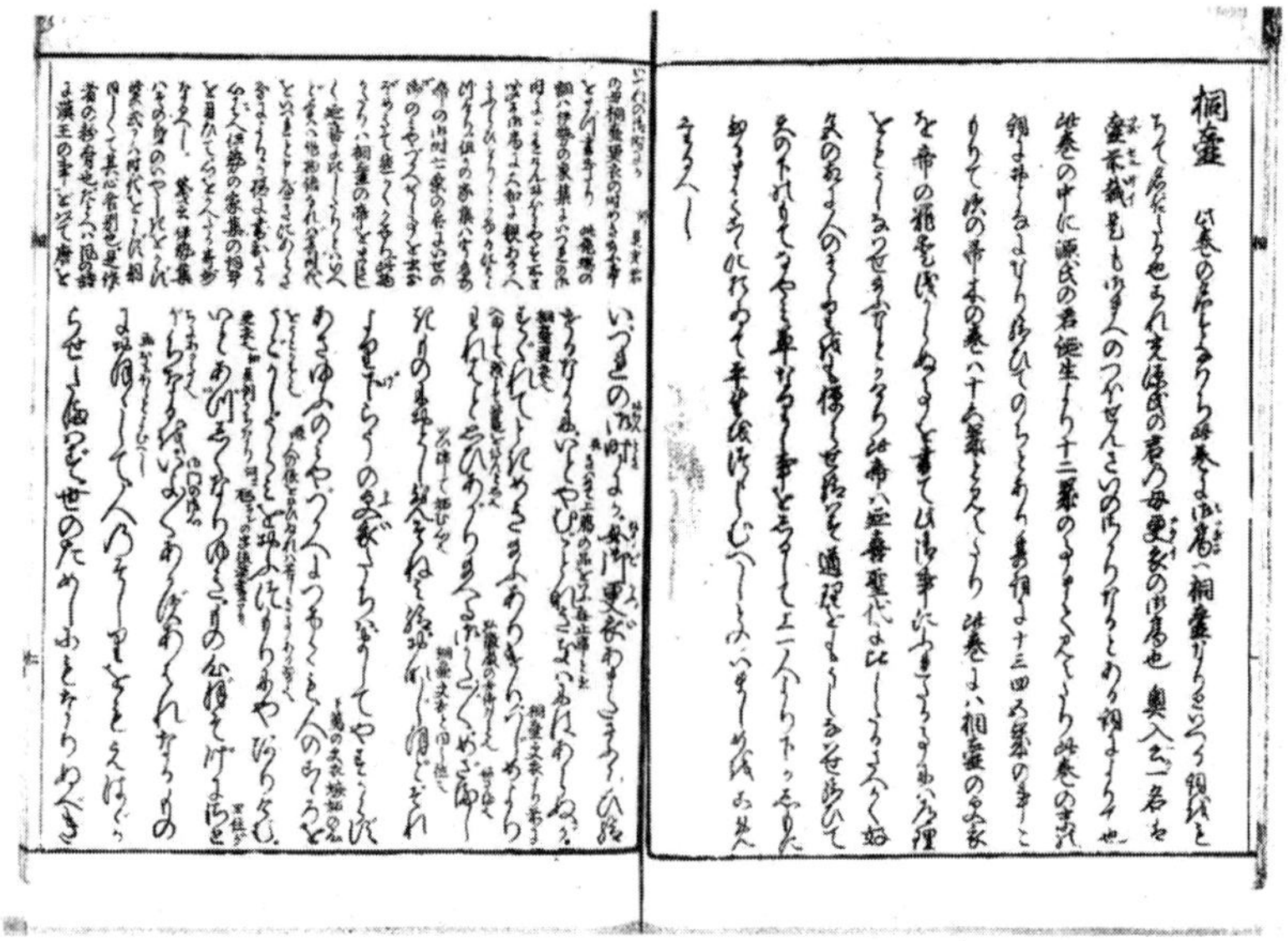

図２　湖月抄（延宝元年）
人間文化研究機構国文学研究資料館 ID　200001898：CC BY-SA

言葉によって想起される、ふたつの言語の間で行われる翻訳行為ではないという意味では、『源氏物語活釈』とも通じるものがある。簡単に言えば、『訂正増註源氏物語湖月抄』は江戸時代の版本『源氏物語湖月抄』を、明治時代の読者のニーズに合わせて「翻訳」した活字版だと私は捉えている。一般的に「翻刻」という言葉で片づけられてしまう、版本を活字版にするその過程を、文字だけではなくブックデザインの側面も視野に入れて、bibliographic translation という翻訳の一手法として捉え直すことで、翻訳研究の可能性を広げたいと思うのである。念のために付け加えるが、ここで私は「翻訳」という言葉・概念を比喩として使っているわけではない。版本を活字版にするその過程も、歴然とした立派な翻訳の一種だと捉えられるべきだと考えているのである。

まず、ふたつの見開きを見てみよう。右にあるのは江戸時代の版本『源氏物語湖月抄』で、左は『訂正増註源氏物語湖月抄』である。いずれも「桐壺」の冒頭だが、ぱっと見るだけで、レイアウトが酷似していることがよ

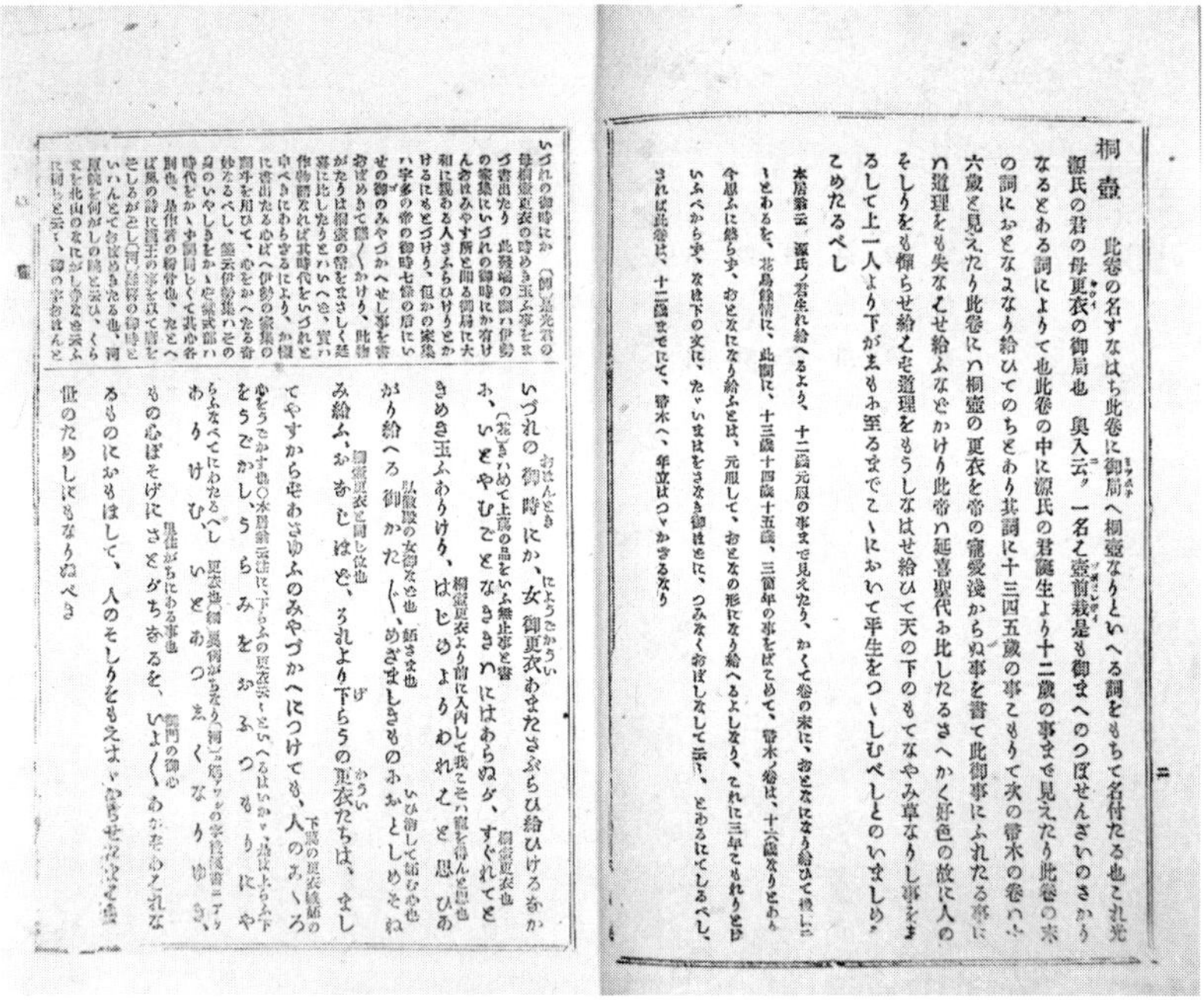
桐壺　此巻の名すなはち此巻に御局《ミツボネ》へ桐壺なりといへる詞をもちて名付たる也これ光源氏の君の母更衣《カウイ》の御局也　奥入云《ニ》ッ　一名ゝ壺前栽《ツボセンザイ》是も御まへのつぼせんざいのさかりなるとある詞によりて也此巻の中に源氏の君誕生より十二歳の事まで見えたり此巻の末の詞におとなゝなり給ひてのちとあり其詞に十三四五歳の事こもりて次の帚木の巻ハ十六歳と見えたり此巻にハ桐壺の更衣を帝の寵愛浅からぬ事を書て此御事にふれたる事にハ道理をも失なハせ給ふなどかけり此帝ハ延喜聖代ゟ比したるさへかく好色の故に人のそしりをも憚らせ給ハぬ道理をもうしなはせ給ひて天の下のもてなやみ草なりし事をまるして上一人より下がまもゟ至るまでこゝにおいて平生をつゝしむべしとのいましめこめたるべし

本居翁云　源氏ノ君生れ給へるより、十二歳元服の事まで見えたり、かくて巻の末に、おとなになり給ひて後しはとあるを、花鳥餘情に、此間に、十三歳十四歳十五歳、三箇年の事をばこめて、帚木ノ巻は、十六歳なりとあるを今思ふに然らず、おとなになり給ふとは、元服して、おとなの形になり給へるよしなり、これに三年こもれりといふべからず、又は下の文に、たゞいまはをさなき御ほどに、つみなくおぼしなして云々、とあるにてしるべし、されば此巻は、十二歳までにて、帚木へ、年立はつゞかざるなり

いづれの御時《おほんとき》にか、女御更衣《にようごかうい》あまたさぶらひ給ひけるなかに、いとやむごとなききはにはあらぬが、すぐれてときめき給ふありけり、はじめより我はと思ひあがり給へる御かた〴〵、めざましきものにおとしめそねみ給ふ、おなじほど、それより下《げ》らうの更衣《かうい》たちは、ましてやすからず、あさゆふのみやづかへにつけても、人の心をうごかし、うらみをおふつもりにやありけむ、いとあつしくなりゆき、もの心ぼそげにさとがちなるを、いよ〳〵あかずあはれなるものにおもほして、人のそしりをもえはゞからせ給はず、世のためしにもなりぬべき

図３　訂正増注湖月抄（猪熊夏樹）、第七版（明治二十年）
この版は最後の「はゞからせたまはず」部分の誤植を修正した箇所が読みづらくなっている。第二八版（明治四四年）には朱で修正がある（共に神野藤昭夫氏架蔵本）。

くわかる。右頁は一巻の概要で、右上には「桐壺」という巻名が大きな漢字で書かれている。概要の本文は漢字仮名交じり文が担っている。それぞれの左頁には『源氏物語』の本文の始まりがあり、下段は少数の漢字も含めた、ひらがなベースの本文そのものが配置されており、上段は右頁の概要と同様に漢字の多い頭注に割かれている。下段の本文の行間にも傍注がたくさんあり、これらもまた概要、頭注と同じように漢字の多い文体で書かれている。

『訂正増註源氏物語湖月抄』の右頁の概要の最後の方に『湖月抄』の編者北村季吟の言葉に加え、本居宣長のコメントが付されている箇所があり、左ページの頭注に若干のずれがあることを別として、ふたつの見開きの言語的な内容はまったく一致している。どの言葉がどういう順序で並んでいるかという意味でももちろんそうだが、それだけではない。どの言葉がひらがなになっていて、どの言葉が漢字になっているかという、その表記に関しても二種類のテクストにひとつも相違はない。言うまでもなく、ひらがなの多い文章は「女性的」で、漢字の多い文章は「男性的」だという考え方が平安時代でも明治時代でもあったので、この表記の違いは、実は「概要」「本文」「頭注」そして「傍注」のそれぞれの文体にジェンダーを与え、女性である紫式部によって書かれた本文と男性である北村季吟によって書かれた注釈を峻別する役割を果たしている。このように、『湖月抄』では明らかに意味をもっていた表記の違いが、『訂正増註源氏物語湖月抄』のなかにも、一字一句違わずと言っていいほど、きわめて正確に踏襲されているわけである。

しかし、もう少しだけ詳しく見開きを見ていくと、ページの全体のレイアウト、また漢字とひらがなの使い分けが『訂正増註源氏物語湖月抄』では非常に細かく、ていねいに真似られているにもかかわらず、印象は随分と違う。この印象の違いは、ある面では『訂正増註源氏物語湖月抄』が『湖月抄』を完全に無視して制作されていることによる。すなわち、版本はいわゆる変体仮名を使っているのに対し、活字版はほぼ現代のひらがなを使っており、版本は連綿体、活字版は分かち書きになっている。これに伴い、版本ではそれぞれの変体仮名のサイズは自由に変えられているが、活字版では一個一個の文字が、ちょうど漢字と同じようにきちんと四角に入るようにサイズの統一がされている。漢字に関しても、版本における行書、草書が、活字版では楷書に変えられている。

これらの改変について、もともと版本として刊行された書物を活字にしているので当然だろう、と考えるかもしれないが、古活字版の場合を考えると必ずしもそういうことは言えないと分かる。周知のように古活字版は活字版でありながら写本の手を真似た連綿体を用い、変体仮名のサイズも統一されておらず、漢字も行書と草書を交え、基本的に楷書を用いなかった。つまり、上記のテクストの違いはテクノロジーの違いという観点からすべて説明、解消できるものではないということになる。

いずれにせよ、私がここで指摘したいのはそれよりももっとベーシックで、しかし重要なことである。つまり、「活釈」同様、ここでもまた、音だけに着目したら、違いのない、そっくりそのままのテクストのように見えるが、本の形態として近代の活字テクストは、読者とまったく違う関係を結んでいるという事実である。一八九一年なら、版本の『湖月抄』の書面を難なく読める読者はまだ多かったのではないかと思われるが、一九〇〇年の小学校令によって複数あった平仮名の字母と字形がそれぞれ単一のものに統一され、現行の五十音図ができて以降、変体仮名と呼ばれるようになったものがますます日常生活から遠ざかった。『湖月抄』のような、変体仮名のテクストとしてはかなり読みやすい書物でも、一般の読者には判読不可能になってしまったのである。その結果、非常に不思議なことが起きた。もし北村季吟がひょんなことで一八九一年に蘇ってきたとしたら、『訂正増註源氏物語湖月抄』の文面をたいへん醜いとは思ったのかもしれないが、すぐに読めたはずだ。それに対して、ある時分から、近代の一般読者は『訂正増註源氏物語湖月抄』が読めても版本の『湖月抄』がほとんど読めなくなった。言い換えれば、『湖月抄』を読むためには、まずは『訂正増註源氏物語湖月抄』のような活字への書き換えが必要になったのである。つまり、本の形態の書き換え、活字という「翻訳」を通じて、近代の読者が読むことができる古典、『源氏物語』が生まれたというわけだ。

翻訳研究という分野がなかなかヨーロッパ中心主義から抜けきれないとはいえ、翻訳の定義は多様だ。また言語によって、日本語の「翻訳」に該当する概念のニュアンス、指し示す内容はかなり異なる。しかし、言語・文化背景を特定せず、できるだけ広範囲に通用する概念として「翻訳」を定義しなおすとすれば、その根本に、読者には読めないテクストを、その読者が読めるものに変換するということがあると思う。さらに正確にいえば、判読不可能なテクストの代替物として認識されうる、判読可能なテクストを準備すること、それが「翻訳」の前提になっている。しかし、これまで翻訳にはどこか深いところにフォノセントリック的な、言語の音声中心主義の立場からの書き換え、そういったものこそが翻訳だとするところがあったように思う。しかし「翻訳」が読めないテクストを判読可能なものにする作業であるのならば、近代の多くの読者にとって判読不可能な版本『湖月抄』を判読可能な活字版『訂正増註源氏物語湖月抄』に変えていくこと（本の形態としての翻訳、bibliographic translation）は、間違いなく「翻訳」行為のひとつだと言わざるをえない。日本語には「翻刻」という便利な言葉があり、古典の研究者が実際に写本や版本と向き合って行うその緻密な作業がこの言葉、概念のなかで意味付けられているので、一般的にそれは翻訳とは別ものだと意識されているはずだ。しかし理論のレベルで厳密に考えれば、翻刻もあるテクストを解読可能な形に変換してゆく、という意味でひとつの翻訳と考えるべきではないだろうか。しかも、この場合、『訂正増註源氏物語湖月抄』は単に版本の『湖月抄』を翻刻して出版したものではなく、最初に述べた通り『湖月抄』のそれぞれのセクション（概要、本文、頭注、割注）の配置まできわめてていねいに再現している。要するに判読不可能な変体仮名・くずし字テクストを判読可能な活字テクストに書き換えているだけではなくて、音として何ら違いはなくとも、レイアウトと表記のレベルで版本を活字本として完全に作り変えているのだ。

ここで私はふたつの、近代に入ってから出版された『源氏物語』テクストを取り上げた。どちらのテクストでも、古語の『源氏物語』の本文が、形を変えつつも、ある意味で音としてはそのまま残されている。より正確にいえば、どちらのテクストにも『湖月抄』の原文が、ある意味でそのまま掲載されているわけだ。ここで、「ある意味で」と前置きが必要だということは、どういうことだろうか。それはおそらく、翻訳という概念を考えるにあたって、音声としての言葉と、視覚的な表記としての言葉というものを改めて意識し、カテゴリーとして分けて考える必要があるということを意味するのではないだろうか。これは、音声中心主義に偏りがちな翻訳の定義を再考するために、かなり大きなポイントなのではないかと思っている。先ほども指摘したように日本語には「翻刻」という便利な言葉がある。「翻刻」とは、古典に通暁した研究者が作品を一般に読解可能にするための緻密な解読作業だ、と実際の経験に基づいて何らかのイメージを持っている人々も少なくないかと思う。これは英語だと intralingual transcription（言語内翻字というべきか）ということになるのではないかと思う。Intralingual transcription というのは、英語としてまったく耳慣れない言葉だ。私は以前、この用語を論文で用いたことがあるが、今でもグーグルなどで検索すれば、その私の論文くらいしかヒットしないマイナーな概念である。しかしそれは intralingual transcription が英語圏において存在しないからではなく、誰もその存在に気がついていない、あるいは気がついていても問題にしない、それが翻訳の一種に入る可能性に思い当たっていないからである。また日本でも、「翻刻」を「翻訳」の一種として捉えうるのであり、翻訳として論じることで翻訳研究に大きな貢献ができる、というその可能性自体がまだほとんど意識されていないと思う。私は翻訳研究のこれからの展開のためにこそ、日本語のような言語の訳文、訳書、あるいは翻訳文化、翻訳の歴史などを真剣に研究することに意義があると思っている。従来の西洋中心主義的な「翻訳」概念を崩し、「翻訳」として認められるものと「翻訳」として認められないものとの間の境界線を動かすためには、まさにここで取り上げてきたような、一般的に考えられている「翻訳」の枠組みをはみ出る領域を検証する必要がある。その意味で訳文と原文とが分かち難い関係にある翻訳、また書物の形態としての翻訳を通じてその命を十世紀以上の間保ってきた『源氏物語』には、これからグローバルな分野として、翻訳研究を書き換え、再編成していくことができる大きな可能性があると実感している。

〔参考文献〕

猪熊夏樹編『訂正増註源氏物語湖月抄』（積善館、一八九一年）
北村季吟編『源氏物語湖月抄』（村上勘左衛門、一六七三年序）
小林栄子校訂『近松世話浄瑠璃集成』（大同館書店、一九一九年）
小林栄子著『源氏物語活釈』（大同館書店、一九二四年）

Ⅲ

注釈としての翻訳

注釈もまた翻訳である ―〝『源氏物語』を読む〟とは、何をすることなのか？―

加藤　昌嘉

一　〝新しい翻訳〟が次々と出版されている

この一〇年、日本では、古典の新訳ブームが起こっている。例えば、光文社古典新訳文庫のドストエフスキー、マルクス、ジュネ……、集英社文庫ヘリテージシリーズ・ポケットマスターピースのフローベール、ディケンズ……、岩波文庫のハイデガー、プルースト、角川文庫のシェイクスピア……など。欧米の古典が、次々と、〝より現代的な日本語〟に翻訳し直されている。

特に注目すべきは、日本の古典が、作家たちの手によって翻訳（翻案）され、新たな装いで出版されていることである。例えば、池澤夏樹　個人編集『日本文学全集』（河出書房新社）シリーズでは、現代の小説家や詩人たちが、上代〜近世の古典を個性的な文体で現代語訳している。[1]『絵本御伽草子』（講談社）シリーズでは、小説家と画家が、それぞれの個性を発揮して、お伽草子を現代に甦らせている。

こうした動向を受け、雑誌『リポート笠間』五九号（笠間書院、二〇一五年一一月）では、「古典の現代語訳を考える」という特集が組まれた。雑誌『法政文芸』一一号（法政大学国文学会、二〇一五年七月）では、「古典の再創造《リ・クリエイト》」という特集が組まれた。

INALCO（フランス国立東洋言語文化大学）でも、『源氏物語』のフランス語訳が進められており、二〇〇八年、イナルコ日本研究センターの紀要『Cipango』に、「桐壺」巻が掲載された。雑誌『世界の源氏物語』（ランダムハウス講談社ムック、二〇〇八年）で、アンヌ・バイヤール＝坂井、ミシェル・ヴィエイヤール＝バロン、ダニエル・ストリューヴ、寺田澄江、エステル・レジェリー＝ボエールが、経緯や苦労話を語っていて、多くを学ばされる。

二　古典の翻訳・注釈・編集

いったい、なぜ、〝新しい翻訳〟が生み出されてやまないのだろうか？[2]　こんなふうに推察される。

《1》〝現代人が理解できる、より分かりやすい日本語にするため〟かも知れない。

《2》〝研究が進み、かつての翻訳の不備が明らかになったから〟かも知れない。

《3》〝研究者や作家は、いつも、「自分の言葉で翻訳してみたい」と思うから〟かも知れない。

図らずも、右の《1》《2》《3》は、私が『源氏物語』の注釈をしている理由と重なっている。本稿では、〝『源氏物語』を精緻に読むこと〟と〝『源氏物語』の新たな注釈を作成すること〟は、繋がっている、重なっている、という話をしてゆきたい。

この半年の間、古典の読解と注釈について考えていて、いたく共感する本に出会った。一つは、鈴木健一『古典注釈入門―歴史と技法―』（岩波書店、二〇一四年）である。冒頭、「I　注釈とは何か」と問い、「古典を読むことの意味」や「注釈が目指すもの」を論じている。[3] そして、最後に、「Ⅲ　注釈の技法」として、「作品に深く分け入る」こと、「わかりやすく読むための工夫」を論じている。古典を読むという個人的な営みが、多くの現代人が理解できるテクストを作ることへと、展かれてゆくわけである。

もう一つは、明星聖子&納富信留　編『テクストとは何か―編集文献学入門―』（慶應義塾大学出版会、二〇一五年）である。聖書、プラトン、ニーチェ、カフカなどが扱われている。「編集文献学 Editionphilologie」と謳っているが、いわば、古典が「校訂」されたり「編集」されたり「上演」されたりする際の、変容のプロセスを辿る研究である。その様相は、作品ごとに異なっていて、実に複雑で、とても面白い。古典を、多くの現代人の手元に届けようとするとき、必ず、そこに、編集者の手が介在するわけである。

本稿では、私が専門とする『源氏物語』を対象に、〝テクストを読む〟という営みから、〝注釈をする〟〝翻訳をする〟という行為が必然的に生まれることを、具体的に述べてゆく。

三　『源氏物語』を注釈するための6つのステップ

二〇一三～一五年の二年間、私は、大学院生や修了生と共に、『源氏物語』の「浮舟」巻を読解し、注釈と全訳を作成した。[4] 以下のようなステップを踏んだ。

ステップ1　**底本《ていほん》を選ぶ。**

◎我々は、蓬左文庫本《ほうさぶんこぼん》「浮舟」巻を底本にした。名古屋市蓬左文庫に所蔵されている、鎌倉時代（一三～一四世紀）

の写本である。『日本古典文学影印叢刊　源氏物語古本集』（貴重本刊行会）を使用。

◎これまでの注釈書は、「浮舟」巻においては、明融本《みょうゆうぼん》を底本にしていた。蓬左文庫本は、それとは、いささか文章を異にする。ヴァリアント variante の注釈を作成することにも意味がある、と我々は考えた。

ステップ2　**翻刻《ほんこく》（翻字《ほんじ》）する。**

◎底本の文字を、そのまま、現代の活字に置き換える。

ステップ3　**整定本文《せいていほんもん》を作る。**

◎句読点・濁点・カギカッコ・ダッシュなど記号を付ける（もちろん、和歌にも）。多くの記号を使うのは、文の構造を視覚化するためである。

ステップ4　**その整定本文に従って、現代語訳する。**

◎今回は、ひらがな表記／漢字表記を、底本のままとした。底本の表記を保存するためである。

◎言葉を補うときは、（ ）に入れて示す。

◎できるだけ、〝自然な現代日本語〟になるよう心がける。

ステップ5　**本文のまま解釈できない場合には、改訂する。**

◎読解できない（日本語の体をなしていない）部分についてのみ、他本を参考にして、字句を修正する。

ステップ6　**理解しづらい部分には、注や絵や表を付ける。**

◎他の作品を踏まえている箇所や、現代人が想起しがたい事物（卯槌《うづち》、巻数《かんず》など）に、注を付ける。

◎時間の経過が把握できるよう、適宜、年月表を作る。

◎登場人物の位置関係がわかるよう、適宜、その場面を、絵（漫画）にする。

以上のようにして、我々は、蓬左文庫本「浮舟」巻を精読した。もちろん、右のステップ1〜6は、まっすぐの道では、ない。時に、5から3へ、時に、6から4へと、行きつ戻りつする。

思うに、古典の注釈は、クラシック音楽の演奏に似ている。注釈者は、演奏者に相当する。古典の写本は、楽譜に相当する。すなわち、

《α》注釈者（演奏者）は、できるだけ、その作品が成立した時代に遡って、当時の考え方・当時の読み方に迫り、それを復元しようとする。

と同時に、

《β》注釈者（演奏者）は、自分自身の句読法punctuationによって、作品に独自のリズムを与える。そして、現代人が理解できるようにプレゼンする。

右の《α》《β》は、ベクトル（方向性）が逆であるように見えるけれども、両立可能である。否、むしろ、注釈者（演奏者）は、無意識に、両方を実践しようとする。

近年、欧米では、バロック音楽の研究が進み、次々と、新しいCD、DVDが出されている。例えば、Federico Maria Sardelliは、ヴィヴァルディのオペラ『オルランド』のヴァリアントを見出し、『Orlando 1714』として録音した。例えば、Andreas Staierは、モーツァルトの鍵盤曲を、ヴィサヴィvis-a-visという楽器（左右両方に鍵盤があり、二人で弾く）で演奏した。こういった試みが、この二〇年、急増している。

彼らは、楽器や演奏形態を、できる限り、当時のものに近づけようとしている。しかし、それを演奏し、現代人に届けようとするとき、避けがたく、演奏家の知見や個性、時代のムードが介在する。結果、それを聴く我々は、〃一

○年前にはこんな斬新な演奏はなかった〟〝いかにも二一世紀の録音だ〟と胸を躍らせずにはいられない。《α》《β》の両方が極められようとしているからこそ、〝新しい演奏〟〝新しい注釈〟〝新しい翻訳〟が生み出され続けるのではないだろうか。

四　「浮舟」巻注釈の実践例（1）

先に挙げた「**ステップ1**」から「**ステップ6**」を実践してみよう。
蓬左文庫本「浮舟」巻の九四丁オモテ〜ウラの影印である。この文字列を、翻刻する。

> おもふいのちのほとをしらてかくいひつゝ
> けたまへるをいとかなしとおもふてらへ
> 人やりたるほと返事かくいはまほしき
> ことおほけれとつゝましうてたゝ
> 　のちにまたあひみんことをゝもは
> なんこのよのゆめにこゝろまとはてす行
> のかねのおとのかせにつきてきこゆるを

次に、整定本文を作る。右の翻刻に、句読点・濁点・カギカッコを施し、その右側に、現代語訳を添える。

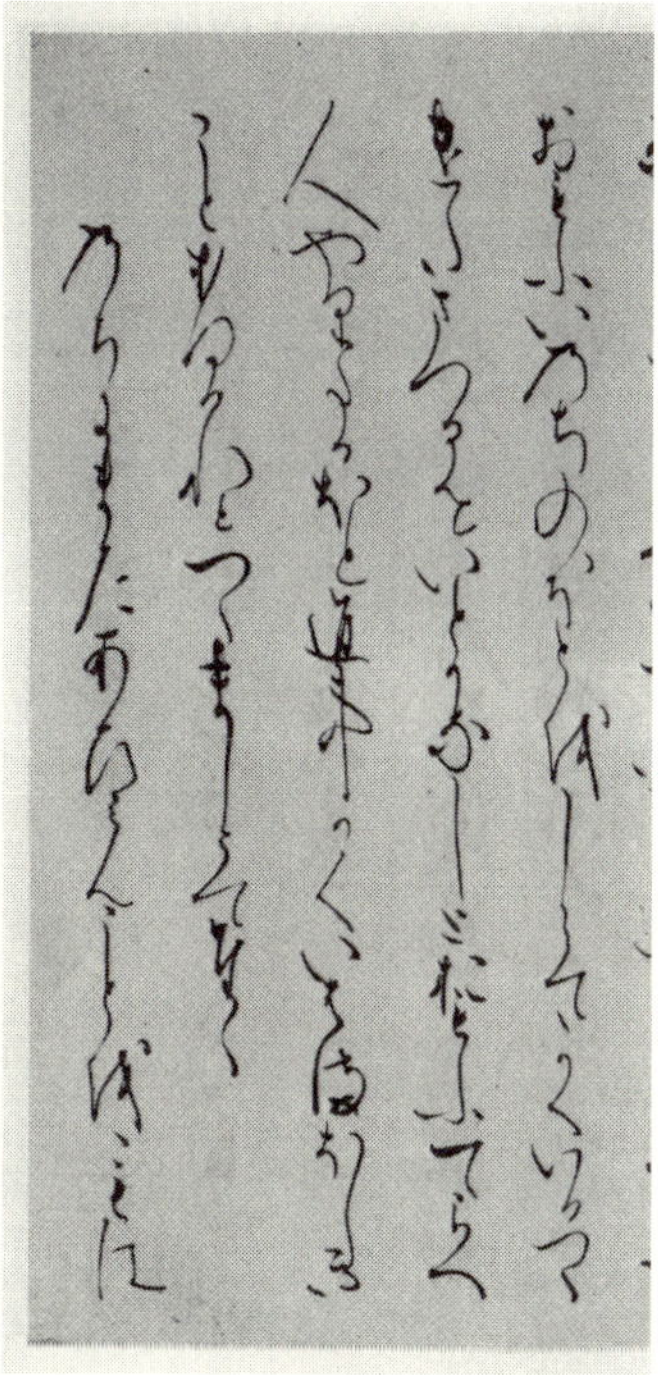
図版１

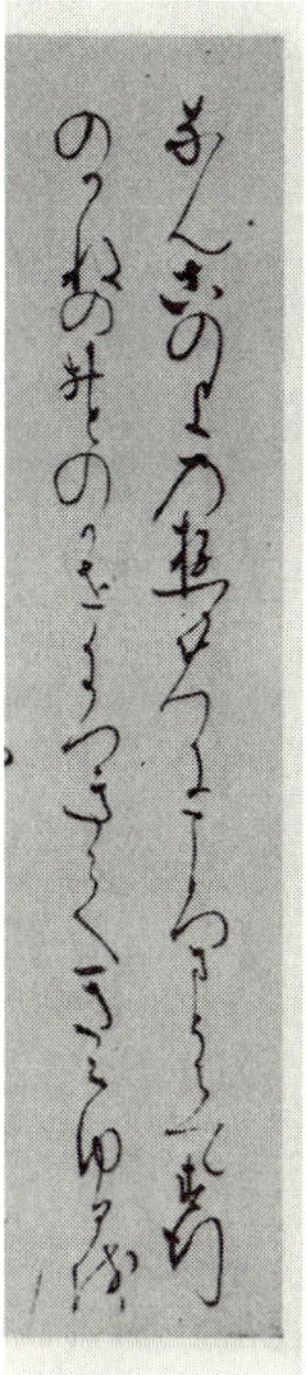
図版２

【母】……そこの近い寺でも、御誦経をおさせなさい。」

……そのちかきてらにも、みず行せさせ給へ。」

ということで、（使者が）お布施の品を——手紙（寺への依頼状）などを添えて——、持って来た。

とて、そのれうのもの——ふみなどかきそえて——、もてきたり。

【浮舟】「『これで最期』と思っている命の短さを知らずに、（母上が）こんなふうに長々とお書きになっているのを見ると、

「『かぎり』とおもふいのちのほどをしらで、かくいひつゞけたまへるを、

本当に悲しい。」

いとかなし。」

と（浮舟は）思う。寺へ使者をやっている間に、（母への）返事を書く。言っておきたいことはとおもふ。てらへ人やりたるほど、返事かく。いはまほしきこと多いけれど、はばかられて、ただ、
おほけれど、つゝましうて、たゞ、

「後日また顔を合わせるのだと、（母上には）思っていてほしい。

「のちにまたあひみんことを、ゝもはなん。

この夜の（不吉な）夢に、心を乱したりしないで、」（という歌だけを書いた。）

このよのゆめに、こゝろまどはで、」

（寺から）誦経の鐘の音が、風に乗って聞こえて来るのを、（浮舟は）しみじみと聞いて臥せっていらっしゃる。

ず行のかねのおとの、かぜにつきてきこゆるを、つくぐ〵ときゝふし給へり。


（蓬左文庫本「浮舟」九四オ～ウ）


これが、我々が作った、整定本文と現代語訳である。

ストーリーを確認しておこう。

宇治にいる浮舟は、自殺を決意し、夜中に家を出るつもりである。一方、京にいる母は、不吉な夢を見、心配して、浮舟のもとへ、手紙を寄越す。使者は、浮舟に手紙を渡した後、寺へ行き、浮舟のための誦経を依頼する。浮舟は、

母への返事を書く（右の「のちにまた……」）。浮舟は、寺で行われている誦経の鐘の音を聴く。そして、右の場面の後、使者は、寺から帰って来て、夜遅いので宇治に一泊すると言う。

我々は、読解を進める際、必ず、その場面を絵（漫画）にした。誰がどこにいるか、手紙がどこからどこへ移動したか、時間はどのように経過したか、などを、メンバー間で共有するためである。簡単な絵（漫画）にしてみると、誤解や不明点がはっきりする。学部生のゼミ（演習）でも、カルチャーセンターでも、〝場面を絵にしてみる〟という方法は、ぜひお薦めしたい。

我々は、右の整定本文と現代語訳を作る際、以下のようなことを検討した。

▽挿入句をどう扱うか？（2行目）

2行目「そのれうのもの」は、目的格（ヲ格）として、「もてきたり」に掛かると考えられる。であるから、その間にある「ふみなどかきそえて」は、割り込み説明と考え、ダッシュで包むことにした。

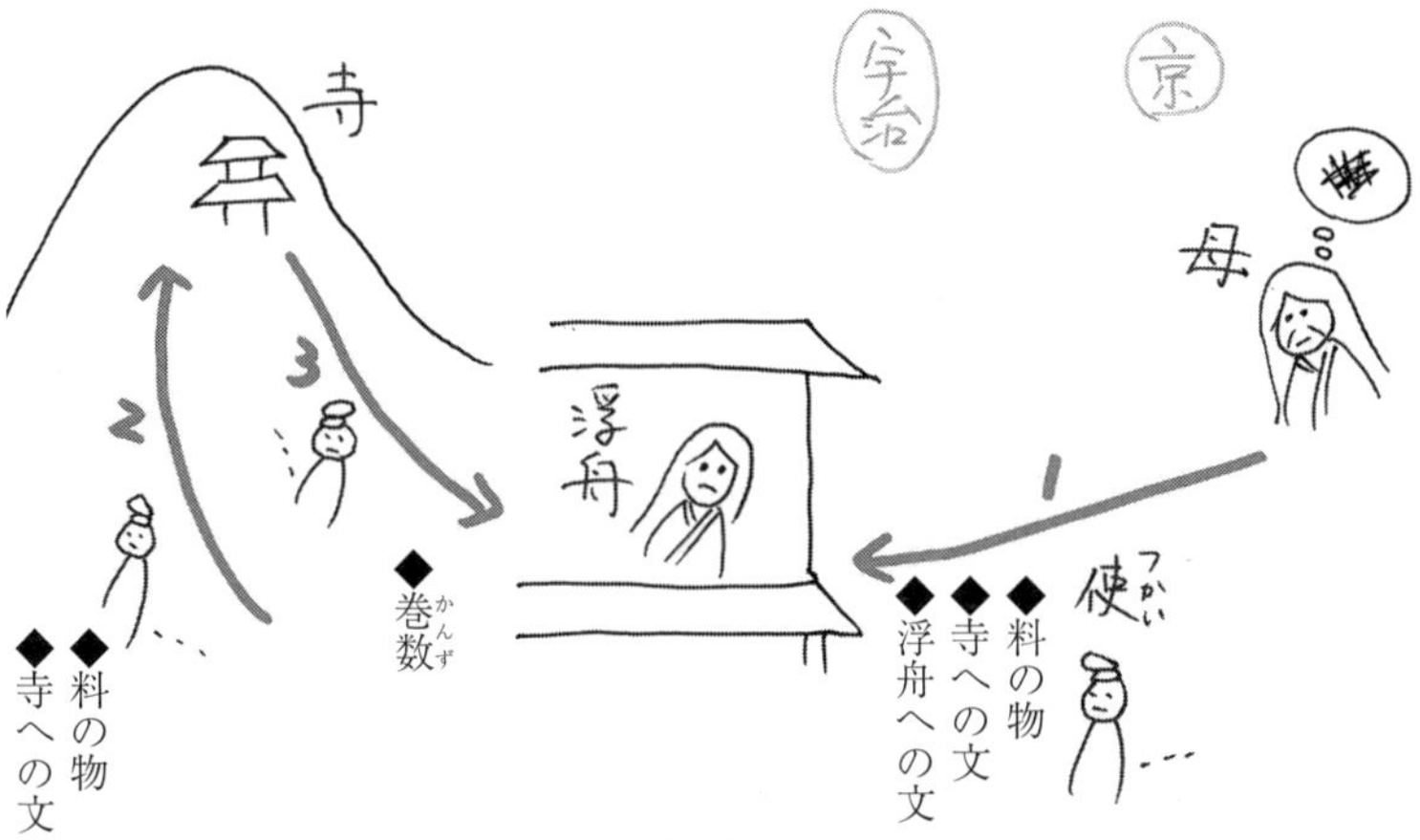

図版3

▽どこからどこまでカギカッコで包むか？（3～4行目）

3行目「かぎりとおもふ」から心内文が始まるか、「いとかなし」だけが心内文か、解釈が二つに分かれる。

我々は、右のように、「かぎりとおもふ」以降を浮舟の心内文と判断した。その理由は、「かぎりとおもふ」とあって、浮舟への尊敬語が無いからである。また、「かくいひつゞけたまへる」とあって、母への尊敬語が有るからである。よって、34文字すべて浮舟の心内文だと判断し、カギカッコで包んだ。

新編日本古典文学全集や新潮日本古典集成など市販の注釈書は、心内文にカギカッコを付けない方針をとっているが、まったく賛成できない。現代語訳するためには、句読点やカギカッコは、不可欠である。

▽和歌「のちにまた……」をどう翻訳するか？（7～8行目）

浮舟の和歌は、当初は、浮舟が自殺する前に母に届く予定だった手紙文である。ところが、使者が宇治に一泊することになり、手紙の配達は、翌日に延期されることになった。これが、和歌の解釈に大きく関わる。

和歌「のちにまた……」は、二通りの訳し方が可能となる。

浮舟の死を知る前に母が読んだ場合「後日また顔を合わせるのだと、（母上には）思っていてほしい。この夜の不吉な夢に、心を乱したりしないで、」

浮舟の死を知った後に母が読んだ場合「来世で再び会えるのだと、（母上には）お考えになってほしい。現世の夢のような出来事（私の死）に、心を乱したりしないで、」

この二重性は、通常の「掛詞」とは、異なっている。浮舟の死を知る前と後とで、「のちに」や「このよ」の意味が変化する、という仕掛けが施された和歌なのである。

さて、現代語訳を作るときには、どうすべきだろうか。我々は、前者の訳だけを記しておくこととした。後者の訳は、「注」に回すこととした。浮舟は、最初は、今夜中に母のもとへ手紙が届くと思って和歌を記したのであり、浮舟の死を知らない母は、「来世」とか「現世」とかいった意味を察知し得ないからである。

五　「浮舟」巻注釈の実践例（2）

次は、浮舟が匂宮を想う場面を読んでみる。「浮舟」巻、四二丁オモテ〜ウラである。

【浮舟は】……と、愛しく思いながらも、

……」と、あはれながらも、

「あちら（匂宮）に靡くべきではないんだわ。」

そなたになびくべきにはあらずかし。」

と思いながらも、　あのときの（匂宮の）御様子が、面影に浮かんで来るので、
とおもふからに、ありし御さまの、をもかげにおぼゆれば、

「われながら、　ああ嫌だ、情けない人間だ。」

「われながらも、うたて、こゝろうのみや。」

と、思い続けずにはいられなくて、泣いた。

と、おもひつゞけられて、なきぬ。


（蓬左文庫本「浮舟」四二オ〜ウ）

前節で挙げた整定本文と現代語訳を御覧いただいてもわかるように、整定本文に付けた句読点・カギカッコと、現代語訳に付けた句読点・カギカッコは、ぴたりと吻合させてある。句読点は、主語の下、目的格の下、接続助詞の下、従属節の下などに付すことにしている。

新編日本古典文学全集などを見ると、整定本文の句読点と、現代語訳の句読点とが、まったく合っていないことが多く、理解に苦しむ。人は、必ず、古文に句読点を付けながら現代語訳するはずである。整定本文を作ることと、現代語訳を作ることは、同時になされるはずである。

さて、右の整定本文と現代語訳を作る際、我々は、以下のようなことを検討した。

▽「あはれながらも」をどう訳すか？（1行目）

これまでの注釈書・全訳本は、右の「あはれながらも……」を、以下のように訳している。

［a］と、しみじみと嬉しいと思いながらも、心を鬼にして。　（『日本古典文学大系　源氏物語（五）』一二三二頁頭注）

［b］と、胸がいっぱいになってくるが、けっしてそちらになびいていいわけのものではないのだ。　（『新編日本古典文学全集　源氏物語（六）』一四三頁）

［c］と、悲しい気持ちになりますが、「だからといって宮になびくわけにはいかないのだわ」　（大塚ひかり　訳『源氏物語（六）』三一四頁）

［d］と、しみじみと宮への同情を感じるけれど、だからといって宮のほうへ靡くなんてことは、あってよいことではない……　（林望　訳『謹訳　源氏物語（一〇）』六二一頁）

『源氏物語』に出て来る「あはれ」をどう訳すかは、注釈者のセンス（感覚）に委ねられることが多いのだけれども、この「浮舟」巻に限っては、巻内に存在する類例を参考にすべきである。

浮舟・匂宮の間に発露する「あはれ」を、「浮舟」巻から拾い集めてみる。

[ア]をんなも、かぎりなく、「あはれ」とおもへり。（三四丁オ）
[イ]心もなくおぼしいらるゝ人を、「あはれ」とおもふも、（四一丁オ）
[ウ]「あさましう、あはれ」と、きみも、おもへり。（四七丁オ）
[エ]「『あはれ、いみじ』と人のこゝろにしめられん」とつくしたまふことのは（五三丁オ）
[オ]かたみに「あはれ」とのみ、ふかくおぼしまさる。（五三丁オ）

五例を見出せる。特に[ア]には「をんなも‖」とあり、[ウ]には「きみ（匂宮）も‖」とあり、[オ]には「かたみに（互いに）」とあって、浮舟と匂宮、双方が「あはれ」と感じていたことが分かる。

浮舟・匂宮の間に現出する「あはれ」計六例は、すべて、「dear」「tenderly」の意味で使われていると判断してよいのではないか。我々は、右六例すべてを、「愛《いと》しい」「愛《いと》しく思う」と訳すことにした。

決して、「あはれ」が出て来たらいつでも「愛しい」と訳す、と主張したいわけではない。「浮舟」巻という範囲内で、匂宮・浮舟という二者間に限り、そう訳す方が、言葉の連繋性が保てると考えたのである。

例えば、工藤重矩　校注『後撰和歌集』（和泉書院）では、「つらし」を「恨めしい」「恨めしく感ずる」と訳す方針をとっている。今泉忠義　訳『源氏物語』（講談社学術文庫）では、「すきずきし」を「鼻の下が長い」と訳す方針をとっている。作品全体を注釈／翻訳するときには、行き当たりばったりでなく、フィーリングでなく、訳語の選択に一定のポリシーが必要となる。

六　〝読む〟という行為が、必然的に〝注釈〟〝翻訳〟を産む

我々は、三年にわたって、蓬左文庫本「浮舟」巻を読み、議論しながら、整定本文と現代語訳を作成した。現在は、保坂本「手習」巻を精読している。すべてのページ、すべての行で、これまで不明だった点、これまで誤解されていた点が浮び上った。

〝いったい、なぜ、我々は『源氏物語』の新しい注釈を作ろうとするのか?〟と、自問自答してみる。

《x》我々自身が、虚心坦懐に『源氏物語』を読み、「何がどう書いてあるか」を正確に把握しようとすると、必然的に、新しい整定本文と、新しい現代語訳を作らざるを得なかった

というのが、いま考え得る理由である。言い換えれば、

《y》古代語テクストを理解しようとした結果として、新たな現代語テクストが生まれた

ということである。

ベンヤミンは、「翻訳者の課題」という論稿の中で、「原作を理解しない読者たち」を意識した翻訳を、否定している。[5] 現在でもなお、〝原作に忠実な翻訳〟か、〝読みやすい翻訳〟か、という議論が存在するのだが、[6] ベンヤミンは、そういった二項対立を棄却して、原作が孕み持つ「翻訳可能性」の問題を追究しようとしている。たしかに、劃期的な翻訳論だと見る向きが多いのも頷けるのだけれども、しかし、ベンヤミンの筆致は、いつも通り明晰でなく（つまり愚鈍で）、特に、最後の一節を読むと、私は、首を大きく傾けざるを得ない。

しかし聖書は最高度に、その行間に潜勢的に翻訳を内包しているのだから。聖書の行間翻訳こそ、すべての翻訳の原像ないし理想にほかならない。（九一頁）

はたして、ベンヤミンが論じているのは、「翻訳」の問題なのだろうか？　ベンヤミンの話は、「注釈」の問題へとスライドしてしまっているのではないだろうか？

こんなふうに、〝テクストを読むこと〟と〝注釈をすること〟と〝翻訳をすること〟は、連繋し、重畳し、混濁する。「翻訳可能性」は、ただ、テクストが内包しているだけのものではなく、我々の探究心によって発見され醸成されるものでもある。

〔注〕

1　池澤夏樹は、雑誌『法政文芸』一一号（法政大学国文学会、二〇一五年七月）のインタビューの中で、古典の現代語訳について、「だからジーパンとセーターに着替えてもらう。つまりそれが現代語訳だなと思っています」と述べている。また、雑誌『文藝』（河出書房新社、二〇一五年二月）の対談の中では、「問題は文体だから学者ではなく作家に翻訳してもらう」とも述べている。明快な説明だ。

2　藤井光　編『文芸翻訳入門』（フィルムアート社、二〇一七年）は、複数の翻訳家や作家が翻訳をめぐってさまざまな意見を述べた論集で、たいへん興味深く読んだ。就中、沼野充義「なぜ古典新訳は次々に生まれるのか？」という論稿は、〝言葉遣いの現代化〟に着目して具体的考察をおこなっており、参考になる。
また、以下の本は、翻訳家たちの実践例が開陳されている対談集で、その自由さに圧倒された。
鴻巣友季子ほか『翻訳問答（2）創作のヒミツ』（左右社、二〇一六年）

3　なお、中世～近世の注釈書については、以下の論稿も、さまざまな例を挙げて考察している。

前田雅之「古典の注釈と学芸学問」（小峯和明　編『日本文学史　古代・中世編』ミネルヴァ書房、二〇一三年）
佐藤道生　編『注釈書の古今東西』（慶應義塾大学文学部、二〇一一年）
黒田彰「注釈から創造へ」（久保田淳ほか　編『岩波講座日本文学史（六）一五・一六世紀の文学』岩波書店、一九九六年）
ちなみに、明治〜昭和期の翻訳（翻案）については、以下の本が、ざまざまな例を挙げて考察している。
亀井秀雄『日本人の「翻訳」—言語資本の形成をめぐって—』（岩波書店、二〇一四年）
『文学《特集＝翻訳の創造力》』第一三巻第四号、二〇一二年七・八月号（岩波書店、二〇一二年七月）
4　蓬左文庫本「浮舟」巻については、以前にも、別の分析をおこなった。以下の小論を御覧いただきたい。
加藤昌嘉「改めて「浮舟」巻を読み直してみると……」（紫式部学会　編『古代文学論叢（二〇）源氏物語　読みの現在』武蔵野書院、二〇一五年）
5　ヴァルター・ベンヤミン／野村修　編訳『暴力批判論　他十編』（岩波文庫、一九九四年）
なお、以下の本は、フンボルト、シュライアーマハーからベンヤミンに至るドイツの翻訳論を概括したもので、たいへん勉強になる。

三ツ木道夫『翻訳の思想史—近現代ドイツの翻訳論研究—』（晃洋書房、二〇一一年）
6　日本文学における翻訳の問題（就中、「正確さ」か「分かりやすさ」かという議論）については、以下の論稿が、問題点を明快に整理していて、学ぶところ多い。
スティーヴン・G・ネルソン「古典文学作品の翻訳—訳者は何を目指すべきか—」（法政大学国際日本学研究所　編集『国際日本学—ことばとことばを越えるもの—』法政大学国際日本学研究センター、二〇〇七年）
マーク・ウイリアムズ「誠実さ、それとも正確さ?—遠藤周作作品を訳してみて—」（伊井春樹　編『国際日本文学研究報告集（2）日本文学　翻訳の可能性』風間書房、二〇〇四年）

【付記】

本稿は、二〇一五年三月一七日、イナルコで開催された対論「生成するテクスト　翻訳と解釈　—源氏物語と釈教歌を通して—」における口頭発表を活字化したものである。成稿に際して、修正を施した。

釈教歌の翻訳・解釈について

ジャン＝ノエル・ロベール

のちにまたあひみんことを、ゝもはなん。
このよのゆめに、こころまどはで、[1]

加藤昌嘉氏は十六年の対論において、自死を覚悟した浮舟が母に送るこの歌を取り上げ、この歌が後日と来世という二重の意味を持っていると指摘されたが、この歌は対論の基調音の役割を果たしているように思われる。十一世紀末から十二世紀初頭に活躍した、僧侶にして歴史家・歌人であった慈円は、釈教歌に限らず全ての和歌は俗諦（現象）と真諦（究極的真理）の双方を表していると言い切っているが[2]、この『源氏物語』の和歌は、「後日会いましょう」という日常の、つまり俗の次元と、真の意味、本質的なメッセージを語る次元との双方を併せ持っているという点において、素朴に釈教歌の在り方を体現しているからである。

ここでは、平安・鎌倉初期の釈教歌の役割について考えるが、この時代においては、仏教的な意味は一見しただけでは必ずしも明らかではないということをまず確認したい。直ちに釈教歌と分かるものではない場合も仏教的広がりを無視できないものが数多くあると考えられるからである。和歌を読むことは、当時、高位の意味、つまり「真」の意味に向う読みの行為でもあったと私は考えるが、この問題を四点から検討してみたい。

一　出典が明示されている根本例

まず方法的観点から、この種の歌の原型と見なしうる次の慈円の詠を挙げたい。

諸法實相
津の国の　難波のことも　實とは　便りの門の　道よりぞ知る
（拾玉集、二四一三、法華経中の百句を選んでの詠作百首中の歌）[3]

意味を明確化するため、できるだけ漢字を使って表記してみた。この和歌は「諸法実相」という難解な句を基にした釈教歌である。漢訳の『法華経』にあってサンスクリットにはないが非常に有名なこの句において、「法《のり》」は「法則」ではなく、現象的存在を意味し、「諸法」は、従って、現象としての世界を構成する物質的存在の全てを指す。「實相」は究極的な真実の在り方を意味し、「諸法實相」全体として「現存するもの、現象的に存在するものの真実の姿」という意味で理解されている。

「難波」は掛詞によって「何は」、つまり「難波のことも」は「どんなものごとも」、「存在するもの全て」を意味し、全ての存在が、「まこと（實）」、すなわち「実相」、真実であると述べる上の句は、「諸法実相」の翻訳に他ならない。そしてこれが「便りの門」、すなわち、『法華経』の「方便本」の教えによって知ることができると下の句は語っている。つまり「諸法実相」という表現は『法華経』第二巻の「方便本」に書かれており、この本により教えを知ることができる、ということを言っているのだが、ここでは、「諸法實相」という漢語の表現と和語による和歌とは緊密に重なり、「津の国の難波」という美しい和歌表現の伝統を背景にして始まるこの歌が釈教歌以外の何ものでもないことを示している。

私がこの歌を挙げたのは、これから述べることの糸口として、当時の読者がどのように歌を理解していたか、また元になったテクストとの関係をどのように理解していたかということをまず示したいと考えるからである。『法華経』や六世紀に中国で成立した『摩訶止観』などが深く浸透している慈円等この時代の僧侶、また僧侶ばかりではなく文人が読んだ和歌は、仏教的文脈で読まれていない場合も、意図的であれ無意識的であれ仏典に依拠しているということについていささか述べてみたい。

二　出典が明示されていない例

次に、出典が明白に示されていなくても、天台教義に通じる平安時代の読者には理解できたと思われる例を挙げてみよう。慈円の歌の解釈に問題がないとすれば、ここからは論争の対象となる領域に入って行く。例としてあげるのは十世紀初頭から十五世紀にかけての和歌の伝統の基盤となった最初の勅撰和歌集、『古今和歌集』に含まれる紀友則の次の歌で、確か『百人一首』にも選ばれている、よく知られた歌である。友則は仮名序を書いた貫之の従兄で、これら当時の文人は、中国の古典ばかりでなく、『法華経』、『摩訶止観』等の仏典にも親しんでいた。

久方の　ひかりのどけき　春の日に　しづ心なく　花のちるらむ[4]　（春下、八四）

この歌は、単に大変美しい春の景色を詠ったものだと読むこともできるが、当時誰もが知っていた天台の教義に照らし合わせてみると、別の読み方も可能となる。「久方」は「広大な空間」を意味するが、使われている漢字「久」によって永遠という時間的次元を展開させれば、時空間における無限を指し、漢語の仏教用語「常」に対応する。そして、「光（ひかり／コウ）」に次いで「のどけし」という言葉が使われている。この語を現在普通に理解される、単なる「静かな心」、「のんびりした気持」といった意味で解することはできない。仏典に基づいて書かれた和歌における「のどか、のどけし」は、あらゆる煩悩から解放された穏やかな心、瞑想状態の心、涅槃、すなわち「寂」に対応している。従って、上の句が含み持つ三つの言葉を漢語に書き直すと、常、寂、光、即ち、光に満ち、常に安らぎの中にあるところ、現象世界を超越した菩薩と仏陀が瞑想状態にある第四天、仏典の「常寂光土」を表す。この上の句に導かれて下の句を読むと、「しづ心」に出会う。当時の人々にとって「しづ心」は、『摩訶止観』冒頭の四文字、よほど仏教に疎い人間でも知らずにはいられなかった「止観明静」という語句、静かで光に満ちた瞑想という、仏典の句と分ち難く結びついている。そして「散る」は、これも仏教用語の「散心」（注意が集中せず散漫になること）に繋がり、全体としては、「この光に満ちた春の日に花が散っている。どうも菩薩たちは気が散って、瞑想にふけることができないでいるようだが、修業が足りないのだろうか」という軽い諧謔を漂わせている歌となる。この和歌は春の部に属し、仏教とは全く結びつけられていないが、当時の文人たちが身につけていた仏教の知識に基づいて読めば、実は仏教に繋がるものが数多く盛り込まれているのである。『古今集』の注釈にはこの次元の解釈は全く考慮されていないが、一見仏教に無縁なものも、仏教の教えに関わる場合があることをこの和歌は示している。

三　釈教歌には属さないが、そのように解釈されていた例

本論への導入部の最後として、『和漢朗詠集』の歌を挙げておきたい。十一世紀初頭に成立した、歌人、藤原公任の編になるこの私撰集は、テーマ別の各部が大陸の漢詩、日本漢詩、和歌から成るという三部構造で、和歌が結論的位置を占めている。非常に有名な集で、それ自体として大変面白いのだが、ここでは立ち入らない。ここで取り上げる歌は、最後から二番目の部立て、仏教的なテーマ、「無常」の最後の歌である。最後の部「白」は特殊なので、「無常」の部最後のこの歌は、この集の実質的に最後の歌でもある。

すゑのつゆ　もとのしづくや　よのなかの　おくれさきだつ　ためしなるらん

（和漢朗詠集、七九八）

この歌は九世紀に生き、僧正という高い地位にあった天台宗の僧侶、遍昭の詠で、勅撰集では「哀傷」の部に入っているが、このような高僧の歌は、一見仏教と関係がないように見えても、仏教に関わらないものはない。

ここでは、「ためし」は単なる例ではなく、教えを含んだものという意味であり、露を例として人間に限らずあらゆる物象の真実が語られている。全体として、法華経の一節、「如是本末究竟等」、すなわち、煩悩から解放された曇りのない眼で見れば、現象世界（末）と真実の世界（現象世界の基盤となっている本）は本質的に次元の異なったものではないという教えに基づいている。「末」と「本」という表現はこの教えを思い浮かばせるものなのである。慈円の次の歌はそれを例証している。

是本末　究竟等にも　春くれて　木ずゑの花の　ねにかへりぬる

（『拾玉集』、四二〇九、夏日舎利講演次同詠十如法文和歌中の最後の歌）

仏典の句から始まる風変わりな歌だが、この歌も現象（梢の花、即ち末）が本質（根、即ち本）に帰るという意味で、循環する動きを存在のレベルで詠っているが、もう一つ、私の議論にとっては非常に説得力がある例を、導入部の締めくくりとして挙げておきたい。

すゑの露　もとのしづくを　ひとつぞと　思ひはてゝも　袖はぬれけり　（続拾遺集、一三四四）

これは慈円の甥で優れた歌人でもあった藤原良経（後京極殿）の詠で、遍昭の和歌の本歌取りとも言えるものであり、勅撰集の釈教歌の部に入れられている。現象は実相であるということがわかっていても、無常を思うと悲しみに襲われるというもので、遍昭の歌が仏教で培われたレトリック（末の露本の雫）を使っていることがここでも了解される。

四　撰集抄における仏教思想の表現としての和歌

以上を導入として、我々の時代により近い、十三世紀中頃に成立した『撰集抄』という不思議な作品に見られる和歌の役割について考えてみたい。

中心的な人物として登場するのは名高い歌人、西行（一〇一六〜一〇九〇）で、西行が著者であると長いこと考えられていた。九巻から成るこの仏教説話集は、歴史的に実在した人物たちのエピソードをふんだんに取り込み、あたかも歴史的な事実に基づくテクストのような印象を与えるが、時系列を意図的に無視して、二世紀も時代が離れる人物たちを組合せたり、歌の作者を勝手に変えたりと、恣意的に説話の材料を混ぜ合わせることによって、あたかも宗教的なメッセージだけを伝えようとしているかに見える。一見雑然とした逸話の寄せ集めに見えるが、実は章段の順序には大きな意味が与えられている。また、この説話集における和歌の役割は非常に大きく、エピソードが本質的に意味するものは和歌において表現されている。その点を考えるため、巻第六のエピソード「佐野渡聖事」[6]を取り上げてみたい。

「佐野渡聖事」の直前に置かれ、この話の序文的役割を果たしている「恵心僧都事」では、恵心即ち、ダンテの『神曲』に比べられることもある、人間の様々な宿命、特に地獄の苦を描いた『往生要集』の作者として知られる源信が登場する。あまり知られていないが、源信は日本では最も優れた仏教論理学者でもあった。つまりこの僧侶は、庶民的な広がりも高度に学究的な側面も併せ持った人物だったのである。

源信は以下のような釈教歌も作っている。「法華経」にちなむ歌だが、ここで詠われている思想は『法華経』にはない、草木、岩石・鉱物も仏になることができる、仏性を持っているという草木成仏思想である。仏教用語の「無情」は意味が厳密に定義されていて、「情け」つまり「心」がない草木や石は、「有情」の生き物とは違って仏の教えに触れることができないから、成仏は出来ないのだということを示すが、草木成仏思想は草木も「情」を持ち、成仏出来るという立場である。この和歌は『法華経』において非常に重要な部分、「薬草品」に基づくものだが、草木の比喩を使った「薬草本」そのものには、この思想は不在である。

おなじごと　一味の雨の　ふりぬれば　草木も人も　ほとけとぞなる
（『続後拾遺集』、一二八四）

「一味の雨」というのは仏の教えということで、それに触れれば人も草木も仏に成ると源信は言っている。『撰集抄』のエピソードでは、源信は寺ではなく賀茂の社で神と次の歌を交わしている。歌と言っても、歌の上の句と下の句を分かち合って作られた短連歌の形をとり、神が詠いかけた下の句を源信が続けて一つの和歌に仕上げている。

月花の　なさけもはては　あらばこそ　／　つねなき世には　こゝろとゞむな　7

ラテン語と同様日本語においても認められる、主観的及び客観的な二つのアプローチに基づいて、「月花のなさけ」という表現は、月花に寄せる人間の情という意味にも、月花がおのずから持つ情という意味にも解される。ほとんどの注釈は前者の「月花に寄せる人間の情」という意味に取っているが、「月や花が持つ情」という意味で読むことも可能である。すなわち、月も花もその情けは尽きるものなのだから、無常の世に執着してはいけないという意味となり、花も人も同じように情を持ち、同舟の存在なのだという考えに基づく歌だということがわかる。つまり、この短連歌を源信の歌に導かれて読めば、一般的解釈とは全く違う意味となる訳である。

『撰集抄』により近い時代の慈円の次の歌もこの読みを支持する。

あだの花に　こころをしめて　ながむれば　仏のやどに　とものみやつこ　（詠法華百首、『拾玉集』、二四三九）

つまり、深い瞑想の心をもって見つめれば、はかない花も、我等にとっては（我等と同じく）仏のやど、つまり浄土に仕える身となるのだ、という内容の歌で、「ながむる」は「眺むる（じっと見つめる）」と「詠むる（歌を詠む）」の、二重の意味で使われている。花がはかないというのは俗諦だが、花も我々と共に浄土に赴くのだというのが真諦なのである。この歌の持つ思想は巻六の第八のエピソード「佐野渡聖事」を理解する重要な手がかりとなる。

この逸話で、西行は佐野の渡、つまり人里離れた、現在の長野の辺りを旅している。人が通った跡らしく草が倒れているので、その細道を辿って行くと、庵がある。様々な草花に囲まれたその庵には、机に向って筆を執っている午の頃四、五十歳の隠者がいる。西行は意外さに驚き、隠者の気高さに打たれ、また庵の内外に和歌が書かれた紙の札がつけられているのに気付く。これらの和歌は庵を作っている六つの秋の草花を詠っている。

1. すゝきしげる　秋の野風の　いかならん　よる啼虫の　声のさむけさ

2. 山かげや　暮ぬとおもへば　かるかやの　したをく露も　まだき色かな
3. 露のぬき　あだにおるてふ　ふぢばかま　あき風まで　誰にかさまし
4. 夕されば　まがきの荻に　ふく風の　目に見ぬ秋を　しる涙かな
5. をみなへし　うへし籬の　秋の色は　なをしろたへの　露ぞかはらぬ
6. 萩が花　うつろふ庭の　秋風に　した葉もまたで　露は散つゝ

面白い歌だが、何を意味するのか、この場面とどんな関係があるのか分からない。西行は隠者に話しかけるが、隠者が殆ど何も言わないので、庵を去り山道を二百メートルばかり進む。つまり、まず野にいて、次に山に入るのだが、そこでもう一つの庵を見付ける。ここには山の隠者が詠んだ次の歌が木の枝に書かれている。

紫の　雲まつ身にし　あらざれば　すめる月をぞ　いつまでも見る

紫の雲は仏の来迎、死に際して訪れる仏陀を表している。月は源信の和歌でも詠われているが、ここでは真如の月を指している。山の隠者は、座して瞑想に耽っているようであるが、「来迎を待てる身ではない私は、澄んだ月をいつまでも見ている」という、謙虚な歌を残し、実は既に死んでいる。つまり浄土に入ったのである。これを見た西行は急いで野に下りもう一人の隠者にあなたのお仲間は亡くなりましたよと伝える。隠者は悲しむが同時に満足な様子で次の歌を詠む。

まよひつる　心のやみを　てらしこし　月もあやなく　雲がくれぬる

ここでは「月」は山の隠者を指している。野の聖は、山の聖が死んでしまったと詠い、自らも息を引き取り、西行はこの二重の死に打たれる。

このエピソードで「野」と「山」が象徴的に示すものに注目して頂きたい。「山」は法華経の真理が開示されるところ、野は小乗の悟りの世界を表している。つまり真理の開示を受けた山の聖のメッセージを受けて、野の聖も悟りの内に世を去るのである。非常に美しい話だが、草花の歌がなぜここにあるのだろうか。

西行自身は六道についての六首の和歌を詠んでいるが、この物語の歌は西行の作ではなく、西行とほぼ同時代人の土御門院（一一九六〜一二三一）の連作に見出せる歌なのである。ただ順序が変えてある。それはなぜだろうか。『撰集抄』ではまず「秋の野風」という「野」という言葉を含む和歌を前に出し、次に「山かげや」と、「山」を含む和歌を続け、「野と山」という組合せを浮きぼりにしている。[8] これら草花の歌を、これまで述べて来た源信の和歌、そして草木も仏性を持ち浄土に生を受けるのだという考え方に照らし合わせて読むと、和歌が話を進行させるリズムとして機能しているこのエピソードは、草木が聖たちを追って浄土に生まれることが可能であると語っていることがわかる。つまり和歌は、説話が意味するものを解釈する上で決定的に重要な役割を果たしているのである。

説話は読む者の信心を支えることを目的として書かれたものであり、元の土御門院の連作には宗教的な意味は全くないということが明白な事実であるにせよ、ここでは一つの宗教的意味しかあり得ないコンテクストの中に置かれ、語りを牽引する役割を果たしているのである。従って、これらの和歌が持つ宗教的広がりを無視するならば、この説話が語ることを理解せずに終ってしまうことになるだろう。

五　翻訳という読み

それでは、意味が重層する釈教歌をどう訳せばいいのだろうか。現代語訳の場合も、フランス語等の別の言語への訳の場合も、そもそも詩として訳すべきなのか、内容を重視するテクストとして訳すべきなのかという問題がまずあり、訳者はここで一つの選択をしなければならない。どの句もどの句も長さを倍にして意味を取り込むべきなのだろうか、あるいは真と俗の二つの訳をするべきなのだろうか、あるいは二つを混ぜたものにするべきなのか。読者を信用して読者の読みにまかせるべきなのか、あるいは注をつけるべきなのか、誰も読んでくれないと分かっていても。問いは次々に起こる。

慈円の「詠法華経百首」の解釈と翻訳についての本を二〇〇八年に出版したとき、既に引用した慈円の難波についての和歌を、私はまず次のように訳した。

津の国の　難波のことも　實とは　便りの門の　道よりぞ知る

Que la baie de Naniwa / au pays de Tsu / soit elle aussi réelle, /
grâce à la voie / de la porte secourable / nous en avons connaissance

「津の国の難波」という歌枕として和歌に詠われている現象としての世界が、「réelle」と訳した真実としての存在の在り方でもあるという教義の側面は、数ページを費やしての解釈に委ねたが、その過程で、真諦とも言える訳も試みてみた。

Qu'en ce monde / toutes choses, tant qu'elles sont, / sont réelles
nous le savons par l'enseignement / du chapitre des Expédients salvifiques

直訳すれば、

この世界において　全てのものは存在する限りにおいて　真に実在する
方便品の章の教えによって　我等はそれを知る[9]

となる。このように読み解いて見ると、「諸法実相」を和訳していると言うべき慈円の和歌が、見事に現象と実相を融合させたものであるということがはっきりと現れてくる。このように、翻訳という行為について考えていると、タイムズ文芸書評（TLS）で読んだ、「翻訳者は究極的な読者である」という言葉が思い出される。本当に「究極的な読者」であるかどうかは定かではないが、早く読んでしまう時よりもテクストが持つ世界をより遠くまで行くことはできるだろう。ニーチェが文献研究（フィロロジー）の鍵はゆっくりと読むことだと言っているように。

最後に、講演原稿の編集と翻訳を行って下さり、共著とも言うべき論文にして下さった寺田澄江氏に厚く御礼申上げたい。拙論に間違いがある場合は、偏に私の責任によるものであることも申し添えます。

〔注〕

1　蓬左文庫、「浮舟」（加藤氏の翻刻による）

2　『老若歌合』序（『拾玉集』巻五、新編国歌大観第三巻、歌集番号一三一）

3　日本語の言葉が反映されるように逐語的に訳した（以下特段の追加コメントがない場合は訳は挙げない）。*En un jour de printemps / à la lumière /si durablement paisible, / qu'en un cœur intranquille / se dispersent les fleurs !*

4　以下和歌は、『撰集抄』以外は、新編国歌大観による。

5　『法華経』、「方便品」からの引用。唯佛與佛乃能究盡諸法實相、所謂：諸法如是相、如是性、如是體、如是力、如是作、如是因、如是緣、如是果、如是報、如是本末究竟等。（大正大蔵経、第九巻、五頁）

6　『撰集抄』（現代思潮新社、一九八七年）

7　月花も情を持つと解せば、次の訳となる。

Sur ce monde sans constance / n'arrête point ton coeur //

Précisément parce que / de la lune et des fleurs aussi / les sentiments prennent fin

8　この六首は「土御門院百首」中の秋二十首の第二番から七番までの歌で、百首においては以下の配列である（三八～四三、【 】内は『撰集抄』の順序）。

萩【6】、をみなへし【5】、すすき【1】、かるかや【2】、藤ばかま【3】、荻【4】

『撰集抄』では冒頭に置かれている薄の歌の初句「すゝきしげる」は、元の土御門院の歌においては「すゝきちる」であった。この手直しにより、『撰集抄』六首は「しげる」に始まり六番目の萩の「散りつゝ」で終り、盛者必衰の理を表す構成となっている。

9　Jean-Noël Robert, *La Centurie du Lotus — Poèmes de Jien (1155-1225) sur le Sûtra du Lotus*, Collège de France, Paris, 2008, p. 17-20.

源氏物語英語注釈の可能性

緑川　眞知子

一　何故英語による注釈書が必要か

日本における源氏物語の研究は、中国における『紅楼夢』研究を捉えて「紅学」と称されるように、源氏物語の古注釈から新注などの研究状況や蓄積に対して古くは「源氏学」という呼び方がなされてきたし、現在においても近現代の校本、注釈などをも含めて、幾分古風ではあるのだがその古風さを踏まえてあえてこの用語が使われることもあるというのは周知のことであろう。その「源氏学」的な世界においてはもちろんのこと、現代の校注本なども含め、何故注釈がなされてきたのか、その必要性は何かという根本的な議論は重要であるが、紙幅の都合もあるので本稿においては、何故英語による注釈が必要であると考えるのかについて触れておく。

ゲーテが注目し、その第一次的な伝播に寄与したと見做せる「世界文学」という概念と言葉は、今世紀の社会を反映して新たな意味の拡がりを付与されながら第二次的な展開を示している。そしてそのような「世界文学」を視野に入れた文学理論書においては、ディビッド・ダムロッシュを引くまでもなく、今や当たり前のように源氏物語への言及がなされている。[1] そのようなひとつであるエリック・ヘイヨットの著書 *On Literary Worlds* においては、何の前置きもなく源氏物語が持ち出され、しかも「蛍」の巻の「物語論」が言及されているのである。[2]

ヘイヨット論の詳細については省くが、文学の二一世紀とはこういう文学状況を包摂している時代なのだ、とあらためて認識させられる。そしてこのような事実は、もはや驚くに足りない。とはいえ、例えば同じくヘイヨット氏は、源氏物語に言及しながら独自の登場人物論も展開しているし、それに関わらせてロイヤル・タイラー訳の序文などを注する。[3] 氏は、源氏物語をタイラー訳で実際に読んでおり、その意味においては、それなりの知識があるし、文学理論に支えられた細かで独自な読みを展開する。しかし、源氏物語の理解は必ずしも万全なものではない。極端で否定的な言い方をすれば、自身の論の展開を支えると思われる箇所を上手く切り貼りして利用しているわけである。ダムロッシュ氏同様、ヘイヨット氏もおそらく日本語を解することは出来ないのであろう。このように日本語をほんの少しか、殆ど理解出来ない人が「翻訳」によって文芸理論を展開するのである。日本においては、こういうことは実は案外普通であった。つまり外国語をあまり解さないか、少ししか出来ない小説家などが、海外の文学作品について日本語訳で文学論を展開することはよくあったのである。[4] 今この現象が逆に海外において起きていると見ることが出来よう。

とはいえ、源氏物語が欧米の文学理論書などのなかに、当たり前のように自然な形で取り入れられていることにはあらためて驚かされ、同時に喜ばしいことだとも考える。ただ、その詳細を検証すると、源氏物語を専門とする者としては、実際には意外に浅薄で間違っている解釈が横溢していることに気付かされ、もどかしさを覚えるのも事実である。

次に英語による注釈が必要だと感じるもうひとつの要因として、新英訳について言及しておく。二〇一五年に、新しいワッシュバーン訳がノートン社という北米を代表する巨大教科書会社から出された。[5] ワッシュバーン訳の問題点については以前取り上げたので、詳細はそちらへ譲るが、当該英訳は、専門的な立場から見るなら多くの問題点を抱えた翻訳である。[6] 本稿においては一つだけ、具体的な例を挙げてみる。よく知られている「賢木」の巻における『史記』などと思われる中国古典籍からの引用が含まれる部分であるが、桐壺帝亡き後、朱雀帝の外戚として右大臣方の勢力が増す中、政治的に追い詰められていく光源氏に、右大臣の孫である頭弁が皮肉を言う次の場面である。「白虹日をつらぬけり太子おぢたりとゆるゝかにうちずじたるを大将いとまばゆしときゝたまへどとがむべきことかは」（引用は池田本、「賢木」五二オ、四七五頁）の部分であるが、ここを、ワッシュバーン訳は、

[…] the young man slowly and deliberately quoted a line from the *Record of the Grand Historian*: "The arc of a white rainbow pierced the sun. The Crown Prince was fearful."

Genji was stunned by the audacity of his words, for the implication was clear. The Crown Prince of the Chinese kingdom of Yen had plotted to overthrow the first Qin Emperor. However, an omen appeared—a white rainbow over the sun—warning the Emperor and predicting the failure of the plot. The young man was suggesting not only that the Crown Prince and Genji were treasonous, but also that they were doomed to lose.

（p. 239、傍線緑川）（若人はわざとゆっくりと『史記』から「白虹日を貫けり、太子畏ぢたり」と引用した。光源氏はその言葉の大胆さに驚かされた。というのも意味するところが明白だったからである。燕の国の皇太子が秦の始皇帝を排除しようと謀ったが、太陽を貫く白い虹が架かる——これは、始皇帝を警戒させ、陰謀の失敗を予告する前兆であった。若人は皇太子

（緑川注＝後の冷泉帝）と光源氏は反逆者であると示唆しているばかりではなく、この企みが不首尾に終わる定めだとも仄めかしている）。[7]

ワッシュバーン訳はとにかく必要以上の情報を、例えば日本語の校本であれば、脚注や頭注に収める情報までも洗いざらい訳文「本文」の中に無理矢理組み込んでいくのが特徴であると言えるが、ここは、その行き過ぎの典型といえる部分ではないかと思われる。『史記』の書名や燕の皇太子や秦の始皇帝という情報を盛り込むことに目をつぶるとしても、傍線を施した部分は問題ではないか。それでも、ここで光源氏を反逆者と示唆していることも、一歩譲るとして、だが時の皇太子である後の冷泉帝が反逆者である、と訳文本文にて明記していることは、源氏物語の原点を離れるにしても、離れ過ぎてやり過ぎである。ここまで不必要で間違った解釈を、なんのてらいも無く書き、原典を置き去りにしていることは、源氏物語を専門とする者にとっては、呆然とするばかりである。当該英訳のこの箇所を読んで、本当にこの部分がよく分かったとまで言う読者もいる。[8]しかし時の皇太子を反逆者呼ばわりする事こそ、反逆罪に値するわけであるから、頭弁がそこまで示唆することはあり得ないと思われる。だが、当該ワッシュバーン訳を読んで間違った解釈をしたまま、自身の論文などに取り入れていくということがもうすでに行われているのである。これらをとどめる術はもう無いと言えよう。[9]

北米の日本古典文学研究者の多くは、ワッシュバーン訳は使わないという人々が多い。しかし、実は日本語が全く読めない、日本語を専門としない教員が、英訳を使って日本文学を教えることが多いのが北米の現実でもあり、そういう教員はワッシュバーン訳を盲目的に使用するかもしれない。また日本文学を専門とする教員でも特に近代日本文学を専門としている場合などは、多くの解釈が訳文中に盛り込まれ、学生達が歓迎するので、当該英訳を使うということもあるようである。[10] タイラー訳が呼称英訳を原文に近づけているために、登場人物の把握が難しいと感じる読者が多いのは事実であるが、一方翻訳者の解釈と解説が挿入されている本文は、それがどれほど原文から遠いものでも、また驚くほどの間違いを含んでいても、初心者の読者には有り難く感じられるということもあるようである。実際に人々は初めて古典作品に向き合うときは、入門書的なレベルのものや取り組みやすいものに手を伸ばすのはある意味当然なのであろう。それでも古典に全く近づかないよりは良いということになろう。

とはいえ、問題を抱えた英訳書の出版や、文学書における源氏物語の扱いを鑑みるに、専門家として出来ることは何かということを考えさせられる。そう考えながら、海外の古典作品へのアプローチを俯瞰すると、古典作品の注釈書というものの存在に気が付かされる。ホメロスやダンテという世界に名だたる古典作品には、必ず詳細な英文の注釈書（もちろんフランス語でも同様であろう）が存在している。[11] 世界文学として揺るぎない地位を確保した源氏物語が同じような注釈書を持たないことは、ある意味、学の怠慢とも言えよう。煩わしいとして敬語を取り払っている現代語訳がメディアに取り上げられてもてはやされるように、また、おそらく原典を精読したうえではない大衆的な書き換えで評判を博する小説も出てくるなど、ある意味古典の大衆化はどのような人物にも可能である。[12] このような文学におけるリライトの無限の広がりの可能性を包摂しているのも、カノン化された古典の宿命なのかもしれない。が、そのような中で、注釈は学の側が出来ることのひとつなのだろうと考えるのである。

二　源氏物語英語注釈へ向けて

a．英文注釈母体としてのタイラー訳初稿

では、『源氏物語』英語注釈書は、どのようにあるべきなのだろうか。今現在出来る事として、完成度の高いと見なせるタイラー訳を基準としていきたいと考える。タイラー訳初版2巻目巻末には地図、坊城図、年立、語釈、官職、和歌引用、そして参考文献という多くの付録が附載されているが、それらを勘案しながら、注釈の項目立てを図りたい。

またタイラー氏は初稿においては多くの注釈を各ページに施しているのだが、最終稿においては、かなりの数の脚注を削除している。そればかりではなく、初稿において、氏は巻ごとの梗概も書いていたのであるが、それも削除している。源氏英文注釈にはタイラー氏が最終的に削除してしまったこの梗概文をぜひ取り入れたい。但し、梗概分は終わりの方の巻では書かれなくなっている。

図1がタイラー初稿 Hahakigi のファイルである。帚木冒頭部である。巻名が冒頭にローマ字で Hahakigi と記されている。この時点ではタイラー氏はまだ巻名を英訳していない。出版された版においては、巻名に一頁全てが使われ、ローマ字による日本語の巻名とその下により大きなフォントで巻名の英訳が記され、更に巻名の由来が書かれている。そのページをめくった裏側一ページ全てを使って、先行する巻との関係の説明があり、その下に Persons として登場人物の解説がレイアウトされている。本文はその右隣のページから続くというレイアウトになっている。初稿ファイルではこのようなレイアウトはまだなされず、登場人物の説明も少ないが、出版されたものとの大きな違いは

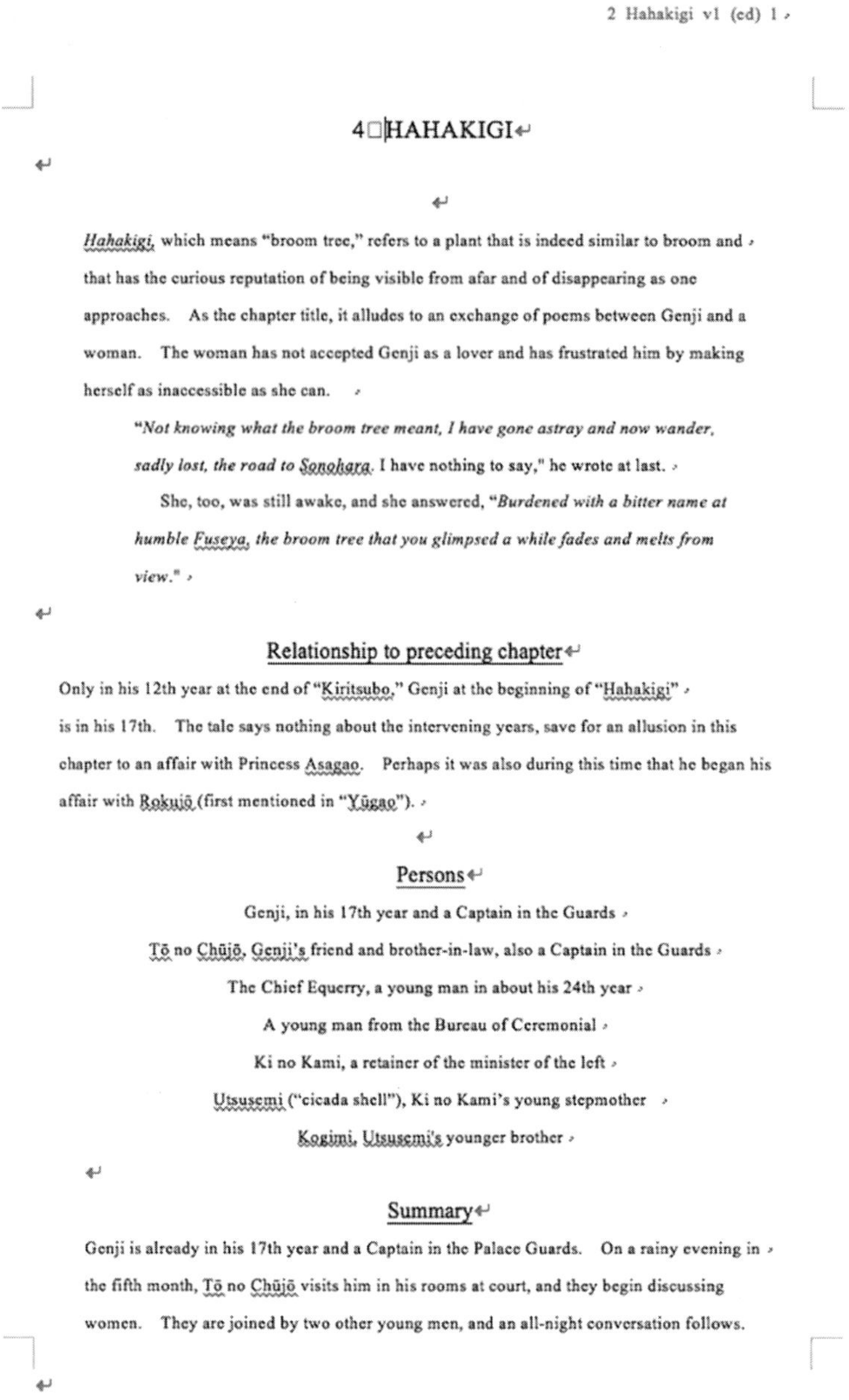

2 Hahakigi v1 (ed) 1

4□HAHAKIGI

Hahakigi, which means "broom tree," refers to a plant that is indeed similar to broom and that has the curious reputation of being visible from afar and of disappearing as one approaches. As the chapter title, it alludes to an exchange of poems between Genji and a woman. The woman has not accepted Genji as a lover and has frustrated him by making herself as inaccessible as she can.

> "*Not knowing what the broom tree meant, I have gone astray and now wander, sadly lost, the road to Sonohara.* I have nothing to say," he wrote at last.
>
> She, too, was still awake, and she answered, "*Burdened with a bitter name at humble Fuseya, the broom tree that you glimpsed a while fades and melts from view.*"

Relationship to preceding chapter

Only in his 12th year at the end of "Kiritsubo," Genji at the beginning of "Hahakigi" is in his 17th. The tale says nothing about the intervening years, save for an allusion in this chapter to an affair with Princess Asagao. Perhaps it was also during this time that he began his affair with Rokujō (first mentioned in "Yūgao").

Persons

Genji, in his 17th year and a Captain in the Guards

Tō no Chūjō, Genji's friend and brother-in-law, also a Captain in the Guards

The Chief Equerry, a young man in about his 24th year

A young man from the Bureau of Ceremonial

Ki no Kami, a retainer of the minister of the left

Utsusemi ("cicada shell"), Ki no Kami's young stepmother

Kogimi, Utsusemi's younger brother

Summary

Genji is already in his 17th year and a Captain in the Palace Guards. On a rainy evening in the fifth month, Tō no Chūjō visits him in his rooms at court, and they begin discussing women. They are joined by two other young men, and an all-night conversation follows.

図１　タイラー訳草稿原稿「帚木」第１ページ

Summary 部分である。初稿には、巻の梗概があるが、それは最終的には削除されてしまった。英語による注釈においては、この巻の梗概をぜひ取り入れたいと考えている。[13]

タイラー氏が削除した注釈の例などを実際にみてみたい。上からみていくが、巻名がローマ字で Hahakigi とある。この時点ではタイラー氏はまだ巻名を英訳していない。次に巻名の由来が記載されている。次に先行する巻との関係（Relationship to preceding chapter）が書かれ、登場人物（Persons）、そして、巻の梗概（Summary）が来ている。梗概の下は傍線で区切りがなされ、そこから本文が始まっている。

出版されたヴァイキング版タイラー訳では、これらのレイアウトにはもちろん大きく手が入っている。巻のタイトルページとして一ページ分まず用意され、巻名の由来は巻タイトルページの下に配置され、そのページをめくった裏側の次頁に、前の巻との関係を綴った文章が続き、次に登場人物の解説がレイアウトされ、巻の梗概は削除されている。本文はその右側のページから始まる。

図2はタイラー訳初稿の帚木の二枚目である。初稿においてタイラー氏が注釈を付けた用語は、ここでは全部で四項目ある。ヴァイキング版の相当する部分をみると、四項目の注記は二項目に減っている。削除された注釈は、光源氏の役職「中将」を意味する単語 Captain の注と、光源氏の義理の父となった左大臣を指す「大殿 Ooitono」の訳語である His Excellency に付けた注の二つである。Chūjō の注記には、a ranking officer in the Palace Guard とあり、中将が近衛中将であることの簡単な説明がなされている。His Excellency のほうに付けられた注記は、Genji's father-in-law, the minister of the left とあり、光源氏の義理の父、左大臣であるという簡単なものである。この二つの注記は特になければ理解に苦労するというほどのものではないが、巻頭の登場人物一覧において詳しく説明されているとはいえ、人物が巻の本文に最初に現れる時に脚注による簡単な説明があることは、源氏物語という作品の場合

2 Hahakigi v1 (ed) 2

This is the "rating women on a rainy night" (*amayo no shinasadame*) passage for which the chapter is especially known.

Genji spends the next day at the house of his father-in-law, the Minister of the Left, but circumstances prevent him from staying the night. Instead, he moves to the house of Ki no Kami, one of his father-in-law's retainers. There, he pursues Ki no Kami's young stepmother. When he returns for a second visit, she eludes him.

____

Shining Genji: the name was imposing, but not so its bearer's many deplorable lapses; and considering how quiet he kept his wanton ways, lest in reaching the ears of posterity they earn him unwelcome fame, whoever broadcast his secrets to all the world was a terrible gossip. At any rate, opinion mattered to him, and he put on such a show of seriousness that he started not one racy rumour. The Katano Lieutenant[1] would have laughed at him!

While still a Captain,[2] he felt at home nowhere but in the Palace and only occasionally went to His Excellency's.[3] The household sometimes suspected his thoughts of being "all in a hopeless tangle"[4] over another woman, but actually he had no taste for frivolous, trite or impromptu affairs. No, his way was the rare amour fraught with difficulty and heartache, for he did sometimes do things that he ought not to have done.

____

[1]*Katano no shōshō,* an amorous hero whose story has not survived.
[2]*Chūjō,* a ranking officer in the palace guard.
[3]Genji's father-in-law, the minister of the left.
[4]From the first episode of *Ise monogatari* ("Tales of Ise," 10th c.), in which the young hero is swept away by a glimpse of two pretty sisters.

図２　タイラー訳草稿原稿「帚木」第２ページ

大変重要でもある。

巻が前後するが、「桐壺」の巻の冒頭文においても、「女御更衣」をタイラー訳初稿では、それぞれ Consorts と Handmaids と英訳しているが、この二つに初稿においてはそれぞれ次のような脚注を施している。

「女御」*Nyōgo*, an imperial wife whose father was at least a minister or a prince. The empress was chosen from among the *nyōgo*.

（天皇の妻、父親の身分は少なくとも大臣か親王。皇后は女御の中から選ばれる）。

「更衣」*Kōi, an imperial wife whose father was at most a major counsellor (dainagon). The word means approximately "one who dresses [the emperor]".*

（天皇の妻、父親の身分はよくて大納言。言葉は「[天皇」のお召し替えをする」的な程度の意味）。

Consorts と Handmaids に相当する日本語のローマ字表記 *Nyōgo* と *Kōi* を載せている点は注目に値する。今簡単な邦訳を付しておいたが、女御、更衣共にその父親の身分について、女御の父親は少なくとも大臣や皇族でなければならない、更衣の父親の身分は高くても大納言であるとし、更に続けて女御の項では中宮は女御の中から選ばれるとしている。また更衣の説明の最後には更衣の語意はおおよそでは天皇のお召し物のお世話をする人程度の意味であるという説明を加えている。内容的には基本的な脚注であるわけであるが、女御・更衣という非常に日本的で特殊な用語についての必要にして十分な情報となっていよう。Consort という英語の単語そのものは国王の妻を意味するので、英語圏においては女御の英訳として特別に説明はいらないかもしれないが、更衣の方は、様々な説明を要する。そういう点からも最初 Handmaids と訳しているタイラー訳草稿の世界はいろいろな意味で大変興味深い。これは周知のように、最終的にはタイラー訳では Intimates という特殊な訳になっている。

このように、タイラー訳の最終版から削除された注釈を丹念に拾い上げていくことを、英語による注釈書のまずは基本的な作業としたい。しかし無論稿者が考える海外の研究者にとって必要だと思われる事柄を抽出して注していくことももちろん行う。

b. 注釈の項目と実際

注釈に含まれるべき事柄の一覧を以下、取りこぼしも多いとは思われるが、今思いつくまま、ざっとあげてみる。

語釈 glossary・年中行事・官職・和歌及び漢詩文などの引用—allusions（それら引用の翻訳の指摘）・音楽（楽曲・楽器）・人物・衣食住並びに儀式など有職故実・宗教・準拠

有職故実的な内容が入ってくるのは当然のことであろう。ただ英文注釈書としては、源氏物語の基礎知識の解説なども欲しいと考えている。よって上の項目などに加えて、まずは、既述してきたように、タイラー氏訳初稿より、梗概 chapter summaries を入れ、諸本関係 Manuscripts variants、年立 time line、並びの巻の指摘、そして参考文献 further reading などを取り込む予定である。

右の和歌や漢詩文引用 allusion のところ括弧して（それら引用の翻訳の指摘）としたが、英文注釈書においては、引き歌、漢詩文、文学作品の引用などを単に指摘するだけではなく、できる限り、それらの翻訳情報につい指摘していきたいと考えている。というのも、マリア・テレサ・オルシ氏によるイタリア語訳源氏物語などをみると、巻末の脚注が非常に充実している。巻末注釈の形式を採っているということにもよるが、注釈の内容が盛りだくさんであり、例えば、楊貴妃についての注釈のところでは、『長恨歌』についての詳しい説明のあと、アンドレア・マオリッツィによるイタリア語訳があるという情報を載せている。[14] 英語による注釈書としても、オルシ脚注がしているように引用作品の翻訳について、目配りをしていきたい。

c．英文注釈草稿と発表形態

実際の英文注釈の草稿の一部を載せておく（図3）。項目の前にある数字1-3は、桐壺の巻の3番目の項目の注釈であるという意味であり、読みをローマ字で示し、末尾にタイラー訳のページ数とパラグラフ番号を括弧内に入れて示した。またタイラー氏のイニシャルRTが文末の括弧内に入れてある説明文は、タイラー訳初稿から拾い上げてきた脚注であり、最終版からは削除されているものであることを示している。

日本語の原文は、The Oxford Text Archive に収められている小学館古典文学全集本を使っている。[15] こういう原文の取り込みや英訳文の取り込みについては、まだまだ詰めて熟考していない。[16] 基本的にテクスト本文全文を引くことはせずに、注釈の項目語句だけを引く。中国の注釈書的に言うと単疏本という形式を採るつもりである。[17]

発表形態は、インターネット上でまずは行っていくつもりであるが、実際のウェブページデザインなどについてはまだ全く手をつけていない。ただ、タイラー初稿の脚注から取り込んだ物などはインターネット上においては色別などをして、一目でわかるような工夫をしたいと思っている。[18] インターネットで公開することによって、この方法であれば、多くの意見を取り込む事も出来、訂正も可能であるし、注釈の増補削減も容易である。取りこぼした事柄があっても後から付け加えていくことが出来るというのは、ウェブページの大きな利点であり、また広範な読者を得ることが出来る。何故必要かという理由を先に述べたが、それらを鑑みても、とりあえずは適切な方法であろうと考える。

1－3上達部上人なども *Kandachime uebito nado mo* (T 3－¶ 2).
Kandachime 上達部 are "nobles of at least the third rank and holding posts at least at the level of consultant (*sangi*)" (RT); "*Uebito* 上人 (also *tenjōbito* 殿上人), gentlemen with access to the privy chamber (*tenjō no ma*) of the Seiryōden (the emperor's residence). Since the senior nobles enjoyed this privilege automatically, the term refer more often to gentlemen of the fourth and fifth ranks, and to chamberlains (*kurōdo*) of the sixth rank, who were granted it specially." (RT)

1－4大納言 *Dainagon* (T 3－¶ 3).
Dainagon is "a ranking immediately below that of minister (*otodo* or *daijin*) in the council of state (*dajōkan*)." (RT). The term *dainagon* has traditionally been translated "Major Counsellor."

1－5 あまたの御方々を過ぎさせたまひて、隙なき御前渡りに *amata no on katagata wo sugisase tamai tsutsu hima naki omae watari ni* (T 4－¶ 4).
The grammatical subject is the Emperor Kiritsubo (Kiritsubo no Mikado). Normally the Mikado's women would go to his room but in this case the Mikado himself goes to the Kiritsubo no Kōi's room, because he was so infatuated with her. This unusual behaviour explains why the other concubines harassed her with in many ways when she is on her way to the Mikado's room, as the next sentence describes.

図3　英文コメンタリー例

◇◇◇◇◇

注釈は学の基本であり、注釈の基本は語釈にある。高等教育現場において、人文科学が衰退の一途を辿っているような今日ではあり、遠い将来人文科学への興味や存在意義は大学という教育の現場を離れていくかもしれないし、或いは逆に揺り戻しが起こるかもしれない。とはいえ、どのような状況になろうと、この基本はさほど揺らぐものではないであろう。源氏物語の語彙は、シェイクスピアの語彙などと比べるとずっと少ないかもしれないが、例えば同じ「契る」という語にしても、「約束する」、「愛を誓う」、「結婚する」、「男女が肉体関係を持つ」、「誓う」、「夫婦でいる」などとかなり多くのニュアンスの異なる意味合いがある。ひとつの言葉が持つ意味のグラデーションの幅が大変広いのである。言葉の意味を文脈の中で見極めていくことは、それがたとえ英文注釈であろうとなかろうと、古くさい響きがあるだろうが、Study of Letters、「文」学研究の根源でもあろう。[19]

大半の世界の古典が英文注釈を持つ今、源氏物語も英文注釈を要求するそういう時代になったのではないかと考える。

〔注〕

1　エッカーマン著、山下肇訳『エッカーマンとの対話』上、岩波文庫、一九八六年、三五二頁と脚注四二、四五四頁において言及されている。ディビッド・ダムロッシュ著、秋草俊一郎ほか訳『世界文学とは何か』、図書刊行会、二〇一一年。

2　Eric Hayot, *On Literary Worlds*, Oxford University Press, 2016. 名前はエリック・ヘイヨット或いはハイヨットと発音されるか。確実な情報がないので、本校においては、ヘイヨットと表記する。例えば以下のような源氏物語「蛍」巻への言及がある。Is it realism to constantly affirm how realistic one is? If so, then it is a kind of realism (whose first historical instance is, perhaps, *Genji's* commentary on romance) that differs substantially from the realism of genre fiction, or from that of [Raymond] Chandler 」[…]（傍線緑川）p. 50傍線部は、「（おそらく文学史上の初例と思われる光源氏が陳述する物語論などのように）」とあると解せる。

3　How, in dynamic social systems, to decide who is "major" and "minor" is something Chrétien de Troyes or Murasaki Shikibu never had to worry about, since in both *Yvain* and the *Tale of Genji* the question of characterological importance is answered by the distribution of importance in the society the fictions represent. Though, therefore, one of The *Tale of Genji's* major social features is that none of its major characters is "ever alone," they are nonetheless alone all the time, in the sense that a medieval Japanese lady surrounded by three or four servants is not in the presence of any of her social or characterological equals. Compare this to Don Quijote, who is similarly almost always with servants, but whose servants have become—and not just in a farcical manner appropriate to the premodern separation of styles—actual characters in the narrative.（傍線緑川）*On Literary Worlds*, p. 87. 氏はここに注して、タイラー訳序文のページ数をあげる（引用はない）。

4　三島由紀夫『小説家の休暇』（講談社、一九五五年、現在は新潮文庫収載）という日記形式の評論集においては、幅広い海外の作品が俎上に載せられている。但し三島は英語原文のものは英語で読んだと思われる。

5　Dennis Washburn, trans., *The Tale of Genji*, Norton, 2015.

6　拙稿「ウォッシュバーン訳「源氏物語」の問題点」、『海外平安文学研究ジャーナル vol. 5』所収、二〇一六年九月、六一頁—七五頁、http://genjiito.sblo.jp/article/179632421.html 或いは http://genjiito.org/journals/

7　『源氏物語池田本二』、『新天理図書館善本叢書一四』、八木書店、二〇一六年。

8　この理由により、ボストン大学の、キース・ヴィンセント（J. Keith Vincent）教授などは強くワッシュバーン訳を支持する。

9　タイムズ文芸附録にも、そのような間違った解釈に基づくワッシュバーン訳に寄りかかった文芸書の書評が載せられている。Daisy Dunn 評による Martin Puchner 著、*The Written World: How Literature Shaped History*, London: Granta Books, 2017. 書評は、*Times Literary Supplement*, January 16, 2018 に掲載。

10　ラトガース大学のポール・シャロウ（Paul Schalow）教授から、古典日本文学を専門とする大半の教員は授業でワッシュバーン訳は使わないだろうというご意見を賜った。また前掲のキース・ヴィンセント教授は、授業でワッシュバーン訳を使っているが、何も知らない学生達がまさに入門書として使うという側面があり、それなりに有益な部分もあるということを指摘されていた。

11　Alfred Heubeck, et al. *A Commentary on Homer's Odyssey*, Clarendon Paperbacks. 1990. Charles S. Singleton. *Dante Alighieri The Divine Comedy*, Princeton University Press, 1990

12　角田光代訳『源氏物語』（河出書房新社、二〇一七年）や古川日出男、『女達三百人の裏切りの書』（新潮社、二〇一五年）などがある。古川氏は原典を読んでいるとは考えにくい。その点について以下の拙論においてほんの少しだけ触れたことがある。拙論「源氏物語のメタモルフォシス」、『芸術におけるリライト』所収（白百合女子大学　言語・文化研究センター編、海老根龍介・辻川慶子編集、『アウリオン叢書一六』弘学社、二〇一六年、一四一―一五四ページ）。また濫立ぎみの現代語訳に警鐘を鳴らす意味であろうが、学者の側から新しい現代語訳源氏物語（中野幸一訳『正訳源氏物語』、勉誠出版、二〇一七年、全一〇巻）も出版されている。

13　タイラー氏がなした梗概とあとに述べる削除された注釈を取り込むことはすでにご本人の許可を得ているが、個人的にはタイラー氏の和歌英訳草稿も掬い取ってみたいと思っている。（氏は「竹河」の巻まで訳したあと、それまで訳してあった全ての和歌を英訳し直した）。

14　Maria Teresa Orsi, trans. *La Storia di Genji*, Turino: Enaudi, 2012. 巻末脚注、一二三九―一三四八ページ

15　四半世紀以上前 OCR が一般にはまだ普及していない頃に、コンピューター文章解析を専門としていた静岡大学の長瀬真理氏（故人）が、小学館の許可を得てデジタル化したものであり、現在はオックスフォード大学のテキストアーカイブに収められていて、誰でも利用できるようになっている。（データは圧縮されているが解凍が可能）http://ota.ox.ac.uk/desc/2246

16　基本テクストとして『源氏物語大成』の本文を使ってはどうかというジェフ・ノット氏（Jeff Knott）の意見もあった。これを使う利点はページ番号が終わりまで一貫してあり、ページ番号と行数だけで、文章を特定しやすいことであるが、当該テクストそのものが一般的でない。注記の最後などにページ番号行番号を載せるということは可能であろう。

17　この点、早稲田大学の河野貴美子氏からご教示を賜った。

18　頭注・傍注を駆使する『湖月抄』形式をネットのページに持ち込むのはどうであろうか、という非常に興味深いご意見を元ライデン大学教授トム・ハーパー氏（Tom Harper）から賜った。

19　新しい「文」概念のもと「文学」そのものと「日本文学史」を見直す試みがある。そのような新しい概念で稿者も「文」を捉えたいと考える。河野貴美子他編集『日本「文」学史一』、二〇一五年、『日本「文」学史二』、二〇一七年、勉誠社。

付記　本稿は二〇一七年三月にイナルコ、ディドロ大学で開催された源氏物語シンポジウムの発表と、同年八月ＥＡＪＳリスボン大会でのパネル発表原稿をもとに纏めた。席上その他において、様々な方々から多くのご教示を賜った。記して感謝の意を表す。

Ⅳ

つくる言葉――翻案の諸相

翻訳以上、翻案未満の『源氏物語』
—町田康「末摘花」の場合—

陣野　英則

はじめに

古典文学の翻訳における「再—創造」には、いかなる可能性があるか。たとえば町田康《まちだこう》の「末摘花」では、「翻訳以上、翻案未満」の創意工夫がみられる。一読すると原文からかなり離れているという印象を受けるかもしれないが、ストーリー、人間関係、描かれる時空などはほぼ原文どおりであって、翻案には当たらない。何より特徴的なのは、その「語りnarrative」であるが、「末摘花」巻の原文に照らしてみると、さまざま驚かされることがあった。町田作品における光源氏の一人称語りは、一九九〇年代の橋本治作品、『窯変 源氏物語』と同様であって、決して新奇ではない。驚嘆させられるのは、その饒舌な関西弁混じりの現代日本語が、ときに『源氏物語』の言葉の有するある種の「ゆらぎ」ともいうべき、「人称」のない世界へと連なる可能性を有するからである。以下はその報告である。

一　町田康と古典文学

町田康の「末摘花」は、『源氏物語』千年紀とされた二〇〇八年、雑誌『新潮』（十月号）の「特集 源氏物語」における一篇として掲載されるとともに、同年十月刊行の単行本『ナイン・ストーリーズ・オブ・ゲンジ』に収録された（二〇一一年五月に『源氏物語 九つの変奏』と改題されて新潮文庫として刊行）。一方、町田自身の短篇小説集『ゴランノスポン』（新潮社、二〇一一年六月）にも収められた（二〇一三年十二月に新潮文庫として刊行）。

町田康は、小説「くっすん大黒」で一九九七年に野間文芸新人賞とBunkamuraドゥマゴ文学賞を受賞、二〇〇〇年には「きれぎれ」で芥川賞を受賞し、その後も数々の小説を書いているが、近年は古典文学に関わる仕事も多い。二〇一六年の長篇小説『ギケイキ 千年の流転』は、『義経記』の翻案小説といえる。一方、古典の翻訳としては二〇一五年刊行の『池澤＝個人編集 日本文学全集08』に収められた『宇治拾遺物語』が話題を呼んだ。

町田は、古川日出男（紫式部の霊魂が憑坐に憑依して「宇治十帖」の真作を語り始めるという小説『女たち三百人の裏切りの書』の作者）との対談において、小説を書く際には「物語上押さえないといけない部分」が「結構面倒くさい」のに対し、古典の翻訳は、「やっていて仕事という気がしなくて、こんなに面白くていいのかとおもいます。楽しくてしょうがない」などと述べている（町田・古川［二〇一五］）。また、『宇治拾遺物語』の翻訳を終えたあとの講演では、次のように述べている（町田［二〇一六］、傍線は筆者）。

桂《かつら》枝雀《しじやく》という落語家がいて、…〔中略〕…途中で立ったり、急に横や後ろを向いたり、普通の落語の所作ではない動きをする。でも本人としては、座布団に足の指先がちょっとでもかかっていたらそれは落語である、という決まりを設けていたそうです。翻訳も同じですね。原文にちょっとでも足先がかかっていれば、それは翻訳です。

町田の『宇治拾遺物語』は、当人によればやはり「翻訳」なのであった。こうした姿勢は、原作のストーリー、設定などをそのまま踏襲する町田の「末摘花」でも同様であろう。

　では、町田はいかに翻訳するのか。古川との対談（町田・古川［二〇一五］）に注目しよう。

町田　複数の物語によって支えられている物語を語り直すことによって、バランスが変わる。…〔中略〕…その変え方こそが本当の小説の書き方じゃないかなと思います。私はこの小説の語り直しをやりたいですね。

町田には「物語を語り直すこと」への欲望があり、それが「小説の書き方」にも繋がるようだが、実は古典の現代語訳こそ、まさに「物語を語り直すこと」でもあろう。

　町田当人が、右のように手の内を明かしているので、本稿では町田の意図をこれ以上詮索するつもりはない。[1]町田康によって「語り直」された「末摘花」という、「翻訳以上、翻案未満」のテクストを、「末摘花」巻の原文に照らしあわせることで、町田作品の意外な魅力をひきだしてみたいと考える。というのも、『源氏物語』の「人称」のない世界と連続するような性質が、一人称語りの町田作品にはふくまれるようなのである。

二　『源氏物語』における語り手の設定

　ここで、やや迂遠ながら『源氏物語』における「語り」、あるいは語り手・書き手に関して——あくまでも筆者の関心にあわせたまとめ方になるが——おさえておく。まずは、『源氏物語』の本文としておそらくもっともよく知られた一文、「桐壺」巻の冒頭をみてみよう。

①いづれの御時にか、女御、更衣あまたさぶらひ給ひける中に、いとやむごとなききはにはあらぬがすぐれてときめき給ふ、ありけり。（桐壺、五頁）

既に陣野［二〇一六］でも述べたが、きわめて読みにくい文である。その理由はさまざまで、「きはにはあらぬが」の助詞「が」を格助詞と解すべきことなどが難解なポイントのひとつではあろうが、最大の問題点は、ここに紹介される人物（桐壺更衣）を指示する名も代名詞もいっさいないということではないか。「すぐれてときめき給ふ」と「ありけり」との間に、筆者の校訂本文では「、」を入れた。通行の校訂本文では入っていないが、この「給ふ」の直後にこそ、紹介されるべき肝心の人、桐壺更衣が隠れてしまっているとみる。

平安時代の和文において、たとえば「むかし、男ありけり。」（『伊勢物語』各章段の冒頭）というように、主体を提示するのは難しくなかった。しかし、『源氏物語』の冒頭では、「人称 person」が確定的なものとしてあるわけではないという日本語の性質をふまえ、真っ先に紹介されるべき桐壺更衣の「人格 person」を、極力ゆるやかに、また曖昧にしているようである。こうしたゆるやかさ、曖昧さをあえて徹底させたのが『源氏物語』ではないか。

さて、右のことを確認した上で、今度は「桐壺」巻の巻末をとらえてみる。

②光る君といふ名は、高麗人《こまうど》のめできこえてつけたてまつりける、とぞ言ひ伝へたる、となむ。（桐壺、二八頁）

ここには、『源氏物語』における「語り」と語り手・書き手に関する特質が端的にあらわれている。室町時代後期の源氏学者たちの中でも、特に三条西《さんじょうにし》実枝《さねき》はこの叙述の特性をきわめて正確にとらえた（『岷江入楚』「箋」の説）。傍線部の「とぞ言ひ伝へたる」という言葉によって、まずそこまでの物語が一度ひとくくりにされる。そこへ、さらに「となむ」が付くことによって、また別の人物が「とぞ言ひ伝へたる」までの物語をあらためてひとくくりにしている。実枝は、「ここまで物語られてきた内容が本になっていて、それを書写する人が見ている」ということが最後の「となむ」によって示唆される、と見抜いた。このように、『源氏物語』の「語り」においては語り手・書き手たちが重なりあっている。

つづいて、特徴的な語り手の言葉が示される「蓬生」巻の巻末から引用してみよう。

③……いま少し問はず語りもせまほしけれど、いと頭《かしら》痛う、うるさくものうければなむ、いままたもついであらむ折に、思ひ出でて聞こゆべき、とぞ。（蓬生、五四一頁）

この巻末の言葉は、「蓬生」巻の物語を「問はず語り」してきた語り手当人のコメントで、それが末尾の「とぞ」で引き取られていると解される。この一節は、玉上［一九六六］の「物語音読論」が作中の近侍する女房たちを語り手としてとらえる際の恰好の例となる。さらには、末摘花付きの女房で「少将と言ひ侍りし老い人」（五三五頁）がここの語り手なのだとも考えられてきた（三谷［一九九二］）。『源氏物語』では、このような語り手らしき立場からのコメントが、全体にわたってしばしばみられる。ただし、「蓬生」巻と同じような語り手を一様に設定しているわけではなく、むしろ巻ごとにさまざまな「語り」の実験を行っているかのようだ。たとえば「蓬生」巻の次、「関屋」巻の語り手のあり方などは、「蓬生」ときわめて対照的であったりする（詳しくは陣野［二〇一七］を参照されたい）。

こうした語り手に関わる問題をあえて一点に集約するならば、「『源氏物語』は女房（たち）を語り手とする三人称の文学なのか、否か」ということになろう。「桐壺」巻の冒頭の解析で示唆したように、筆者は、『源氏物語』において確かな「人称」がみとめられない点にこそ留意すべきであり、三人称とも一人称ともいいがたいとみている（陣野［二〇一六］）。

三 『源氏物語』における語る主体のゆらぎと町田作品

それでは、町田作品の解析に入る。具体的には紙幅の都合で三ヶ所のみの検討となる。

まずは、「末摘花」巻の巻頭近くの一節をとりあげる。

④いかで、ことことしきおぼえはなく、いとらうたげならむ人のつつましきことなからむ、見つけてしかな、と懲《こ》りずまに思しわたれば、少しゆゑづきて聞こゆるわたりは、御耳とどめたまはぬ隈《くま》なきに、さてもや、と思しよるばかりのけはひあるあたりにこそ、一《ひと》くだりをもほのめかしたまふめるに、なびききこえずもて離れたるはをさをさあるまじきぞ、いと目馴れたるや。つれなう心つよきは、たとしへなう情けおくるるまめやかさなど、あまりもののほど知らぬやうに、さてしも過ぐしはてず、なごりなくくづほれて、なほなほしき方《かた》に定まりなどするもあれば、のたまひさしつるも多かりけり。

（末摘花、二〇一頁）

ここで注目するのは、傍線部と二重傍線部の箇所である。『新編日本古典文学全集』（阿部ほか［一九九四］）の頭注では、二重傍線部「いと目馴れたるや」が次のように説明される。

源氏が、少しでも言い寄れば、たいていの女はなびいてしまう。そのことを変哲もないというのである。虚構された物語の語り手が、物語の内容をみずから批評する形をとったもの。

この「いと目馴れたるや」は、果たして語り手からの批評と断定しうるだろうか。光源氏自身もありきたりの女たちに批判的であることが、容易に想像されよう。そうすると、ここでは語り手と光源氏の「話声 narrative voice」が重なりあっているともとらえうる。

ここで、町田作品から④に該当する箇所を抜き出してみる。なお、本文の番号は原文に合わせ(4)とする（以下同）。

(4)　ということは、これは話の流れとしては当然のことだけれども、ご婦人、お女中、女というものについても言える話で、だめっすわ、という感じ、感覚がある。というのは、まあ、私のようなものが、手紙を出すなりなんなりすれば、ただでさえそう無下にもできぬうえ、私の容貌は光そのもので、歌はそんな調子だし、楽器なども超絶技巧で、舞も渋いので、たいていの女は、火の玉になってぶっ飛んできて、もちろん、火の玉になってぶっ飛んでくる女の姿が美であろうはずもなく、浅ましいばかりで引いてしまう。

もちろんなかには火の玉になってぶっ飛んでこない女もあって、…〔中略〕…その後の動静を観察していると、なんということはない、そこいらのいきった兄ちゃんとデキ婚みたいなことをして幸せな家庭を築いてしまうのである。そんなもの築くな、阿房。

（町田康「末摘花」、一八五〜一八六頁）

光源氏がちょっと懸想の手紙を送ったりすると、「たいていの女は、火の玉になってぶっ飛んできて」しまうという。町田作品の光源氏は「真の美、真実の愛」（二三〇頁、後掲の本文(6)）を求めているので、そんな「たいていの女」の反応をみると、二重傍線部のように「浅ましいばかりで引いてしまう」ことになる。筆者が興味をもつのは、原文④の二重傍線部「いと目馴れたるや」に対応する(4)の二重傍線部の巧みさである（なお、(4)の傍線部内の「たいていの女」は、先に引いた『新編日本古典文学全集』頭注の語句と一致するが、今は深入りしない）。原文の「いと目馴れたるや」は、先述のように語り手の批評のようでいて、光源氏からの批判とも解しうるのだが、町田作品の二重傍線部「浅ましいばかりで引いてしまう」をみると、一人称語りの中で無理なく光源氏の批評的感想が示されている。

ここで、橋本治『窯変 源氏物語』の当該箇所もあわせてみてみよう。これも光源氏の一人称で語り進めているが、様相はかなり異なる。

これぞと思う女のありかを聞きつけて文を送れば、世に高い光源氏の求愛を受けて、それを拒むような女は一人もいなかった。

「お前が何ほど私の求めに応えられる女か」――そう思う私の失望は強かった。

（『窯変 源氏物語2 若紫・末摘花・紅葉賀』、一九三頁）

的確に光源氏の思いと失望とが叙述されているといえるが、鉤括弧付きで「お前が……」という光源氏の内話（心中思惟）が示され、それを引き取る〈語り手＝光源氏〉の説明的な叙述がつづく。橋本作品では、随所に〈語り手＝光源氏〉による膨大な説明の文言がみられる。その叙述は、町田作品にみられる饒舌のおかしみとはおよそ対照的で、かなりシリアスな印象を与える。そもそも光源氏というのは生真面目なまでにあれもこれもと説明を重ねる人物なのだろうか、といった違和感もおぼえる。それに対して、(4)の町田作品、その二重傍線部からは、光源氏当人の失望感が素直に届いてくるようである。

*

つづいて、光源氏が雪明かりによって末摘花のあまりに醜い容姿を初めて知り、驚愕する、という有名な場面の一部に注目してみよう。

⑤見ぬやうにて外《と》の方《かた》をながめたまへれど、後目《しりめ》はただならず。いかにぞ、うちとけまさりのいささかもあらばうれしからむ、と思《おぼ》すも、あながちなる御心なりや。まづ居丈《ゐたけ》の高う、を背長《せなが》に見えたまふに、さればよ、と胸つぶれぬ。うちつぎて、あなかたは、と見ゆるものは、御鼻なりけり。ふと目ぞとまる。普賢菩薩《ふげむぼさつ》の乗り物とおぼゆ。あさましう高うのびらかに、先の方《かた》すこし垂りて色づきたること、ことのほかにうたてあり。

（末摘花、二二〇頁）

この引用で注目したい点は二箇所ある。まず波線部のいわゆる草子地である。「……と思すも」では光源氏への敬意が示されるため、光源氏の発話と解することには無理がある。つまり、一人称的叙述ではなく、語り手からの光源氏に対する批判的な言葉と解されよう。

一方、⑤の二重傍線部「さればよ、と胸つぶれぬ」は、末摘花の異様な姿を初めて目にした際の驚きをあらわすが、この叙述は波線部とは逆で、「胸つぶれたまひぬ」のように敬意を示す語をふくむ叙述となっていない（三谷［二〇〇二］が「自由直接言説」と呼ぶ叙述で、「一人称的」ともいわれてきた）。このように『源氏物語』の叙述では、ひとつづきの箇所でさえ待遇表現が安定しない。これも、「人称」がないという特性と結びつく現象であろう。

さて、⑤のような原文の叙述が、町田作品ではいかに「翻訳」されているか。

(5)　初めて明るいところで見る女の姿形。どうだろうか。『お？ 意外にええやんけ。かいらしやんけ』みたいなところがあ、ははは、きっとあるに違いない。そういうところを私はこの雪の朝にハッケンしたいのだけれども、しかしまあ、それにしてもあまりじっと見たら向こうもこっちも決まりが悪い、そこで、外の景色を見るような振りをし、ちらちら横目で見るようなことをしよう。と思い、横目でみて、まず、ぐわっ、と思ったのは、その胴の長さである。無礼なぐらいに長い。こんなこっちゃないかと思ってたと思いつつ目を逸らし、また恐る恐る横目で見て、どひゃあ、と思ったのは鼻である。……

（町田康「末摘花」、二一九頁）

この(5)では原文⑤の波線部「あながちなる御心なりや」という語り手からの批判に相当する部分がない。光源氏の一人称語りでは、反映させにくいのが当然であろう。なお、ここで三人称叙述の典型を確認するため、タイラーの英訳で波線部にあたる箇所を確認する。

What was she like?　How glad he would be (ah, foolish hope!) if their present intimacy had brought out anything at all attractive!

(p.124)

右のように、タイラー訳では（　）内で語り手による批判を示す形がとられている。いうまでもなく、光源氏は he であらわされる。町田作品では、こうした工夫が施されない。

　その代わりに、町田作品で絶妙なのは本文(5)の波線部末尾「しかしまあ、それにしても」ではないか。直前の「意外にええやんけ」とおもえる女の美質を「ハッケンしたいのだけれども」という身勝手な言葉につづけて、光源氏が自分の身勝手さに若干の気恥ずかしさを感じているようなニュアンスが「しかしまあ」のあたりから汲みとれよう。

　一方、⑤の原文における傍線部「後目《しりめ》はただならず」に対応する箇所が、(5)の町田作品では二つの傍線部になる。まっすぐに末摘花の様子を見ることもままならず、「ちらちら横目で見る」という光源氏のあり方は、なかなか滑稽であるが、そこを強調するように、町田作品ではこの表現が繰り返される。また、(5)の一つめの傍線部には特に留意される。「……横目で見るようなことをしよう。と思い、横目でみて」とある。「横目で見」ようという自身の意志を対象化した上で、「横目でみて」いるという、何ともくどい語り方である。

　ここで、あらためて二重傍線部もおさえたい。原文⑤の「さればよ、と胸つぶれぬ」という敬意の落ちた表現が、町田作品の(5)、二重傍線部では「こんなこっちゃないかと思ってたと思いつつ」と訳されている。興味深い現象であろう。町田の訳では、原文において素のままで示されている光源氏の心中の言葉を、わざわざ「こんなこっちゃないかと思ってた」という部分を引用する形で、「……と思いつつ」と添えている。つまり、光源氏自身の思う内容を〈語り手＝光源氏〉が対象化している。

　先にとりあげた(5)の一つめの傍線部「ちらちら横目で見るようなことをしよう。と思い、横目でみて」も、二重傍線部の「……と思ってたと思いつつ」も、光源氏が自らの思いを対象化しているのであった。このようにして、町田作品では、末摘花の姿を初めてとらえるという緊張の場面において、おそらく光源氏の自意識が過剰になるさまをあらわしているのだろう。あえていえば、「一人称叙述の三人称化」とでも呼びたくなるような方法により、原文とはひと味違う「人称」のない叙述がなされているといえるのではないか。

＊

三つめとして、「末摘花」巻の巻末に近い箇所から引用してみる。

⑥「平中《へいちう》がやうにいろどり添へたまふな。赤からむはあへなむ」とたはぶれたまふさま、いとをかしき妹背《いもせ》、と見えたまへり。
（末摘花、二三〇頁）

光源氏が自らの鼻を赤く色づけたりして、紫の君を相手に「たはぶれ」る場面である。ここで、傍線部の「たはぶれ」（終止形「たはぶる」）が、現代日本語の「たわむれ」には収まらないニュアンスをもつことに留意したい。名詞の「たはぶれ」、また動詞の「たはぶる」は、性愛をにおわせる文脈で多く用いられる。ここでは、直後の波線部で、その「たはぶれ」る二人の「さま」が「いとをかしき妹背」に見られなさった、と語られている。

こうした「たはぶれ」のニュアンスはいかに翻訳されているだろうか。参考として、対応する箇所をサイデンスティッカー、およびタイラーの英訳から引用してみる。

▽サイデンスティッカー訳

'Don't, if you please, paint me a Heichū black. I think I can endure the red.'　They were a charming pair.
(p.138)

▽タイラー訳

"Now, now," he teased her, "don't go daubing me up like Heichu! With red I can still manage!" They made a delightful couple.

(p.130)

サイデンスティッカー訳では、単に光源氏と紫の君が charming pair とされる。それに対して、タイラー訳では、he teased her とあって、光源氏が紫の君を「からかう」と訳しつつ、二人が a delightful couple であったとする。原文の「たはぶれ」をある程度は反映させているといえるだろう。

これらに比べると、町田の訳は一見して、原文から遠く離れていると感じられようか。

(6) ……「赤いのはまだいいけど、平貞文《たいらのさだふみ》が女にされたみたいに黒い墨、塗らないでね」なんつって抱きしめた。きゃあああ。って、ばかだよ。これがやがて真の美、真実の愛になっていくんだよ。それがいまわかった。

(町田康「末摘花」、二三〇頁)

まず、(6)の傍線部は、『源氏物語』における「たはぶれ」、その性愛にまつわるニュアンスを作中人物の具体的なありさま、すなわち紫の君を「抱きしめ」て、「きゃあああ」と叫ばせるという行為に置き換えたものとみられる。作家の優れた直観のしわざか、それとも古語を充分に吟味した結果なのかは即断しかねるが、実に見事な「翻訳」ではないか。

さらに原文⑥の波線部「いとをかしき妹背、と見えたまへり」に相当しそうな部分は、波線部「これがやがて真の美、真実の愛になっていくんだよ。それがいまわかった。」であろう。「いとをかしき妹背」という、語り手の視線にもとづく叙述からの飛躍は大きいが、実は、町田作品における光源氏の一人称語りでは、そもそも、その始まりに近いところで次のように「真の美」を求めていることが示されていた。

それは私の感覚が鋭敏すぎるからいけないのか。そんなことはないと思う。なぜなら、この世には真の美というものがあるからだ。私はそれを何度かみたことがある。つまり、私が偏狭で依怙地で、一種病的の変態心理の持ち主であるから一般的な美に醜悪を見いだすのではなくして、一般的な美、一般的に美とされているものが真の美ではないからである。アル中がホッキ貝を焼いている。

（町田康「末摘花」、一八五頁）

この引用本文は、先の本文⑷の直前にある。傍線部は、光源氏の藤壺の宮に対する思慕を示唆するようであり、このような「真の美」そして「真実の愛」にむけての渇望が設定され、それが末尾で対応させられることで、藤壺の宮の「ゆかり」としての紫の君の将来というものが暗示されているだろう。あわせて、原文が語り手の叙述であるのに対し、町田作品の⑹の波線部は、「一人称的」といえなくもないが、「なっていくんだよ」という呼びかけである点にも留意したい。紫の君宛てともいえるし、読者への念押しの言葉のようにもみえるが、ここでは「二人称的」な要素すらふくみもつようにおもわれる。この「二人称的」な面をふくむという点も『源氏物語』の和文の特性と符合するようにおもわれる。

四　町田作品の「書きかえ」の妙 ―むすびにかえて

町田康の「末摘花」は、先行する橋本治『窯変 源氏物語』と同じく光源氏の一人称叙述に仕立てられてはいるものの、町田作品では原文の世界のゆらぎ、不確かな「人称」をときには踏襲し、またときには変換しつつ、物語の叙述をより具体的かつリアルなものへと「書きかえ」ているようであった。具体的には、次のような事例をとりあげてきた。

・原文における語り手と光源氏との「話声 narrative voice」の重なり（④）を、的確に光源氏のナマの声として訳出（④）。

・原文で光源氏の「話声」がつよく出ている箇所（⑤）に対して、光源氏が自身の認識・思考などを対象化するような調子に変換して、その自意識の過剰ぶりを示唆（⑤）。

・原文⑥の「たはぶれ」という古語のニュアンスを的確な作中人物の行為へと「翻訳」しつつ、語り手の視線を感じさせる叙述を二人称的要素がふくまれる文に変換（⑥）。

以上のように、町田作品は、『源氏物語』の語り手の叙述を光源氏の一人称叙述へと巧妙に変換しつつも、それだけにとどまらず、『源氏物語』の「人称」のはっきりしない世界をも饒舌な関西弁混じりの現代日本語によって「再―創造」しているのである。[2]

※『源氏物語』「末摘花」巻の本文は、古代学協会・古代学研究所（編）『大島本源氏物語　第二巻』（角川書店、一九九六年）の影印に拠り、筆者が校訂した。引用本文の末尾の（　）内には、『源氏物語大成　巻一　校異篇』（中央公論社、一九五三年）の頁数を記した。

※そのほかの引用本文は、それぞれ以下に拠る。

町田康『ゴランノスポン』〈新潮文庫〉、新潮社、二〇一三年

橋本治『窯変　源氏物語２　若紫・末摘花・紅葉賀』〈中公文庫〉、中央公論社、一九九五年

Edward G. Seidensticker, trans., *The Tale of Genji*. New York: Alfred A. Knopf, 1992.（初版1976）

Royall Tyler, trans., *The Tale of Genji*. New York: Viking, 2001

〔注〕

1　町田［二〇一六］では、『宇治拾遺物語』を訳す際に『新編日本古典文学全集』（小林・増古［一九九六］）の現代語訳と頭注を利用したことを伝えている。同書の訳を「あんまおもろないんですよね」（一一七頁）と批判しつつ、「ひじょうに便利な本」（同頁）と評価もしている。この発言からあえて臆測すれば、町田は訳出の際に複数の注釈書を並べて吟味したりしないようである。仮にそうだとすれば、それにもかかわらず『源氏物語』の言葉と響き合う現代語訳がうみだされることに、より興味をそそられる。

2　紙幅の都合でふれられなかったこととして、末摘花の近辺にいながら光源氏の乳母子でもある大輔の命婦（陣野［二〇〇四］を参照されたい）と「語り」との関わりについての問題、および「末摘花」巻に引用される「重賦」（『白氏文集』巻二・秦中吟）が町田作品では完全に削ぎ落とされている点などがある。これらはあらためて検討したい。

文　献

阿部秋生・秋山虔・今井源衛・鈴木日出男（校注・訳）［一九九四］『新編日本古典文学全集20　源氏物語①』小学館
小林保治・増古和子（校注・訳）［一九九六］『新編日本古典文学全集50　宇治拾遺物語』小学館
陣野英則［二〇〇四］「女房の話声とその機能――「末摘花」巻の大輔命婦の場合――」『源氏物語の話声と表現世界』I―第四章　勉誠出版
陣野英則［二〇一六］「ナラトロジーのこれからと『源氏物語』――人称をめぐる課題を中心に――」助川幸逸郎・立石和弘・土方洋一・松岡智之（編）『新時代への源氏学9　架橋する〈文学〉理論』竹林舎
陣野英則［二〇一七］「『源氏物語』のつくられた「語り」――「関屋」巻を例に――」『日本文学』六六―四　日本文学協会
玉上琢彌［一九六六］『源氏物語研究　源氏物語評釈　別巻一』角川書店
町田康・古川日出男［二〇一五］「古典＝現代を揺らす」『新潮』一一二―八　新潮社

町田　康［二〇一六］「宇治拾遺物語　みんなで訳そう宇治拾遺」池澤夏樹・伊藤比呂美・森見登美彦・町田康・小池昌代『作家と楽しむ古典』河出書房新社
三谷邦明［一九九二］「〈読み〉そしてテクスト分析の方法――蓬生巻の方法あるいは無明の闇への一歩――」『物語文学の言説』第三部―第三章　有精堂出版
三谷邦明［二〇〇二］『源氏物語の言説』翰林書房

『偐紫田舎源氏』――翻案としての実践と危機―

小林 正明

一 翻案の帯域

1 **【簡単に】** 翻案として、『偐紫田舎源氏』の実践と危機を問う。

『偐紫田舎源氏』の主役は将軍足利義正の次男光氏《みつうぢ》（光源氏）。その母は故丹波郡領間島知義娘、花桐。兄義尚《よしひさ》の母は富徽《とよし》、その命名は日野富子と弘徽殿《こきでん》の合成、「九國《きうごく》四國に隠れなき、大内爲滿が娘」とする敵役。時代設定は応仁乱の頃。もう一人の敵役は富徽と適宜連携する山名宗全、応仁乱における西軍の総将として名高い。藤の方（藤壺）は、花桐に似た義正の後添え、二代前の将軍足利義教《よしのり》妹と故花満《けなみつ》中将との娘。花満の家没落の後に、故音川持之の養女。養家の義兄は音川勝元、命名に東軍の総将細川勝元を響かせる。

物語の展開において、応仁乱の戦闘場面はほとんど描かれず。足利将軍家の三種宝器の紛失と奪回が、『源氏物語』を下敷きにした翻案の前半部、須磨・明石前後までを牽引する。

2 **【〈翻案〉同語反復】** 『偐紫田舎源氏』が『源氏物語』の〈翻案〉であること、計四十編（内最終二編は天保筆禍のために当時未刊）それぞれの序の随所に、「源氏の條《すぢ》を翻案《ひるがへ》して」（第十編）、「源氏を翻《なほ》して」（第七編）、比し、なぞらへ、寫さば、焼き直し、編まん、寫し繪、俗文に直して、等々と念押しされている。だが、微差はあるにせよ、それらの語群をいくら吟味しても、同語反復の域を出ない。

3【様式化とパロディとのはざまに／湯の論】原作との距離調整、不即不離の実践が、翻案としての腕の見せ所、また、泣き所。第十編序に、湯の論を置く。老友曰く、源氏の條を崩さず、その詞を使用すれば、源氏未読の童子の手引きになる。これは熱湯《あつゆ》好き派。かたや、若友曰く「源氏の條を翻案《ひるがへ》（＝狭義）して、歌舞伎狂言の、趣きに綴り給へ」。これは温湯《ぬるゆ》好き派。引用において、「他者の言語様式の芸術的な描写」「他者の言語的なイメージ」に沿って他のテクストを規範的に活用する方式は、様式化である[1]（バフチン）。他者の言葉に「他者の方向とは正反対の意味の方向性を設定する」方式は、パロディである。したがって、熱湯好き派と温湯好き派とを並列的に提起した『偐紫田舎源氏』の場合、引用論的に換言するなら、様式化とパロディという両極の間、これが翻案（＝広義）の帯域をなす。

4【劣位の逆説】さらに別の帯域がある。「作り替へても源氏まがひの繪草紙《ゑざうし》」（第十二編序）、「婦女子に見する冊《さう》子《し》なれば」（第十三編序）。各序は『源氏物語』に対する劣位の構えをあからさまに表明する。そもそも書名に「偐」「田舎」を織り込んだ『偐紫田舎源氏』。『源氏物語』に対するこの優劣の落差こそ、様式化した『源氏物語』の下に別の物語を忍び込ませる、生産的な帯域に他ならない。

5【原典〈一〉から翻案〈二〉へ】翻案は、時には、〈一〉なる起源の原典を変形して〈複数〉に分裂させる。葵巻の車争いの場合。第二編、葵ゆかりの加茂守《まもり》挿話、車尽くしの地口と國貞《くにさだ》挿絵の車衣裳で煽りつつ、花桐侍女の杉生《すぎばえ》と富徽侍女の白糸との派手な掴み合いに変奏する。いざ葵祭の場面となると、先喰いの破れ車は一番煎じ、「はやりたるが最悔《いとくや》しう」（第十二編序）、苦肉の策は罾《よつで》の駕籠《かご》。結果、本来〈一〉なる車争いが〈二〉に増殖する。

6 **【ジャンル横断】**「三つの車に法《のり》の道、火宅《くわたく》の門《かど》を出づるといふ」と謡曲『葵上』の詞章を引きながら「襖に描く御所車を蹴破り」出現した鬼面の女が、古寺の黄昏《たそがれ》（夕顔）と光氏に迫る（第五編）。この鬼面の女が蹴破ったものは、國貞描く古寺の襖のみならず、ジャンルの境界面でもあった。阿古木《あこぎ》（六条御息所）の遊離魂と鬼面の女とが交錯する修羅の裡に、遅れて登場した仁木喜代之助（伊予介）は、本文でも、國貞挿絵でも、篠懸《すずかけ》に刺高数珠《いらだかじゅず》の山伏のいで立ち。黄昏自裁という悲歌の高潮部に、舞台装束めいた山伏姿は、いささか場違いだが、源氏能『葵上』趣向の輻輳とジャンル横断を「異化」する強調効果は否めない。

二 光氏の地政学、そして暗い記憶

7 **【色好みの下に政治】** 足利将軍家の治世と父義正・兄義尚の令名が光氏の優先事項。色好みの下に政治的動機あり。末摘花役の稲舟姫《いなぶねひめ》は、前将軍義勝《よしかつ》の遺児。擁立を目論み姫に接近する山名三郎統清《むねきよ》（宗全男）に、姫の替玉・醜女紅《くれなゐ》を掴ませて、山名方の裏をかく。前将軍姫君の零落を放置した父・兄に悪名が立たないように、光氏の行動は慎重を極める。

あるいは、富徽お気に入りの婭桂樹《かつらぎ》（朧月夜）。雨夜品定めの条、譜代の石堂馬之丞（左馬頭）と旧縁あり、とする。したがって、「家臣と一旦契りし女」は兄義尚の令室として不適、と判断した光氏は、泥を被って桂樹に接近。賢木巻、光源氏が寝所の藤壺に迫る塗籠《ぬりごめ》挿話では、翻案は藤壺の代役を桂樹に配す。塗籠の光氏は、桂樹父が隠す山名方の連判状を、探して盗む。光氏は、他日東山御所にて桂樹との痴態を露見させ、須磨流離の理由を自発的に作り出す。稲舟姫とも、桂樹とも、情事ありと見えて情事なし。

来るべき世の騒擾を見通し、故意に乱れて須磨に赴く光氏。西国対策のためであった。

8 **【西国対策ゆえに須磨・明石】** 第三編、雨夜品定めにて、播磨国明石入道宗入を赤松高直（頭中将）の烏滸話で早々と導入。射程を意識した強い布石である。宗入は敵方山名宗全の異母弟。光氏の須磨下りは宗入牽制が動機であった。播磨は西国対策の軍事的要衝。須磨下向後の諜報活動により、宗入には叛心なしと掌握。入道の娘朝霧（明石君）と契りを交わした光氏は、須磨下向から二年数か月を経て単身帰京する。三年後、姫君（明石姫君）上京の送別に際し、入道宗入は、自分の明石残留は余燼燻る西国勢迎撃のため、と姫君に同行する妻女に吐露する。

初編、富徽前を「九國四國に隠れなき、大内爲満が娘」としたさりげない紹介は、先まで見込んだ翻案の地政学的な設定である。富徽は、地縁ゆえに西国の巨大な軍事力を策動する政治力を潜在的に持っている、と読める。したがって、須磨・明石で「西国押さへ」に従事することが、後方作戦として、京での富徽の牽制ひいては足利将軍家の安寧に繋がる。

9 **【含意としての北畠氏】** 光氏は、騒擾を見込んで、伊勢方面の対策も怠らない。阿古木とその娘磯菜《いそな》（斎宮）の伊勢下向前後、腹心の仁木喜代之助と潜伏中の石堂馬之丞を現地に派遣。滅びた旧国司「板畠《いたばたけ》教具《のりとも》」の残党あるがゆえの布陣として、である。[2]

さて伊勢方面の板畠氏とは、翻案による、北畠《きたばたけ》氏の替名と読める。史実として、北畠氏系図において北畠親房《ちかふさ》の後裔に「教具」の名が見える。北畠教具は、伊勢方面に勢力あり、嘉吉乱（一四四一年）で敗走してきた赤松教康（満《みつ》祐《すけ》長男）を拒絶して殺害。応仁乱の初年（一四六七年）京都から脱出した足利義視《よしみ》（将軍義政の弟）を、翌年まで庇護している。また、南北朝中盤から嘉吉乱のころまで、中長期にわたり、室町幕府に反抗する伊勢北畠氏反乱が波状的に続いた。翻案は、以上の歴史的な背景を『源氏物語』の素地の上に織り込んでいる。

翻案、八月十五夜、古寺の場面。正体露見した鬼面女は、黄昏母の凌晨《しののめ》。懐剣で腹を刺した息の下に、〈光氏の賢察どおり、小烏丸《こがらすまる》の宝劔を去る五月に奪った曲者は自分である〉と認めた。のみならず、自分は〈義正公に滅ぼされた板畠教具の娘〉と名乗る。『修紫田舎源氏』は、暗い因果の物語を、足利将軍家が抑圧したイド（エス）の負極から汲み上げている。

10 **【嘉吉乱と演能『鵜飼《うかひ》』】**嘉吉乱の惨劇が、第二七編、松風巻に相当する桂院場面の深層に潜む。嘉吉元年六月二四日、赤松満祐は、自邸に招請した将軍足利義教を謀殺した。その実行は『鵜飼』（ないし『鸕《う》の羽』）の演能中の刻限であった。『看聞御記《かんもんぎよき》』同日の条、「赤松公方入申。有猿樂云々。及晩屋形喧嘩出來云々」。『嘉吉記』同日の条、「鸕ノ羽ヲ脇能サセ、中入時ニ至リ時分ヨシト思ヒ」と記す。『日本外史』は、「之より幕府、鵜飼を以て凶と爲し、樂府に列ねず」、『讀史餘論』割注は、その演目を『鵜の羽』とする（『鸕の羽』は記紀・鵜草葺不合命《うがやふきあへずのみこと》の神話に取材）。

翻案の桂院では、「鵜飼の謡曲」や鵜飼清遊のさなか、富徽側の妖僧田貫《でんかん》の使嗾する土民が来襲、光氏は南蛮火術で撃退した。土民を挟撃した鵜飼舟は、「鵜飼にやつしし」腹心良清・高直の操るところ。駆け付けた光氏女軍団の空衣《からぎぬ》（空蟬）・村荻（軒端荻）まで腰蓑・竹笠の鵜飼装束。来駕の将軍と装ったは、義植《よしたね》（冷泉）の愛妾磯菜。磯菜による替玉は、藤の方の発案による。適材を重層的に組み立てた光氏の指揮力は、富徽側の陰謀を出し抜いた。

ちなみに、近松門左衛門『雪女五枚羽子板《ゆきをんなごまいはごいた》』では「源義教公」が「赤沼親子」を誅殺して凱旋。『鵜飼』演能の挿話は扱わず。『修紫田舎源氏』の桂川活劇は、幕府が後日に『凶』と定めた『鵜飼』演能の陰画を反転させて、桂川風物詩「鵜飼」の風趣を添えながら、光氏の智謀を輝かせた。とはいえ、将軍殺害の惨劇を残響する点で、暗い記憶を呼び出している。

三　藤壺密事の禁忌を避けて

11【〈挿絵×本文〉による二重拘束】『偐紫田舎源氏』は、藤壺密事の禁忌を回避する。第二編、人丸社の場面。光氏十六歳、藤の方二二歳。光氏「抱かれて寝てくださりませ」。本文は敵方山名宗全を欺く計策と種明かしをするが、鈴木重三『偐紫田舎源氏』（新日本古典文学大系）は、同場面の絵⑭について「解けた帯、すこしく乱れた裾前に情事をほのめかす」と絵解きを施す。本文と挿絵とによる二重拘束は、挑発しながら、黙説を決め込む。

12【有や無や】光氏十八歳、第七編、藤壺密事の相当箇所。藤の方と里邸で語らう光氏。だが、主件は、若紫を「當座の人質」とする密議。若紫は、藤の方と腹違いの姉妹である故澤菊の娘、父は遊佐國助《ゆさくにすけ》。「人質」策とは、山名から加担を強請された遊佐國助を、牽制する光氏側の対抗措置である。屏風の陰で立ち聞きしていたお目付け役の杉生は邪推を恥じて席を外した。それに続く本文「くらぶの山に宿るとも、いかでか語り盡すべき、生憎《あやにく》なる短夜にて」は、『源氏物語』若紫巻、逢瀬の短夜を嘆く要文「くらぶの山に宿りも取らまほしげなれど、あやにくなる短夜にて」をなぞっている。密事は有り、そして、無い。

13【血統洗浄】冷泉産み月の問題。紅葉賀巻に相当の第十編、光氏十九歳。冷泉の先例に倣って、藤の方の出産は「如月の十日あまり」。富徽方侍女たちは、月数計算が合わない、実父は光氏、と放言する。対する光氏は「覺悟の上にはありながら」と寸描される。その「覺悟」の謎が解けるのは、五年を隔てた、光氏二四歳、第十七編、須磨流離に先立つ数日前のことだった。光氏側の情報操作が初めて明かされる。〈出産は十二月末。報告を二月まで延期したのは、富徽方を欺き、非難を負って都を離れるため。この「濡衣《ぬれぎぬ》」の秘策は藤の方、同意の上のことだった〉と。

『源氏物語』の場合、光源氏の須磨流離は、深層の因果において、藤壺密事の帰結である。冷泉の出生は、皇統譜を侵した血の穢れに他ならない。こうした裏の事情は、読者周知の事柄だが、物語世界内において当事者・関係者（王命婦、夜居僧都）を除き知る者はない。

一方、『修紫田舎源氏』の場合、義植の産み月について新規な情報が後から追加される。追加情報は、藤の方と光氏との言葉の遣り取りなので、事の真相は必ずしも分からない面がある。ともあれ、出生は十二月。そこから十カ月を遡るなら、懐妊は、里邸で光氏に逢った五月ではなく、藤の方が室町御所で将軍義正に近侍していた三月ということになる。

翻案のマネー・ロンダリング。倒叙法によって、須磨下向に先立ち、物語は原罪を無化し、血の裏金を洗浄しておく。光氏の須磨下向の政治的な動機がより純化されている。

14 **【期待の地平】**『源氏物語』薄雲巻、出生をめぐる冷泉帝御学問のくだりは、万世一系の禁忌、正統性の禁忌が蟠る『源氏物語』の魔所であった。[3] 天象異変と夜居僧都密奏がその前奏部をなす。第二八編、日月星雲の異変を受けて、「光氏のみなん心の中に、思ひ當りしことありける」と、密事の因果を反芻する『源氏物語』に従った文言。だが、凶兆は、富徽に付託された妖僧田貫のなすところと判明。富徽は義植（冷泉）譲位による義尚（朱雀）長子香壽《かうじゅ》丸《まる》の継承を企んだわけだった。魔所に誘われた義植はついに事なきを得る。「思ひ當りしこと」とは、光氏が初めから裏まで見抜いていたとの謎掛けであった。期待の地平は肩透かしを喰う。

15 **【夢占の解除】**若紫巻、藤壺密事の事後を固める夢占いの場合。「おどろおどろしう、さま異なる夢を見給ひて、合はする者を召して問はせ給へば、及びなう思しもかけぬ筋のこと合はせけり。『その中に違ひ目ありて、慎《つつし》ませ給ふべきことなむ侍る』」と見える。この夢占いは、桐壺巻・高麗人《こまうど》の観相、澪標巻・宿曜《すくえう》の勘申《かんじん》とともに光源氏の半生を力動的に誘導する『源氏物語』の三大予言をなす。

第七編の光氏の場合、藤の方と「くらぶの山」（前掲12）を共にする数日前、すでに刈萱尼《かるかや》から「御身に禍ひ」との夢占方を得ている。若紫巻の夢占いは、『修紫田舎源氏』の場合、刈萱尼の身代わり受難という結末によって、その射程を限りなく縮小化している。

関連して、第三の予言・宿曜勘申は、第十九編、須磨末部で亡き母花桐の夢告「磯山櫻咲き初めて、御心の慰めに」と変形。姫君誕生を知った光氏はこの夢告を「小櫻を設くる知らせ」（第二三編）と感得するが、澪標巻「御子三人、帝、后必ず並びて生まれ給ふべし」の「帝」条項は去勢されている。

四　物語の失速、危険な翻案

16【失速する物語】第三四編序「應仁の修羅場が濟んで、張扇の張合ぬけ、いよいよ眠気」、第二三編序「楠死んで太平記、花和尚悟つて水滸伝、そもそも源氏も須磨明石の、月にかかれる薄雲の、巻あたりは讀む者の、眠気《ねぶけ》のさす處多し」。第二一編末部、都から、宗全刎首との注進が、明石の光氏に入る。以降、物語は茬苒『源氏物語』へと回帰的な漸近をたどる。様式化とパロディとの帯域が縮減すれば、「眠気」がさして、翻案の存在理由は希薄になる。

17【三種宝器の奪回を求めて】足利将軍家に伝わる三種宝器〈小烏丸、玉兎鏡《ぎよくと》、宸筆短冊〉、尊氏が朝廷から拝領したとの由緒あり、将軍位継承に必要とされる。光氏の父義正の段階で、玉兎鏡と宸筆短冊はすでに紛失。残る小烏丸は、折しも品定めの夜、義正・義尚ともに不在の時、室町御所の宝蔵から盗み出される。かくして光氏の宝器奪回の物語が起動する。宝器探索譚と雁行する〈義正―義尚―義植―（予定・香壽丸）〉の将軍位継承は、宝器有無の参照なく、恙無し。したがって、三種宝器は物語を推進する仕掛けにとどまる。ただし……

18【正統性の刀劔】刀劔は正統性の見やすい象徴である。『南総里見八犬伝』の「村雨丸《むらさめまる》」。発端となった嘉吉元年（一四四一年）結城《ゆうき》落城の折、大塚《おおつか》番作（犬塚信乃《いぬづかしの》の父）が預った鎌倉公方「重代のおん佩刀《はかせ》」である。時巡り、事過ぎて、文明十六年（一四八四年）、最終戦争たる管領合戦の和平で信乃がこの宝劔を足利公方成氏に献上することによって（第一七九回・下）、長篇冒頭の結城合戦（第一回）以降はじめて関東足利氏は再び王権の戴冠を全うする。こうして、関東の混沌は秩序に回帰し、里見氏も相対的に所を得るに至った。

『平家物語剣巻』、三種神器の内、壇ノ浦で失われた天叢雲劔《あめのむらくものつるぎ》に絡めて、源氏宝劔の流伝を語る。終に源頼朝は、曽我兄弟から薄緑《うすみどり》（膝丸《ひざまる》）一振を回収することにより、多田満仲が源氏賜姓の折に鍛冶させた鬚切《ひげきり》・膝丸の二振を統合するに至った。「鬚切膝丸一具にて、多田の満仲八幡大菩薩より賜りて、源氏重代の劔なれば、暫く中絶すといへども、終には一所に經廻りて、鎌倉殿に參りけるこそ、めでたかりけるためしなりけれ」。鎌倉殿に対して源氏の棟梁たることを象徴的に保証するものは、他ならぬ源氏重代の宝劔であった。

『偐紫田舎源氏』足利将軍家重代の宝劔小烏丸も例外ではない。

19【抑圧されたものの回帰、南北朝正閏論】翻案の三種宝器は天皇家の三種神器の模写。これは危ない。天保三年九月二三日に病没した頼山陽が、垂死の蓐中でなお手刪《しゅさん》した『日本政記』「後亀山天皇」における第二論文[4]。南北朝正閏論の磁場において、山陽は難問に直面した。南北朝合体によって三種神器は北朝に帰し、以降、北朝の歴代が皇位と三種神器を継承し続けた。或る人が問う、「そもそも子《し》（山陽）も亦北朝の臣子に非ずや」。南朝を正統となすなら、北朝の治下に生きる者として、この矛盾をどう説明するのか。山陽は答える、「南北混一」によって、「前分派（南北朝分裂）の陋を盪滌《たうでき》（あらいきよめる）し、上は列聖の統を承けて、後世に顯示するに足れり」。もはや、北朝もなければ南朝もない。「其一統を大にす」と。正統性と三種神器の関係については、山陽は、「神器、千載に奠安《てんあん》す（祀り鎮む）」としながら、「祖宗の意、天人の心の嚮《むか》ふ所を正統と爲す。正統の在る所、神器之に歸す。神器の在る所、正統之に歸するに非ず」とした。山陽は、「祖宗の意、天人の心」という超論理によって、神器の物神崇拝を止揚し、正統論を純化している。

かたや、水野忠邦体制下で筆禍を招き、天保十三年七月二三日に死没した柳亭種彦。[5] その『偐紫田舎源氏』全四十編に山陽のごとき赤心の皇統論は見当たらない。『源氏物語』は、薄雲巻冷泉帝の御学問の条で、万世一系問題・正統性問題に踏み込んでいる、と読める。種彦の翻案は、むしろ、藤壺密事と不可分な若紫巻夢占いの伏線効果や薄雲巻の皇統問題を慎重に回避したはずだった。にもかかわらず、翻案としての『偐紫田舎源氏』は、三種宝器の意匠ゆえに、遠ざけたはずの禁忌にひきつけられている。

尊王攘夷が猖獗するのは種彦没年から十有余年後のこと、また南北朝正閏論が文教政策・思想統制の問題として政局の中で大きく取沙汰されたのは明治四四年のことだった。

五　物語の残照

20【鏡花、荷風】そして――永井荷風『散柳《ちるやなぎ》 窓夕榮《まどのゆふばえ》』（大正二年、初出「戯作者の死亡」、『全集』第六巻）。天保の弾圧下、五渡亭《ごとてい》國貞たちとの親交の中、死没に至るまでの種彦の最晩年を描く。

泉鏡花小品『國貞ゑがく』（明治四三年、『全集』第十二巻）。國貞の錦絵二百枚を手放した少年は、亡き母の遺愛の姉様たちが二股坂で苛まれる様を幻視する。題名は『偐紫田舎源氏』第二七編上「見返」他計四例ほど散見する「種ひこ作・國貞ゑがく」を踏む。

泉鏡花長篇『由縁《ゆかり》の女』（大正八年、『全集』第十九巻）。終盤部、亡き母の面影宿る人妻お楊を追って、二股尾の彼方、異界白菊谷までたどり着いた主人公の禮吉。白菊谷は、禮吉の深い記憶の中で、トラウマと美が混然となった時空をなす。幼少時、自分のために白菊谷出身の子守お霜が暴れ馬に踏み殺された。事件後、禮吉が白菊谷に招請された時、同行した母の面影は、禮吉の記憶の中で崇高な美をたたえ続けている。その宿命的な時空にてお楊と限りなく接近した瞬間、因果の錯走する痴人が禮吉を襲撃した。この一撃によって、いわば母の似姿お楊に抱かれながら落命した禮吉は（実際は病院で死ぬ）、美とトラウマの問題に結着をつけたという意味において、自らの根源的な生を全うした。そのように私は読む。

受難に先行する箇所に、回想的な行文が挿まれている。母を亡くした幼い禮吉は、お楊のことを「田舎源氏《ゐなかげんじ》の國貞《くにさだ》の繪《ゑ》の藤《ふぢ》の方《かた》が、よく其《そ》の人《ひと》に似《に》て居《ゐ》るのである」と思いながら、二人で母の遺愛の草雙紙に眺め入った。「屛風《びやうぶ》は櫻《さくら》、町《まち》は雪《ゆき》―お楊《やう》と二人《ふたり》炬燵《こたつ》にして、」（地の文）『偐紫田舎源氏』第二編、藤の方と光氏が密語を交わす人丸社の場面の本文が、短い地の文およびお楊・禮吉の詞と互い違いになりながら、ほとんど仮名書の計十五行にわたり織り込まれている。お楊、禮吉、藤の方、光氏、そして藤壺、光源氏。「おつかさんが戀《こひ》しいの、おかはいそうに」「……《ママ》」「……《ママ》」「姉《ねえ》さん、」「禮《れい》ちゃん、一生離《いつしやうはな》れまいね――私《わたし》は見棄《みす》てはしませんよ。――」。

鏡花の美的な享受は、物語の残照をなす。

〔注〕

1　M・バフチン『ドストエフスキイ論――創作方法の諸問題』新谷敬三郎訳（冬樹社、一九六八年）。同『小説の言葉』伊東一郎訳（新時代社、一九七八年／『ミハイル・バフチン著作集』第五巻）。

2　版本「いたはたけのりとも」に対する宛漢字は、岩波文庫、日本名著全集、「則知」「教具」を併用。岩波新日本古典文学大系、「教具」で統一。同・巻末「注」に「『板畠教具』は戦国武将北畠具教（とものり）に当てる」とある。北畠具教は、弘治十二年八月、織田信長に敗北、『日本外史』に「北畠氏十餘世、具教という者に至りて亡ぶ」と見える。

3　拙稿「価値過程論としての『源氏物語』――画中変身譚、樹下美人、永久改鋳」（『アナホリッシュ國文学――特集・源氏物語／絵と文』第四号・秋刊、響文社、二〇一三年九月）。

4　大町桂月譯評・頼山陽『新譯日本政記』（至誠堂書店、一九一一年）。初版は四月二八日。この年（明治四四年）二月から三月まで、国定歴史教科書の記述をめぐり、南北朝正閏論争が出来《しゅったい》。桂月は、序と評において、「文部修史」を「曲學阿世」と弾劾して、南朝正統論を喧伝している。

5　曲亭馬琴『南総里見八犬伝』、種彦受難と同年の天保十三年に完成。「村雨丸」も18**【正統性の刀劔】**だが、三種神器の模写という水準までには宝器の属性を露わにしていない。馬琴は天保の弾圧を免れている。

今源氏を書くこと、そして読むこと

アンヌ・バヤール＝坂井

過去十年の出版状況の中で特筆すべきことの一つは、池澤夏樹編集の『日本文学全集』（河出書房新社）の刊行であろう。「全集」という出版形態は一九二〇年中頃以降、出版産業の近代化に大きく貢献してきたが、その形態は周知の様にさまざまであるし、文学に限られたものでもない。出版市場を継続的に潤して来たこの形態は、個人及び様々な図書館などの公共機関の需要を満たし、全集形態の必然的な帰結として、複数冊の購買欲、読書欲をあおる販売戦略が取られていた。

しかし七〇年代以降、特に八〇年代に入ると、読者の嗜好の変化による出版業界の不況と連動して全集物の人気は下降線を辿っていった。それ故、河出書房新社の近年の二つの全集シリーズの出版が、それを疑問視する多くの予想に反して成功したことは大きなニュースであった。最初の『世界文学全集』三〇巻は四〇万冊以上の売り上げを記録し（産經新聞二〇一五年二月一五日）、三〇巻中二四巻が出版されている『日本文学全集』の方は既に三五万冊も売れている（朝日新聞二〇一六年十一月二日）。

一　現代の古典とは

世界文学と日本の関係に関わる前者の成功についてはさて措き、二〇一七年から二〇一九年にかけて『源氏物語』三巻の出版が予定されている後者について考えてみよう。『源氏物語』の日本文学への再登場と言ってもいいこの出版の意味は、現在の日本において古典文学が存在することの意味という一般的レベルの問題と、現代文化に占めるこの作品の特異な位置という固有の問題を二つながら提起するという、特殊なコンテクストの中で考察すべき事象である。

この全集は、全集物が過去の遺物となってしまったこの時代では異様な出版だという点からだけではなく、古典と近現代を分けるという既成の編集方針に外れて古代から現代まで全ての時代をカバーし、また古典作品を原作の形で出版するのではなく、現代作家の翻訳による現代語版で出版するという二つの点において独特である。古典作品が漢文または八～九世紀にかけて作られて行った文体で書かれているのに対して、近代文学は一八八〇年代以降口語と文語との融合を目指して作られて行った新しい文体で書かれているという状況を踏まえ、文法、語彙をかなり真面目に勉強しなければ現代の読者には古典のテクストは理解出来ない以上、従来の出版は、多くの場合、注が非常に多く、専門家による現代語訳付きで原文を載せる等という形態を取っている。

こうした慣行と較べてみると、この全集が古典・現代作品の区分を越える連続性を主張しそれを前面に出したものであることが浮きぼりになるが[1]、ここで取り上げられている全てのテクストに対し均質の読書モードを提供しなければ、この主張による出版の意味はない。従って全てのテクストが現代語で出版されているのだが、それは古典の場合、現代語に訳されていることを意味する。出版の目的は古典としての作品についての知識を深めることではなく、できるだけ広汎な一般読者にそれを現代の読書枠の中で味わってもらうことにあるが、テクストが現代の読者を惹きつけるためには、さらなる工夫を施す必要があろう。専門の研究者にではなく、現代文学において注目されている現代作家たちに翻訳を委ねたのは、そのためである。そしてこの選択の結果、古典作品の翻訳書が、はっきりと、近現代の作家の書物と同一の地平に置かれたのである。

この方針の背後にある前提、研究者よりも作家、小説家、詩人の方が文学的にも確かな質の、魅力ある翻訳が出来るという前提についてはここでは問わない。何はともあれ、この方針は二重の正統性の確保という間接的な効果をもたらす。古典としての象徴的・聖典的価値に、収益性を保証する、愛読者層を動員出来る現代作家の持つ名声が加わり、また一方、作家にすればカノンとして一般に認められたテクストの翻訳者としての正統性を手に入れることができる訳である[2]。

そのようにして、この全集は、近・現代文学が、その過去に関わることによって得ているメリットを再確認しているのだと言えよう。全集は翻訳によって古典と現代の繋がりを誇示し、正統性の転移を徹底させているが、こうした繋がりが使われるのは初めてのことではない。二〇世紀、二一世紀の枠内に留まるとしても、近・現代作家によって古典テクストが現代語訳された例は数多くあるし、現代作家が世に出した古典テクストの二次作品も数多くある。起点となる作品のカノン性が高ければ高い程二次作品も増え、原作のカノン性を強化するという関係となる。重ね書きから下のテクストが透けて見えるという、こうしたパランプセスト的生産の中で『源氏物語』が最も主要な位置を占めるのも驚くにはあたらないだろう。

二　ハイパーテクスト群と『源氏物語』

日本文学の中で『源氏物語』は恐らく唯一近現代文学において、作家たちによる翻訳という二次ジャンルを生み出した作品である。一九一二年に出版された大歌人の与謝野晶子による翻訳から、谷崎潤一郎の一九三九年から一九四一年までの第一回翻訳と一九五一年から一九五四年までの第二回翻訳、一九七二～七三年の円地文子の翻訳を経て瀬戸内寂聴による一九九七年の翻訳などは、原作が読めなくなった人々を読者とし、日本文化史の中で中心的な位置を占めるテクストの特権的な名声を作者・翻訳家が取り込むことを可能にしたのである。[3]『日本文学全集』による角田光代の現代語訳は比較的長いこのリストに二〇一九年に加わることになる。しかしまた、いわば同じ文学的パラダイム内での翻訳であるこれら作品は、『源氏物語』から派生した唯一のハイパーテクストとしての作品群という訳ではない。『源氏物語』はその重要性が早くに認められていたため、古典文学史をちりばめるパロディーを次々に生み出したが、[4]さらに興味深いのは、現在でも源氏を源泉とし、派生作品であることを誇示しているテクストが数多く出版されていることだ。二一世紀に限ってすら、出版されたもの全てをここで扱うことは不可能なので、源氏のリライト作業を代表すると思われる二〇〇七年と二〇〇八年に出版された二つの集を取り上げることとしたい。

まず、この二つの集がほぼ同じ時期に出たということは注目に価する。二〇〇八年には文科省、京都市等公共機関の後援を受けて推進委員会が発足し、『紫式部日記』の記述を緩やかに解釈した源氏物語千年紀が大々的に祝われ、雑誌の源氏特別号、記念和菓子等々が売り出され、千年紀のロゴライセンスの販売は一五五〇〇万件にも達した。[5]こうした状況を出版界が見逃す筈はなく、この二つの短篇集も他の同様のものと並んで売り出されたのである。しかし、この二つの短篇集に基本的な違いがあり、『源氏物語　九つの変奏』（『ナイン・ストーリーズ・オブ・ゲンジ』）[6]の方は九人の違う作家たちの作品を集めたものであり、『読み違え源氏物語』の方は、一人の作家の八つの短篇集であった。

『源氏物語　九つの変奏』の場合

『源氏物語　九つの変奏』というタイトルで売り出された文庫版の形でよく知られているこの作品集の出版当初の題、『ナイン・ストーリーズ・オブ・ゲンジ』は、片仮名書きにされていることがまず目を惹くが、さらに、出版形態は奇妙なもので、テクストを集めようという考えが自明の理であるが如く、源氏千年紀の狂騒の中で自然に生まれた現象であるかの如く、慣行とは違い、責任者、編者の名前はない。また、文庫本の方は、通常、文庫版に付けられるあと書きもない。明らかに読者の注意を惹くために選ばれた片仮名書き英語の妙に浮き上がった題は、源氏のエクリチュールとこれらテクストの間にある時間的な距離を言語間の距離として比喩的に演出したものだったが、文庫版への移行に伴って『九つの変奏』に変えることにより、原題が持っていた挑発的姿勢も消えた。この変更理由を推測すると、片仮名英語が与えるギャップへの期待に答えるテクスト群ではなかったため、混乱の元になったからかもしれない。また、『ナイン・ストーリーズ』とは一九五三年に出版されたサリンジャーの短編集なのだが、単行本刊行時のタイトルの中のサリンジャーへの言及が、読者にとって解読不可能か、さもなければ『源氏物語』の二次作品であるというこのテクストの位置付けをぼかしていたと見なされたのではないだろうか。

　この短篇集の作者は全部違い、いずれも主要な文学賞を受賞した著名な作家たちである。従って先程述べた『日本文学全集』と同様に、正統性が双方向に二重移転される訳である。テクストは二五～五〇ページの短編で、いずれも『源氏物語』という長編作品の、一断片、一エピソード、一つの筋を取り上げて別のバージョンを提供するという体裁である。九つのテクストの細かな分析をここではしないが、作者間の方針の違いは強調すべきだろう。

取り上げた巻を要約し、原作とかなり近い言述を維持するに止めている、元の作品と近い作品群もある。例えば「帚木」を取り上げた松浦理英子の場合は、その巻が含む物語性の強い部分を発展させている。また原作とできるだけ距離を取っている場合もある。金原ひとみの「葵」がそのケースで、舞台を現代に移し、原作と同じ名前のカップルの妻の妊娠についての話になっている。その他の七作は、この二つを両端とするスペクトル上で、両端からそれぞれ違う距離に位置している。そしてここで原作との距離を取り上げる時に考慮するべきなのは内容にかかわる距離だけではなく、叙述法に関する距離でもある。金原ひとみの「葵」、町田康の「末摘花」、桐野夏生の「柏木」、そして小池雅代の「浮き舟」での叙述は一人称で行われ、その一人称は登場人物の一人称になっている。このように人称を設定することにより、作家は「焦点の推移」を試みることになり、その試みが作家の書く意欲をそそったということは十分考えられる。このような人称の変化は、源氏物語のエピソードを新たな、当事者の視点から見、語ることを可能にするだけではなく、原文にはなく、歴史的にもあり得ない近現代が創出した小説的一人称を使うといったアナクロニズムの快楽を作者にも読者にも与えることを可能にしたのである。

その点からも原作からの距離、原作への接近に対する読者たちの反応は興味深い。様々な読書・読者サイトを閲覧すると、筋にしろ、語りの方法にしろ、文体にしろ、転移が徹底している作品に、換言すれば原作が見出せない場合に反発する読者たちもいれば、作品が原作に近すぎると規則違反だと言うかの如く批判し、原作から遠ざかるのでなければ、リライトに何の意味があるのかと問う読者たちもいる。

しかし読者の反応がどのようなものであれ、一つの明らかな事実は、これらテクストがハイパーテクストとしてしか存在せず、出版戦略は全てそのために仕組まれているということである。短篇集の題からして、読者が『源氏物語』というパラダイムの外で読むことを妨げているのは勿論のこと、各作品が原作の巻名を題としていて、さらにタイトルページの後には原作の該当巻の要約がついている。このようにして、何をとっても読者がハイパーテクストとして読むように仕向け、あるいはむしろ、そのように強要していると言ってもよい。それでは、これら作品を評価するとき、読者は原作からの距離という基準しか持たないのだろうか。こうした拘束から逃れて、自立した読書というものを楽しむことができないのだろうか。しかしその場合、読者は明らかに、自分が手にしている本の物理的在り方が強いる、窮屈な約束事を踏み破ることになってしまう。

『読み違え源氏物語』の場合

それではパロディー作家として知られる清水義範の『読み違え源氏物語』（二〇〇七）の方はどうであろうか。合致させない、間違った方向に進めてしまう、彷徨するといった意味の「違え」を含むこのタイトルは、『源氏物語』の読みを提供することはするのだが、原作とは合致しないということを原則としていて、このずれこそが作品の面白さとなる、つまりパロディー原則そのものに沿った作品である。作者は短篇集を構成する八つの作品を『源氏物語』の有名なエピソードを元にして、はっきりとそれを転移させて書くという方法を取っている。こうして「夕顔殺人事件」という題の第一話は推理小説に転移され、『源氏物語』が暗に語っているのは真実ではなく、夕顔は嫉妬に狂った源氏の愛人に取殺されるのではないと立証するシャーロック風人物の説明をワトソン風人物が聞いているという設定である。また「プライド」という短編では、源氏の若い愛人に対する六条御息所の嫉妬は、自分の愛人の関心を独占してしまった若い女優に対する初老の女優の憎しみに変形されている。長い赤鼻が特徴の、純真だがややとろくもある末摘花と源氏の君の話は、テキサスのジャクソンヴィルに移され、プレイボーイのジョン・コスビーと、とろく野暮ったい、おまけに大きな赤鼻のキャシー、「ローズバッド（薔薇のつぼみ）」との恋物語に変化する。

例をこれ以上挙げるまでもなく、清水は時間的、地理的、またジャンル的な様々のファクターを使ったヴァリエーションの演出を楽しんでいるが、パロディーであることが分かる様なヒントは必ず残している。ここでも短篇集の題が原作への回帰を断ち切る読みをいわば禁じていて、短編の題には全て、パロディーの主人公として登場する『源氏物語』の人物名が併記されている。[7] 同様に、清水は「ローズバッド」を除けば、『源氏物語』の人物たちを想起させる固有名詞を使って、それぞれの話と『源氏物語』との関係を常に呼び起こしている。[8] これらのヒント以外の要素から清水のパロディー化の腕を堪能するためにはこの物語に対する知識が必要なのは言うまでもない。サイトに載っている反応からもそれが認められる。自分が読んだ『源氏物語』をよく覚えていて清水の翻案を楽しんでいる者から、彼の作品を味わうには自分は原作を知らなすぎると残念がっている者までいる。

しかし、恐らく清水の読者は自分たちが読むのはパロディーだと初めから承知しているので、『九つの変奏』の場合とは違って、ハイポテクスト（派生テクストの元になるテクスト）に対する距離は、当然欠点だとは見なされない。作品それ自体の価値という問題が残るとしても（またそれを問うことに意味があるとしての話だが）、移転の振幅が激しいほどパロディー効果は高くなるからである。

現代語訳から翻案（パロディーであるか否かはともかく）に至るまで、『源氏物語』は相当な数のハイパーテクスト群を生み出しているが、この現象が、文学という領域を越えているということも強調すべきであろう。映画、アニメ、ビデオゲーム、マンガ、イラスト、服等々、『源氏物語』から派生したもの全てからなる「源氏文化」は、オリジナルテクストから全く自立し完結した世界をつくっている。[9] しかしここで、一つの解決されていない問題、一次テクストについての知識という問題が残る。

三　『源氏物語』受容を構成する同心円

『源氏物語』の原作は現代の読者には理解出来ない。だからこそ現代語訳、特に有名な小説家による現代語訳は、非常に売れたのだと言えるだろう。一九九七年に十巻本として出版された瀬戸内寂聴の訳は二二〇万冊も売れている。[10]一九七九〜一九九三年にかけて複数の雑誌で連載された大和和紀のマンガ『浅き夢見し』で筋を詳しく知った読者も多いだろうが、このマンガは一八〇〇万冊も売れている。[11]自律化した源氏文化という現象は、千年紀の際の『源氏物語』についての大衆向けであまり正確でないものまでをも含めての知識の普及により補強され、日本社会に『源氏物語』についての大雑把な知識が浸透しているということを示している。

この知識は何によってできているのだろうか。その中心にあるのはごく大まかな筋、印象的なエピソードの記憶で、作品の文体上の豊かさ等を含むテクストの「文学性」を汲み取る読者は少ないだろう。[12]結局はここで取り上げたリライト現象は全て、原作の突出した部分だけを取り上げている以上、この古典作品に対するかなり図式的なアプローチを共有していると言え、こうしたリライトが蔓延することによって、『源氏物語』は皮肉なことにテクストであることを止め、ハイポテクストでしかなくなる。そしてハイパーテクストの読みの可能性は、ハイポテクスト、原作の知識の差によって細かく細分化されていく訳だが、その結果、様々な異なったスタンリー・フィッシュの言う解釈共同体が生じる。そのような現象の最も妥当な表象は複数の同心円かもしれない。全体の外側には解釈共同体から疎外された読者、つまりハイポテクストの知識を持たない読者がおり、最も外側に近い円には『源氏物語』の大まかな知識があるため、ハイパーテクスト性を読み取ることは出来ても、そのニュアンスはつかめない読者たちが構成する解釈共同体があり、という風に少しずつ中心に近づいていき、その中心の円が『源氏物語』の専門家、ハイポテクストとしての『源氏物語』だけではなく、テクストとしての『源氏物語』に直接親しんでいる読者によって形成される読者共同体がある。ということは、源氏物語の様々な書き直しは中心に近づくにつれてますます特権的な読者共同体を要すると同時に、大勢の、或いは比較的大勢の読者が属する、その外側の円なしでは、商業的に成り立たない、といった二つの側面を持っているように思われる。それが、古典作品にとっては現代に生き残る唯一の在り方かもしれないし、それを嘆くべきなのかどうか、簡単には判断することが出来ないが、過去からやってきた作品の中で、『源氏物語』が異本、様々なヴァージョンを生み出し続け、ともかくも現在のテクストであり続けている極めて希な例であるのは、このようにハイポテクストとして複数の読者、解釈共同体を創生し続けているからではないだろうか。

〔注〕

1 編集責任者の池澤夏樹は出版にあたって、日本文学を特徴づける連続性の諸要素について強調している（河出書房新社のサイトを参照：http://www.kawade.co.jp/nihon_bungaku_zenshu/#schedule）。

2 だからこそ全集で取り上げられたタイトルに新しさはないわけで、予想外のものを選出した場合、それはこの全集の象徴的価値や正統性の付与作業を妨げてしまったであろう。

3 詳しくは以下を参照されたい：A. BAYARD-SAKAI, «Texte et prétexte : traduire le *Genji* en langue moderne», *Cipango*, numéro hors-série «Autour du *Genji monogatari*», Paris, 2008, p. 155–185 (https://journals.openedition.org/cipango/600)。

4 この点については以下等を参照されたい：H. SHIRANE éd., *Envisioning The Tale of Genji : Media, Gender, and Cultural Production*, New York, 2008 ; M. EMMERICH, *The Tale of Genji : Translation, Canonization and World Litera-*

ture, New York, 2013。

5　マイケル・エメリックの前掲書（一三ページ）。氏の計算によると参加者は一五六〇〇万人に達している。

6　二〇〇八年出版時のこの題名は二〇一一年に文庫版として出版されたときに『源氏物語　九つの変奏』に変更された。

7　目次は各作品の題だけだが、各短編の巻頭題には小さめの活字で元になった『源氏物語』の人物名が書かれている。原作に遠離り接近する作業を楽しんでいる清水のアプローチがここにも見える。

8　オーソン・ウエルズの映画に対するウインクがあるかもしれないが、ここでは立ち入らない。

9　小町谷照彦「源氏文化の現在」（伊井春樹、倉田実編『現代文化と源氏物語』、二〇〇八年、一〇ページ）。同書において、立石和弘は、ネットのオタク文化圏では、光源氏と若紫の関係にヒントを得た「光源氏計画」なるものがあったと報告している（「源氏物語関連出版と解釈共同体」、同一六七ページ）。

10　ttp://news.mynavi.jp/news/2000/10/11/06.html。

11　読売新聞二〇〇七年四月三日付け記事。

12　「『源氏物語』自体はそれほど読まれておらず、実際に流通しているのは、ストーリーの要約と、典型化されたキャラクター、そして『源氏物語』に描かれた平安時代の風俗と環境をめぐる知識である」（立石、「源氏物語関連出版と解釈共同体」、前掲書、一五六～一五七ページ）。

「光源氏」を書き変える ―少女小説・ライトノベルの『源氏物語』―

北村 結花

「私は『源氏物語』って、プレイボーイ一代記くらいの知識しかないよ。古文の時間で「若紫」はやったけど」

今野緒雪『マリア様がみてる 特別でないただの一日』[1]

『マリア様がみてる』(一九九八~二〇一二) は少女小説では戦前から定番の、女子校を舞台に少女の友愛が描かれたシリーズで、二〇〇〇年代に男性読者の支持も得て大ヒットした作品である。引用した一節は学園祭で『とりかへばや物語』の主役を演じることになった登場人物のセリフだが、現代の中高生にとっての『源氏物語』をよく表している。『源氏物語』とは古文の授業で学ぶもの、それも若紫と光源氏の出会いなど幾つかの特定の場面であり、光源氏という「色好み」の男性が主人公の作品という印象である。

少女小説が一大ブームを迎えた一九八〇年代頃から、『源氏物語』と関連する作品が目につくようになる。人名を借用しただけのものから、一〇巻に及ぶ翻案まで様々だが、以下、八〇年代以降の少女小説やライトノベルが『源氏物語』をどのように取り込み、光源氏をどのように書き変えているのか概観したい。[2]

一九八〇年代の作品として、氷室冴子の『ざ・ちぇんじ！』（一九八三）と『なんて素敵にジャパネスク』（一九八四〜九二）がある。『ざ・ちぇんじ！』は『とりかへばや物語』の翻案で綺羅君（実は女性）と綺羅姫（実は男性）の異母姉弟が主人公のラブコメだが、『源氏物語』が都で流行中という設定で、「空蝉の術だよ。衣服はあれども中身はなし」や「浮舟が宇治の川原をふらふら歩く話が、妙に身に泌みたの」など『源氏物語』への言及が作品全体を通して見られる。[3]『なんて素敵にジャパネスク』は八〇年代少女小説の代表作の一つだが、大納言の娘で一六歳の自由奔放な瑠璃姫が活躍する作品である。これも『源氏物語』が都でよく読まれているという設定で、瑠璃姫が女房と「葵上ごっこ」（葵上と葵上付きの女房のふりをして遊ぶ）をする場面が描かれたり、末摘花がモデルと思しき落魄した宮家の姫が登場するなど、『源氏物語』が多彩に取り込まれている（但しこの姫は生き抜くためには人を陥れることも辞さず、自ら積極的に行動する性格は末摘花とは対照的である）。

また、『ざ・ちぇんじ！』では綺羅君がその美しさから「光源氏の再来」と噂されたり、『なんて素敵にジャパネスク』では瑠璃姫が光源氏を引き合いに出して情緒を解しない許婚に嫌味を言う。「容姿端麗で優れた資質を持つ男性」を光源氏に譬えたり、光源氏を連想させる名称で呼ぶのは少女小説に限らないが、才能豊かで美貌の持ち主という光源氏のイメージは少女小説ではヒーローの描写などに八〇年代以降も積極的に活用される。平安時代が舞台の作品では宮乃崎桜子の『斎姫異聞』（一九九八〜二〇〇三）には「光少将」、めぐみ和季の『平安夢がたり』（二〇一一〜一二）には「光の君」と称される美形で有能な男性が登場する。現代が舞台の『マリア様がみてる』でも「ハンサムで、人当たりが良くて、お坊っちゃまで、頭が良」[4]い男子高校生が「光の君」と呼ばれている。

一方で、『なんて素敵にジャパネスク』には光源氏の色好みへの批判もみられる。瑠璃姫は平安時代の一夫多妻の状況を嘆き、「女はただ待っているだけ、耐えるだけ。冗談じゃないってのよ。やっていられないわ」とこぼし、「紫式部のオバさんが書いた『源氏物語』の光源氏だって、なんやかやいいながら女漁りやっているし」と語る。[6] 同様の批判は同時代の少女マンガにも見られる。川原泉の『笑う大天使《ミカエル》』（一九八七）では、主人公の高校二年生三人組が古文の課題として『源氏物語』のレポートを書く場面で、「ヒマ人の紫式部のオバサンが五四帖も書くから」読むのが大変だとぼやき、光源氏は「国家の権力構造に対する疑問とか、社会的矛盾に対する怒りとか何も考えず」、ただ恋愛にしか関心のない「マザコンでロリコンで不倫大好きの変態」と真剣に腹を立てる。[7]

八〇年代は女性が（性的なものも含め）自らの願望を公に表現するようになった時代でもあり、[8] 瀬戸内寂聴の『女人源氏物語』のように女性登場人物の性欲や悪意を描いた作品も作られている。少女小説もそうした動きの中にあった。瑠璃姫は光源氏の色好みに表象される平安時代の結婚制度や女性の置かれた立場を批判しているが、それは八〇年代の日本における女性を取り巻く状況への批判にもつながる。[9] 氷室は当時、萩尾望都との対談で、現代が舞台だと媚びない女性が書きにくい、むしろ平安時代のほうが楽だと語っている。[10] 氷室は瑠璃姫を通して光源氏の色好みを批判し、瑠璃姫のような一〇代の女性とは必ずしも波長が合わない大人の女性（オバさん）である紫式部が書いた『源氏物語』に対する媚びない意見を述べたといえるだろう。

尤も、光源氏の「色好み」は少女小説ではむしろ削除されることが多い。先に触れた『斎姫異聞』の「光少将」は物語開始時には既に出家、『平安夢がたり』の「光の君」は「超硬派」の検非違使と、いずれも色好み的要素は削除されている。『マリア様がみてる』の「光の君」にも色好み志向はみられない。みやもとじゅんの『私のカレは光♡源氏』（一九八九）では主人公の恋人ヒカルはその美貌ゆえに「光源氏」と呼ばれているが、「プレイボーイで次々アイジン作っちゃう」光源氏とは違って、「優柔不断の恋愛光線不感症でウワキの心配まったくなし」と色好みとは無縁の性格が強調されている。[5] 主人公と結ばれる男性は（少なくとも最後には）主人公一人を愛することが基本の少女小説では、色好みは削除されるか、何らかの加工を施した上で取り込まれることが多いが、近年では新しい動きも見られる（後述）。

九〇年代に入ると少女小説ではファンタジーが圧倒的な人気を博し、ボーイズ・ラブ作品（以下、ＢＬ）も現れる。この頃の作品として倉本由布の『きっと待っている　平安夢紀行』（一九九六）がある。主人公が毎回どこかの時代にタイムスリップするファンタジーだが、シリーズ四作目にあたるこの作品では、高校一年の蒼生子が平安時代にタイムスリップし、香子（紫式部）と馨子（清少納言）という二人の少女と出会い、三人で都に出る賊を追う。現代の世界では蒼生子は古文が苦手で、「紫式部っていうオバサンが書いた」[11] 原文は全く理解できないが、『源氏物語』のマンガ訳に夢中である。蒼生子はマンガ訳の光源氏に憧れ、源氏が藤壺のもとへ忍んでいく場面をドキドキしながら読んでいる。このマンガ訳は一九九三年完結の大和和紀の『あさきゆめみし』を連想させるが、少なくとも少女マンガ訳であれば、藤壺との密通はあくまでも美しい悲恋として描かれていたと考えられる。蒼生子は光源氏の美化された色好みを楽しんでいたといえよう。

また、紫式部をオバサンと呼ぶのは八〇年代の作品と同じだが、蒼生子は少女時代の香子を「大好きで大事な友達」[12] と考えている。二〇〇〇年以降、少女小説に限らず『源氏物語』関連作品にタイムスリップ型ファンタジーが増え、主人公も紫式部に友達感覚や親近感を抱くことが多い。倉本の作品はそうした二一世紀の動きを予感させる。

二〇〇二年、六道慧の『源氏十二宮絵巻』（〜〇三）が刊行される。「桐壷」から「夕顔」までを踏まえた翻案であり、ヒカル（光源氏）の護衛を務める陰陽師加世白瑛を主人公に物語は進行する。冷たくされてもヒカルを想う葵上、その葵上を秘かに慕う白瑛、さらにその白瑛に心を寄せる幼馴染の五瀬という一方通行の恋愛も物語の重要な要素である。

ヒカルは葵上の他、六条御息所、夕顔、空蝉、藤壺とも関係を持っており、光源氏の色好みはほぼ継承されている。また、ヒカルや頭中将はバイセクシャルとして描かれ、小君（空蝉の弟）との性関係などＢＬ的要素も見られる。さらに、妖術に誑かされた結果であり、リアルな描写こそないものの、ヒカルと桐壷更衣との母子相姦を示唆する場面もあり、様々な性を描いた作品ともなっている。

二〇一一年にはライトノベルのレーベルから野村美月の『ヒカルが地球にいたころ』（～一四）が登場する。[13] 現代の高校を主な舞台とするこの作品は、謎の死を遂げた帝門《みかど》ヒカルの幽霊に取り憑かれた是光を主人公として、生前のヒカルと関係のあった女性たちを一人ずつ各巻の中心人物に据えた「葵」から「藤壺」までの一〇巻で構成されている。ヒカルはその美貌と優しさから女性に絶大な人気があり、学校では「ハーレム皇子」と呼ばれていた（複数の女性と性関係あり）。一方で同性の友人はなく、母の死後引き取られた父の家でも正妻とその息子から疎まれて育った。死後、同級生の是光に幽霊として取り憑き、彼の力を借りて親しくしていた女性たちとの約束を果たそうとする。女性たちは各巻のタイトルにもなっている『源氏物語』の登場人物がモデルだが、若紫や夕顔など授業でも学ぶことの多い人物ばかりでなく、朝顔や花散里など取り上げられることの少ない人物を踏まえた女性たちも登場する。他にも近江の君や紫式部をモデルとする人物も重要な役回りを演じている。

『源氏物語』と関連するライトノベルは少女小説に比して少ないが、この作品は読者の評価も高い。[14] また、各巻が独立しつつも、それぞれの少女の物語が絡み合い、最後にヒカルの死の謎が明らかにされるという、全体としてまとまりのある一つの物語が作り上げられている点においても原作に通じるものがある。

六道と野村の作品ではどちらのヒカルも恋多き男性である。野村の作品については、ライトノベルが男性一人に複数の女性という「ハーレム型」の作品を積極的に描くこともあり、色好み的要素が拒絶されなかった面もあろう。さらに、どちらの作品にもヒカルを「ただのタラシのハーレム皇子[15]」にしないために色好みへの加工が施されている。

少女小説やライトノベルの登場人物は読者と同じ一〇代が基本であり、六道のヒカルも一七歳、野村のヒカルは死亡時一五歳である。原作では光源氏が年を重ねるにつれ、その色好みは悲哀や絶望、悪意といった面が強くなるが、この二作品はヒカルを一〇代に固定することで、そうした負の側面を回避し、若者の純粋な恋愛という面を強調する。また、どちらのヒカルも「我儘で女好きだが真摯」という性格づけがなされる。六道のヒカルは夕顔の死を原作以上に悲しみ、繰り返し自責の念を語る。また、野村のヒカルは幽霊になってでも生前に女性たちと交わした約束を果たそうとする（光源氏も女性たちに誠実な面はあるが、原作はそれを殊更に強調することはない）。さらにヒカルの色好みに酌むべき事情を加える。六道の作品ではヒカルが桐壺更衣を慕うあまり、更衣と手の形が似ているという空蝉に執着するが、語り手は「ヒカルの想いを誰が責められよう」とその行為に理解を示す[15]。野村の作品ではヒカルが幼い頃から家庭や学校で孤立していたことが再々語られる。どちらも愛情不足の埋め合わせとしての色好みという印象が強く醸成され、ヒカルは愛情に恵まれずに育ったため、純粋な愛を求めて女性たちと関係を持つ一〇代の真摯で繊細な少年として描かれている。

さらに、ヒカルには世話をしてくれる友人——白瑛と是光——が常に傍らにいる。白瑛と是光はヒカルの我儘に振り回されながらも、彼を支え続ける。また、白瑛と是光は女性に対し慎重で、白瑛は葵上を秘かに慕い、是光は物語の終わり近くまで自分の想いを口に出せずにいる。さらに、白瑛は繊細な心配りをする美貌の陰陽師として描かれ、是光は外見こそ強面だが、その誠実な優しさが印象深く語られる。色好みとは無縁で、同じ程に魅力的な人物が並置されており、どちらのヒカルも原作の光源氏のような唯一絶対の存在ではない。むしろ、白瑛と是光は作品の主人公であり、彼らの視点から物語が語られることも多いため、読者はヒカルよりも白瑛や是光に感情移入がしやすい[17]。この二人の存在がヒカルの色好みを可能にした面は大きいだろう。

二〇一三年の春秋子の『光源氏と不機嫌な花嫁』も「桐壷」から「若紫」までを大まかに踏まえた翻案である。主人公の葵上は初夜の晩、源氏のあまりの傲慢さに怒り、脇息で殴って気絶させ、離婚を宣言する。しかし数年後、源氏が弘徽殿女御の呪詛による離魂病にかかる。治療には妻との性生活が不可欠と説得され、葵上は結婚生活を再開させ、さらに女房として出仕し、呪詛の全容解明をめざして活躍するというストーリーである。

この作品は少女小説から派生したティーンズ・ラブ作品（以下、ＴＬ）である。ＴＬは二〇〇九年以降盛んになった若い女性向けのポルノ小説だが、濃厚なセックス描写を伴うラブロマンスが主流で、この作品にも光源氏と葵上のセックスシーンがふんだんに盛り込まれ、イラストにも多く性の場面が描かれている。

少女小説では二〇〇〇年代半ばから「姫嫁」（主人公が姫や花嫁で、物語が結婚から始まる）と「いちゃラブ」（主人公が男性に溺愛される）という二つの特徴を兼ね備えた作品が急増するが、この作品もそのひとつである。この作品には源氏と夕顔、藤壺、六条御息所との関係が描かれるが、「いちゃラブ」ものでは色好みは敬遠されるため、彼女たちと関係するのは源氏自身ではなく、源氏の生霊とされる。源氏は初夜こそ葵上に傲慢な態度をとるが、再会後は性的に強力にリードしながら葵上ただ一人を溺愛する。（源氏と葵上のセックスシーンは詳細に描かれるが、生霊と女性たちとの具体的な性描写は殆どない。）

姫嫁系の登場は少女小説の読者の高年齢化が一因とされる。九〇年代のコバルト文庫には「青春を考えるヴィヴィッドな文庫」というキャッチフレーズがついていたが、成人した読者にとって思春期の葛藤は魅力的なテーマではなく、むしろ純粋な娯楽としてファンタジーの人気が高い。二〇一〇年代の少女小説やTLが主に描くのは、女性が（複数の）男性に溺愛される乙女ゲームにも似た世界であり、春秋子の作品も光源氏と葵上のセクシュアル・ファンタジーを提供している。

二〇一七年の中臣悠月『平安時代にタイムスリップしたら紫式部になってしまったようです』はweb小説が書籍化されたものだが、[18]九〇年代の倉本の作品と同じくタイムスリップ型ファンタジーである。主人公香子は高校の修学旅行先の京都で平安時代にタイムスリップして紫式部と出会う。この作品の紫式部は男性で、香子は物語の執筆を手伝ううちに式部と恋に落ち、最終的には現代へ戻らず、平安時代に生きることを決意する。

「フラグがたつ」、「クイックセーブ」、「バッドエンド」などゲーム用語の頻出が示すように、乙女ゲームが作品のベースにある。香子は現代の世界では乙女ゲームに夢中で、タイムスリップ後も自分の置かれた状況をゲームのルールを基に読み解き、対処しようとする。乙女ゲームは一人の女性プレーヤーが（複数の）男性を恋愛対象として攻略するのが基本だが、香子も紫式部、国時（安倍晴明の孫）、惟規（紫式部の弟）という三人の男性と初めて出会う場面で彼らを攻略対象としてとらえる。この作品では香子が紫式部を選択し、恋愛を成就させるストーリーが語られているが、乙女ゲームとしてみれば、香子が紫式部以外の男性、あるいは複数の男性と恋愛関係を持つというバージョンも可能である（三人はそれぞれ魅力的で香子に明らかに好意を示している）。

一人の女性と複数の男性からなる「逆ハーレム」型の少女小説は藤本ひとみの作品など八〇年代から存在したが、二一世紀初頭の乙女ゲームの登場とも相まってその数は増加している。中臣の作品も少女小説が回避する傾向が強い光源氏の色好みを女性の側が引き受け、一人の女性が多くの男性と恋愛関係を持つ逆しまの『源氏物語』を垣間見せている。中臣の作品と深く関連する乙女ゲームにも『源氏物語』を題材とするものが複数あるが、やはり男女が逆転し、光源氏に相当する一人の女性――たとえば光源氏という名の姫――と複数の男性との間でゲームが進行する。[19]これらの作品は女性が恋愛のリーダーという新しい『源氏物語』世界を作り出しているが、そこに見られるのは八〇年代の氷室の作品のような女性の立場への異議申し立てといった現実へ向かう動きではなく、むしろ現実とは無縁の――春秋子の作品などとも共通する――「いちゃラブ」ファンタジーを楽しむ動きである。

少女小説やライトノベルには翻案や借用の形で『源氏物語』と関連する作品以外に、冒頭の『マリア様がみてる』のように学校生活の一コマとして『源氏物語』と繋がる作品もある。『マリア様がみてる』の兄弟編の一冊である『お釈迦様もみてる　超難解問題集』（二〇一二）には、期末試験に向けて『源氏物語』対策を練る男子生徒たちが描かれている。今回取り上げた作品でも、野村の作品を除く現代もののすべてに古文の授業での『源氏物語』への言及がみられる。[20]授業で『源氏物語』を学ぶことが物語の転換点となっている作品もある。真船るのあ『光源氏の花嫁』（二〇一二）は「いちゃラブ」姫嫁系のBL作品だが、男子高校生の奈緒と彼の両親の死後、奈緒を引き取って育てている従兄佳鷹との恋愛が成就するまでを描く。奈緒は佳鷹がかつて自分の母親に恋していたことを知り、自分と佳鷹の関係について思い悩むが、古文の授業で光源氏が藤壺ゆかりの若紫を引き取って育てたことを学び、それを機に佳鷹への想いを再確認する。

少女小説やライトノベルの大半の読者と作者にとって、最も身近な『源氏物語』は古文の授業で学ぶ『源氏物語』であろう。尤も授業で扱う『源氏物語』には偏りがあり、教科書に最も多く採られているのは「桐壷」冒頭と「若紫」の垣間見の場面である。[21] 実際、『源氏物語』の翻案や借用は、今回論じた作品（氷室と野村の作品を除く）を含め、「桐壷」から「若紫」までに限られる傾向が強い。この四帖は授業で学ぶ機会も多く、読者と作者がある程度知識を共有するため翻案や借用の素材として活用しやすい。また、一〇代の光源氏が描かれる巻々でもあり、一〇代を専らに描く少女小説やライトノベルの特性ともぴたりと符合する。

ぴたりと符合するゆえに、そこに描き出されるのは畢竟一〇代の世界観であって、『源氏物語』とは無縁ではないのか、という疑問が浮上するかもしれない。無論そうした面は否定できない。だが本稿がターゲットにしたのは、古文の授業体験を緩やかに共有する文化の中で交換される物語の諸相である。確かに『源氏物語』が道具として使われているにすぎない作品も少なくない。しかし、それを道具としてしまう逞しさは、王朝女性の物語行為のエネルギーを受け継いでいるのかもしれない。また、ひょっとすると使い手を動かしているのは道具の方かもしれない。

〔注〕

1　今野緒雪『マリア様がみてる　特別でないただの一日』（コバルト文庫、集英社、二〇〇四）、一八ページ。（シリーズ全三七巻）

2　少女小説については、少女向けライトノベル、ガーリーノベルなど、いくつかの呼称が近年出てきているが、ここでは従来の呼称に従う。なお、少女小説については、岩淵宏子他編『少女小説事典』（東京堂出版、二〇一五年）、久米依子『「少女小説」の生成』（青弓社、二〇一三年）、嵯峨景子『コバルト文庫で辿る少女小説変遷史』（彩流社、二〇一六年）などを参照。

3 氷室冴子『ざ・ちぇんじ！ 新釈とりかえばや物語 後編』（コバルト文庫、集英社、一九八三）、一九四ページ及び二〇一ページ。（シリーズ全二巻）

4 今野 前掲書 二九ページ。

5 みやもとじゅん『私のカレは光♡源氏』（X文庫ティーンズハート、講談社、一九八九）、四七ページ及び前袖。

6 氷室冴子『なんて素敵にジャパネスク』（コバルト文庫、集英社、一九八四）、一〇ページ。（シリーズ全一〇巻）

7 川原泉『笑う大天使《ミカエル》（一）』（花とゆめコミックス、白泉社。一九八七） 九七、一二二～一二四ページ。（シリーズ全三巻）

8 中森明夫『ワンス・ア・イヤー』解説（林真理子著、角川文庫版、一九九五年）、斎藤美奈子『アイドル文学論』（岩波書店、二〇〇二年）など。

9 岩淵宏子他編 前掲書、二五七ページ。

10 氷室冴子『氷室冴子読本』（徳間書店、一九九三年）、九八～九九ページ。

11 倉本由布『きっと待っている 平安夢紀行』（コバルト文庫、集英社、一九九六）、二二八ページ。（シリーズ全二〇巻、一九九五～二〇〇二）

12 倉本 前掲書 二四一ページ。

13 二〇〇〇年以降の女性読者の増加に伴い、女性向けと思われるライトノベルが出てきており、野村美月の作品もその一つと考えられている（久米依子 前掲書、三三〇ページ）。

14 『このラノベがすごい！ 2014』では「好きな作品」の一九位に入っている。

15 野村美月『ヒカルが地球にいたころ 藤壺』、（ファミ通文庫、エンターブレイン 二〇一四）、二〇〇ページ。（シリーズ全一〇巻）

16 六道慧『源氏十二宮絵巻』（ビーンズ文庫、角川書店、二〇〇二）、五二ページ。（シリーズ全二巻）

17 『このラノベがすごい！ 2014』では「好きな男性キャラクター」の一〇位に是光が入っている。

18 第一回カクヨムweb小説コンテスト「恋愛・ラブコメ部門」大賞受賞作品。

19 『源氏恋絵巻』、『逆源氏物語』、『源氏物語 男女逆転恋唄』など。光源氏という名の姫は『源氏物語 男女逆転恋唄』の女性キャラクターである。

20 野村の作品は『源氏物語』への言及はないが、ヒカルと是光が初めて出会うのは、ヒカルが古文の教科書を借りに来た時である。

21 平林優子、「教材としての『源氏物語』」(『東京女子大学論集』五八号、二〇〇八年)、二七~五〇ページ。

加工文化としての翻訳

立石　和弘

一　はじめに　―共同体と想像力の枠組み

翻訳はテクストの問題としてのみ存在するわけではない。翻訳されたテクストは常に装釘・造本という身体的外形を伴って社会に流通し、出版社の販売戦略に基づく宣伝コピーや、作家・研究者らによる書評、出版に連動して展開するテレビ・ラジオ・新聞・雑誌などの推薦や批評を伴い、流通形態も書物の物販に限らずネット経由のデジタルデータとしてダウンロードされ、多様な共同体に立脚する読者もまたそれぞれの立場から意見を発信する。それらが相互に干渉し合いながら「翻訳」が社会に現象する。こうした加工・流通・消費の総体の中に翻訳を位置づけ直すとき、既存の翻訳論とは異なる風景が開けてくる。前景化するのは「翻訳」の成立を可能にする共同性と、各時代、各社会における共同体の想像力の枠組みである。本稿では、「加工文化としての翻訳」という視座から、近現代における日本の『源氏物語』翻訳および翻案を対象として、「共同性の枠組み」にアプローチするための複数の切り口を提示したい。

二　国家主義とオクシデンタリズム―世界に誇る日本の古典

明治期以降、日本において『源氏物語』翻訳を成立させる大きな動因となったのは国家主義である。一八八二年に出版された末松謙澄の英語訳から始まり、現在も「世界に誇る日本の古典」という常套句は『源氏物語』の流通についてまわる。いわば『源氏物語』はナショナル・アイデンティティの発露としてシンボライズされているのだが、同時にオクシデンタリズムとも言うべき、権威化された欧米に対する憧れと憎しみの相半ばする屈折したメンタリティもまた、『源氏物語』の加工・流通に際して露呈する。その分かりやすい例として、一九二六年に第百書房から出版された鈴木正彦の現代語訳『全訳源氏物語』の序文を取り上げたい。

訳者はいま「プレジデントジェフワーソン号」の船中にあり、イギリスに向かっているという。「式部の偉業を世に普遍せしむる為、且は世界に誇る可き吾人日本人が唯つ唯一の文献、民衆化の為、高島君の頼みを諾し、以来十ヶ月程掛つて、書き上げたのが此本で、三回位書直した、所によつてはもつと書直した」とあり、「猶僕は一日本人として日本を愛すから何も好んでアメリカ人の此のジェフワーソン号に乗り度くは無いが、行先は英語しか通じん所たから会話の練習傍々と思つて、不本意乍らもアメリカ人のプレシデントジェフワーソン号に乗つた、一等船客に日本人の少いのが癪だ僕は時々日本人の意気を見よとばかり萬丈の意気を咄いて、奴等、毛唐を煙に巻く事を忘れん。一文物して序に代ふ」（常用漢字に改めた。その他の表記は原文のまま）と締めくくられる。「世界に誇る古典」を携えてイギリスに出帆する、どこか自意識過剰なその姿は、『源氏物語』を国家主義の文化的発露として見いだした、明治大正期の源氏幻想を象徴する時代の自画像と言えるだろう。

昭和戦時下に谷崎潤一郎訳が大受けした不思議も、国家主義によって称揚された『源氏物語』の位置づけから読み解くことができよう。一九三九年から刊行が始まる谷崎訳だが、嶋中雄作「刊行の辞」には「源氏物語が日本最初のそして最大の文学であり、日本文化の最も誇らしい金字塔」であるがゆえに「全身全力を打ち込んでも尚飽かざる底の意義ある文化的国宝的出版」であると述べ、谷崎も序で「今や我が国は上下協力して東亜再建の事業に邁進しつゝある。かう云う時代に、われ〳〵が敢て世界に誇るに足ると信ずるところの、われ〳〵の偉大なる古典文学の結晶を改めて現代に紹介することになつたのも、何かの機縁であるかも知れない」と記す。世界に誇る古典『源氏物語』は日本人の優位性を保証する文学であり、それゆえその出版事業は「東亜再建」に奉仕するものであるという主張は、時局迎合的な宣伝文句として切り捨てることもできるが、実際に谷崎訳が記録的な販売実績を上げたことを勘案すれば、実に序文の記すとおり、国家主義の吹き荒れる社会は『源氏物語』の出版にとって好機であることを証している。それゆえ谷崎訳と同時期に与謝野新訳も出版されたのではなかったか。与謝野晶子訳『新新訳源氏物語』（金尾文淵堂）は初巻が一九三八年十月、最終巻は三九年九月の刊行であり、谷崎訳の初回配本が三九年一月であるから、発行時期は一部重なっている。敗戦後、一九五一年に沸き起こった「源氏ばやり」は、谷崎新訳、与謝野訳（三笠文庫版）、歌舞伎に映画、翌年は宝塚歌劇も加わり賑わったが、これも五一年に調印されたサンフランシスコ講和条約により日本が占領を解かれて独立を回復した年であることを考えれば、やはり国家主義的な高揚感と連動する源氏ブームであった。

三　美的幻想、性的幻想 ―教養の共同体と性差のバイアス

『源氏物語』の翻訳を支える国家主義的枠組みが明治大正期に編成されたのに対し、美的幻想と性的幻想に二極化する対立的な受容図式は、『源氏物語』享受の歴史の中で長い時間をかけて醸成されたものである。今日の日本で、王朝絵巻的表象を伴って再生産される『源氏物語』は、女性、特に中高年女性を主たる受容共同体とし、カルチャースクールや中高学校教育とも深く結びつきながら流通する。『家庭画報』『和楽』『婦人画報』といった中高年女性をターゲットとする婦人雑誌において、『源氏物語』は「美」と「雅」の装いをまとう高級文化として位置づけられており、読者は美的王朝幻想によって編成された『源氏物語』との接点を持つことで、ハイクラスな教養の共同体あるいは文化圏に組み入れられることを期待する。婦人雑誌はそうした消費モデルを積極的に提示しているのだと言えようが、これは谷崎潤一郎訳『源氏物語』を、一九三九年以降十五種に渡り出版し続けてきた中央公論社の出版戦略とも響き合うものとなっている。その特色は、装釘・挿画・箱などに体現された高級文化を擬態する美的外形、総合源氏入門書としての付加価値、研究者を利用した権威付けとリスク管理に認められるが、これら一貫した出版戦略が、大衆の欲望を編成し、『源氏物語』の消費モデルを創造してきたことは確かである。たとえば最初の出版に際しては、「家宝として永久に保存されるために」（特製桐箱の宣伝）、「家宝として保存される御希望の方々のために」（愛蔵本内容見本）とくり返されているが、「家宝」の文言はこれが作家谷崎潤一郎の作品であり、大量に複製された印刷物でしかないことを考えれば、あまりに大仰な惹句と言わなければならない。谷崎の翻訳を所有することが『源氏物語』の写本や版本を所有することと同義であり、「国の宝」である『源氏物語』を「家の宝」として所蔵する幻想を購買者

に差し出す、出版社のイメージ戦略をここに読み取ることができる。

ジェンダーやセクシュアリティを視座として『源氏物語』を享受する欲望もまた、一方で『源氏物語』を流通させる主要な共同体を形成している。その特徴は本質主義的な性の枠組みが再生産される点にある。美的王朝幻想を身に纏った翻訳が「世界に誇る日本の古典」といった、読者を国家主義に導くパラテクストと結びつきが深いように、性的幻想を基盤とする加工作品には「千年変わらぬ男と女」といった言葉が反復される。たとえば大衆作家である渡辺淳一の『源氏に愛された女たち』（集英社、一九九七年）には、「男には飼育というか愛育願望があり」、それゆえ従順な態度で男の自尊心を満たす夕顔を「理想的」と評した上で、「これほど理想的な女性が手もとにいながら、源氏はなぜ浮気をし、女性遍歴を重ねたのか」との問いに、「「源氏は男だから」の一語に尽きる」と言い切る。つまり男の浮気は、光源氏がそうであるように千年変わらない男の本質なのだという主張である。こうした解説は大衆化した『源氏物語』に限定されるものではない。アカデミズムの言説にもしばしば認められるものであり、一例を挙げるなら、鈴木日出男の新書版入門書『はじめての源氏物語』（講談社新書、一九九一年）に、「国の民を管理することと、女君を所有することとは、矛盾しないどころか、かえって、人の心を惹きつける力として同根のものとみられていたはずである」とあり、「光源氏の物語は、女君たちの心を領略しようとする彼の超人的な〈いろごのみ〉の力と、逆に女君たちがそれを人間関係の現実の地点からとらえかえそうとする力とが、緊張関係をたもちながら構築されているのである」と記されるのは、男性を特権化する女性支配の欲望を露骨に正当化（正統化）した内容であり、両言説を並列化することで浮かび上がるのは、アカデミズムと大衆文化の差、あるいは研究者と大衆作家という肩書きの違いなどではなく、むしろ両者が共に立脚する共同体の存在であり、その共同性を構成する保守的な性の枠組みなのである。

翻訳されたテクスト自体にも性の枠組みは色濃く滲み出る。たとえば谷崎潤一郎訳を特徴づけているのは敬語の多用であり、原語を生かした流麗な文体は、女性的な語りを印象づける。一見すると完全な逐語訳と見まごうが、過剰なまでの丁寧語は原文の叙述とは異なる。『源氏物語』の地の文には丁寧語が用いられていないのであり、読み手に対する敬意は原則的に表出されていない。それに対し谷崎訳では、作中人物に対してだけでなく、読み手に対する敬意をも過剰なまでに付加している。谷崎は「新々訳源氏物語序」（『新々訳源氏物語』巻一、中央公論社、一九六四年）において、「敬語は日本独特のもので、われわれの言葉の美点」であると主張し、その根拠として『源氏物語』を位置づけているのだが、現代語訳に示された「日本独特」の「言葉の美点」としての敬語（地の文の丁寧語）は、実際には『源氏物語』には存在しないのであり、いわば『源氏物語』の翻訳を通して捏造された語りの伝統、美徳なのである。そしてその「美点」は、『源氏物語』を根拠とするかぎりにおいて、語る女性の見上げるまなざしによって支えられている。

これと対照的なあり方を示すのが与謝野晶子の現代語訳である。与謝野の『新々訳源氏物語』（全六巻、金尾文淵堂、一九三八－三九年）は「物語」を「小説」に、「語り手」を「書き手」に置き換えている。そうすることで『源氏物語』に構造化された女性の語り手の見上げるまなざしを希薄化し、代わりに書き手を設定することで、作品世界を支配するまなざしを導入したのである。今日に至るまで間欠的に出版され続けている『源氏物語』の現代語訳を見渡すと、与謝野訳は例外的な実践であることが理解され、多くの場合には、作家であれ研究者の訳であれ地の文に丁寧語を用いて訳出している。それはつまり、翻訳テクストの中に女性の見上げるまなざしを構造化していることを意味し、丁寧語の付加によって、性差を階層化するバイアスが、さりげなく、だがしたたかに再生産されていることに気づかされる。

四　レイプ文学としての『源氏物語』―性的想像力の枠組み

源氏文化を形成するキーワードは数十年単位で流行の変化を見せる。通時的には五〇年代以降の「悲恋」「好色」、八〇年代頃には「不倫」、そして九〇年代前後からは「レイプ」の文学として位置づけられてきた経緯がある。『源氏物語』をレイプの文学として解説する大衆向け書籍を二例あげると、瀬戸内寂聴「心ならずも不倫を働いてしまった伊予介の若い後妻は可愛そうである。今風にいえば不良少年にレイプされた人妻というところだ」（「不倫妻」『わたしの源氏物語』小学館、一九八九年）、大塚ひかり「光源氏のセックスはレイプが多い。…空蝉も、のちに空蝉と間違えて犯される継子の軒端荻も、弘徽殿の妹の朧月夜も、ほとんど行き当たりばったりで、しかも強引に犯される。光源氏はレイプマンなのだ」（「帚木　手紙のやりともなく犯す光源氏はレイプマン?」『面白いほどよくわかる源氏物語』日本文芸社、二〇〇一年）など。これらはあくまで一例に過ぎず、九〇年代以降その量を増す。研究書でも『源氏物語』はレイプ文学として論じられるようになるが、その嚆矢は一九八九年に発表された今井源衛の二本の論文にあり、「女の書く物語の発端」（紫式部学会編『古代文学論叢』第11輯、武蔵野書院、一九八九年七月）と「物のまぎれの内容」（佐藤泰正編『「源氏物語」を読む』笠間書院、一九八九年）がそれにあたる。前者はのちに「女の書く物語はレイプで始まる」と改題されて『王朝の物語と漢詩文』（笠間書院、一九九〇年）に収載された。これに対しては藤井貞和の反論「『源氏物語』と国民文学―バーバラ・ルーシュを起点として―」（『季刊 iichiko』23号、日本ベリエールアートセンター、一九九二年）や「比香流比古」（『ユリイカ』青土社、二〇〇二年）が提示されているが、源氏研究の趨勢を見ると、この問題について正面から論じることは避けられているという印象であり、少なくとも「反レイプ論」は低調で、それに比して

「レイプ論」の勢いは衰えない。「垣間見場面には、垣間見→強姦という物語文学の文法」がある（三谷邦明「言説区分」『源氏物語の言説』翰林書房、二〇〇二年）と言明して憚らない研究論文や、「まず彼は生涯に多くのレイプを行っている。まさかと思うだろうが空蝉、末摘花、朧月夜、などはレイプと思っていい」（近藤富枝「光源氏の犯罪」『近藤富枝と読む源氏物語』オリジン社、一九九六年）など、研究書と解説書等の大衆向け出版物とが相互に連動しながら『源氏物語』はレイプの文学であるという認識を押し広げていった。二〇一一年に公開された映画『源氏物語　千年の謎』（角川映画、鶴橋康夫監督、生田斗真主演）では、アヴァンタイトルで紫式部が藤原道長にレイプされる。その後、道長への愛憎相半ばする激情が『源氏物語』執筆の原動力になったというストーリーであり、映画メディアへの翻訳においても、『源氏物語』をレイプの文学として位置づける解釈共同体の想像力の枠組みが基盤にあり、全国公開の映画館で多くの観客に共有された。

五　不敬とメディアの自己検閲、皇室と美的王朝幻想

ここまで、現代日本の源氏文化を編成する国家主義、および美的幻想と性的幻想の二項対立を基軸に整理してきたが、これらは流通を許された源氏文化だと言える。それに対し日本では流通が許されない、あるいは流通しにくい『源氏物語』が存在する。それは「不敬」に関わる『源氏物語』である。日本では不敬意識が表現を規制しており、天皇家の不義密通と、密通によって生まれた皇子が天皇に即位する『源氏物語』は、それゆえ弾圧の季節を経て、メディアによる自己検閲の現代を生きる。一九三三年、板東簑助（八代目三津五郎）を中心とした若手歌舞伎俳優の劇団「新劇場」による番匠谷英一作『源氏物語』の上演に中止命令が下され、三八年、国定教科書『小学国語読本』に掲

載された『源氏物語』をめぐっては削除要請のキャンペーンが張られ、三九年、刊行開始となった谷崎訳は不敬に該当する箇所がことごとく削除された。これら歴史的出来事を過去のものとはできず、たとえば二〇〇一年に公開された映画『千年の恋　ひかる源氏物語』(東映、堀川とんこう監督、吉永小百合主演)において、朱雀帝は十条帝に、冷泉帝は玲瓏帝へと呼び名が変えられる。こうした変更はこれまでの源氏映画には見られないものであり、「朱雀」と「冷泉」がともに実在する天皇の名であることへの配慮とするほか理由が見当たらない。こうしたあらわな不敬意識とメディアの自己検閲はこの映画に固有な過剰反応であろうか。そうではあるまい。不敬を憚るメディア状況が、静かに、しかし強度に『源氏物語』の現在を取り巻いている。

一九六六年に公開された映画『源氏物語』(源氏映画社、武智鉄二製作・脚本・監督、花ノ本寿主演)は武智鉄二の自主映画的作品であるが、終盤、浅丘ルリ子演じる紫の上が明石の中宮に対し、「わたくしのひ弱いのに引き替え、あなたの生みのお母様はご丈夫なお方で。やはりそういう血筋でないと、これからの世はだめなのでございますよ」と語りかけ、「わたくしは働く人の血を〇〇〇〇の淀んだ血の中へ導き入れたかったのです。わたくしの望みの全ては叶えられなかったけれど、あなたのお陰で、ひとつだけは」と続ける。伏せ字の箇所は音声が消されており、口を読むと「皇室」と言っているのがわかる。五九年には皇太子と「平民」出身の皇太子妃の結婚があり、このセリフは現実の皇室を強く意識させるものとなっているが、それゆえ音声は消去された(消去した)のであろう。映倫による検閲か、武智自身の自己検閲かは今のところ不明だが、不敬意識に拘束された源氏文化の一例として、あるいは不敬なるものを隠微に浸食する源氏文化の一例として紹介したい。

一方でカードの表裏と言うべきか、天皇制賛美に奉仕する美的王朝幻想は、はばかり無くメインストリームを占めている。そもそも皇室共同体自体が儀式の要所で王朝絵巻的表象を巧みに利用している。天皇・皇后が即位式で身に纏う平安装束、他の皇族も結婚式では平安装束の着装を習いとする。こうしたイメージ戦略は、皇室を王朝幻想のオリジンとして位置づける作用を果たし、国民の意識に、さらには無意識領域に、美的王朝幻想＝皇室のイメージを刷り込む働きをしている。結果、社会に量産される多様な王朝幻想が、「オリジンとしての皇室」に回収される仕組みが完成する。それゆえ王朝幻想に誘惑され、王朝の美意識に陶酔すること自体が、本人の意識如何にかかわらず、天皇制に取り込まれることと同義になる。これは研究も同様であり、すでに小林正明が示唆するように（「逆光の光源氏―父なるものの挫折」『王朝の性と身体』森話社、一九九六年。「『源氏物語』の文化現象―挟撃する大衆文化と権力作用―」『講座源氏物語研究第一巻　源氏物語研究の現在』おうふう、二〇〇六年）、光源氏の王者性や聖性を体系づける分析が、天皇制称讃の言説として機能し、あるいは『源氏物語』の神話作用を歴史的に跡づける研究が、天皇家を頂点とするヒエラルキーに価値を与え、権力作用を補完する役割を果たしてしまう。皇室とアカデミズム、そして大衆文化が反照し合うなか、雅かなリフレクションに誘われて光に近づくと、ぬかるみに足を取られて闇に沈み込む。

六　源氏教育市場―相互依存と相互排除

すでにこれまで繰り返し触れてきたとおり、加工文化として源氏文化を対象化するに際しては、大衆文化とアカデミズムの階層的な対立は無効となる。他言語や他メディアへの翻訳を加工と呼ぶならば、源氏研究の言説もまた『源氏物語』を翻訳した加工文化のひとつとして位置づけられるからである。しかし、現実的に両者は対立的な関係を紡いできた経緯があり、源氏教育市場をめぐる応酬が源氏文化の一局面を形成している。

一九五一年に始まる戦後最初の源氏ブームのさなか、「古典の大衆化論争」が勃発した。秋山虔論文の言説分析を含む込み入った詳細は、拙稿「アカデミズムと大衆文化—『源氏物語』江戸から近現代へ」（『源氏物語と江戸文化—可視化される雅俗』森話社、二〇〇八年）をご参照いただくとして、ここでは双方の立場を代表する三者の言葉を紹介しながら構図をまとめたい。まず大衆文化の側から遠山孝の発言であるが、彼が所管する朝日新聞文化事業団は、歌舞伎座の動員記録を塗り替えた演目「源氏物語」の協賛団体として、紫式部学会や日本文芸協会とともに名を連ねていた。その遠山が『解釈と鑑賞』（至文堂、一九五一年四月）に「源氏物語の劇化とその見方」を寄稿している。「何ごとによらず古典の現代化、または劇化ということはその原本と比較して相当のけちが出るものである」とし、「これに接する観客がはたして演劇「源氏物語」として受取るか疑問をもつのである。それはさきに述べたように文学専攻者が兎もすれば歌舞伎の筋を罵倒し、あげくの果ては舞台上の演劇美をも否定する癖をもっているからである」と述べて、手厳しく研究者を批判、牽制する。行文には、「原本」を不可侵の原典としてまつりあげ、オリジナルとの差異を誤読として叩き、原典の優位性を主張する研究者の態度に向けた憤りが滲む。一方、東北大学の岡崎義恵は「古典の鉱脈を荒らす山師—日本文芸の映画化」（『朝日新聞』一九五三年四月十六日）のなかで、「殊に「源氏物語」「好色一代女」「雨月物語」など、古典の大物を映画化する野心的な試みが続々あらわれていることは、我々専門の文芸研究者を驚かす事件である。我々は何も古典の保護者をもって任ずる者ではないが、むやみに古典の鉱脈を荒らす山師が出てては大変だと、警戒はしているわけである」と批判。これに対し、同じ研究者でも特異な立場に身を置く池田亀鑑は、当時『源氏物語』の大衆化に好意的であり、五〇年代の劇化・映画化に際して、監修や校閲の立場で積極的に参加していたのだが、「古典はけがされたか—源氏物語「浮舟」上演に関連して」（『朝日新聞』一九五三年七月十九日）において、「難解な古典が他の芸術様式に展開する場合、共通していえることは、専門学者の意見が、原典解釈に関しても、風俗考証に関しても、そこにうたわれているほど、必ずしも採用されているとはいえないのである」、「としてみれば、そんな実質をともなわない協力者の名目などは不用ではあるまいか」と吐露するのは、古典の大衆化に寄与してきた池田だからこそ実感する挫折感なのであろう。池田の言葉は、研究者を権威付けとしてのみ利用する、大衆文化の商業的打算に向けられている。

こうしたアカデミズムと大衆文化の屈折した関係を、「相互排除」と「相互依存」として括ることができよう。古典研究がオリジナル＝原典主義の立場から、加工作品と大衆文化を劣位に階層化するのに対し、大衆文化の側は、メディアごとに生産される加工作品が二次的生産物ではなく、自立した作品であることを主張しつつ、研究者にメディアごとのリテラシーを身につけることを要求する。そうした相互排除が両者の棲み分けを対立的に形成する一方で、相互依存が両者を強固に結びつけていることを見落としてはならない。大衆文化は研究者を権威づけのために利用し、研究者は古典の大衆化がもたらす市場拡大およびその経済効果、加えて大衆文化による研究者自身への権威づけに期待することで、大衆文化に少なからず依存する。

『源氏物語』の大量消費に道を付けた中央公論社の出版戦略にも、この相互依存の構図が組み込まれている。一九三九年の最初の谷崎訳に際して「殊にわが国文学界の至宝たる山田孝雄博士の厳格一毛の誤りをも見逃さない良心的な校閲」（内容見本）と喧伝されるが、出版社が山田孝雄に期待した役割はさらに別の所にあると考えられる。それはしたたかな出版人の計算とも言うべきもので、不敬箇所削除の責任を研究者に転嫁することではなかったか。谷崎と中央公論社の第一の目標は、全巻出版を完遂することにある。そうであるならば、官庁からの出版差し止めがあっては元も子もなく、消費者の反発を買っても売り上げが伸びない。ゆえに問題箇所の削除は避けがたく、削除はあらかじめ敷かれた予定行動として出版の青写真に組み込まれていたと考えられる。一方で、全訳を謳う以上、削除箇所の存在は疑いようもない瑕瑾となり、出版後に非難がさし向けられることも想定しうる。そうしたダブルバインドにあって、解決の方途として選び取られていくのが、国粋主義的な立場を体現する権威的な研究者を取り込み、その人物に責任を負わせ、削除問題の矢面に立たせることではなかったか。問題はむしろ、山田はなぜ校閲の仕事を引き受けたのかという点にある。「余が道義心より是認しがたし」（『源氏物語の音楽』宝文館、一九三四年）とする『源氏物語』の大衆化に、山田はなぜ参加したのか。そして自身に課される役回りをどの程度理解していたのか。杳として知れないその内面であるが、山田孝雄は戦後も引き続き谷崎訳の校閲を引き受け続けた。五八年に山田が他界した後、谷崎が「あの頃のこと（山田孝雄追悼）」（『谷崎潤一郎全集』第23巻、中央公論社、一九八三年）を記したなかに、初めて挨拶に上がった時を回想して、「その時先生は、何より先に私に次のことを条件として申し出された」、「源氏の構想の中には、それをそのまゝ現代に移植するのは穏当でない三ヶ条」があり、「源氏を訳するに方つてはこの三ヶ条に関する事柄は必ず削除すべきである。私が貴下を御助力するについては、予めこのことを含んでおいて戴きたい」と「激しく、語勢に秋霜烈日の気を帯びて」釘を刺したという。この記述の事実如何はここでは問わない。確かに言えるのは、削除の責任は山田孝雄にあるという、山田の反駁が封じられた時点で念押しされる言明であるということだ。谷崎訳出版における山田の役割はここに完結したのだと言えよう。

七　加工表現のリサイクル　―源氏物語らしさの形成

『源氏物語』の全体的把握が教養の共同体を形成するのに対し、『源氏物語』を断片化する受容形態は、様式化と差異を娯楽に結びつけることで古典受容の市場を拡大させてきた。そうした潮流が質量ともに顕著になるのは近世であるが、これは現代にも引き継がれており、様式化・定型化の度合いを強めている。「もののあはれの文学」「雅びの文学」「王朝絵巻的世界」「世界に誇る日本の古典」といった紋切型が、多数派の期待する『源氏物語』のイメージを規定し、性的文脈では「好色文学」「不倫の文学」「レイプ文学」など、すでに触れたとおり時代とともに変容しながら系譜をなしている。人物論も類型の宝庫だが、たとえば六条御息所に付与される「プライドが高く性的に貪欲な年増女性」といった人物像、あるいは「怖い女」としてのキャラクタライズは、いずれもメディアの種類を問わず再生産される類型的イメージである。

こうした類型化と様式化、そして陳腐化を促すのが「加工表現のリサイクル」であり、共同体が受け入れやすい翻訳・翻案の更新を支えている。その仕組みにあっては、『源氏物語』の加工作品が新たな「典拠」となり、古典の『源氏物語』を置き去りにしながら、『源氏物語』にはない加工表現が使い回しされることで、各社会における『源氏物語』のイメージが形成され、定着していく。

田辺聖子の翻案小説『新源氏物語』（第一巻、新潮社、一九七八年）に描かれた光源氏と藤壺の密通場面は、古典の『源氏物語』とは異なる台詞劇として進行している。その一部を並べると、「いけませんわ、いけませんわ…」、「泣いていらっしゃる…光の君さま」、「光の君さま、どうかそのお美しいお嘆きも、お涙も、わたくしでなく、ほかの女人衆のためにお捧げ下さいまし」、「それは私を愛していられない、ということですか?そうですね?」、「わたくしには申せません、申せません」となる。この田辺が創作した密通場面が新たな「原典」となって、映画『千年の恋　ひかる源氏物語』のラブシーンが構成されている。「いけません。いけませんわ」、「あ、泣いていらっしゃる…」、「どうか、その涙を、私ではなくほかの女人にお捧げ下さいまし」、「それは私を愛していられないということですか。私に優しくして下さったのは偽りだったのですか」、「それは言えません。言えません」（早坂暁の『恐ろしや源氏物語』所載シナリオを参照しつつ映画の台詞を文字に起こした）。これを影響と呼ぶべきか、それとも厳密に盗作と言うべきか。あるいはオマージュ、インスパイヤ、パロディ、田辺へのトリビュートは言い過ぎであろうが、少なくとも映画のエンドロールに田辺聖子の名前はクレジットされておらず、やはりこれはあまりに露骨な「パクリ」と言うべきであろう。だがこれはあくまで一例であって、決して例外的な事例ではない。加工文化としての『源氏物語』は、個々の作品が相互に影響を受け、また与え合いながら、「源氏物語らしさ」を集団で形成している。それは比較すればたやすく気付く類同性であるが、多くのオーディエンスは『源氏物語』とはこういうものかと理解して読了し、あるいは劇場や映画館を後にする。そのようにして作り手と読者・観客が相互に作り上げる「源氏物語らしさ」は、双方が立脚する想像力の共同性を踏まえており、それゆえ時代と社会の認識の枠組みに規制されている。六条御息所が女性嫌悪と排除の力学に晒されながら、長い時の中を生かされ続けているのはそのためである。

八　おわりに ―足下の『源氏物語』

本稿が対象化したのは、日本の近現代という、地域と時代をローカルに限定した源氏文化である。視界を広げれば、社会や文化、政治体制や民族等が異なるさまざまな国や地域、時代の中で、『源氏物語』は多様に加工＝翻訳されている。翻訳が共同体の想像力の枠組みに対し、ときにそれを補完・補強し、あるいは解体・再編する役割を果たすのであれば、『源氏物語』の加工＝翻訳も、各言語共同体と各社会の中でそれぞれに固有の役割を果たしてきたことになろう。その仕組みや効果あるいは意義を知るためには、翻訳テクストを対象化するだけでなく、まずは翻訳テクストを手に取る自らの足場と向き合う必要がある。

パリ国際シンポジウム「源氏物語を書き変える―翻訳、註釈、翻案」(イナルコ、二〇一七年三月二四日)の報告を基にしている。発表原稿を作成するに際しては、寺田澄江氏の「世界の文化状況と源氏物語＝オリエンタリズム・オクシデンタリズム―他者としての『源氏物語』―」(『新時代への源氏学10　メディア・文化の階級闘争』竹林舎、二〇一七年)から大きな示唆を得た。また本稿はシンポジウムでの質疑を踏まえて改稿し、以下の論文を取り込んで再構成した。

「『源氏物語』の現代語訳」「映画化された『源氏物語』」(『源氏文化の時空』森話社、二〇〇五年)、「『源氏物語』関連出版と解釈共同体―婦人雑誌・本質主義・レイプ・光源氏計画―」(『講座源氏物語研究第九巻　現代文化と源氏物語』おうふう、二〇〇七年)、「谷崎潤一郎訳『源氏物語』の出版戦略」(『講座源氏物語研究第十二巻　源氏物語の現代語訳と翻訳』おうふう、二〇〇八年)、「アカデミズムと大衆文化―『源氏物語』江戸から近現代へ―」(『源氏物語』と江戸文化―可視化される雅俗』森話社、二〇〇八年)、「物の怪をめぐる言説―『源氏物語』と女性嫌悪―」(『源氏物語をいま読み解く3　夢と物の怪の源氏物語』翰林書房、二〇一〇年)。

Ⅴ 総括

翻訳、注釈、翻案を考える三年間（二〇一五～二〇一七）

寺田　澄江

パリ源氏研究のエネルギー源、『源氏物語』共同仏語訳作業を始めてから既に十年以上も経っている。『源氏物語』というテクストに向き合い、その言葉の連続の中から意味が生起して行く過程を異言語を媒介として追って行く、そして異なった響きを持つ言語の新しい作品を生み出して行くという経験が一定の飽和点に達した段階で、初めて自然に生まれた企画だった。十年という時間は、我々自身が距離を持って我々自身の行為に向き合うために必要だったのである。

三年計画は次の構成で行われた。

二〇一五年　対論『テクストとどう向き合うか　源氏物語の翻訳―散文をめぐって』

二〇一六年　対論『生成するテクスト　翻訳と解釈―源氏物語と釈教歌を通して』

二〇一七年　シンポジウム『源氏物語を書きかえる―翻訳、註釈・翻案』

一　二〇一五年　対論『テクストとどう向き合うか　源氏物語の翻訳―散文をめぐって』

第一年目は、日本古典文学の西洋言語への翻訳を現在代表している、ロイヤル・タイラー氏とジャクリーヌ・ピジョー氏にお願いした。ピジョー氏は「どこまで翻訳するか―『蜻蛉日記』と『発心集』」という題だったが、紙面の都合から『発心集』及び和歌についての考察は論文では省略されている。あたかも相談してテーマを分担し合ったかのような、見事に相互補完的な講演だった。タイラー氏は、求心的に『源氏物語』の原文に向かって行き、ピジョー氏は、文体規範の違いによって生じる移植の問題を中心に議論を進めた。角度を変えて読む度に、あたかもレンズの倍率を変えるかのようにテクストが新しい相貌を帯びて現われてくるというタイラー氏の指摘、漢文を縛る規範というものがない散文を書いていくことによって、女たちが新しい文章の可能性を発見していったのではという、仏文との比較を踏まえたピジョー氏の指摘が記憶に残る。

会場からは、『今昔物語』の翻訳の頃、「原文を何度と知れず読み込んでいくうちに、日本語とフランス語、作者と自分とが渾然一体となってしまう時があり、それこそが翻訳の至福だ」と故ベルナール・フランク氏が語ったという淳子夫人の証言があった。それに対して、「私は「紫式部になり切る」という幻想を持ったことは一度もない。私は紫式部を知らない。私は超人格的ロイヤル・タイラーを差出しているだけで、それもそれ以外になす術はないからだが、ただ非常に深いレベルで私が感じるのは、彼女の驚くほど優れた知性だけれど、そこに彼女の人となりを見出す訳ではない」とタイラー氏は応えた。日本古典文学をどのようなフランス語に移し替えるべきかという会場からの問いに対して、ピジョー氏は、「『蜻蛉日記』の作者とは、いわば「いとこ」とも言えるようなマダム・ド・セヴィニエの世界にひたり、言い回し等のヒントを得たけれど、パスティッシュをした訳ではない」と述べた。

淳子フランク氏はまた、ガリマール社の出版方針との軋轢（『楢山節考』が最初は滑らかな仏文に全面的に書き直されNRFでまず出版され、フランク氏の強硬な抗議によって、原文の「土臭い味わい」を伝える元の訳の出版となった）についても披露された。原文、翻訳者、そして翻訳者が内面化する読者だけではなく、出版社とその販売戦略が翻訳という行為に深く関わっているということも、第一年度から提起されたのである。

二　二〇一六年　対論『生成するテクスト　翻訳と解釈―源氏物語と釈教歌を通して』

二年目は、加藤昌嘉氏による、翻刻・整定本文の作成から注釈、現代語訳までのプロセスの極めて実践的な紹介を通して注釈のあり方を問う講演の後、ジャン＝ノエル・ロベール氏が、既存の和歌に新しい意味を付与している『撰集抄』の例を中心に、釈教歌の翻訳と解釈についての講演を行った。

この年はロベール氏による『古今集』和歌の解釈を巡って、読みを規定する解釈共同体の問題、またテクストの意味は一義なのか多義でありうるのかという、翻訳や注釈にかかわる最も根本的な問題が浮きぼりにされた。加藤氏はテクストの意味は時代によって変化するが、各時代におけるテクストの意味は一つしかない、あるコンテクストに対して一義的な意味しかありえないという立場から議論を展開した。ロベール氏は、仏教の言語観が本質的に持つ言説の二重性という観点から、意味の確定が議論の対象となる例を提起し、それに続く議論で、ある時代における解釈共同体の同定が自明ではないということがおのずから明らかになった。

基本的な文法の誤読例について、『源氏物語』の長い研究史の中で、なぜそうした間違いが今まで見逃されているのかというストリューヴ氏の問いに、加藤氏は古くからの注釈に引きずられているからだろうと答え、助詞等をゆるがせにしない正確な読みの必要性を強調した。通念で塗り固められたテクストの表面を撫でて行くような読みを排し厳密に読むのはたやすくはないが、注釈は一つの読みを確定するためにあり、要領を得ない解釈で済ませるのは無責任だという加藤氏の発言、また氏が提起する読みの鋭さは、目新しさを狙うばかりが研究の前進を保証するのではないと語っている。

意味の多義性について、解釈は一つの選択の結果であり、その影にある別の解釈は措いて、大胆に一つの解釈を提出する行為だとするなら、加藤氏にとって二重に読むことは豊かさではなく、無責任ということなのかという畑中千晶氏の質問に対し、それが自分の立場だと加藤氏は答えた。しかし意味を特定することと、構造的に意味の重層性を含み持つ言説の問題とは区別して考えるべきだと思われる。片桐洋一氏が『古今和歌集全評釈』において指摘しているように、季節の歌であっても恋の気分を揺曳させる歌、軽い諧謔を織込んでいる歌はこの集には数多くある。その意味では、あくまでも諧謔的な詠み込みと考えるロベール氏の説は歌における意味の重層性に対応する解釈であった。

句読点問題の難しい部分、直接・間接、いずれの話法に対応させるかの判定が問題となる場合について、加藤氏は、判断を避けた要領を得ない現代語訳をよく見かけるが、自分は無理と分かっていてもかっこを付けている、しかし理想的には地の文は黒、心の中は青、途中のあいまいなものは紫と、色分けができたらと思うと述べた。いずれにせよ、読みの重要性が強調された豊かな半日であった。

三　二〇一七年　シンポジウム『源氏物語を書きかえる―翻訳、註釈、翻案』

このシンポジウムでは、初めて基調講演を導入し、また議論を活性化するためのディスカッサントの役割を重視し、ディスカッサントの方々にも論集に参加して頂いた。またその際に、テーマは各人自由としたので、シンポジウムのセッションの構成と論集の構成は異なっている。シンポジウムの構成は以下の通りであった。

三月二三日、パリ日本文化会館にて基調講演『欧州における日本古典文学の受容―ロシアとフランス』

三月二四日、イナルコにて【第一セッション『源氏物語をつくる』／第二セッション『源氏物語をよむ』】

三月二五日、パリ・ディドロ大学にて【第三セッション『源氏物語をうつす』】／総合討論

・基調講演『欧州における日本古典文学の受容―ロシアとフランス』

アレクサンドル・メシェリャコフ氏は、ロシアにおける日本古典文学、より広くは古典文学一般の翻訳が旧ソ連社会において果たした役割に焦点を当て、翻訳がいかに深く政治とかかわっているかを雄弁に物語る講演を行った。エマニュエル・ロズラン氏も、明治以降の日本古典文学受容の歴史を辿る過程で、第二次大戦による日仏関係の断絶が翻訳活動をも中断させ、しかもこの空白状況からの回復に長い期間を要したことに初めて気付き、今更ながら驚いたと述べている。アメリカにおける日本研究が第二次大戦をきっかけとして活発化した事実の陰に隠れて、戦争による負の影響はこれまであまり認識されてこなかった。翻訳という行為を広い視野から捉え直す視点を、シンポジウム開催の起点として打ち出してくれた両講演者に改めて感謝したい。

以下、シンポジウムの概要を、その場の議論に焦点を当てて報告する。各セッション最後の全体討論は、発表者そ

れぞれの項に含めた。又、議論の内容が論文で取り上げられている場合は、紙面の都合から割愛した。

1　第一セッション『源氏物語をつくる』

・立石和弘氏（ディスカッサント、セシル坂井氏）

立石氏は『源氏物語』をめぐる、細分化された解釈共同体間の相関性、相互依存性に焦点を当てた発表を行った。本書の論文はその後の議論を受けて、講演原稿を大幅に書き改めている。セシル・坂井氏は、『源氏物語』を広い枠であつかい、距離を持ってはじめてみることのできる装置を立石氏は提示したが、この加工プロセスは近現代文学にも認められる「雪だるま現象」とも言える繁殖現象で、外国での評価を経て超越的文化表象として認定されるものと理解されるが、全てが長期的存在権利を得ている訳ではないので、加工化とカノン化は同一ではないと思われるとコメントし、①他の作品と比較した場合、『源氏』は特別な例外なのか、その特質は何か、②美的王朝幻想、性的幻想に関して、原作に距離をおいたパロディー的作品、批判的言説を取り上げなかったのはなぜか、③『源氏』の持つ受容発進力、また戦略的アプローチをどう考えるかと質問した。

立石氏は、①こうした作品が将来現れることはありうると思うが、天皇制に深く関わっていること、その禁忌を大胆に扱っていることは押さえておくべきではと考える、②共同性を細分化して分析すべきだと考えるため、例えば「田辺源氏」の読者に焦点を当てた、③単純な答えだが、長編のため情報量が多く、ヴァリエーションも豊富だという素材性もあるが、やはり天皇制に関係していると述べ、販売上の差異化の必要から戦略的アプローチは明らかにあると答えた。全体討論において、小林正明氏から、加工文化やアカデミズム言説に対する立石氏の立脚点を問う質問があり、立石氏は、文化現象をあえて評価せず、距離を持って現象を分析する立場を取っていると答えた。ストリューヴ氏は、本質主義的なジェンダー認識とか国民的アイデンティティー言説を正当化するような読みしか存在し得ないのか、そうではない『源氏』の読みの可能性はないのかと質問し、立石氏はそれはマイノリティーであるが勿論存在していて、それを再構築していくことが希望の光だと答えた。

・アンヌ・バヤール＝坂井氏（ディスカッサント、北村結花氏）

バヤール＝坂井氏は、池澤夏樹編集の日本文学全集の現在的意味と『源氏』をハイポテクストとする二つの全くタイプの違う短篇集とその読者たちの関係を取り上げた。北村結花氏は、戦後に河出から出版された『日本国民文学全集』との類似点を確認し（古代と近現代を一つに纏めた著名な文学者の現代語訳による全集）、違いとして、与謝野晶子を除けば全て男性の訳者だったが、女性が圧倒的に増えている、ライトノベルの作家等翻訳者が多様化している、個別の作品名が背表紙に並び、『源氏物語』等の特権的作品の地位の相対化が見られると纏め、①全集についての坂井氏の考えを求め、②短篇集が双方とも『源氏』に依拠している中で、町田康の『末摘花』が唯一別の短篇集に編入されているが、それは『源氏』からの解放、読みの変化を引き起すのかと質問した。

坂井氏は、出版業界が構築する対読者販売戦略の違いは、戦後の復興時代から超消費社会へと移行して行く中での文化現象の推移を語っているが、訳者に占める女性作家の増大は、女性作家が六〇年代末以降急激に増加したという現象に対応してはいるものの、近現代の作者としてわずか三人しか選ばれていないという訳者・作者の不均衡は、女性作家の作品がカノン化されていない現実を浮きぼりにしている、また、文学書の購買層は圧倒的に女性なので、解釈共同体の議論にはジェンダー分析は不可欠である、訳者の多様化現象はジャンルの均質化を反映していて、批評分野にもこの動きが見られる、②ハイポテクストを意識しているか否かという問題だが、ハイポテクストとの関係を保ちながらも独自の自立した文章世界を構築するのに成功しているのは町田の作品のみで、そこに町田作品の特異性が窺われ、読者は、町田のファンだから『九つの変奏』を買った、やはり面白くて満足したという者と、町田康という作家は知らなかったが『九つの変奏』を読んで圧倒された、他の作品も読んでみようと思うという反応に分かれていて、桐野夏生の作品も独立性は高いが、こうした動きは見られないと報告した。全体討議では、池澤夏樹による編集意図説明の有無とその発表形態についてパリ・ディドロ大学のクレール・ブリッセ氏が質問し、説明はサイトで見ることができ、大変興味深い文だが、用心深く言葉を選んで書いていて厳密な分析が必要だと答えた。

・陣野英則氏（ディスカッサント、北村結花氏）

陣野氏は町田康の『末摘花』を取り上げ、「語り直し」への欲望に支えられた自由奔放な訳が原作に迫って行くさまを追い、人称がない『源氏』の世界を町田の作品はあぶり出していると思われると論じた。北村氏は、翻訳の問題に直結する古文特有の表現から草子地の訳を取り上げ、与謝野や谷崎とは違い、七〇年代以降の円地や田辺は、『源氏』離れをした読者を取り戻したいという意識から、草子地をカットする傾向にあると述べ、①町田康の翻訳に対する立場、及び、②赤鼻を巡る源氏と若紫の絡みの部分の表現が二人称的であるという指摘の補足、③最後の草子地部分の訳についての考えを求めた。

陣野氏は、①小説を書くことに含まれる面倒な作業から解放され、「語り直す楽しさ」に純粋に浸っていることが特質である、②和歌の分野で渡部泰明氏が述べている人称のゆらぎ、一人称から三人称までを含むような主体の輪郭の曖昧さということを考えている（ちなみに渡部氏はパリ対論では和泉式部の歌を巡り、和歌の対話性を起点として一人称の分裂を人称の重層性という問題として展開した）、③「原文に足の指先がちょっとでもかかっていたらそれは翻訳だ」という町田の翻訳観のよい例と考える、最初は皮相な無常観と、批判的に読んだが、自意識過剰な人間が言葉の洪水の中で変な方向に行ってしまうという作品が並んでいる短篇集『ゴランノスポン』の中に置くと、主人公の怪物性が出て来るようで全く浮いていないと述べた。全体討論ではストリューヴ氏の、時代設定はいつなのかという問いに、時代は平安だが、今の我々も知らないような七〇年代の車の名前等が出てきて、しかも知らなくても読みの妨げにならないという文で、時代設定という真面目な議論をずらしてしまっていると答えた。しかし、今となっては誰か分からない芸人の名前を入れ、原文の一節をそのまま断ち込み、手触りを失っていない近過去を平安と共存させる虚構の過去の創造法は、もう少し調べてみる価値があるように思われる。陣野氏の発表は町田の「訳」が原文に驚くほど接近する箇所に焦点を当てていたが、作品を比べると、両者は驚くほど違う、その距離をどう考えるかという寺田の質問に、距離を大きく取っているこの作品が、写本においても加工化の濃淡の差があるテクストの濃い部分に響き合っていること自体に驚きを覚えたと述べた。

2　第二セッション『源氏物語をよむ』

・緑川眞知子氏（ディスカッサント、ミシェル・ヴィエイヤール＝バロン氏）

緑川氏は、『源氏物語』の英語訳について、また氏が企画している英語版の注釈の作成について発表を行った。ヴィエイヤール＝バロン氏は、最新のワッシュバーン訳に問題が多く、世界レベルでの『源氏』の評価にマイナスの影響を与えると緑川氏は危惧しているが、『源氏』のような複雑な作品を読もうという教養人は、訳も吟味するだろうし、訳は四つあるから、さほど心配するには当らないのではと述べた。緑川氏は瀬戸内訳を尊んでいる家族に触れて、それは楽観的に過ぎると思うし、手ごろなもの、書店に新刊として並んでいるものに手を伸ばしてしまうものだと思うと応えた。

ヴィエイヤール＝バロン氏は、仏語訳には注は皆無で、しかも巻を追って変わっていく役職名をそのまま訳すという、タイラー氏も踏襲した方針が採られているので、読者はしばらくすると話がわからなくなってしまうという状況にあり、英文の注釈は、フランスの読者にも役立つので、非常に期待していると述べた。

全体討論では、現代作家の訳に対して聖域を守るアカデミズムの擁護と受け取れる論調に対して、正しい訳という考え方そのものに対する疑問を寺田が提示し、ベンヤミンが述べるように、翻訳行為が本質的にテクストに対する共鳴現象であるなら、ある時点で固定される正しい訳というものはありえないのではと述べた。また、バヤール＝坂井氏は、正しく読み翻訳すれば足りるというテクストが出発点にあるという考えそのものが幻想だということは七〇年以上前からの読者論、何世紀にもわたる翻訳研究で明らかになっているとコメントし、質の悪い翻訳でも全く翻訳がないよりはいいわけで、瀬戸内訳が『源氏』普及の一翼を担っていることは否定出来ず、様々な読者層に対応する様々な訳という考え方で古典の普及を図って行くべきではないかと述べた。緑川氏は、学生たちが分かりやすいと瀬戸内訳を喜んで読んでいるときに、読むのを止めなさいと言えないのは確かだと応えた。またラトガース大学のポール・シャロー氏は、「頭中将」は最後まで「頭中将」と分かりやすいサイデンスティッカー訳も瀬戸内訳と同じように機能していて、入門書としては最適で、ストーリーを理解した上でタイラー訳を勉強すると学生たちもついてくることができると証言した。なお緑川氏の論文は、脚光を浴びている世界文学の流れに乗って一知半解の理解で『源氏』を引用する例を含めるなど、発表を大幅に書き改めている。

・カレル・フィアラ氏（ディスカッサント、マイケル・ワトソン氏）

フィアラ氏の発表は二部に分かれ、ロシアにおける古典翻訳についての基調講演とまさに連動する、チェコの古典翻訳の状況を、中世に遡り聖書翻訳に使われる言語を巡って展開されてきたチェコ語の書記言語獲得の歴史から説き起こす発表を行った後、プラハ言語学派が発展させたテクスト論に基づき、最短文の集合へのテクストの分解という手法に基づいて、「桐壺」冒頭文の翻訳比較を行った。ワトソン氏は、フィアラ氏のアプローチを補完し、欧州言語における①単語選択と②句読点使用について簡潔に纏めて発表した。

フィアラ氏は、①チェコでは民族文化再生運動の動きの中で、口語にもふんだんに含まれていたラテン語やドイツ語は排除され、単語選択の可能性は奪われてしまい、本居宣長が夢見た外来語を排斥する考え方は、一般的には過去のものとなっているが、チェコでは相変わらず続いていて、外来語起源の言葉は、高度な専門用語ないしは非常に汚い言葉にしか見られない、民族文化再生運動には功罪両面があり、再生運動などなければよかったという一九六八年のミラン・クンデラの挑発的な発言もこうした状況を背景にしていると説明し、ワトソン氏の語数比較に関しては、冠詞の有無など言語体系の違いもあり、簡単に比較は出来ないと述べ、ワトソン氏も有意な比較は同一言語の英訳内のみでしかできないと応じた。典拠に関しては、イエズス会が批判したプロテスタントによる一六世紀成立のチェコ語全訳の『クラリツェ聖書』の訳語は、その後の聖書にも大半が引き継がれ、深く社会に浸透し、現在も聖書に由来するという自覚もなく使われており、フィアラ氏も翻訳に使っているとのことである。②セミコロンやカンマ等の使用分析は、最短文分析よりも有効ではないか、また段落の切り方にどのような基準を用いているのかというワトソン氏の質問に対し、チェコではセミコロンの使用は避けられている、段落分けはわかりやすさを基準とし、直感的な判断に従ったと答えた。発表ではテクスト理論における最短文についての丁寧な説明があったが、書改められた論文ではこの部分が簡略化されている。興味のある方々は、氏の論文の注に挙げられた参考文献を参照されたい。

・ダニエル・ストリューヴ氏（ディスカッサント、竹内ローネ氏）

ストリューヴ氏は、西田隆政氏の緊密な内部構造を持つ「拘束構文」と緩やかな構造を持つ「連接構文」という考え方、清水好子氏の「物語の文体」にある凝集という観点から、『源氏物語』の長文を例にとりシフェール訳を検討した。竹内氏は『うつほ物語』の文は非常にはっきりしているが、これがマイナスの影響、つまり反対のものを書く意欲を与えたとも考えられるのではと述べ、構文に集中して記憶の問題をめぐる意味論的分析がないのは残念だとした後、シフェール訳の成功した例だけを示したのかと質問した。

ストリューヴ氏は、シフェール訳を研究した訳ではないが、全体的に水準が高い訳で、特に『平家』が成功している、『源氏』は複雑で難しいから、うまく行っていない部分も見たが、一般的に『源氏』のような作品は、最終的な翻訳というものはありえず、常にやり直されて行くものだと思うとした上で、シフェール訳には見事な解決法の例が数多く見られ、特にセミコロンの使い方が優れていると述べた。『源氏』の文が、漢文と和歌をベースとするという清水氏の理解は正しいだろうが、和歌には構文のよじれがしばしばあり、和歌のディスクールの場合、凝集というだけでは括れないのではないかという寺田の問いに、和歌といっても様々な形があるのは当然で、凝集ということだけで考えを進めていくべきだとは考えないと答えた。バヤール＝坂井氏は、セミコロンを使う、使わないでパリ源氏グループでは頻繁に意見が分かれるが、この「句読点」は、使うことも使わないことも可能であるにもかかわらず、どちらを選ぶかによって文の効果は全く違ってしまうとして、それについてのストリューヴ氏の考えを尋ねたが、氏はそれについての答えを避けた。氏の論文の最後の二例の分析は、シフェール訳が原文のディスクールの論理から外れてしまっていることを示していて興味深い。ストリューヴ氏が述べたように、フィアラ氏が言及している最短文間の結束性の度合い、西田氏の拘束・連接構文という考え方は、『源氏物語』の文構成を考える助けになると思われる。

3　第三セッション『源氏物語をよむ』

・レベッカ・クレメンツ氏（ディスカッサント、畑中千晶氏）

クレメンツ氏は、江戸後期から明治初期にかけての「源氏俗語訳」に見られる「翻訳意識」を著者たちが使用している用語、「うつす」に焦点を当てて検討した。ディスカッサントの畑中氏は、第三セッションのタイトルとして浮世草子を研究している自分がこの語を提案したこととの符合には驚いたが、この語は近代に入っても折口信夫などが「翻《うつ》す」という表記で使っていて、中心的な概念であることに間違いないと述べ、①『源氏』俗化の先駆けとも見られている『十帖源氏』、『おさな源氏』から始めなかったのはなぜか、②リストにある最初の浮世草子群と『紫文蜑《あま》の囀《さえずり》』以降の学者の注釈との間には落差があることを指摘し『風流源氏』の男色的部分を紹介した上で、「俗」という概念をどう考えるかと質問した。

クレメンツ氏は①俗化という観点から見ると、梗概書、浮世草子、学者訳と三つのグループに分けられると押さえた上で、まずは近代に既に存在する現代語訳から遡って研究の出発点を決めたが、英語での翻訳（トランスレーション）はそもそも広い概念であり、「うつす」の用例を検討した今では、広い視野から調べるべきかもしれないと考えている、②「俗」は江戸文化において非常に重要な概念で、『風流源氏』を特徴づける「風流」という言葉とも関係が深いと思われるが、「風流」という概念は把握が難しく、好色、見立て、ヴィジュアル化、古典の翻案・翻訳とも関係している、また「正信源氏」は、男色が色濃く原文から離れているところがある『風流源氏』に距離を置いているが、紫式部という女性の作品を翻訳するプロセスを若衆の女装に譬え、「風流」の意識をまだ残していると答えた。畑中氏は、「女装」については議論の余地があるが、『風流源氏』に原作への尊敬を見るクレメンツ氏の分析を、現代の文化現象として最も興味深いネット上の「二次創作」と繋げて考えるのも面白いのではとコメントした。

・神野藤昭夫氏（ディスカッサント、ゲイ・ローリー氏）

神野藤氏は与謝野晶子の『新訳』成立のコンテクストや出版状況、『源氏』現代語訳に占めるその位置を概観した後、『新訳』の大きな特徴の一つ、和歌の扱いに焦点を当てた発表を行った。ディスカッサントのゲイ・ローリー氏は、初めての口語訳と言われている『伊勢物語ひら言葉』では、和歌だけは訳されず評釈にとどまり、宣長の『古今集遠眼鏡』がはじめて和歌を口語に訳したが、和歌の形は取らず、口語訳は一種の注釈に過ぎなかったという和歌訳の状況にふれて、晶子が行った和歌による和歌の翻訳は新鮮で画期的なものだったと述べ、①豪華版新訳の版権が次々に転売されているが、晶子に印税は払われ続けたのだろうか、②近代化の過程で一般に見られる、男は近代的知識の普及を、女は伝統の継承を受持つというジェンダー構造が晶子の『新訳』を可能にしたのかと質問した。

神野藤氏は、①そうであってほしいとは思うが残念ながら知らない、②江戸後期の考証学者たちが書き写してくれたおかげで残っている物語類が数多くあるが、書写者の中にかなり女性がいて、王朝文学の継承に女性が目立たないところでかかわっていたことを知る機会を得たが、樋口一葉も受けていた萩の舎の『源氏』の講義など、女性の教養として『源氏』が読み継がれていたという事実もあり、そうした広がりの中に『新訳』を位置づけると、古典の継承に民間の業績は無視できないと言える、その一方、近代的日本の知を『源氏』が支えてはいないということは、明治一〇〜二〇年の東京大学、帝国大学のカリキュラムに歴然としていて、国民国家を支えるものとして『源氏』が取り込まれるのはそれより後で、晶子の『新訳』(明治四五〜大正二)は近代の『源氏』研究の出発点となっていると思うと述べた。当日配布された資料は、主要梗概書に触れ、『新訳』の和歌の詳しい分析結果を掲載していて貴重である。

・**李美淑氏**(ディスカッサント、寺田澄江)

李氏は、五つの『源氏物語』の韓国語訳について、瀬戸内訳に基づくものを除きそれぞれの特徴を概観した後、氏の翻訳方針、注釈構成などについて発表した。ディスカッサントの寺田は、日本語の翻訳については、エキゾチズムの呪縛から違いばかりを強調する傾向にあると思うと前置きし、①近いことにより生じる問題は何か、②表記の問題が非常に重要なようで、それがタイトルの多様性にまで及んでいるとコメントし、③研究者の訳として、女の物語であるという作品理解を翻訳方針の中核におき、解説でもそれを明確に示すというあり方は研究者訳のあるべき姿だと思うが、原文を番号分けしテクストの解釈を固定してしまう小学館新編の原文のレイアウトをなぜ踏襲したのかと質問した。

李氏は、①『蜻蛉日記』の翻訳（二〇一一年）では日本の原文になるべく沿って、例えば散文が和歌をまたがって続く場合はそのまま訳したが、それでは分からないと言われ、今回は泣く泣く和歌を独立させた、日本語と韓国語は構造が近いのでそのまま訳してもある程度韓国語になるが、自然な韓国語ではないのでその差に悩み、自然さを追及して、主語を補足したり文を切ったりしている、②日本文学や中国文学の専門家たちは比較的ゆるい書き方をしているが、漢字の使用・外来語表記については厳密な規則があり、それを守らなければ、自費出版でもない限り出版はできない、装丁は読者のために質の高いものにできたと満足している、③『蜻蛉日記』では年別に分けたレイアウトをしたところ、一般の読者は喜んでくれたが、原文との対照がしにくいという研究者からの苦情が数多く来たので、実用的な目的から小学館のレイアウト通りにしていると述べた。セシル・坂井氏の販売部数についての質問に、一冊目は五〇〇部くらい売れていて、一〇〇〇部まで行けばいいのだがと答えた。

・マイケル・エメリック氏（**ディスカッサント、小林正明氏**）

エメリック氏は、氏がビブリオグラフィック・トランスレーションと呼ぶ、写本・版本・活字、本の装丁といった、広義のレイアウトがどのようにテクストの可読性とかかわっているかという問題を翻訳の問題として扱うことによって、西欧の翻訳研究の伝統が形成してきた境界線を引き直すことが可能だという観点から、明治・大正期における二つの興味深いテクストを例に取って発表を行った。小林氏は『源氏』は漢籍と対話しているテクストだと思うが、小林栄子の『活訳』は、この対話の関係をあらわにしつつ、原文では仮名書きになっている漢語を漢字にしてしまうことにより、この対話を殺しているのではないかとのコメントの後、①西欧中心主語の翻訳とは何か、②『活訳』における漢字と仮名の併記は、伝統的な仮名と漢字の潜在的な並行関係、読本に見られる漢語と和語傍訓の組合せとどう違うのか、③猪熊の『湖月抄』については二重の意味で近代の『源氏』の達成だとしているようだが、この書物は複製時代にオリジナルの輝きの痕跡を残存している例かと質問した。

エメリック氏は、①西欧の言語現象の分析に合った概念というのではなく、従来の西欧の翻訳研究から生まれてきた概念であり、それによって排除されている西欧の現象もあるということも問題にするアプローチだ、②確かに江戸の読本、あるいはもっと遡る仮名と漢字の関係に対応している、③猪熊の活字本は、写本を過剰に真似た大変豪華な作りで、活字で『源氏』を読むということに対する読者の抵抗を乗り越えようとしていて、読者と本の関係を考えた場合、本の形態も可読性の問題として考えられるという例ではないかと述べた。

第三セッションの全体討論で、津田塾大学の木村朗子氏は、本の売れ行きということが議論に入っているが、翻訳はそもそもそうしたものに巻き込まれて存在しているのか、江戸からの現象なのかと質問し、クレメンツ氏は奥村源氏は、既に序文で長所を主張するなど、売るという意識が強いが、写本・版本両方ある作品、写本のみの作品もあり、これらについては話は若干違うだろうと答えた。李氏は外国で日本文学を翻訳する場合、その文化の理解を深めてもらいたいので、多くの人に読んでもらわなければ翻訳の意味はなく、可読性、本の体裁ということを非常に考えるが、古典だからといって高い本は買ってくれないので、値段が一番の問題だと述べた。神野藤氏は、翻訳は時空間を超えるものであろうが、国文学を専門とする者として、『源氏』が読み継がれ、つまり翻訳されながら時代時代をどのように超えて生き延びて来たかというダイナミズムに注目すると述べ、加藤氏の昨年のパリでの講演題が「注釈もまた翻訳である」だったと知ったが、自分はそうした考え方に賛成で、膨大な注釈が、当初は口頭の講釈であった梗概のみならず創作や絵も付け加えられて、クレメンツ氏が発表した世界にバトンタッチするようにして、写本から版本へと読者の要望に合せて姿を変えつつ読まれて来たと考えるが、それをクレメンツ氏の発表とどうリンクさせて行くかが今後の課題だと述べた。シャロー氏は、一つのテクストを異文化に持ち込んだときに違和感が生ずるのは当然だが、違和感にはマイナスとプラスの両面があり、李氏は韓国語らしくして違和感を押さえる一方、「イヤギ」ではなく「ゲンジモノガタリ」とハングルで書いて、惹きつける違和感を作っている、エメリック氏の例、活字本を和本形態で出すという選択は違和感を押さえようとする取り組みだと思えると発言した。「イヤギ」という語は広がっているが、日本文学の理解が深まっているので「ゲンジモノガタリ」で大丈夫だろうとの判断で選択したが、ネット等の反応を見ればそれは正しかったと思うと李氏は答えた。エメリック氏は、出版側がマイナスの違和感を予測した対応だと思うが、それと関連して記憶は定かではないが、明治初頭において歴史書の編纂をしていた委員会で、活字の資料を使ってもいいが、まずそれを手書きしなければならないというルールがあったと聞いており、この時代にはまだ活字は手書きのオーソリティーを持っていなかったということだと思うと述べた。一方神野藤氏が確認を求めたように、猪熊版出版の前年に『源氏』を含む博文館の『日本文学全書』が活字で出版されていることを考えると、エメリック氏自身が言うように、活字本に対する違和感を巡る文化状況は本が一冊書けるくらい複雑な問題なのだろう。

以上の議論を受けたシンポジウム全体についての総合討論は、以下のバヤール＝坂井氏の問題提起から始まった。

クレメンツさんも触れていたが、翻訳という概念を広げることのメリットとデメリットを考えるべきで、ビブリオグラフィック・トランスレーションとかトランスクリプティブ・トランスレーションとかの見方を導入することで、新しい翻訳の側面が見えてくる一方、ある意味体系から別の意味体系への移行という翻訳独自の問題を薄めてしまうリスクもある。これ等を天秤にかけて考えて行かなければならないと思うし、それはクレメンツさんが述べている「うつす」という言葉をどう翻訳という概念と繋げるかということとも関係してくると思う。

その後の一時間は全て書き起こす価値がある発言の連続だったが、紙面も尽きたので、その続きは、参加した人々や、この本を読んで下さった方々に書き継いでいって頂きたいと思う。主催者としても、問題の端緒についたばかりという感が深い。

なお、ディスカッサントの寺田は訳者自身の言語と原文との関係について書き、マイケル・ワトソン氏は主に翻訳における単語選択の問題について、ゲイ・ローリー氏はジェンダーについて、北村結花氏、畑中千晶氏、小林正明氏は二次創作、パロディーについて寄稿し、論集に厚みを加えて下さった。

あとがき ── 1

寺田　澄江

音の響き

二〇一七年の夏に、来日されていた李さんと神野藤さんお薦めの穴子のおいしい寿司屋で食事をしたときに、話題が『源氏物語』の和歌の韓国語訳に及び、李さんは様々に工大して和歌と同じ韻律、五七五七七に訳したと話された。恐らく私たちが成果のほどを疑う顔をしたのだろう。李さんは持って来て下さった韓国語訳『源氏物語』の包装をもどかし気に解き、開いたページの「和歌」を読み始めた。それは息をのむように美しかった。音が光のかけらとなって降ってくるのだった。韓国語訳、チェコ語訳、フランス語訳、英語訳、晶子訳…の源氏和歌の朗読を録音して論集につけることをなぜ考えつかなかったのだろうと、つくづく悔やんだこの時のことを思い出す。意味は何一つ分からない言葉、平安から現代の韓国に運ばれた言葉が与えてくれる至福の時を、ほかの人と分け合えないのは何と残念なことだろうと思いながら降ってくる音を聞いたのだった。

写す

二〇一七年のシンポジウムでは、クレメンツさんが「うつす」という言葉を大きく浮上させた。「写す」の方については思い出すことがある。陣野さんとパリの『源氏』仏訳の話をしていて、どこで切ればいいか、特に連用形の解釈には迷うことがあると言ったときに、正確には覚えていないが、確か陣野さんが「私はまず写本を翻刻（あるいは写す?）することから始めます。写していると文章の呼吸が感じられてくるんです」とおっしゃった。この言葉は、写すということについて書いたベンヤミンの短い文に向わせる。

街道の持つ力は、その道を歩くか、あるいはその上を飛行機で飛ぶかで、異なってくる。それと同様に、あるテクストの持つ力も、それを読むか、あるいは書き写すかで違ってくる。飛ぶ者の目には、道は風景の中を移動してゆくだけであって、それが繰り広げられてくるしかたは、周辺の地形が繰り広げられてくるしかたにひとしい。道を歩く者だけが、道の持つ支配力を経験する。つまり飛ぶ者にとっては拡げられた平面図でしかないその当の地形から、道が絶景や遠景を、林の中の草地や四方に拡がる眺望を、曲折するたびごとに、あたかも指揮者の叫びが戦線の兵士を呼び出すように、呼び出すさまを経験するのである。同様に、あるテクストに取りくむ人間の心を指揮するのは、書き写されたテクストのほうだけであって、これに反してたんに読む者は、テクストの内部のさまざまな新しい眺めをけっして知ることがない。テクストとは、しだいに濃密になってゆく内面の森林を通り抜ける街道なのだが、それがどのように切り拓かれていったのかは、たんに読む者には分かりようがない。なぜなら読む者は夢想という自由な空域にあって、自分の自我の動きに従っているのだから。しかし書き写す者のほうはその自我の動きを、テクストの動きに従わせている。したがって、中国人の筆写の作業こそは、文筆文化を比類なく保証するものだったのであり、写本は、中国という謎を解明するひとつの鍵である。

「中国工芸品店」、『一方交通路』（抄）所収、（『暴力批判論他十篇』、野村治編訳、岩波文庫、一九九四、一六六〜一六七頁）

「自我の動きを、テクストの動きに従わせる」というベンヤミンの言う作業プロセスと同じことを陣野さんはおっしゃっているように思う。パリの源氏グループの翻訳も、ベンヤミンの言う書写に近いところがある。はうようにテクストを追う作業を続け、二つの言語の落差の中でテクストとの交渉を深めていくという作業を私たちは続けている。

始まりとしての終り

翻訳についての三年計画を一緒にやりませんかと加藤さんに持ちかけ、加藤さんの講演のタイトルについてご相談したとき、「注釈もまた翻訳である」を提案された。このとき、これは行けるかなと思った。「源氏物語を書きかえる」という題を先頭におくべきだと、バヤール・坂井さんが強く主張したとき、視界が拡がったような爽快感があった。そして開いたドアからは思ってもいなかった風景が現れた。大きく拡がる世界を前にして、大変充実した思いで三年計画を終えようとしている。「始まりとしての終り」という表現は、陳腐なものになってしまったが、実感を持って言えることはそれほど多くはないように思う。それを可能にして下さった、研究集会・シンポジウムへの参加を快諾下さり、真摯に取り組んで下さった皆さんに、心から御礼を申上げたい。

また出版援助を行って下さったイナルコ日本研究センター（CEJ）、パリモイドロ大学が属する東アジア文明研究センター（CRCAO）に改めて感謝したい。

最後に、出版を引き受けて下さった青簡舎の大貫祥子さんには大変御世話になった。合せて御礼申し上げる。

あとがき──2

加藤　昌嘉

本書に収めた諸論は、以下の対論や発表を活字化したものです。
■対論《テクストとどう向き合うか　源氏物語の翻訳─散文をめぐって─》二〇一五年三月二〇日
　ロイヤル・タイラー、ジャクリーヌ・ピジョー
■対論《生成するテクスト　翻訳と解釈─源氏物語と釈教歌を通して─》二〇一六年三月一七日
　加藤昌嘉、ジャン・ノエル・ロベール
■シンポジウム《源氏物語を書きかえる：翻訳、註釈、翻案》二〇一七年三月二三日～二五日
　アレクサンドル・メシェリャコフ、エマニュエル・ロズラン、立石和弘、アンヌ・バイヤール＝坂井、陣野英則、緑川真知子、カレル・フィアラ、ダニエル・ストリューヴ、レベッカ・クレメンツ、神野藤昭夫、李美淑、マイケル・エメリック
　ほか、討議に参加されたみなさん。
各氏の諸論は、口頭発表を基にしつつ、当日や後日の討議を踏まえて、大幅に修正されています。また、討議に加

わった各氏からは、総括を含んだ新稿を頂戴できました。本書では、三年の成果を、発表順に並べるのではなく、内容を鑑みて再構成してあります（寺田澄江さんのアイディアです）。

シンポジウムというものの意義深さは、いろいろな方々といろいろな話ができるという点にあるでしょう。

二〇一六年の対論の後、イナルコの近くのレストランで夕食会が催されました。

そこで、フランシーヌ・エライユ氏のことが話題になりました。エライユ氏は、『御堂関白記』や『春記』や『類聚三代格』をフランス語訳（全訳！）した、偉大な日本史研究者です。「エライユ先生は、どうして、あんなに長い作品を、いくつも翻訳できるのだろう？」という疑問が呈されました。「彼女の住んでいる場所は、冬になると雪に閉ざされる」「ずーっと家の中にいるから、翻訳が進むのです」とのことです。

もう一つ。『蜻蛉日記』のフランス語訳を上梓されたジャクリーヌ・ピジョーさんに、私が、「どういう読者を想定して翻訳をされたんですか？」と質問すると、ピジョーさんは、「頭のいい人！」と即答されました。

二つとも、実にフランス的なやりとりだと思い、今でも微笑みを禁じ得ません。

日本の大学で仕事をしていると、省庁の指示通りに書類を作ったり、やる気のない学生でも面白いと思える授業をしたりせざるを得ず、しかも、それを不本意だとも感じなくなってゆくのですけれども、私は、夜中に、右の二つの会話を思い出して、知識人の矜恃とか、職人の孤高性とかを、何とか取り戻そうとしています。

二〇一八年四月四日

編者・執筆者紹介

寺田澄江（てらだ　すみえ）
一九四八年生まれ。INALCO（フランス国立東洋言語文化大学）名誉教授。
〔主要業績〕「松尾・オーベルラン訳『枕草子』―変奏としての翻訳」（『両大戦間の日仏文化交流』、ゆまに書房、二〇一五年）、《Traduire dans le temps ― Des *Roman du Genji* français》, *Testo a fronte*, n°51, Milan, 2014。

加藤昌嘉（かとう　まさよし）
一九七一年生まれ。法政大学教授。
〔主要業績〕『揺れ動く『源氏物語』』（勉誠出版、二〇一一年）、『『源氏物語』前後左右』（勉誠出版、二〇一四年）。

畑中千晶（はたなか　ちあき）
一九六九年生まれ。敬愛大学教授。
〔主要業績〕『鏡にうつった西鶴　翻訳から新たな読みへ』（おうふう、二〇〇九年）、染谷智幸・畑中千晶編『男色を描く　西鶴のＢＬコミカライズとアジアの〈性〉』（勉誠出版、二〇一七年）。

緑川眞知子（みどりかわ　まちこ）
一九五三年生まれ。早稲田大学その他非常勤講師。博士（文学）。
〔主要業績〕『源氏物語英訳についての研究』（武蔵野書院、二〇一〇年）、「文明の影の申し子―義和団事件がもたらした西洋と東洋の衝突の果ての虚」（『アジア遊学』、勉誠出版、二〇一六年）

アンヌ・バヤール＝坂井（Anne Bayard-Sakai）
一九五九年生まれ。INALCO（フランス国立東洋言語文化大学）教授。
〔主要業績〕近現代日本文学の翻訳（谷崎潤一郎、大江健三郎、大岡正平など多数）、「アネクドート、あるいはミクロフィクション、そして読者との関係」（『源氏物語の透明さと不透明さ』、青簡舎、二〇〇九年）。

ロイヤル・タイラー（Royall Tyler）
一九三六年生まれ。日本古典文学翻訳・研究家。
〔主要業績〕『平家物語』英訳（*The Tale of the Heike*. Penguin, 2012）、*A Reading of* The Tale of Genji. Blue-Tongue Books, 2016【2014】）。

ジャクリーヌ・ピジョー（Jacqueline Pigeot）
一九三九年生まれ。パリ・ディドロ大学名誉教授。
〔主要業績〕『蜻蛉日記』仏訳（*Mémoires d'une Éphémère (945-974), par la mère de Fujiwara no Michitsuna*, Collège de France, 2006）、『物尽し—日本的レトリックの伝統』（平凡社、一九九七年）。

アレクサンドル・メシェリャコフ（Alexandr Meshcheryakov）
一九五一年生まれ。高度経済学院（モスクワ）教授。
〔主要業績〕『紫式部日記』ロシア語訳（Мурасаки Сикибу. Дневник. Перевод А. Н. Мещерякова. Спб. "Гиперион", 1996）、『Terra Nipponica: 環境と想像』（Terra Nipponica: среда обитания и среда воображения. М.,《Дело》, 2014）。

エマニュエル・ロズラン（Emmanuel Lozerand）
一九六〇年生まれ。INALCO（フランス国立東洋言語文化大学）教授。
〔主要業績〕正岡子規『病床六尺』の仏訳（*Un lit de malade six pieds de long*, Les Belles Lettres, 2016）、「日本の人文社会学書を仏訳する　なぜ？誰のために？」（『日仏翻訳交流の過去と未来　来るべき文芸共和国に向けて』、大修館書店、二〇一四年）。

カレル・フィアラ（Karel Fiala）
一九四六年生まれ。プラハ・カレル大学助教授、福井県立大学名誉教授、福井文書館副館長。
〔主要業績〕『日本語の情報構造と統語構造』（ひつじ書房、二〇〇〇年）。『古事記』（プラハ、Ex Oriente ed.、2012）。

ダニエル・ストリューヴ（Daniel Struve）
一九五九年生まれ。パリ・ディドロ大学教授。
〔主要業績〕井原西鶴『好色盛衰記』仏訳（*Chroniques galantes de prospérité et de décadence*, Philippe Picquier, Arles, 2006）、「源氏を訳す—翻訳が照らし出す源氏物語」（『日仏翻訳交流の過去と未来—来るべき文芸共和国に向けて』、大修館書店、二〇一四年）。

李美淑（イ　ミスク）
一九六四年生まれ。
ソウル大学校人文学研究院客員研究員梨花女子大学校非常勤講師
〔主要業績〕『源氏物語研究—女物語の方法と主題』

（新典社、二〇〇九年）、『われはなになり―『蜻蛉日記』の世界』（ソウル大学校出版文化院、二〇一六年）。

マイケル・ワトソン（Michael WATSON）
一九五三年生まれ。明治学院大学教授。博士号（オックスフォード大学）。
〔主要業績〕共著 *Like Clouds or Mists: Studies and Translations of Nō Plays of the Genpei War*（Cornell East Asia Series, 2013年）。『平家物語』翻訳における韻律への挑戦」（『青山語文』二〇一六年）、「万葉集の英訳について」『万葉古代研究年報』二〇一七年）。

レベッカ・クレメンツ（Rebekah Clements）
一九七九年生まれ。カタロニア高度研究施設兼バルセロナ自治大学研究教授。
〔主要業績〕*A Cultural History of Translation in Early Modern Japan*（Cambridge University Press, 2015）。『うつされた『源氏物語』の近世―俗語訳を中心に―（仮題）』（勉誠出版、二〇一九年刊行予定）。

神野藤昭夫（かんのとう　あきお）
一九四三年生まれ。跡見学園女子大学名誉教授。
〔主要業績〕『知られざる王朝物語の発見―物語山脈を眺望する』（笠間書院　二〇〇八年）、「晶子・源氏・パリ」（「国文学研究」百八十三集　早稲田大学国文学会　二〇一七年三月）。

ゲイ・ローリー（Gaye Rowley）
一九六〇年生まれ。早稲田大学教授。
〔主要業績〕「与謝野晶子の『新訳源氏物語』―その誤訳の意義を中心に―」『日本文学　翻訳の可能性』（伊井春樹編、風間書房、二〇〇四年）、「明治・大正の『源氏物語』―『新訳源氏物語』の誕生をめぐって―」『近代文学における『源氏物語』』（千葉俊二編、おうふう、二〇〇七年）、*An Imperial Concubine's Tale: Scandal, Shipwreck, and Salvation in Seventeenth Century Japan*（New York: Columbia University Press, 2013）。

マイケル・エメリック（Michael Emmerich）
一九七五年生まれ。カリフォルニア大学（UCLA）准教授。
〔主要業績〕*The Tale of Genji: Translation, Canonization, and World Literature*（Columbia University Press, 2013）、『てんてこまい』（五柳書院、二〇一八年）。

ジャン＝ノエル・ロベール（Jean-Noël Robert）
一九四九年生まれ。コレージュ・ド・フランス教授。
〔主要業績〕法華三部経仏訳（*Sutra du lotus, suivi du livre des sens innombrables et du Livre de la Contemplation de Sage-Universel*, Fayard, 2003）、「源氏物語の中のある仏教的場面について」（『物語の言語 時代を超えて』青簡舎、二〇一三年）

陣野英則（じんの　ひでのり）
一九六五年生まれ。早稲田大学教授。
〔主要業績〕『源氏物語の話声と表現世界』（勉誠出版、二〇〇四年）、『源氏物語論―女房・書かれた言葉・引用―』（勉誠出版、二〇一六年）、『平安文学の古注釈と受容』第一集～第三集（共編著、武蔵野書院、二〇〇八～二〇一一年）。

小林正明（こばやし　まさあき）
一九五〇年生まれ。青山学院女子短期大学名誉教授。
『村上春樹・塔と海の彼方に』（森話社、一九九八年）。"Wartime Japan, the Imperial Line, and *The Tale of Genji*" (*Envisioning The Tale of Genji: Media, Gender, and Cultural Production*（Columbia University Press, 2008）.

北村結花（きたむら　ゆいか）
一九六〇年生まれ。神戸大学准教授。
〔主要業績〕「千年の時をかける少年少女」（『文学・語学』二一九号、全国国語国文学会、二〇一七年）、"Sexuality, Gender, and *The Tale of Genji* in Modern Japanese Translations and *Manga*", (Haruo Shirane ed, *Envisioning the Tale of Genji: media, gender, and cultural production*（Columbia University Press, 2007）。

立石和弘（たていし　かずひろ）
一九六八年生まれ。
〔主要業績〕『男が女を盗む話』（中央公論新社、二〇〇八年）、「源氏文化年譜」（『新時代への源氏学 10』竹林舎、二〇一七）。

二〇一七年パリ・シンポジウム

源氏物語を書きかえる　翻訳・注釈・翻案

二〇一八年一一月一〇日　初版第一刷発行

編　者　寺田澄江
　　　　加藤昌嘉
　　　　畑中千晶
　　　　緑川眞知子
発行者　大貫祥子
発行所　株式会社青簡舎
〒一〇一-〇〇五一
東京都千代田区神田神保町二-一四
電　話　〇三-五二一三-四八八一
振　替　〇〇一七〇-九-四六五四五二
装　幀　水橋真奈美
印刷・製本　藤原印刷株式会社

Printed in Japan　ISBN978-4-909181-11-4　C3093